Les Avides

GUILLERMO DEL TORO
et
CHUCK HOGAN

Les Avides

Traduit de l'anglais (États-Unis)
par Agnès Espenan

J'AI LU

TITRE ORIGINAL
The Hollow Ones –
The Blackwood Tapes, vol. 1

CH
Pour Richard Abate

GDT
Pour Algernon Blackwood,
Lord Dunsany et Arthur Machen

À propos des auteurs

Guillermo del Toro est né à Guadalajara, au Mexique, en 1964. Il a réalisé les films *Cronos, Mimic, L'Échine du Diable, Blade II, Hellboy, Hellboy II, Pacific Rim, Le Labyrinthe de Pan* – encensé par la critique dans le monde entier, le film a également reçu trois Academy Awards – et *La Forme de l'Eau*, qui a remporté en 2018 l'Oscar du Meilleur Film.

Chuck Hogan est un auteur à succès que l'on retrouve régulièrement dans les listes du *New York Times*. Il est également scénariste et producteur de télévision. Son roman le plus connu, *Le Prince des Braqueurs*, a remporté le prestigieux Prix Hammett et a été adapté au cinéma sous le titre *The Town*. Ses nouvelles ont fait l'objet de deux anthologies dans la collection « The Best American Mystery Stories » et ses textes non fictionnels ont été publiés dans *Esquire* et le *New York Times*.

Note des auteurs

Les lecteurs les plus avisés reconnaîtront peut-être dans le nom de notre personnage principal un hommage à l'un des auteurs les plus admirés du genre, à l'origine du concept de « détective de l'occulte », Algernon Blackwood. Si les rites religieux détaillés dans ce livre ont été enjolivés pour en accentuer le côté dramatique, les erreurs qui ont pu s'y glisser sont involontaires. Il est toutefois important de souligner que, dans le New Jersey, le pillage de tombes à des fins occultes n'est ni une fiction, ni un fait du passé. Cela arrive. De nos jours.

Prélude : La Boîte

Coincée entre deux immeubles du Financial District de Manhattan – pile entre les numéros 13 et 15 de Stone Street – se trouve une minuscule propriété officiellement sise au 13 ½ Stone Street.

D'à peine un mètre vingt de large et s'élevant à plus de neuf mètres au-dessus du sol, ce mur en pierre comblant l'espace entre les deux immeubles n'a apparemment d'autre but que de servir de support à une boîte aux lettres en fonte de style edwardien tout à fait ordinaire.

La Boîte ne présente aucun ornement, aucune caractéristique distinctive autre que la large fente destinée à recevoir les enveloppes, et nulle part n'apparaît de porte ou de serrure permettant de récupérer le courrier déposé.

Derrière la Boîte, rien d'autre que ce solide mur de pierre et de mortier.

L'acte de propriété de ce petit bout de mystère urbain remonte à l'époque coloniale hollandaise et, depuis 1822, les taxes afférentes ont été régulièrement payées par la société Lusk & Jarndyce. Il existe néanmoins quelques rares enregistrements plus anciens et tous sont parfaitement en règle avec la loi.

La plus ancienne référence à la Boîte figure dans un pamphlet publié du temps où la ville s'appelait encore New Amsterdam. Narration complète des vicissitudes de Jan Katadreuffe et de sa Vertueuse Élévation Finale vers le Royaume de Notre Seigneur.

Ledit pamphlet – livret de 4 pages, publié par Long & Blackwood, 1763 – narre l'histoire d'un prospère marchand d'épices qui fit un pacte avec un démon pour que ses bateaux et leurs cargaisons arrivent sans dommage.

La traversée des navires se passa sans encombre, mais une fois ceux-ci à bon port, le marchand devint la proie d'un esprit mauvais qui, chaque soir au crépuscule, se déchaînait et le torturait, le mordant sauvagement, lui griffant le dos, et le chevauchant tel un jockey tandis que la malheureuse âme hurlait son abjecte détresse et commettait des actes insensés d'une grande violence.

Dans l'histoire, un homme, voulant apporter son aide, alla trouver un prêtre érudit pour lui faire part d'une possible solution :

« ... *Sur High Street la boîte en fer est prête à recueillir vos misères. Un pli scellé au nom de Blackwood. Et sous quinze jours pourrez le voir...* »

Le prêtre décida de ne s'en remettre qu'au Seigneur et loua les Saints Sacrements. Katadreuffe paya une litanie de messes et fut finalement libéré de ses tourments à peine quelques heures avant de mourir, purifié.

Aujourd'hui encore, une petite pierre tombale sans prétention garde la mémoire de la mort du marchand. Sur le mur de la Trinity Church donnant sur Rector Street, on peut ainsi lire :

« Ci-gît le corps de Jan Katadreuffe, ancien marchand d'épices et de bois qui a quitté ce monde le 16e jour d'octobre 1709, à l'âge de quarante-deux ans. Regardez et vous vous verrez. Tel que vous êtes, j'étais. Tel que je suis, vous serez. Préparez-vous à mourir et me rejoignez… »

Au cours des siècles, le 13 ½ Stone Street a fait l'objet de nombreux litiges. Chacune de ces batailles juridiques a été gagnée à grand renfort d'argent. Et la Boîte a ainsi pu rester à sa place : un mystère visible de tous, bien que la plupart des gens passent devant sans même y jeter un regard.

Il y a une dizaine d'années, une grosse compagnie d'assurances située de l'autre côté de la rue a installé trois caméras de sécurité. L'observateur dédié peut attester que, bien que des lettres soient déposées régulièrement dans la Boîte – environ une toutes les trois semaines –, personne ne vient jamais les récupérer, sans pourtant que jamais la Boîte déborde.

Un vrai mystère, donc, dans lequel une seule et unique chose a été confirmée, et ce à maintes reprises au cours des décennies : toutes les lettres qui arrivent dans la Boîte concernent des affaires urgentes – un appel à l'aide désespéré – et chaque enveloppe porte la même mention :

Hugo Blackwood Esq[1].

---

1. Esquire (abrégé en Esq.) est un terme d'origine britannique (lui-même dérivé du moyen français esquier et de l'ancien français escuyer, « porteur de bouclier ». Il s'agit d'un titre de respect non officiel utilisé pour dénoter un certain statut social. Jusqu'au début du XXe siècle, il s'appliquait aux membres de la gentry qui ne possédaient aucun titre de rang supérieur.

2019. Newark, New Jersey.

Odessa posa son menu et jeta un œil autour d'elle à la recherche de la liste des plats du jour du Soup Spoon Café. Elle la trouva finalement sur un tableau blanc près de la caisse, notée en lettres capitales au marqueur rouge. Quelque chose dans l'écriture réveilla en elle un souvenir depuis longtemps oublié datant de ses années à l'Académie du FBI à Quantico, en Virginie.

Lors d'une conférence, un spécialiste des sciences du comportement avait inscrit au marqueur rouge sur le grand tableau de l'auditorium la description des différents types d'homicides.

Le mode de différenciation, comme l'avait expliqué le conférencier, n'avait rien à voir avec les homicides eux-mêmes – gravité des faits, méthode ou façon d'agir – mais plutôt avec la période de « calme » entre deux crimes.

La marque de fabrique d'un tueur en série, c'est son cycle. Des semaines, des mois, parfois même des années peuvent s'écouler entre deux meurtres.

Le tueur de masse, lui, tue dans un cadre de lieu et de temps précis, comptabilisant un minimum de quatre homicides commis à la suite avec peu ou pas de temps entre chaque.

Le tueur à la chaîne, enfin, commet ses meurtres dans des lieux différents, généralement sur une très courte période de temps, la durée variant d'une heure à plusieurs jours, voire plusieurs semaines. Sous-catégorie : le rampage killer[1]*, un tueur à la chaîne qui tue plusieurs personnes au cours d'un seul et même passage à l'acte.*

Ces deux dernières classifications la ramenèrent au présent. Un cas difficile à classer avec précision, mais généralement considéré comme le premier meurtre à la chaîne des États-Unis, s'était déroulé à seulement cent vingt kilomètres au sud du café dans lequel elle était assise.

Le 6 septembre 1949, Howard Unruh, un vétéran de la Seconde Guerre mondiale de vingt-huit ans, avait quitté la maison de sa mère à Camden, New Jersey, vêtu de son plus beau costume et d'un nœud papillon rayé. Peu de temps avant, suite à une dispute avec lui au cours du petit déjeuner, celle-ci avait fui vers la maison de ses voisins à qui elle avait confié, désespérée, qu'elle sentait que quelque chose de terrible était sur le point de se produire.

Unruh traversa la ville armé d'un pistolet allemand de type Luger et de trente cartouches de neuf millimètres. En à peine douze minutes, il tua treize personnes et en blessa trois autres. Les lieux de ses crimes incluaient une pharmacie, un salon de barbier et une boutique de tailleur. Bien que la préméditation ne fasse aucun doute – on prouva plus tard qu'Unruh avait tenu une liste de ses ennemis dans un journal –, ses victimes étaient un mélange de cibles choisies et de malheureux s'étant trouvés, en ce beau mardi matin,

1. Littéralement « déchaînement ».

au mauvais endroit au mauvais moment. Victimes comme témoins décrivirent le regard d'Howard ce jour-là comme confus, hébété.

Pour n'importe qui d'autre qu'un policier, la classification des crimes n'a que peu d'intérêt. Le seul fait vraiment important est que, pendant plus de soixante ans, le crime d'Unruh était resté la pire tuerie à la chaîne du New Jersey.

Jusqu'au soir où Walt Leppo commanda du pain de viande.

— Il est frais ? demanda-t-il à la jeune serveuse en revenant des toilettes.

— Oh, absolument, répondit-elle.

— Alors, voulez-vous bien me faire une faveur ? reprit-il. Pourriez-vous vérifier s'il ne resterait pas, à tout hasard, une ou deux tranches du déjeuner ? Qui seraient si possible restées sous une lampe à chaleur pendant quelques heures ? Bien sèches, avec les bords bien grillés ?

La serveuse le fixa un moment, sans savoir comment réagir. Elle était probablement étudiante dans l'une des écoles de droit situées à proximité. Odessa avait elle-même été serveuse durant toute sa troisième année à la faculté de droit de Boston et elle se rappelait très bien cette sensation désagréable provoquée par les demandes légèrement flippantes, à la limite du fétichisme, de certains clients – des hommes, généralement seuls, qu'elle soupçonnait d'avoir plus envie d'une femme que de nourriture.

La serveuse jeta un regard à Odessa, assise à côté de Leppo. Celle-ci lui adressa un sourire encourageant qui, l'espérait-elle, mettrait la jeune femme à l'aise.

— Laissez-moi vérifier, répondit-elle.

— Merci, dit-il en fermant son menu et en le lui tendant. Au fait, je préfère les bouts.

Elle partit avec les commandes. Walt ajouta à l'attention d'Odessa :

— Les bouts, on appelle ça les « talons ».

Odessa hocha la tête comme si elle était fascinée.

— Un vrai tueur en série, lui dit-elle en plaisantant.

Walt haussa les épaules.

— Parce que je préfère mon pain de viande comme ma mère le faisait ?

— Oh mon Dieu. Et une fixation sur sa mère en prime.

— Tu sais quoi, Dessa ? J'ai une info pour toi : tout peut être sexualisé. Absolument tout. Même le pain de viande, apparemment.

— Je parie que tu aimes aussi tes tartines brûlées.

— Comme du charbon. Mais dis donc, tu n'as pas lu la réglementation qui interdit aux bleus de profiler des agents confirmés ?

Leurs deux têtes se tournèrent lorsque les premières gouttes de pluie s'écrasèrent sur la vitre du Soup Spoon Café.

Leppo soupira.

— Et voilà, super.

Odessa vérifia son téléphone. Son application météo montrait une masse de précipitations en dégradés de verts jade et menthe se dirigeant vers Newark comme un nuage de gaz toxique. Elle tourna l'écran vers Leppo afin que celui-ci puisse voir. Évidemment, son parapluie était rangé près de son Remington 870 calibre 12 dans le coffre de leur voiture, garée à un demi-bloc de là.

— Ah, la pluie du New Jersey, dit Leppo en dépliant sa serviette. C'est comme laver un chien avec un tuyau d'arrosage. Tout est mouillé, mais rien n'est propre.

Odessa sourit de ce « Leppo-isme », tout en regardant la pluie s'intensifier contre la vitre. À l'extérieur, les gens se déplaçaient plus vite à présent, comme mus par un sentiment flou d'urgence.

Les choses s'accéléraient.

Exactement au moment où Leppo interrogeait la serveuse sur son pain de viande – ce que la chronologie des faits établirait par la suite – à une vingtaine de kilomètres au nord de Newark, Evan Aronson patientait au téléphone. Subissant l'un après l'autre de vieux tubes rock des années 1970, il attendait de pouvoir obtenir une réponse de sa compagnie d'assurances à propos d'une surfacturation liée à une récente visite aux urgences. Lors du dixième anniversaire de sa promotion à l'université Rutgers quelques semaines plus tôt, Evan avait en effet été victime d'une déchirure du biceps gauche en essayant de rattraper son ancien colocataire, Brad « Boomer » Brodonsky, qui avait pris au moins treize kilos depuis la remise des diplômes, lorsque celui-ci, en fin de soirée, avait failli tomber en essayant de sauter par-dessus les cabines de toilettes mobiles.

Un vieux hit des Styx dans les oreilles, Evan leva le nez de son bureau de la Charter Airlines à l'aéroport de Teterboro et regarda un vieux Beechcraft Baron G58 sortir du hangar des avions privés. Le pilote, grand, âgé d'une cinquantaine d'années, sortit du cockpit de ce joli bimoteur à pistons à un million de dollars. Vêtu d'un pantalon de survêtement gris, d'un pull à manches longues et de sandales, l'homme se dirigea vers le hangar, laissant les moteurs en marche. Il échangea quelques mots avec le gardien puis disparut à l'intérieur.

Quelques instants plus tard, il réapparut, une grosse clé à molette à la main.

Les pilotes, notamment quand ils étaient propriétaires de leur avion, ne s'occupaient pas eux-mêmes des réparations. Encore moins avec deux moteurs de 300 chevaux en marche et des hélices qui tournent si vite que les yeux ne peuvent même pas en suivre le mouvement. Evan quitta son fauteuil pour mieux voir le pilote, debout avec son bras gauche en écharpe, sa main droite tirant sur le fil du combiné de son téléphone fixe.

Malgré le vrombissement des réacteurs, Evan entendit un grand bruit et, simultanément, un craquement.

Le bruit se répéta, sans qu'il parvienne à voir le pilote qui travaillait apparemment sous le fuselage du Beechcraft. L'homme se décala vers l'aile et Evan le vit frapper le phare avec sa clé à molette – explosant le sceau, brisant le revêtement en plastique rouge dont les pièces se répandirent sur le tarmac au moment où l'ampoule s'éteignait.

Evan poussa un cri de surprise tant cet acte de violence contre un appareil qui valait plusieurs millions de dollars lui semblait obscène. Il tira le cordon au maximum, la douce ballade « Lady » faisant dans ses oreilles un contraste étrange avec la vision de cet homme vandalisant son propre avion.

Ces jets privés haut de gamme étaient à la fois maternés et dorlotés comme des animaux de compagnie, et entretenus avec minutie comme des voitures de course. Ce que cet homme était en train de faire revenait à crever les yeux d'un pur-sang avec un tournevis.

Ce type ne peut pas être le propriétaire, se dit Evan. Il était en train de causer des milliers de dollars de dommages à cet avion... et peut-être même de le voler.

« M. Aronson, j'ai votre dossier sous les yeux... », annonça la voix du conseiller d'assurance au bout du fil. Mais Evan avait déjà lâché le combiné qui s'était fracassé sur le sol, le cordon rebondissant contre le bureau. Il se rua hors du bureau sous la pluie battante et glacée, regardant à droite et à gauche, dans l'espoir que quelqu'un d'autre aurait remarqué ce manège et lui viendrait en aide.

L'homme finit de briser la dernière ampoule et l'avion se retrouva plongé dans l'obscurité. Une veilleuse de sécurité éclairait faiblement la scène.

« Hé ! » hurla Evan en agitant sa main valide. Evan s'approcha en courant, criant encore « hé » à deux ou trois reprises, à la fois vers l'homme et dans d'autres directions, espérant alerter quelqu'un ayant l'usage de ses deux bras.

Le gardien du hangar se dirigea vers le pilote et tenta de l'arrêter. Trois coups de clé à molette firent exploser le côté droit de sa tête – l'attaque avait duré à peine quelques secondes. Le gardien s'écroula sur le sol, secoué de spasmes.

Le pilote s'accroupit et poursuivit son œuvre sur ce qu'il restait du crâne du pauvre bougre, tel un homme des cavernes achevant sa proie.

Evan se figea, terrifié. Son esprit n'arrivait pas à accepter l'horreur de la scène.

Le pilote jeta la clé à molette par terre dans un grand bruit métallique. Il s'approcha dangereusement du moteur gauche, le contourna, grimpa sur l'aile et se glissa à l'intérieur du cockpit.

L'avion fit un bond et commença à rouler.

Le seul éclairage provenait des instruments de bord, et notamment de l'écran LCD Garmin G1000 émettant une lueur bleu-vert. Evan se dit que cette lumière donnait un air d'extraterrestre au pilote dont le regard vide le glaça.

L'homme se pencha, hors de vue, comme pour attraper quelque chose dans le cockpit. Une explosion soudaine de bruit et de flammes pulvérisa la vitre de droite. Les balles du AK-47 semi-automatique déchirèrent le corps d'Evan comme des griffes acérées, ses genoux cédèrent, son corps s'effondra et sa tête heurta le tarmac, lui faisant perdre instantanément conscience.

Le temps que le Beechcraft atteigne la piste de décollage, Evan s'était totalement vidé de son sang.

Odessa avait choisi le steak accompagné d'une salade. Sans oignon, pour éviter d'avoir le goût dans la bouche toute la nuit. Elle commanda également un café, d'une part parce qu'ils étaient en plein milieu de leur service, et d'autre part parce que c'était la boisson officielle des agents du FBI.

— Tu savais, dit Leppo après le départ de la serveuse, que dans un restaurant, il y a plus de traces de matières fécales humaines sur les menus que n'importe où ailleurs ?

Odessa sortit un petit flacon de gel hydroalcoolique de son sac et le déposa sur la table comme si elle déplaçait son roi sur un échiquier.

Leppo l'aimait bien, elle le savait. Elle lui rappelait sa fille, ce qui lui donnait irrésistiblement envie de la prendre sous son aile. Au FBI, on n'avait pas de partenaire assigné. Il voulait simplement lui montrer les ficelles, lui enseigner « la bonne façon » de faire les choses. Et elle, elle voulait apprendre.

— Mon grand-père a vendu du matériel de cuisine pendant trente ans, jusqu'à ce qu'il casse sa pipe. Et il a toujours dit – et c'est sans doute la leçon la plus importante que je peux offrir à un jeune agent comme toi – que la propreté d'un restaurant se voit à ses toilettes. Si les toilettes sont propres, en ordre et bien entretenues, alors tu peux être sûre que la cuisine l'est aussi. Tu sais pourquoi ?

Elle en avait une petite idée, mais elle préféra le laisser poursuivre.

— Parce que ce sont les mêmes immigrés du Chili ou du Salvador sous-payés qui font le ménage dans les toilettes et dans la cuisine. Toute l'industrie de la restauration – et tu peux même étendre le raisonnement à toute la civilisation – repose sur la performance de ces travailleurs.

— Les immigrés, on peut compter sur eux, répondit Odessa.

— De vrais héros, renchérit Leppo, en levant sa tasse de café pour porter un toast. Mais ce serait bien s'ils pouvaient nettoyer un peu mieux les menus.

Odessa sourit, puis sentit de l'oignon dans sa salade et grimaça.

Le premier appel d'urgence émana de Teterboro pour prévenir qu'un jet privé avait décollé sans autorisation. L'avion avait viré vers l'est, au-dessus de Moonachie, survolant l'autoroute 95 en direction de l'Hudson River. Présumé volé, il suivait un plan de vol incohérent, montant et descendant successivement de quelques centaines de mètres, disparaissant même parfois des radars.

Les autorités portuaires de New York et du New Jersey lancèrent un message d'alerte. En accord avec l'Administration fédérale de l'aviation, l'aéroport de Teterboro fut fermé, les vols prêts au décollage annulés et les autres redirigés vers l'aéroport municipal de Linden, un petit aérodrome au sud de l'État, principalement utilisé pour les petits avions de tourisme et les hélicoptères.

Le premier appel au 911 fut passé par le conducteur d'un remorqueur sur l'Hudson River, à moins de deux kilomètres au sud du pont George Washington. Il affirma qu'un avion sans lumière était passé à très basse altitude, juste entre son bateau et le pont, émettant des « bruits secs » qu'il pouvait entendre malgré la pluie. Le conducteur précisa qu'il avait eu l'impression que le pilote jetait des feux d'artifice sur son bateau et qu'il avait eu peur que ce ne soit un « nouveau 11 septembre ».

Le second appel fut passé par une cadre de l'industrie de la mode qui rentrait en voiture chez elle, à Fort Lee, par le pont George Washington, et qui rapporta avoir vu un « énorme drone » volant vers l'Upper West Side de Manhattan.

À partir de là, les appels d'urgence se multiplièrent, de nombreux New-Yorkais s'inquiétant de la présence de l'avion au-dessus de leur appartement ou de leur bureau. Celui-ci avait été repéré au-dessus de Central Park, puis avait remonté la Cinquième Avenue, même si, sans éclairage, il était difficile à suivre. Le chemin esquissé par les appels permettait de reconstituer un plan de vol qui coupait en diagonale au-dessus du Lower Manhattan en direction de Greenwich Village, puis repartait dans l'autre sens vers l'Hudson.

Le ferry de Staten Island passait à proximité de la statue de la Liberté quand le Beechcraft descendit en piqué. Les seules lumières provenaient des éclairs provoqués par les rafales tirées à l'arme automatique depuis le cockpit. Les balles éraflèrent la coque orange du ferry, certaines faisant exploser les vitres de l'espace passager. Deux membres d'équipage furent touchés, heureusement sans gravité. Dix-sept passagers furent plus sérieusement blessés dans la panique qui s'ensuivit, obligeant le ferry à faire demi-tour et à regagner le quai dans le Lower Manhattan[1].

Trois impacts de balle furent plus tard découverts dans le cuivre recouvrant la couronne et la torche de la statue de la Liberté, mais personne sur place ne fut blessé.

Le Beechcraft fit un virage serré vers l'ouest et retourna dans l'espace aérien du New Jersey. Il fut repéré au-dessus d'Elizabeth, volant dans la pluie du soir en direction de Newark, la ville la plus peuplée de l'État.

L'aéroport international de Newark fut fermé, le trafic détourné.

On signala ensuite un second avion au-dessus du sud du New Jersey, mais il s'avéra finalement qu'il s'agissait du même appareil.

À plusieurs reprises, le Beechcraft plongea à une altitude qui ne dépassait pas les trente mètres. Assis dans un bus arrêté dans la partie la plus éclairée du péage du New Jersey, un passager à la vue particulièrement aiguisée put noter le numéro inscrit sur le fuselage de l'avion et l'envoya par texto à la police.

Des avions de chasse Twin F-15 s'envolèrent de la base d'Otis à Cape Cod, et rejoignirent Manhattan à une vitesse supersonique.

---

1. Le Lower Manhattan, également appelé Financial District, est le quartier le plus au sud de l'île de Manhattan.

Les sirènes des voitures de patrouille essayant de repérer l'avion déchirèrent la nuit autour de la station de métro Newark, mais le déploiement au sol fut totalement inefficace. Quelques minutes plus tard, l'avion fut signalé au-dessus de la passerelle Pulaski, puis dans le ciel de Weequahic, de Newark Bay et enfin au-dessus du MetLife Stadium dans les Meadowlands.

— Comment est le pain de viande ? demanda Odessa.

La bouche pleine, Leppo répondit :

— C'est le meilleur que j'aie jamais mangé.

Odessa secoua la tête et essaya d'attirer l'attention de la serveuse en secouant sa tasse vide. Elle allait avoir besoin de caféine. Ils travaillaient actuellement sur le dossier de Cary Peters, l'ancien chef de cabinet du gouverneur du New Jersey, empêtré dans un énorme scandale de corruption. Peters avait démissionné trois mois plus tôt, ce qui semblait à présent n'être qu'une ultime tentative pour étouffer l'affaire et éloigner les soupçons du bureau du gouverneur. L'embrasement autour de cette histoire commençait tout juste à se calmer. Ce scandale avait touché Peters à la fois sur le plan professionnel et sur le plan personnel. Voilà ce qui arrivait quand on remboursait soi-même une note de mille sept cents dollars passée dans les comptes de campagne de son boss pour une nuit dans le club de strip-tease new-yorkais Scores. Se sacrifier pour le gouverneur lui avait coûté cher. Les télévisions et tous les tabloïds du pays leur étaient tombés dessus, à lui, à sa femme et à sa famille, jusqu'à ce que le couple explose. La situation avait tellement dégénéré que la ville de Montclair, dans laquelle ils habitaient, avait mis en place, sur les conseils de la police, des zones interdites au stationnement dans tout le quartier entourant sa maison, de façon à garder à distance les reporters un peu trop zélés. À partir de là, Peters était complètement parti en vrille, jusqu'à se faire arrêter pour conduite en état d'ivresse un peu plus tôt dans le mois. Un site d'informations faisait le décompte sur sa page d'accueil du nombre estimé de jours avant qu'il ne craque et accepte de passer un accord avec le procureur pour sauver sa peau, entraînant ainsi le gouverneur dans ce scandale qui ne cessait d'enfler.

Pour le FBI, et notamment pour Leppo et Odessa, l'enquête était entrée dans sa phase administrative. Le quartier général du FBI dans le New Jersey, installé dans les Claremont Towers à Newark, travaillait sans relâche sur les documents récemment récupérés auprès du Capitole et du comité de campagne du gouverneur. Odessa et Leppo avaient passé les quatre nuits précédentes à éplucher des mails, les contrats des employés, leurs notes de frais. Dans notre ère digitale, la plupart des investigations nécessitent l'intervention de spécialistes de l'informatique afin d'analyser et de décoder toutes les traces numériques que nous laissons tous derrière nous.

Voilà pourquoi le FBI aimait recruter des juristes.

Ce dîner, dans ce restaurant douteux situé dans un quartier miteux de la ville la plus dangereuse des États-Unis, était le seul moment de répit d'Odessa dans ces longues nuits de travail pénible. Elle aurait donc pu écouter Leppo parler la bouche pleine pendant des heures.

Leurs téléphones, écrans contre la table, se mirent simultanément à vibrer. Ils les consultèrent immédiatement, ce n'était jamais bon signe quand leurs portables sonnaient en même temps.

Pourtant, ce n'était pas un message du bureau. Il s'agissait d'une alerte du *New York Times*. Des coups de feu tirés depuis le cockpit d'un avion volé à l'aéroport de Teterboro avaient affolé Manhattan. Des mises à jour apparaissaient sous l'article. L'appareil avait apparemment traversé l'Hudson River. Le signalement le plus récent avait eu lieu près de Newark.

— Merde, dit Leppo.

Il engouffra un énorme morceau de pain de viande tout en attrapant la serviette posée sur ses genoux. Le café d'Odessa allait devoir attendre. Il était toujours préférable de réagir avant qu'on vous demande de le faire. Par expérience, Odessa prit tout de même le temps de passer rapidement aux toilettes, tandis que Leppo allait régler la note.

Leppo était déjà dehors, sous la pluie, se couvrant la tête avec le prospectus d'une agence immobilière, lorsque Odessa poussa la porte. Ils traversèrent la rue entre deux voitures, sautant par-dessus le caniveau rempli d'eau et remontant à grandes enjambées jusqu'à leur Chevy Impala banalisée.

Avec le bruit de la pluie et celui des pneus de la voiture crissant sur l'asphalte trempé, Odessa n'entendit les réacteurs de l'avion que lorsque celui-ci se trouva juste au-dessus de leurs têtes. L'appareil fantôme traversa le rideau de pluie, les ailes penchant légèrement d'un côté, le fuselage passant à moins de soixante mètres d'eux.

Il était là, puis plus rien. Surréaliste.

— Jésus, commenta Leppo.

Odessa freina si brutalement que son collègue fut projeté vers l'avant.

Les sirènes remplacèrent le grondement décroissant des moteurs de l'avion. Une voiture de patrouille passa en hurlant au croisement tandis qu'Odessa se redressait dans son siège.

Leppo était déjà en ligne, discutant avec un collègue. Les six étages des Claremont Towers surplombaient Newark depuis la rive de l'étroite Passaic River.

— Vers où ? lui demanda Odessa, les gyrophares bleus se succédant sous la pluie.

— Ne t'embête pas à essayer de les suivre, lui répondit-il en lui indiquant de prendre à gauche à l'intersection. Direction Claremont, donc.

Leppo connecta son téléphone au système Bluetooth du tableau de bord.

— Davey, on était au resto, on vient de voir l'avion, qu'est-ce qui se passe ?

— Attaque terroriste, répondit Davey. Ils ont envoyé des avions de chasse depuis Otis.

— La base militaire d'Otis, répéta Leppo, surpris. Pour quoi faire ? L'abattre au-dessus d'Hoboken ?

— S'il le faut. Il fait des allers-retours au-dessus de l'Hudson, il monte, il descend jusqu'à raser le sol et il tire sur la ville.

— Qu'est-ce que tu as sur lui ?

Odessa se rangea pour laisser passer des voitures de patrouille qui arrivaient en trombe dans l'autre sens.

— L'avion est enregistré au nom du PDG de Stow-Away. C'est une société de location de box de stockage, tu sais, ces gros immeubles carrés et orange. A priori, on pense qu'il a été volé. On a un mort à Teterboro, un employé de l'aéroport. Attends une seconde, Walt...

Davey mit la main sur le micro, étouffant le son tandis qu'il interpellait un autre agent. Odessa et Leppo se regardèrent.

— Stow-Away, dit-elle, un pincement au creux de la poitrine.

Leppo hocha la tête :

— C'est pas bon.

Le PDG de Stow-Away, un homme nommé Isaac Meerson, figurait parmi les principaux donateurs du Parti républicain du New Jersey… ainsi que parmi les amis proches du gouverneur, et de Cary Peters.

— Ça ne peut pas être lié, continua Leppo.

— Qu'est-ce qui ne peut pas être lié ? demanda Davey en reprenant la communication.

— Stow-Away apparaît dans le dossier de corruption Peters sur lequel on travaille, Hardwicke et moi. On a une description du voleur ?

— Le pilote ? Non. Je vais vérifier.

Odessa était arrêtée au feu rouge. Les essuie-glaces battaient frénétiquement, donnant l'impression que les feux des voitures clignotaient.

— Qu'est-ce qu'on fait ?

— Je n'en sais rien, répondit Leppo. Ça ne peut pas être lié, si ?

— Peters est dépressif, il s'est complètement coupé du monde, reprit Odessa. Ils ont publié ce truc sur sa femme dans les journaux hier…

— Sa demande de divorce ? Ce n'est pas vraiment une surprise…

— Non, mais…

Odessa connaissait assez Leppo pour savoir que la possibilité qu'il s'agisse de Peters avait retenu son attention.

— Voler un avion, ça ne colle pas vraiment avec son profil, si ? l'interrogea-t-il.

— Il a pris des leçons de pilotage. Tu ne te souviens pas ? Il n'a pas pu passer son brevet à cause de ses crises d'angoisse. Tout ça figurait dans son dossier.

Leppo acquiesça. Il ne savait pas quoi faire.

— Merde, merde, merde, merde, merde.

La voix de Davey s'éleva à nouveau.

— OK, je n'ai rien sur le voleur pour le moment.

— Laisse tomber, Davey, répondit Leppo. Quelle est la dernière position connue de l'avion ?

— On l'a vu au nord-ouest de Newark. Au-dessus de Glen Ridge. C'est ce que j'ai de plus récent. Hé, Leppo, il faut que j'aille…

— Vas-y, oui, le coupa Leppo avant de raccrocher.

— Il se dirige vers Montclair, dit Odessa. (Tout se passait si vite.) Tu crois que… ?

Leppo finit sa phrase.

— Qu'il pourrait écraser l'avion sur sa propre maison ?

— Dans peu de temps, ça ne sera plus sa maison. Ce sera celle de sa femme.

Leppo hocha la tête. C'était décidé.

— On y va.

Odessa tendit la main vers le tableau de bord et appuya sur le bouton qui activait les gyrophares de l'Impala. Elle mit les gaz et s'engagea dans le trafic en direction de Montclair.

*
* *

Les mouvements de l'avion causèrent plusieurs accidents sur les routes situées à proximité, dont un carambolage de sept voitures sur la voie rapide du Garden State qui provoqua un gigantesque embouteillage en direction du nord.

Après avoir repris un peu d'altitude au-dessus d'East Orange, l'avion bifurqua vers l'ouest et repassa sous les radars. Son aile gauche accrocha le sommet d'un arbre du Nishuane Park, mais le pilote réussit à stabiliser l'avion et à poursuivre son vol. Plusieurs observateurs émirent l'hypothèse qu'il cherchait un endroit où atterrir, ou peut-être un point de repère familier pour l'aider dans sa navigation.

Quelques minutes plus tard, l'avion disparut totalement.

Les premières informations concernant un crash arrivèrent de l'ouest d'Orange. La police et les véhicules de secours des villes avoisinantes furent dispersés dans la zone, dans l'attente d'une localisation précise. Mais après plusieurs minutes de recherches et de multiples échanges par radio, la nouvelle fut finalement démentie.

Le Beechcraft avait en fait atterri près du premier trou du terrain de golf de Montclair : un plan droit en descente, avec un par de cinq. L'avion avait rebondi deux fois, l'aile gauche arrachant une motte de gazon sur le fairway, avant de faire un brusque virage à gauche pour venir s'ensabler dans un bunker et, finalement, terminer sa trajectoire à l'orée des arbres.

Plus tard, un témoin oculaire qui s'était garé sur le parking du terrain de golf pour passer un coup de fil à sa colocataire rapporta les informations suivantes. Marchant de long en large à proximité de son véhicule, il vit un homme émerger de la zone boisée qui longeait le parcours et avancer à grandes enjambées. Il raconta que l'homme n'avait pas l'air conscient du sang qui coulait sur le côté droit de son front et que son regard avait l'air « mort ». Il avait tout d'abord pensé que l'homme était en état de choc et avait donc décidé de l'interpeller, oubliant sa conversation téléphonique. Mais l'homme en sang ne lui avait pas répondu. Il avait continué d'avancer à grands pas vers la Jeep du témoin, dont le moteur tournait toujours, et s'était installé au volant. Il avait démarré, et traversé le parking à toute vitesse, le propriétaire de la voiture courant derrière lui. La Jeep était déjà quasiment hors de vue lorsque la portière côté conducteur s'était finalement refermée.

Le gyrophare de l'Impala aidait Odessa à doubler les autres véhicules, mais le trafic était complètement bloqué. Leppo mit en marche la fonction GPS de son téléphone, cherchant des routes parallèles afin de les mener par des voies détournées jusqu'au domicile de la femme de Peters, dans le quartier chic de Montclair.

Ils avaient pris la décision de ne pas faire appel à la police locale.

— C'est juste une intuition, avait dit Leppo. En plus, ils sont déjà assez occupés. La dernière chose dont ils aient besoin, c'est d'envoyer des gars sur une mauvaise piste.

— Tu ne penses pas qu'il s'agisse d'un acte terroriste, si ? demanda Odessa.

— Si c'est le cas, tout sera fini très bientôt. Les avions de chasse vont s'en charger. Dans le cas contraire... eh bien, nous avons affaire à un homme au bout du rouleau. Quelqu'un qui a trois enfants, une injonction d'éloignement du domicile conjugal et aucun moyen de récupérer sa vie d'avant.

Odessa tourna et retourna cette idée dans sa tête. Les chances que l'homme soit Cary Peters étaient minces, la coïncidence serait énorme.

Et pourtant, l'avion appartenait à une société impliquée dans le scandale. Ce seul fait constituait déjà un lien majeur.

— Les divorces, ça rend fou, ajouta Leppo. Je ne t'en ai jamais parlé, je crois, mais j'ai été marié avant de connaître Débonnaire.

L'épouse de Leppo, une jeune femme d'une vingtaine d'années, s'appelait en réalité Deb, mais Leppo la surnommait Débonnaire. C'était une petite femme menue avec des cheveux d'un roux flamboyant qui conduisait un gros SUV Chevrolet rouge. Odessa l'avait rencontrée deux fois, la première quelques semaines seulement après avoir commencé à travailler avec Leppo. La rencontre avait surtout permis aux deux femmes de se jauger, Odessa faisant tout pour paraître la moins dangereuse possible. Débonnaire avait été sympathique avec elle, ouverte et amicale, mais sous cette apparente gentillesse, Odessa avait senti une vraie force qui avait suscité son admiration. La seconde rencontre avait eu lieu pendant un week-end entre collègues, lors d'un pique-nique en plein air au cours duquel Odessa avait fait la connaissance des enfants de Leppo tandis que Débonnaire rencontrait Linus, le petit ami d'Odessa. À partir de ce moment, tout s'était bien passé.

Leppo reprit :

— J'étais jeune, on l'était tous les deux. Ça n'a même pas duré un an, mais il m'en a fallu deux ensuite pour m'en remettre. Et heureusement, nous n'avions pas d'enfant. C'est toujours difficile à dire, mais Peters ne me semblait pas être le genre de type à sombrer dans le précipice comme ça. Cela dit, crois-moi, tu ne sais jamais qui tu es réellement avant d'être vraiment, profondément blessé.

Odessa hocha la tête. Parfois, les conseils professionnels se transformaient en leçons de vie.

— Tu sais où on est, là ? demanda-t-il.

Elle jeta un regard aux maisons chics.

— On y est presque, répondit-elle.

Les rues étaient désertes, une vraie banlieue dortoir. Odessa longeait des pelouses parfaitement tondues, des maisons brillamment éclairées. Le décor la rassura un peu : rien de grave ne pouvait se passer dans un tel environnement.

— Eh merde, dit Leppo.

Il la vit avant elle : une Jeep garée sur le trottoir, la porte côté conducteur ouverte. Phares allumés, moteur en marche.

Elle se gara juste derrière le pare-chocs de la Jeep afin de la bloquer et de l'empêcher de reculer. Leppo cria en direction de la voiture pour prévenir de leur arrivée.

Odessa sortit, la main sur son holster, s'approchant rapidement de la portière ouverte. À la lumière du plafonnier, elle constata que la Jeep était vide. Le véhicule s'était arrêté après avoir heurté un panneau de signalisation qui gisait à terre. Dessus, on pouvait lire « STATIONNEMENT INTERDIT ».

Elle se tourna vers la maison. C'était une bâtisse de style néo-Tudor à deux étages avec un toit pentu. Des lumières étaient allumées à l'intérieur, en bas comme en haut. La porte était fermée. L'allée, à sa gauche, menait à un muret en pierre derrière lequel se trouvait l'entrée secondaire, plongée dans l'ombre.

Elle se tournait vers Leppo quand elle entendit le coup de feu. Surprise, elle se retourna vers la maison juste à temps pour entendre le second coup tiré dans la maison et voir l'éclair de lumière derrière une fenêtre de l'étage.

— Leppo, cria-t-elle en sortant son Glock.

— On y va, répondit-il d'une voix qui semblait étouffée et lointaine.

Les oreilles d'Odessa sifflaient, non pas à cause des coups de feu mais en raison de la décharge d'adrénaline qui faisait battre son cœur plus fort. Elle vit Leppo passer derrière elle dans l'allée. Elle courut derrière lui, le canon de son arme pointé vers le bas.

La porte était ouverte. Leppo entra le premier. Odessa entendit des voix, des bruits de pas, et autre chose aussi, mais le bruit dans sa tête était trop fort. Elle cria afin de pouvoir s'entendre par-dessus le vacarme.

— FBI, FBI !

Leppo, à ses côtés, hurlait la même chose.

— Lâchez vos armes, FBI !

Odessa n'obtint aucune réponse. Leppo n'avait pas l'air d'avoir perçu quoi que ce soit, lui non plus. Il avança en direction de la cuisine. Odessa le suivit, ralentissant devant la porte fermée d'un placard. Elle ouvrit la porte du bout du pied, arme pointée vers l'avant. Ce n'était pas un placard mais un cellier. Sur le sol gisait une femme adulte, les bras étendus de chaque côté du corps. Elle avait la gorge tranchée. Les paumes de ses mains étaient couvertes de blessures défensives.

Odessa cria « CORPS ! » afin de prévenir Leppo, mais elle savait qu'il ne reviendrait pas sur ses pas.

Elle suivait ses consignes à la lettre. Elle contourna la mare de sang qui entourait la femme pour lui prendre le pouls. Sa gorge était encore chaude, mais elle ne sentit aucune pulsation, aucun signe de vie. Le simple fait d'appuyer son pouce sur le menton de la victime suffit à entrouvrir légèrement sa blessure au cou. De l'air s'échappa en gargouillant par le trou, formant à la surface de petites bulles de sang.

Une vague de nausée submergea Odessa qui recula vivement. La sensation persista, mais elle réussit à ne pas vomir. Elle se sentait comme en apesanteur, engourdie. Odessa connaissait ce visage. Il s'agissait de l'ex-femme de Peters.

Le fait de l'identifier lui fit reprendre ses esprits. Une pensée s'imposa : les enfants.

Soudain, elle fut de nouveau à l'affût. Il le fallait. Les sens en éveil, elle entendit hurler. Le cri venait de l'étage.

Odessa se précipita hors du cellier. Elle traversa la cuisine, repéra les escaliers et jeta un coup d'œil vers le haut.

— Leppo !

Elle appela son collègue à nouveau, à la fois pour savoir où il se trouvait et pour lui faire savoir qu'elle s'apprêtait à monter. Éviter les tirs amis faisait partie des exercices hebdomadaires à l'Académie.

Les hurlements s'amplifièrent. Odessa se mit à monter les marches deux par deux.

— LEPPO !

Elle vérifia le couloir. Celui-ci était vide. Des lumières bleues clignotaient à travers l'une des fenêtres donnant sur la rue : les renforts de la police locale arrivaient. Ces lumières auraient dû la réconforter, mais elles conféraient au contraire à l'étage un air de maison hantée assez déstabilisant.

Elle se dirigea vers la première porte. La pièce était peinte en rose et en pêche, toute en couleurs douces, un gros édredon à volant posé sur le lit défait.

Près du lit, sous un drap taché de sang, se dessinait une forme humaine.

Ce n'est pas réel, ça ne peut pas être réel.

Odessa souleva un bout du drap, juste assez pour apercevoir un petit pied nu, une cheville et un mollet fin. Elle n'avait pas besoin de voir le corps blessé. Et ne voulait certainement pas voir son visage.

Retour dans le couloir. En hyperventilation, les oreilles sifflantes, le regard vacillant comme un bateau dans la tempête.

— LEPPO !

Une deuxième chambre attendait devant elle. Derrière la porte ouverte, sur le mur, un poster des Rangers de New York[1] éclaboussé de gouttelettes de sang. Dans l'air, une légère odeur de fer...

Le lit était vide, aucun corps sur le sol. Les yeux d'Odessa fouillèrent frénétiquement la petite chambre plongée dans l'obscurité.

Le placard. Une porte coulissante, à moitié ouverte. Odessa l'ouvrit en grand. Le corps d'un jeune garçon gisait sur le sol, appuyé au mur du fond comme une poupée de chiffon, les yeux grands ouverts, sans vie.

Ce n'est pas réel, pas réel.

Odessa se retourna, l'arme au poing. La pièce derrière elle était vide. Tout se passait si vite.

Un énorme coup porté sur le mur situé à sa gauche fit tomber un cadre qui se brisa sur le sol. Des cris, des bruits de lutte, un autre coup sur le mur.

Une bagarre ?

— LEPPO !

Odessa traversa le couloir toujours nimbé de bleu. Elle se dirigeait vers la chambre contiguë quand deux hommes en sortirent avec fracas.

1. Équipe de hockey sur glace.

Odessa réagit en trois temps. Grâce aux flashs bleus, elle reconnut immédiatement Leppo. Celui-ci se battait avec un homme. L'assaillant tourna la tête vers elle, suffisamment pour qu'elle identifie le visage de Cary Peters. Il portait un pantalon de survêtement et elle pouvait voir des taches de sang sur ses genoux et sur ses pieds nus.

Un couteau. La lame étincela, scintillant en bleu. C'était un couteau de cuisine à manche épais. Odessa le vit dans la main de Leppo. Ce qui n'avait aucun sens.

Un couteau à la place de son arme ? Où était le Glock de Leppo ?

— À TERRE ! TOUT DE SUITE ! OU JE TIRE ! cria-t-elle.

Leppo se tenait derrière Peters, le serrant entre ses deux bras, l'un de ses poings serré sur le couteau. Ils se battaient vraiment. Peters repoussait de la paume de sa main gauche le menton et la bouche de Leppo, essayant de le faire reculer. Sa main droite, elle, était agrippée au poignet de Leppo, éloignant le couteau. Par un effort surhumain dans cette lutte à mort, l'ex-chef de cabinet du gouverneur se contorsionna pour regarder Odessa avec une expression qu'elle ne pourrait jamais, jamais oublier.

Pas le regard fou de rage auquel elle s'attendait. Au contraire, il semblait la supplier de l'aider. Un air implorant. Il avait l'air désorienté, désespéré, malgré les traces de sang de sa femme et de ses enfants sur son visage et sur ses mains.

Il lui adressa un regard égaré, le regard confus d'un homme qui vient tout juste de se réveiller d'un cauchemar particulièrement atroce.

Il continua de se battre avec Leppo, mais il semblait surtout vouloir lui échapper, comme si celui-ci était l'assaillant. Odessa ne réalisa vraiment qu'à ce moment-là que c'était Leppo qui tenait le couteau. Il se servait de l'arme de son agresseur. Peters, Dieu sait comment c'était arrivé, était désarmé.

— WALT !

Tout ce qu'il avait à faire, c'était repousser Peters. Il avait l'avantage. Odessa pouvait avoir Peters à bout portant. C'était fini.

— RECULE, JE L'AI !

Si elle tirait maintenant, la balle risquait de traverser Peters et de toucher Leppo. Mais rien de ce qu'elle disait ne semblait avoir d'effet sur son collègue.

Peters essaya à nouveau de se retourner, mais il perdit la partie. Le couteau de Leppo s'enfonça dans son épaule. Peters lâcha le menton de Leppo et ramena sa main vers le haut de son bras dans l'espoir de récupérer l'arme.

— Non... S'il vous plaît ! sanglota-t-il.

Odessa hurla.

— DERNIER AVERTISSEMENT !

Dans un effort désespéré, Peters, le dos appuyé au mur, repoussa Leppo loin de lui. La voie était dégagée. Peters se tourna vers Odessa, tendit la main vers elle dans un geste de défense.

— Non !

Odessa tira deux fois.

Peters tomba lourdement au sol. Il se cramponnait la poitrine où deux ronds rouges commençaient à se former, se tordant de douleur sur le tapis, le dos arqué. Odessa resta à distance, l'arme toujours pointée vers lui. Peters essayait d'aspirer de l'air, le souffle court, sa poitrine laissant échapper un sifflement. Il cligna des yeux, et brièvement, son visage pris un drôle d'air, comme s'il venait juste de se réveiller et qu'il ne comprenait pas ce qui se passait. Puis ses yeux se figèrent et une larme, une seule, coula le long de sa joue gauche.

Odessa venait de tirer sur un homme. Il saignait. Et elle était en train de le regarder mourir.

Elle n'avait pas jeté un œil vers Leppo.

Le corps de Peters s'affala puis s'immobilisa. Les bruits d'agonie émis par sa poitrine se transformèrent en un soupir aigu, semblable à un pneu qui se dégonfle. Ses yeux devinrent vitreux.

C'était terminé.

Odessa laissa échapper le souffle qu'elle retenait depuis qu'elle avait fait feu.

— Je l'ai tué, dit-elle, pour Leppo mais surtout pour elle-même. Je lui ai tiré dessus.

À ce moment précis, Odessa prit simultanément conscience de deux choses : une vague odeur de brûlé, comme celle de la soudure, et la voix d'une fillette, pleurant et appelant depuis une autre chambre, à peine audible sous le bruit des sirènes de police à l'extérieur.

— Aidez-moi ! Qui est là ?

Le troisième enfant de Peters. Toujours en vie. Et indemne.

Odessa eut du mal à détacher ses yeux du corps de Peters. Du coin de l'œil, elle vit Leppo se diriger vers la chambre au bout du couloir. En route pour aider le dernier membre vivant de la famille Peters.

Odessa commença à se détendre. Elle se redressa et recula d'un pas, fixant l'homme qu'elle avait tué.

Devant elle, Leppo ralentit un moment en arrivant devant la porte, juste avant d'entrer. Odessa regarda dans sa direction et juste au moment où il pénétra dans la chambre, elle vit le couteau dans sa main.

La première pensée d'Odessa fut qu'il ne suivait pas la procédure. L'arme du crime était une pièce à conviction et devait être traitée comme telle.

— Leppo !

Elle l'appela, criant son nom dans le couloir au-dessus du tueur aux pieds nus qu'elle venait de descendre. La plante de ses pieds était sale, presque noire, et ça rendait les choses encore plus sordides.

Il était parti. Et pendant un instant, elle se retrouva seule, dans ce couloir seulement éclairé par les flashs bleus, avec l'homme qu'elle avait tué.

Odessa se sentait mal. Ça n'avait rien à voir avec la nausée qu'elle avait ressentie quand elle avait trouvé le corps violenté de Mme Peters. La plupart des agents du FBI n'ont jamais à utiliser leur arme dans l'exercice de leurs fonctions. Il allait y avoir une enquête. Heureusement, Leppo pourrait témoigner.

Odessa enjamba le corps de Peters, incapable de détourner le regard. Ses mains ensanglantées reposaient toujours sur sa poitrine blessée, ses yeux fixés sur le plafond et même au-delà.

Elle s'approcha de la chambre, l'arme pointée vers le bas, ne voulant pas effrayer le dernier enfant encore en vie. Elle entra par la porte qu'avait empruntée Leppo quelques minutes plus tôt.

La fillette de neuf ans portait un pyjama en pilou jaune orné de poussins dans des coquilles d'œuf arborant de grands sourires. Walt Leppo se tenait juste derrière elle, agrippant une mèche de ses cheveux blonds. La bouche de la petite était ouverte mais aucun cri n'en sortait. Son corps se contorsionnait, essayant d'échapper à l'emprise de Leppo, mais celui-ci lui agrippait fermement les cheveux.

L'autre main de Leppo serrait le couteau de cuisine, non pas comme une pièce à conviction mais comme une arme, la lame pointée vers le bas.

Le cerveau d'Odessa essaya de trouver un sens à ce qu'elle voyait : *peut-être que Leppo tenait la petite fille pour l'empêcher de s'enfuir. Il tentait seulement de l'empêcher de voir le corps de son père mort dans le couloir, et ceux de ses frère et sœur et de sa mère.*

Mais cette explication rationnelle ne collait pas avec le visage de Leppo. Ses yeux exorbités, son sourire tordu, menaçant. C'était presque comme s'il montrait le couteau à la fillette, sa lame pleine de sang.

— Leppo ? dit Odessa.

Ça n'avait aucun sens. Leppo n'avait même pas l'air de remarquer qu'Odessa était dans la pièce. Il souleva le couteau, tourna la tête pour regarder la lame, tandis que la petite secouait la tête pour essayer de lui échapper.

— Walt, pose-le, dit Odessa. Walt, pose ce couteau par terre !

Elle n'arrivait pas à croire qu'elle prononçait ces mots. Odessa leva son Glock et mit Leppo en joue. Elle était en train de viser un collègue. Cela allait à l'encontre de tous ses instincts.

Leppo regarda à nouveau la fillette. Il tira plus fort sur ses cheveux, exposant sa petite gorge tendre. Quelque chose n'allait pas, mais alors pas du tout.

À ce moment-là, Odessa sut ce qui allait se passer.

— LEPPO ! hurla-t-elle.

Sans prévenir, celui-ci abaissa le couteau vers le bas. La lame traversa la chair, l'os et le cartilage et se coinça dans la clavicule et dans l'épaule de la petite. Un craquement répugnant, étouffé, se fit entendre quand l'agent du FBI, en essayant de retirer le couteau, fit sortir l'os de l'épaule de son logement.

La petite fille hurla.

Odessa tira deux fois, par pur réflexe. Le Glock tressauta dans ses mains.

La force de l'impact fit reculer Leppo. Il tourna comme une toupie et heurta la table de nuit près du lit, les cheveux de la fillette toujours dans la main. La petite tomba sur lui en hurlant, l'épaule en sang avant de reculer vivement, ses cheveux enfin libérés. Trois fines mèches arrachées restèrent dans la main de Leppo.

À quatre pattes, elle rejoignit rapidement le coin le plus éloigné de la chambre.

Dans sa chute, Leppo avait fait tomber l'humidificateur posé sur la table de nuit. Le réservoir s'était décroché en heurtant le sol et l'eau coulait sur la moquette. Leppo s'effondra contre le côté du lit et s'affaissa vers le sol. Son corps se tassa sur lui-même, ses épaules et sa tête reposant sur le lit dans un angle étrange.

Odessa resta figée sur place. Elle cria « Leppo ! » comme si quelqu'un d'autre lui avait tiré dessus, tout en le regardant par-dessus le canon fumant de son arme.

Des voix fortes retentirent dans l'escalier. Les policiers étaient enfin entrés.

Le visage grimaçant de Leppo commença à se détendre, ses yeux se brouillèrent. Toujours paralysée, incapable de réaliser ce qui venait de se passer, Odessa vit quelque chose…

Une brume, comme l'ondulation d'un mirage de chaleur, s'éleva du corps tordu de Leppo. Une présence dans la pièce, planant comme une nappe de gaz au-dessus d'un marais. Incolore, mais elle sentit à nouveau cette odeur de soudure, très différente de celle de la fumée qui se dégageait encore en fines volutes du canon de son arme...

Tout à coup, le corps de Leppo s'affaissa, comme si quelque chose, une sorte d'entité, l'avait quitté au moment où il était mort.

Quand la police de Montclair fit irruption à la porte de la chambre, ils trouvèrent une jeune femme assise sur le sol, serrant dans ses bras une gamine de neuf ans en sanglots, une profonde blessure à l'épaule. Un homme d'âge moyen gisait appuyé contre le lit et la table de nuit, manifestement tué de deux coups de feu. La jeune femme relâcha doucement la petite fille blessée et gémissante afin de montrer son insigne du FBI aux policiers armés.

— Agent à terre, dit Odessa, en hyperventilation, agent à terre...

1962. Delta du Mississippi.

Il avait été briefé sur l'enquête par l'un de ses supérieurs durant le court vol qui, à l'aube, l'avait amené de Knoxville à Jackson, Mississippi. Le cas présentait un grand nombre de particularités, mais le fait que le Bureau ait affrété un avion pour accélérer sa réaffectation au centre des opérations de Jackson – lui, Earl Solomon, un bleu de vingt-huit ans, diplômé de l'Académie du FBI depuis à peine quatre mois – avait achevé de le convaincre qu'il ne s'agissait vraiment pas d'une enquête ordinaire.

Une berline le récupéra sur le tarmac afin de le conduire au nord, par la route 49, jusqu'au Delta. En dehors d'un salut de pure forme, le conducteur, un agent blanc âgé d'une grosse trentaine affublé d'un accent nasillard à deux doigts de le faire passer pour un plouc, resta silencieux pendant tout le trajet, préférant jeter ses cendres de cigarettes par la fenêtre plutôt que de salir le cendrier du tableau de bord. Solomon comprit rapidement l'idée. Il comprit également pourquoi il avait été envoyé dans cette poudrière d'activisme des droits civiques et de violence. Ça n'avait rien à voir avec ses compétences en tant qu'agent ou avec son expérience. Le nombre de lynchages qui avaient eu lieu récemment dans le Delta était préoccupant et la police locale ne s'était pas montrée très coopérative avec le FBI. Un agent noir, voilà ce qu'il leur fallait.

Solomon était l'un des trois premiers agents de couleur acceptés à l'Académie l'année précédente. Durant ses quelques mois à Knoxville, il s'était bien entendu avec tous ses collègues. La plupart avaient une expérience militaire et avaient donc déjà été confrontés au fait de faire équipe avec des gens de couleur. Solomon n'avait pas l'impression d'avoir subi plus que n'importe quel autre agent fraîchement émoulu de l'Académie : c'était en accomplissant les tâches les plus ingrates qu'on apprenait les ficelles du métier. Quand, au milieu de la nuit, un appel l'avait tiré du sommeil pour lui demander de se rendre au Bureau, il n'aurait jamais imaginé que ce serait pour prendre l'avion pour Jackson afin de participer à sa première enquête criminelle. À Knoxville, son chef avait sous-entendu que la demande de réaffectation pourrait venir de M. Hoover lui-même. Solomon avait senti tous les yeux braqués sur lui.

Parce qu'il ne s'agissait pas d'une enquête banale. Un autre lynchage avait eu lieu, dans un bois isolé cette fois, et apparemment, la scène présentait des aspects rituels. La police locale avait parlé de caractéristiques païennes, décrites comme « sataniques », mais il n'y avait pas encore de photos de la scène de crime et les autorités locales étaient notoirement peu fiables. Pourtant ce n'était pas, dans ce cas précis, ce qui avait mis le feu aux poudres.

Cette fois, la victime était un homme blanc.

Le policier le conduisit au nord-ouest de Jackson, sur la route 49, au nord de Greenwood et à l'ouest d'Oxford. La ville en question, Gibbston, était située sur une portion de terre fertile, entre le Mississippi et la Yazoo River, où le coton – tout comme la race blanche – était roi.

Ils s'arrêtèrent devant le bureau de poste, une petite cabane qui ressemblait à un magasin de pêche, avec un drapeau fédéral délavé dessiné sur la porte. Le conducteur sortit de la voiture et attendit que Solomon le rejoigne, sans jamais le regarder dans les yeux. Ils traversèrent la rue en direction d'une poignée d'hommes en bras de chemise, s'éventant avec leurs chapeaux ou s'essuyant le front avec des mouchoirs déjà trempés de sueur. Solomon fut présenté au shérif local, à ses deux adjoints et à l'agent spécial de Jackson en charge de l'affaire, qui répondait au nom de Makclin.

— Quand ils ont dit qu'ils allaient nous envoyer quelqu'un nommé Solomon pour nous aider dans les interrogatoires, dit celui-ci, je leur ai dit qu'on avait besoin d'un noir, pas d'un juif.

La bouche de Macklin s'étira en un sourire pincé qui révéla légèrement ses dents, comme si ses lèvres avaient été incisées par un scalpel. Les autres hommes présents sourirent également et attendirent la réponse de Solomon, afin de savoir à quel genre de noir ils avaient affaire. Solomon regarda chacun d'entre eux dans les yeux, les laissant mijoter quelques instants de plus que nécessaire, puis hocha la tête et sourit. Il allait avoir besoin de leur aide et, sur l'échelle, il était assurément sur le barreau le plus bas, en admettant même qu'il soit sur l'échelle.

Ils discutèrent un peu de tout et de rien, mais l'attention de Solomon fut distraite par des chants dans l'église d'à côté. Dans les chœurs de la congrégation, il ne sentit pas la joie qu'il associait habituellement aux messes baptistes des États du Sud :

Il me précède
Et marche à mes côtés
Alors je n'ai pas peur.

C'était un chant vraiment funèbre. L'air était chargé d'une anxiété qui se mélangeait de façon oppressante avec la chaleur et l'humidité. Affecter Solomon à cette enquête montrait clairement le désespoir du FBI, peut-être même celui de la Maison-Blanche. L'envoyer à Gibbston afin de travailler en liaison avec cette communauté noire du Sud profond, c'était comme envoyer un communiste recueillir les inquiétudes des sympathisants du régime soviétique.

La messe prit fin et les fidèles commencèrent à sortir. Vêtus de leurs habits du dimanche, ils se mirent à descendre les marches pour rejoindre le trottoir, les hommes remettant leur chapeau sur leur tête.

Macklin et les autres avaient prévenu Solomon.

— Contentez-vous de les laisser vous voir, ça éveillera leur curiosité. Vous ne voudriez pas qu'ils prennent peur.

Mais Solomon savait que le dimanche matin était le seul moment où la communauté noire locale était presque totalement rassemblée. Rater cette opportunité, c'était prendre le risque de perdre une semaine entière, au minimum.

Il en fit part à l'agent Macklin.

— Non, lui répondit celui-ci, on ira les interroger individuellement plus tard, aujourd'hui ou dans les jours qui viennent.

Solomon regarda les fidèles se dire au revoir et se préparer à se disperser. Il avait l'impression qu'il y avait, peut-être pas de la peur, mais une certaine forme d'inquiétude dans la volonté de Macklin de l'empêcher de leur parler.

— Monsieur, annonça-t-il, déjà en marche, j'y vais.

Il avait fait la moitié du chemin quand il se rendit compte que les autres le suivaient. Mauvaise idée. Pourquoi l'avoir fait venir, sinon ?

— Messieurs, dit-il, je pense qu'il serait préférable que vous attendiez ici.

Et c'est ce qu'ils firent. Solomon finit de traverser la rue et vit les regards des membres de la congrégation se tourner vers lui. Ils l'avaient vu stopper les policiers blancs et étaient visiblement surpris qu'un jeune noir puisse avoir une telle autorité.

— Bonjour, messieurs-dames, dit-il avant de se présenter à la foule silencieuse. Je suis l'agent spécial Earl Solomon.

Il sortit son insigne pour le leur montrer puis le rangea dans la poche de poitrine de sa veste. Il remarqua que nombre d'entre eux regardaient derrière lui, en direction des policiers blancs qui attendaient de l'autre côté de la rue.

— Le Bureau m'a envoyé à Gibbston pour participer à l'enquête sur les lynchages.

Le pasteur sortit de l'église, s'arrêtant sur la première marche de l'escalier, derrière les fidèles. Il avait ôté sa robe et, vêtu d'une simple chemise de coton blanc au col ouvert et d'un pantalon sombre, s'épongeait le front. Une mèche argentée dans ses cheveux noirs le faisait ressortir parmi la foule assemblée comme une bougie dans l'obscurité.

Solomon hocha respectueusement la tête dans sa direction, mais la réaction du prêtre lui sembla étonnamment méfiante. Peut-être n'était-il tout simplement pas habitué à ce qu'un autre homme noir retienne l'attention de ses fidèles.

— Vous devez savoir que le gouvernement fédéral se préoccupe de vos inquiétudes et souhaite mettre fin à toute cette violence. Vous avez des droits, et ils doivent être protégés. Je suis à la recherche de toutes les informations que vous pourriez avoir concernant les meurtres récents.

Leurs visages. Leurs yeux faisaient des allers-retours entre les policiers locaux et Solomon. Celui-ci se tenait devant eux comme s'il venait d'une autre planète.

Un homme robuste d'une cinquantaine d'années tira sur la couture de sa chemise pour s'éventer.

— Vous êtes la voix du gouvernement, dit-il.

Solomon pencha la tête sur le côté avant de répondre.

— C'est exact. Le FBI travaille pour le gouvernement et je travaille pour le FBI.

— Et, donc, on doit vous faire confiance, c'est ça ?

— Il faut bien commencer quelque part.

Un autre homme ôta ses lunettes à monture métallique et essuya les verres avec sa cravate.

— J'ai entendu parler de vous. Les premiers agents noirs. J'ai lu un article dans *Jet Magazine*. Ils veulent vous intégrer au FBI.

— Oui, m'sieur, c'est exact, répondit Solomon.

— C'est qu'un gamin, ajouta une femme âgée, mince et vêtue d'une robe bleue austère.

— Un gamin avec un insigne, commenta un autre homme.

La femme âgée reprit :

— Maintenant qu'un blanc a été pendu, ils vous envoient.

— Je vais là où on m'envoie, répondit Solomon. Ce qui compte, c'est que je suis là maintenant.

— Vous voulez juste nous faire moucharder, continua la femme. Trouver des coupables à arrêter pour le lynchage de ce blanc et puis disparaître d'ici.

Solomon prit garde à secouer la tête avec respect en répondant.

— Non, m'dame.

Solomon jeta un coup d'œil au pasteur. Rien ne transparaissait dans son attitude, mais il savait que l'aide de cet homme de Dieu lui serait indispensable. Le pasteur plissa un peu le nez, comme si une goutte de sueur coulait vers sa lèvre supérieure.

— Mes chers frères et sœurs, dit-il, je crois que cet homme, l'agent... ?

— Solomon.

— L'agent Solomon, qui porte le nom d'un roi de l'Antiquité sage et riche, mérite une chance de prouver qu'il est un homme juste. Je vais maintenant rentrer dans la maison de Dieu. Si par hasard l'un d'entre vous avait des informations à partager avec lui, qu'il se sente libre de le faire.

Sur ces mots, le pasteur retourna à l'intérieur de l'église et ferma la porte. Solomon trouva étrange que l'homme semble réticent à entendre ce que les éventuels témoins pouvaient avoir à dire. La raison lui apparut après une longue conversation à voix basse entre les membres d'un petit groupe rassemblé autour de la vieille femme en bleu. Celle-ci les regardait avec dans l'œil une désapprobation acerbe comme seules les personnes âgées peuvent en afficher.

Un homme d'une trentaine d'années souleva son couvre-chef, révélant à la fois un crâne chauve luisant et la bande de tissu jaunie par la sueur qui protégeait l'intérieur de son chapeau de paille. Il portait une épingle de cravate avec une petite croix décorée d'un brillant. L'homme jeta un long regard en direction des policier blancs qui attendaient de l'autre côté de la rue, avant de reporter à nouveau son attention vers Solomon.

Sa voix se réduisait à un murmure.

— Vous devriez peut-être voir le garçon.

Tyler, l'agent qui l'avait conduit jusque-là, reprit le volant. L'agent Macklin s'installa à ses côtés tandis que Solomon prenait place à l'arrière. Ils suivirent la voiture du shérif, un break décapotable noir et blanc dont les portières étaient ornées de l'étoile du comté.

Ils roulèrent pendant des kilomètres dans la campagne, longeant les champs de canne à sucre. À cause des vitres ouvertes pour aérer l'habitacle, Macklin devait hurler ses questions à Solomon qui les recevait dans un flux d'air chaud et d'odeur de cigarette. Il n'avait hélas pas de réponse à lui fournir. Il ne savait pas ce qui les attendait, un suspect potentiel, un témoin du crime ou quelque chose de complètement différent. L'homme au chapeau de paille, sous la pression des autres fidèles, n'avait rien voulu dire de plus.

La voiture du shérif s'arrêta à un stop, le temps de demander la direction à un gamin de treize ou quatorze ans, pied nus et sans chemise, qui donnait des coups dans l'herbe sur le bord de la route avec un morceau de canne à sucre. Le garçon désigna la route à prendre avec la canne.

Solomon remarqua le regard que Tyler posait sur lui dans le rétroviseur, le regard d'un agent qui observe un suspect.

La maison du métayer était un bâtiment bas, plein de coins et de recoins, juste posé au bout d'un chemin, entre les champs. Elle était faite d'un bois brut qui avait plus l'air destiné au chauffage qu'à la construction. La structure était ancienne, mais il sembla néanmoins à Solomon qu'une bonne tempête d'été pourrait suffire à la transformer en un tas d'allumettes.

Solomon regarda par la vitre de la voiture. Pas de jouets devant la maison. Un fil à linge, tendu entre l'arrière de la maison et un arbre, sur lequel ne se trouvaient que deux corbeaux tout noirs. Pas d'antenne de télévision sur le toit. Des rideaux aux fenêtres du premier étage, mais pas de volets. Les fenêtres étaient fermées, ce qui, vu la chaleur, était étrange.

— Je devrais y aller seul, dit Solomon.

— Je crois aussi, répondit Macklin.

Celui-ci sortit pourtant de la voiture en même temps que Solomon. Tyler, lui, resta à sa place, une cigarette entre les lèvres. Le shérif et ses adjoints sortirent eux aussi de leur véhicule, mais juste pour s'aérer en attendant.

Solomon alla jusqu'à la porte et frappa. Celle-ci s'ouvrit quasi immédiatement sur une petite fille portant une robe en coton bleu avec un peu de dentelle blanche qui pendait de l'ourlet à moitié défait. Solomon la salua.

— Salut, toi. Tes parents sont à la maison ?

Elle le regarda de ses grands yeux bruns, la tête penchée vers l'arrière.

— Tu es docteur ?

— Non, mademoiselle.

Elle se retourna et partit vers l'intérieur de la maison. Solomon attendit, espérant l'entendre appeler ses parents, mais rien. Pas de voix. Pas de bruit de pas. Le couloir, au fond, semblait se diviser en deux parties, mais il faisait sombre à l'intérieur et ses yeux ne pourraient s'ajuster à l'obscurité que s'il entrait.

Le sol de l'entrée était en terre. Un peu plus loin, il se transformait en plancher. Un jeune homme se tenait au fond, un paquet de Saltine[1] à la main, la bouche pleine. Il devait avoir à peu près vingt ans.

---

1. Célèbre marque de crackers aux États-Unis.

— C'est toi, l'homme de la maison ? demanda Solomon.

— Non, m'sieur.

— Est-ce que ton père est là ?

— Il est dehors, dans les champs.

— C'est bien la maison des Jamus, ici, c'est ça ?

— Oui, m'sieur.

— Quel est ton nom, fiston ?

Le jeune homme avala un autre Saltine.

— Coleman, m'sieur. Cole.

— Est-ce que ta maman est à la maison, Cole ?

Cole hocha la tête et se mit à avancer, tournant la tête par-dessus son épaule pour faire signe à Solomon de le suivre dans la pièce suivante, simplement décorée de quelques meubles et d'un épais tapis tressé ovale. Dans le coin, assise dans un fauteuil près de la fenêtre située face aux champs de canne à sucre, se tenait une femme d'une quarantaine d'années vêtue d'une robe d'intérieur beige, en train de pleurer, une main sur le visage. Les larmes ruisselaient le long de son poignet et de son avant-bras, et l'avant de sa robe était trempé.

Les lèvres de Solomon commencèrent à former le mot m'dame, mais il s'arrêta avant même de le prononcer. Il ne tirerait rien de cette femme endeuillée. Mieux valait la laisser tranquille.

Il se tourna vers Cole qui, la bouche toujours pleine de Saltine, regardait sa mère comme si tout était normal.

— Il est dans la chambre du fond, dit Cole à Solomon sans quitter sa mère des yeux. On l'a enchaîné.

Solomon croisa trois autres enfants en se rendant dans la pièce que Cole lui avait indiquée. Il arriva finalement devant une porte fermée, juste à côté d'un cellier. Solomon entendit le cliquetis inimitable d'une chaîne et le grincement d'un sommier à ressorts. Ce qu'il prit pour une voix laissa échapper un CROA effrayant, mais il s'agissait juste de l'un des corbeaux installés sur la corde à linge. Il n'avait pas réalisé qu'il se trouvait maintenant à l'arrière de la maison.

La porte s'ouvrait vers l'extérieur. C'était plus un grand placard qu'une vraie chambre, mais à l'intérieur, il découvrit un lit appuyé contre le mur du fond, sur lequel se trouvait un fin matelas dépourvu de drap. Sur le matelas reposait un petit corps, un jeune garçon, tourné vers le mur. Des chaînes de taille moyenne, accrochées à des anneaux cadenassés aux montants du lit, rejoignaient des menottes fermées autour des poignets et des chevilles du garçon. Les taches de sang sur le matelas au niveau des chevilles indiquaient clairement qu'il s'était débattu, tout comme sa peau à vif et ses pieds tellement gonflés qu'on aurait dit ceux d'un adulte.

Cette vision fit bondir Solomon. On aurait cru une image surgie du passé, celle d'un esclave enchaîné.

Il remarqua alors que l'air dans cette pièce semblait différent. L'atmosphère n'était pas la même, comme dans un avion dont la cabine aurait été dépressurisée. Il entendit un son sourd et distant, à mi-chemin entre un sifflement et un rugissement, un peu comme le bruit résiduel après une longue séance d'entraînement au tir. Mais c'était plus que ça. Il se sentait désorienté, un peu étourdi. Si son cerveau avait été une radio, il aurait pu dire que la réception en était brouillée.

Mais tout ceci disparut quand le garçon se tourna vers lui. Les chaînes frottèrent contre le cadre du lit, métal contre métal, et le jeune garçon torse nu releva légèrement la tête, les yeux rivés sur Solomon. Ses yeux. Ils étaient de la couleur de l'acier, presque argentés, sans doute bleus. Et remplis de folie. Son visage était grimaçant, tordu, comme un vieux gant en cuir porté par une main trop grande. Solomon frissonna.

La bouche du garçon s'entrouvrit et resta ouverte, comme sur le point de parler, pendant ce qui sembla une éternité. Juste quand Solomon commençait à penser que le garçon ne dirait rien, un son sortit d'entre les lèvres sèches.

— *Blackwood*.

La voix paraissait lointaine, étouffée, rauque après des jours passés à hurler sa folie. La respiration de Solomon, secoué, paniqué à la vue de ce garçon visiblement malade, s'accéléra. *Blackwood ?* Peut-être avait-il mal entendu.

Les yeux du garçon se posèrent sur lui. Solomon repensa soudain aux contes que son grand-père lui racontait durant son enfance dans l'Illinois. Des histoires datant de ses années dans la Marine, dans lesquelles des navigateurs et des marins avaient été ensorcelés, dans des îles inconnues, par des femmes au charme exotique et des promesses de richesse, pour être finalement sacrifiés au cours de rites mystérieux. Dans un de ces terribles récits, son équipage et lui avaient dû abandonner derrière eux un membre de l'équipage qui, possédé par un démon, les avait attaqués pendant la nuit.

En effet, il était évident pour Solomon que le fils du métayer était habité par une force démoniaque bien au-delà de la juridiction du FBI.

Avant que Solomon puisse répondre, la bouche du garçon s'ouvrit à nouveau. Sa langue était aussi noire que celle d'un cadavre. Cette fois encore, Solomon resta suspendu à ses lèvres.

— *Blackwood.*

Il n'y avait aucun bruit dans la chambre, mais Solomon n'était pas certain de bien entendre.

— Quoi ? demanda-t-il, d'une voix sèche qui ressemblait à un croassement.

— *Faites venir Blackwood ici.*

Bouleversé et terrifié, submergé par des peurs enfantines remontées du fin fond de sa conscience, Solomon recula vers le couloir. Son épaule heurta le cadre de la porte et il sursauta comme s'il avait été attaqué par quelque chose. Il franchit la porte et retourna dans le couloir étroit, pressé par le besoin de sortir de la pièce afin de reprendre ses esprits.

— *Hugo Blackwood. Ici.*

Sans trop savoir comment, Solomon réussit à fermer la porte. Ce nom ne lui disait rien. Il resta là un moment, la poitrine et les épaules secouées par ses halètements, essayant de retrouver son souffle.

Quand il se retourna, il découvrit quatre gamins dans le couloir, les yeux fixés sur lui. Coleman se tenait un peu plus loin, les mains vides de tout paquet de crackers, pendantes.

— Qu'est-ce qui lui est arrivé ? demanda Solomon.

Les enfants continuèrent de le fixer. Ils n'en savaient rien.

— Qui… qui est Hugo Blackwood ? réussit à demander Solomon.

Les enfants n'avaient pas de réponse à cette question non plus. Un par un, ils se retournèrent et s'éloignèrent. La réponse, cependant, n'allait pas tarder à arriver.

1582. Mortlake, dans la banlieue de Londres.

La maison près de la rivière, à Mortlake, avec toutes ces pièces consacrées à des disciplines diverses et variées, était une véritable extension de l'esprit du grand sorcier.

Ses couloirs étaient frais, tranquilles et prêtaient à la méditation. Une porte ouvrait sur l'observatoire et son plafond de verre permettant de suivre les mouvements célestes, au service à la fois de l'astronomie et de l'astrologie. Une autre permettait d'accéder au laboratoire de navigation et de cartographie, une discipline scientifique florissante, cruciale pour les marins anglais qui espéraient développer le commerce avec le Cathay[1] ou même le Nouveau Monde grâce à la maîtrise des mers du nord. Une troisième menait à la salle de cosmographie, l'étude de l'univers connu ou supposé, dont les sous-catégories – l'astronomie, la géographie, la géométrie – contribuaient à leur tour à améliorer d'autres recherches scientifiques derrière d'autres lourdes portes.

Le palais de l'esprit.

---

1. Ancien nom donné, en Asie centrale et en Europe, au nord de la Chine.

Aucune pièce n'était cependant plus sanctifiée que la grande bibliothèque. Elle était plus vaste que celle de n'importe quelle université et son contenu suscitait la jalousie dans toute l'Angleterre. Des étagères et des piles de livres collectés dans tout le monde civilisé : c'était le centre névralgique de la maison.

Le *De Legibus* de Cicéron, le *Libelli Quinque* de Cardano, L'*Opera medica omnia* d'Arnaud de Villeneuve, sans compter d'innombrables incunables – presque quatre mille volumes tout aussi importants rangés selon un ordre particulier, et compris de lui seul, par leur conservateur : le philosophe de l'occulte et Conseiller de la Couronne royale, John Dee.

Âgé d'environ soixante-cinq ans, Dee était réputé pour être à la fois l'astrologue, l'expert en sciences et le chef des services secrets de la cour de la Reine Elizabeth. En résumé, son influence était de premier ordre. On lui avait confié la responsabilité de prédire et fixer la date du couronnement et, pendant vingt ans, il avait prodigué ses conseils dans les plus hauts cercles de la vie londonienne. Ses appuis politiques s'étaient cependant affaiblis récemment à cause de prophéties décevantes et de recommandations non suivies par la Reine. Ses études mathématiques continuaient d'être encensées et soutenues, mais le monde autour de lui était en plein changement. Au XVIe siècle, chaque avancée scientifique s'accompagnait d'un recul proportionnel du pouvoir de la magie.

Ce schisme entre les disciplines scientifiques et magiques avait sérieusement entamé son influence à la cour et réduit sa clientèle – celle-là même qui lui avait autrefois permis de fonder Mortlake Manor et de subventionner l'achat de ces œuvres de culture générale ou ésotériques qui faisaient la renommée de son palais de l'esprit.

Avec détermination, et peut-être aussi avec une petite pointe de désespoir, Dee s'était ces derniers temps tourné plus largement vers l'exploration du surnaturel.

Son but était de réparer le schisme entre science et magie, de combler le fossé grâce à la pratique de l'alchimie et de la divination. Il avait donc sollicité des entretiens avec tous les experts du royaume : ce qu'il voulait, c'était entrer en communion avec les anges, rien de moins.

Cette quête peu orthodoxe avait permis à Dee de prendre contact avec une ligue secrète d'occultistes et de spirites. Après avoir rencontré nombre de médiums prétendant être en connexion avec les royaumes supérieurs, il s'associa à Edward Talbot. De son vrai nom Edward Kelley, celui-ci avait choisi de prendre un pseudonyme après avoir été jugé coupable de contrefaçon quelques années plus tôt. Les deux oreilles de Talbot avaient été coupées en punition de son crime, ce qui expliquait pourquoi il portait en permanence une calotte de moine, même à l'intérieur. Dee, lui, avait décidé d'oublier les soucis judiciaires passés de Talbot, séduit qu'il était par la qualité de leurs discussions spirituelles et l'ampleur de ses connaissances dans le domaine de l'étrange, notamment son talent pour prédire l'avenir.

— Il nous faut commencer, annonça Dee. Il n'y aura pas de moment plus parfait, Edward…

Talbot se tenait au centre de la bibliothèque, son attention psychique totalement concentrée sur une boule de cristal placée dans la paume d'une main sculptée dans le bronze. La sphère ne présentait aucun défaut, un globe de verre parfaitement lisse éclairé par en dessous par trois chandelles votives donnant l'impression que la lumière venait de la boule elle-même. John Dee, vêtu de son habituelle tunique blanche, arborait une longue barbe soyeuse, blanche elle aussi, tombant sous ses moustaches en un V parfait et lui donnant l'air d'un sorcier prêt à lancer un sort. Talbot était en transe, psalmodiant dans la langue qui leur avait été révélée, à John Dee et à lui, par les anges énochiens[1].

Un troisième homme assistait à cette séance rituelle, même si personne, à part ceux présents sur place, n'aurait pu dire s'il y participait activement ou s'il en était simplement témoin.

On sait peu de choses sur Hugo Blackwood. Il parlait peu mais semblait être systématiquement aux côtés de Dee, que ce soit en privé ou dans ses fonctions publiques. Les gens le surnommaient « l'ombre de Dee », mais uniquement quand il n'était pas dans les parages.

À l'origine, la légende disait que sa première rencontre avec John Dee datait du procès de celui-ci, en 1555, pour trahison – Dee avait été accusé de falsifier l'horoscope de la Reine Mary et avait dû en répondre devant la Star Chamber[2], où Blackwood était apprenti clerc. Mais cette théorie a perdu en crédibilité au cours des vingt dernières années suite à l'apparition d'informations biographiques, ténues, certes, mais qui remettaient en cause cette possibilité puisque l'homme aurait

---

1. Énochien ou hénokéen : langue angélique supposée. Selon John Dee, il s'agit du tout premier langage, utilisé par Adam pour nommer les choses et les êtres qui l'entouraient.

2. Chambre étoilée : haute cour de justice en Angleterre, créée en 1487 sous le règne d'Henri VII. Elle tire son nom des étoiles en or qui ornaient la salle où se réunissaient les conseillers du Roi.

eu, au moment du procès, une bonne trentaine d'années. Aujourd'hui, il semble finalement que Hugo Blackwood ait été au départ employé par John Dee en tant qu'avocat, même si les documents de cette époque pouvant en attester sont rares. L'une des pistes, qui jusqu'à présent n'a pas pu être réfutée, est que Blackwood représentait John Dee dans toutes ses affaires immobilières.

Ce que l'on sait avec certitude, en revanche, c'est que Hugo Blackwood, comme beaucoup avant et après lui, était comme aimanté par le célèbre philosophe. La raison de sa présence pendant cette séance d'invocation est assez trouble. On ne sait pas si, comme Dee et Talbot, il avait jeûné pour préparer la cérémonie, en revanche, on suppose qu'il avait partagé avec eux une coupe emplie d'un breuvage à base de céréales fermentées et d'armoise, dérivée de l'*Artemisia vulgaris*[1] cultivée dans le jardin de Dee. Peut-être Blackwood était-il un observateur curieux ou, moins probable mais toujours possible, peut-être s'était-il simplement trouvé chez Dee la nuit en question pour une tout autre affaire.

Ou peut-être, comme cela s'était déjà produit de nombreuses fois par le passé, John Dee avait-il senti chez Blackwood quelque chose de particulier, une réceptivité à sa propre quête de preuves de l'existence d'un autre monde, qui l'avait poussé à convier l'avocat à la cérémonie.

Presque aucune mention au surnaturel n'apparaît dans les carnets de notes de Dee, soit parce que rien ne s'est passé ce soir-là qui justifie à ses yeux d'être noté, soit parce qu'il n'en a pas eu conscience. Dee poursuivit encore durant de

1. Armoise commune ou armoise citronnelle.

nombreuses années sa recherche de l'indicible, essayant ambitieusement de faire fusionner les mathématiques, la divination, l'astronomie et le spiritisme en une seule discipline, sans jamais y parvenir.

Mais cette nuit-là, quelque chose se passa. Au cours de cette expérience de cristallomancie, destinée à sommer un archange de leur divulguer sa connaissance divine, une ligne fut franchie. Une loi naturelle fut brisée. Une sombre limite fut dépassée.

Deux hommes en revinrent inchangés.

Pas le troisième.

2019. Newark, New Jersey.

Les investigations sur la scène de crime durèrent toute la nuit.

Odessa passa du temps à expliquer aux premiers enquêteurs ce qui s'était exactement passé, désignant Cary Peters comme l'agresseur des deux enfants retrouvés morts et de leur mère, et identifiant Walt Leppo comme un membre des forces de l'ordre. La petite était inconsolable. Odessa n'avait même pas réussi à lui faire dire son prénom avant que l'équipe médico-légale ne l'emmène.

Les deux premiers agents du FBI arrivés sur place rejoignirent Odessa dans la chambre de la fillette où elle dut à nouveau leur raconter toute l'histoire. Ayant elle-même déjà eu affaire à des témoins oculaires, elle s'exprima aussi clairement et succinctement que possible. Mais une fois parvenue au bout de son récit, elle n'arriva pas à leur faire entendre que c'était elle, et non Peters, qui avait tiré sur Leppo. Ils pensèrent tout d'abord qu'elle était confuse, puis qu'elle était traumatisée et qu'elle ne savait plus ce qu'elle racontait, et finirent par lui dire qu'un superviseur était en route.

À son arrivée, Odessa raconta encore une fois son histoire. Et à nouveau, son récit fut accueilli avec scepticisme. Elle s'entendit décrire tout ce qui s'était passé dans le couloir, la lutte entre Peters et Leppo, le couteau dans la main de Leppo et non dans celle de Peters. Et, après qu'elle avait tiré sur Peters, Leppo qui se relevait, couteau à la main, et qui se dirigeait vers la chambre de la fillette sans un mot. Elle se rendait compte que ce qu'elle disait n'avait aucun sens. Elle laissait entendre que Walt avait perdu l'esprit. Mais le superviseur la regardait plutôt comme si c'était elle qui avait perdu le sien.

Les agents examinèrent le corps de Leppo pendant que l'équipe scientifique le prenait en photo. Son arme était toujours dans son holster. Leur regard passa de leur camarade décédé, mort en service, à Odessa.

Odessa récupéra la bouteille d'eau qu'on lui avait donnée un peu plus tôt et la but d'une seule traite. Elle se sentait en plein doute. Totalement ébranlée, elle commençait elle aussi à remettre en cause sa santé mentale.

Après s'être entretenu avec les deux agents, le superviseur revint vers elle pour lui poser quelques questions supplémentaires.

Où vous teniez-vous quand Walt a essayé de poignarder la fillette ?

Où pensez-vous qu'il a pris le couteau ?

Walt a-t-il agi bizarrement durant la soirée au restaurant ?

Odessa réalisa qu'ils pensaient qu'elle déguisait une partie de l'histoire pour couvrir une erreur de tir. Qu'elle avait peut-être accidentellement tiré sur Leppo, le confondant, dans l'obscurité, avec l'agresseur. Odessa ne répondit pas, ne nia pas. Mais elle savait ce qui était en train de se passer.

La petite fille, seul témoin en vie, confirmerait sa version. Sa blessure à l'épaule, causée par la lame du couteau de Walt, était la preuve irréfutable qu'elle avait eu une bonne raison de faire usage de la force.

Les techniciens recouvrirent le corps de Leppo d'un drap. Celui-ci glissa sur ses yeux ouverts.

Walt, qu'est-ce qui s'est passé ?

Odessa fut conduite hors de la chambre.

*
* *

Elle effectua le trajet retour jusqu'à Claremont dans la voiture de ses collègues. Personne ne parla.

La division de Newark était l'une des plus grosses antennes du FBI, avec plus de 350 agents répartis sur le terrain entre Atlantic City et Peterson. Leur juridiction s'étendait sur la quasi-totalité du New Jersey, à l'exception d'un petit coin au sud de l'État géré par le bureau de Philadelphie.

Au sixième étage de Claremont, dans une pièce aveugle dans laquelle persistait une vague odeur de cigarette datant d'une époque révolue, Odessa répéta à nouveau son histoire, deux fois. La même histoire exactement, à l'exception de quelques petits détails qui lui revenaient au fur et à mesure du récit. Les bruits sourds, comme des bruits de lutte, qu'elle avait entendus au-dessus de sa tête quand elle avait quitté la cuisine des Peters pour se diriger vers les escaliers, par exemple. Ou encore Leppo qui demandait un morceau du pain de viande du midi plutôt que celui fraîchement cuisiné.

Odessa se mit à pleurer. Une fois les vannes ouvertes, impossible de s'arrêter. Elle continuait de parler, mais les larmes coulaient sans arrêt et elle passait son temps à s'essuyer le nez avec des mouchoirs en papier tirés d'une boîte posée sur ses genoux. Cette salle servait habituellement à interroger les suspects.

Le visage des agents qui l'interrogeaient ne trahissait aucune émotion. Elle ne s'était jamais retrouvée de l'autre côté avant ce jour. Certaines questions mirent en alerte la professionnelle qu'elle était.

L'un de vous a-t-il bu de l'alcool durant le dîner ?

Suivez-vous actuellement un traitement médical ?

Elle rendit son arme pour les tests balistiques, comme le voulait la procédure. Les agents lui suggérèrent de donner un échantillon de sang, arguant que ce serait dans son intérêt. La façon dont ils évoquèrent cette idée la mit mal à l'aise, mais cela n'eut aucune importance, car le test sanguin n'eut finalement jamais lieu.

Le soleil se leva, l'équipe de jour arriva et des agents qui n'avaient jamais eu le moindre contact avec la jeune recrue montèrent jusqu'au sixième juste pour jeter un œil. C'est à ce moment-là qu'elle comprit, qu'elle comprit vraiment, qu'elle était dans de sales draps. Même s'il était parfaitement justifié, elle était impliquée dans un crime. Un de ses collègues avait été tué, et c'était elle la coupable.

Vers dix heures du matin, l'ordre tomba : Odessa allait être raccompagnée chez elle. En repassant à son box pour prendre son chargeur de téléphone, elle se dit qu'elle ferait peut-être mieux de récupérer tout ce qui se trouvait dans le tiroir de son bureau, au cas où elle ne reviendrait plus. *Ridicule*, se dit-elle, mais peut-être pas tant que ça ? À travers la fenêtre, elle pouvait voir les camions de télévision dépêchés sur place pour les reportages en direct.

Personne ne lui avait dit que Linus l'attendait. Il patientait dans le hall de l'immeuble, vêtu d'un costume mais sans cravate, comme s'il s'était habillé trop vite pour le travail et qu'il ne l'avait fait qu'à moitié, sans trop savoir quoi faire. Concentré sur son téléphone, il se leva d'un bond en la voyant approcher. Elle le serra dans ses bras et craqua. Elle ne savait pas qu'ils l'avaient appelé.

Elle avait rencontré Linus Ayers à la fac de droit, à Boston. Ils s'étaient fréquentés jusqu'à la remise des diplômes, avaient rompu avant de finalement se retrouver et moins d'un an plus tard, ils vivaient ensemble. Un choix fait par amour, bien sûr, mais qui avait également des avantages sur le plan financier pour deux jeunes juristes, l'une des deux recevant du FBI un salaire de fonctionnaire, le second occupant un poste d'avocat junior dans un gros cabinet bourgeois de Manhattan.

— *Merci*, murmura-t-elle à son oreille.

Il lui frotta le dos pour la réconforter, la serrant toujours dans ses bras.

— Ils m'ont appelé. J'ai cru qu'il t'était arrivé quelque chose, que tu étais blessée.

Elle secoua la tête et enfouit à nouveau son visage au creux de son épaule.

— C'est grave, dit-elle.

— Tu as besoin d'un avocat, répondit Linus.

Elle recula un peu pour essuyer ses larmes et plongea les yeux dans ceux de son compagnon à la peau brune et au regard inquiet.

— J'ai déjà un avocat, dit-elle. Toi.

Il esquissa un sourire.

Ils sortirent par une porte discrète donnant sur River Street et passèrent sans se faire remarquer à côté d'une journaliste scrollant sur son téléphone entre deux flashs info, une oreillette pendant sur le col de sa blouse. L'averse avait fait disparaître l'humidité de la nuit, adoucissant l'air. Odessa s'appuya sur Linus durant le court chemin jusqu'à la station de Newark Penn, où ils prirent le métro qui les emmena une station plus loin, à Harrison. Ils parlèrent peu. La jeune femme avait fait le chemin en pilote automatique. L'épuisement commençait à la gagner.

Elle pensait se sentir soulagée au moment où ils fermeraient la porte de leur appartement sur le monde extérieur, mais non. Linus lui demanda si elle voulait manger quelque chose, mais il n'en était pas question. Elle se laissa tomber sur son lit tout habillée, une chose qu'elle n'avait faite qu'une seule fois dans sa vie d'adulte, lorsqu'elle avait été terrassée par la grippe.

Elle était au plus bas. Linus déposa un verre d'eau sur la table de nuit. Elle l'entendit fouiller dans le placard, et réalisa qu'il était en train de débrancher la prise de la télévision. Il ne voulait pas qu'elle puisse la regarder.

Mais elle avait toujours son portable et son chargeur. Elle se connecta à plusieurs sites d'informations et lut tous les articles qu'elle trouva jusqu'à ce qu'elle n'en puisse plus. Des caméras étaient braquées sur l'extérieur de la maison de Leppo, filmant sa femme, en larmes, en train de faire monter les enfants dans la voiture avant de quitter les lieux.

Linus vint vérifier que tout allait bien et la trouva sur son téléphone. Il lui fit promettre de l'éteindre et de dormir. Elle acquiesça, mais il resta assis au pied du lit. Il voulait discuter. Ou plutôt : il voulait écouter.

Elle lui fit un résumé de ce qui s'était passé. Elle ajouta cependant à son récit un point qu'elle avait omis de donner au FBI : elle lui dit qu'elle pensait avoir vu quelque chose s'échapper du corps mourant de Leppo. Elle voulait jauger sa réaction, pour voir à quel point cette idée lui semblait bizarre. Son visage ne laissa pas transparaître grand-chose, mais après un petit moment de silence, il lui répondit qu'à son avis, elle devrait parler de ça à quelqu'un d'autre qu'à un avocat. Traduction : à un psy.

Son esprit vacilla. Elle voulait que tout ça ait du sens.

— Je l'ai vu, insista-t-elle. Je l'ai senti.

— Mais tu as vu quoi ? demanda-t-il. Une sorte de mirage de chaleur, c'est ça ?

— Pas exactement. Mais un truc dans ce genre. Une ondulation. Quelque chose.

— Je crois que tu étais bouleversée, ce qui est parfaitement compréhensible, et que tes sens t'ont joué un tour.

— Je sais que ça a l'air dingue, dit-elle. C'est vraiment difficile à expliquer.

— Qu'est-ce qu'ils ont dit quand tu leur as raconté ça ?

— Je ne leur en ai pas parlé.

Les yeux de Linus s'arrondirent légèrement. Puis il acquiesça.

— Peut-être que tu devrais en rester là pour le moment. Il n'y a rien de réellement condamnable à omettre cette partie de l'histoire.

C'était l'avocat qui parlait.

— Qu'est-ce qui a pu arriver à Walt ? demanda-t-elle.

Linus n'avait pas de réponse à cette question.

— Tout ça est complètement dingue. Pour le moment, ça n'a vraiment aucun sens.

Le téléphone d'Odessa se mit à sonner. Elle se redressa, mais Linus fut plus rapide qu'elle.

— C'est ta mère, lui annonça-t-il.

Odessa se laissa retomber contre les oreillers.

— Je ne peux pas.

— Alors ne le fais pas, répondit-il, se levant et débranchant le chargeur. Dors.

Elle hocha la tête. Il quitta la pièce.

Quelques heures plus tard, les chaînes d'info en continu tournaient en boucle sur le « dernier vol » de Cary Peters, montant leurs reportages à partir d'images filmées avec des téléphones, d'interviews de témoins oculaires, d'informations sur les impacts de balles et des rapports de l'aviation civile. Odessa regarda ces flashs sur son ordinateur, une tasse de thé froid sur la table à côté d'elle.

Peters avait tué cinq personnes, deux hommes à Teterboro et trois membres de sa propre famille à Montclair. Odessa s'intéressa tout particulièrement au témoignage de l'homme dont la Jeep avait été volée sur le parking du golf. Sa description du visage hagard de Peters, de son regard vide, attribués à la blessure à la tête dont Peters avait souffert au moment où l'avion s'était crashé, correspondait parfaitement à l'expression qu'elle avait vue sur le visage de Leppo.

Selon les journalistes, Peters avait été tué par les forces de l'ordre et un agent du FBI avait également trouvé la mort dans l'opération. Pour le moment, ils n'avaient pas connaissance des détails. Mais Odessa savait que ce ne serait qu'une question de temps.

Tout comme elle, les journalistes essayaient de trouver un sens à la folie meurtrière de Peters. La pression financière, l'explosion de sa famille, la fin de sa carrière politique. Sa vie était un désastre, c'était évident. Mais ça n'expliquait pas un tel comportement. Il n'était pas connu pour être violent et rien dans son passé n'aurait pu laisser imaginer une telle frénésie meurtrière.

Idem pour Leppo. Odessa n'arrêtait pas de repenser à leur dernier dîner. Il n'aurait pas pu être plus banal. Cela valait aussi pour le trajet en voiture jusqu'à Montclair : Leppo était totalement lui-même, suivant son intuition, comme il le faisait toujours. Et même lorsqu'ils étaient entrés dans la maison : il s'était là encore comporté comme l'agent aguerri qu'il était en prenant la direction des opérations. L'attention d'Odessa avait ensuite été détournée par la découverte du corps de la mère. Elle aurait tellement aimé se souvenir avec plus de précisions des bruits qu'elle avait entendus à l'étage.

Est-ce qu'il s'agissait d'une bagarre ? Pourquoi Leppo ne s'était-il pas servi de son Glock ? Comment s'était-il retrouvé en possession du couteau que Peters avait pris dans la cuisine ?

Son portable sonna. C'était Claremont. Ils lui envoyaient une voiture. Ils voulaient l'entendre à nouveau.

— Laisse-moi te trouver un avocat, dit Linus.

— Je ne peux pas me permettre de prendre un avocat, lui répondit Odessa.

— Tu ne peux pas te permettre de ne pas en prendre.

Elle se doucha, s'habilla et se rendit à son entretien accompagnée d'un avocat du Bureau. L'interrogatoire fut filmé et Odessa réussit à s'en sortir sans que ses émotions prennent le dessus. Personne ne lui posa de questions sur l'état du corps de Walt Leppo après son décès. Elle signa plusieurs formulaires après que son avocat les eut relus et fut informée qu'elle serait sans doute convoquée dans les prochains jours pour un nouvel entretien avec les affaires internes.

Elle était sûre qu'ils allaient lui demander de restituer son badge et son insigne. Ils avaient déjà son arme. Selon la procédure standard, elle fut affectée à un travail de bureau pendant toute l'enquête. Elle demanda combien de temps celle-ci allait durer.

— Quelques semaines, sans doute. Peut-être plus.

Le ton qu'employa le superviseur pour dire *peut-être plus* acheva de la convaincre qu'elle allait être renvoyée. Bien entendu, le verdict ne tomberait qu'à la fin d'une enquête minutieuse durant laquelle quelques violations de procédures mineures et sans conséquence seraient retenues contre elle. Mais la vraie raison, c'était qu'elle avait tiré sur un collègue et qu'elle l'avait tué. Quelles qu'aient été les circonstances qui l'y avaient poussée, elle ne pouvait plus espérer qu'un autre agent accepte de faire équipe avec elle après ça.

Une fois sortie de la salle d'interrogatoire, on lui demanda d'attendre au parking, une voiture allait la reconduire chez elle. Elle attendait, seule, lorsque son téléphone se mit à sonner. « MAMAN » indiquait l'écran.

Oh non. Un frisson lui remonta le long de la colonne vertébrale. Peut-être sa mère avait-elle appris quelque chose, par un journaliste, par exemple. Odessa n'avait aucune envie de discuter de tout ça avec elle. Mais peut-être ne savait-elle rien et cet appel, le premier depuis plus d'une semaine, était-il une simple coïncidence. Dans ce cas, ne pas aborder le sujet allait se transformer en gros sujet de dispute la prochaine fois qu'elles se parleraient. *Pourquoi est-ce que tu ne m'as rien dit ?*

Des récriminations, encore et toujours. La culpabilité. Oui, la culpabilité. Le monde d'Odessa était sens dessus dessous et pourtant, sa mère arriverait à tirer la couverture à elle. *Tu aurais dû me le dire plus tôt.*

Elle ne pouvait pas lui parler maintenant. Pas là. Mais ignorer l'appel et le laisser basculer sur la messagerie n'était pas suffisant.

Ce n'était jamais suffisant.

Odessa sortit. Elle n'avait aucune envie de monter en voiture. En s'approchant de la porte qui donnait sur la rue, elle allongea le pas, inquiète à l'idée qu'on la voie et qu'on lui demande de revenir avant qu'elle ait pu s'échapper.

Elle réussit à atteindre le trottoir et remonta deux blocs avant de se sentir libre à nouveau. Elle envoya un SMS à Linus. Elle avait insisté pour qu'il retourne travailler et voulait juste qu'il sache que l'entretien était terminé et qu'elle allait bien. Puis elle reprit son chemin. Les nuages au-dessus de sa tête étaient menaçants, mais seules tombaient quelques gouttes fines comme des aiguilles.

Elle marcha vers le nord, restant à bonne distance des quartiers louches situés au bord de la rivière, longeant des stations de lavage de voiture, des boutiques de téléphonie, des bodegas et des boutiques fermées couvertes de graffitis. Juste au moment où elle commençait à en avoir assez de ces trottoirs défoncés et de ces rues anonymes, elle arriva devant l'entrée du cimetière de Mount Pleasant. Sur une pierre à côté de l'arche de style victorien gothique était gravée la date 1844. Elle pénétra dans cette oasis urbaine et se promena le long des chemins sinueux et des passages vallonnés, longeant des sculptures funéraires, des cryptes romanesques et des mausolées très élaborés. C'était de circonstance.

Son esprit tournait à plein régime, mais ses pensées étaient dispersées, elle n'arrivait pas à se concentrer. Peut-être était-ce mieux ainsi. Une image lui revenait sans arrêt en tête, celle de la réaction gênée de Linus quand elle lui avait parlé de cette sorte d'essence... de cette présence... de ce elle ne savait quoi qu'elle avait vu s'échapper du corps de Walt Leppo après sa mort. Elle aurait aimé avoir le luxe de pouvoir douter d'elle-même, d'ignorer ce qu'elle avait vu. Elle aurait voulu pouvoir le laisser de côté.

Son estomac se tordit soudainement de faim. Elle trouva un restaurant dominicain à proximité du cimetière et s'assit, seule, pour manger un morceau de poulet rôti accompagné de riz épicé. Ce qu'elle préférait dans cet endroit, c'est qu'il n'avait absolument rien de commun avec le Soup Spoon Café dans lequel elle avait passé ses dernières heures avec Leppo.

Walt, que s'est-il passé ?

Il faisait encore jour quand elle traversa la rivière pour rentrer à Harrison. Épuisée, elle sentait la fatigue alourdir ses jambes, ses pieds, tout son corps, jusqu'à ce qu'elle découvre le rassemblement à l'extérieur de son immeuble, à un bloc de là. Elle ne comprit pas immédiatement, puis la réalité la submergea comme une vague, accompagnée d'une violente décharge d'adrénaline.

Des reporters. Les vans étaient en fait des camions de télévision stationnés juste devant chez elle. Odessa subissait le même traitement que Peters quand son affaire avait été révélée au grand jour. À présent, c'était elle, la cible.

Comme un braqueur avec son butin dans le coffre, elle fit demi-tour et repartit en sens inverse, la peur au ventre, à chaque seconde, d'entendre quelqu'un crier son nom et d'être prise en chasse. L'info avait finalement fuité : les journalistes savaient pour la mort de Leppo et l'avaient identifiée. Au fond de son sac, son téléphone, en mode silencieux, devait probablement se remplir de messages laissés sur son répondeur et d'alertes info. Elle se sentait traquée. Elle essuya quelques larmes.

Son monde, tel qu'elle l'avait connu jusqu'alors, venait de voler en éclats. Voir ces lumières, la foule de gens massés devant chez elle à l'attendre : elle savait que rien ne serait plus jamais comme avant.

Par chance, son chemin la mena près de la bibliothèque publique de Harrison. À l'intérieur de ses salles calmes et silencieuses, entre les piles de livres, elle se rappela à quel point les bibliothèques avaient été pour elle des sanctuaires lors de son enfance près de Milwaukee, dans le Wisconsin. L'odeur du vieux papier, la fraîcheur des étagères en métal, la douceur des tommettes anciennes au sol. Les bibliothèques, tout comme les livres que chacun pouvait y lire gratuitement, permettaient autant de se cacher des autres que d'explorer le monde. Elle trouva un fauteuil dans un coin et s'assit quelques instants. Son téléphone resta au fond de son sac comme un déchet radioactif enfermé dans une boîte en plomb : rompre le sceau l'aurait exposée à des rayons dangereux. Engourdie, elle se mit à réfléchir à sa carrière brisée, à sa vie bouleversée, à la mort de Leppo. Des gamins passaient régulièrement devant elle et elle dut fermer les yeux, trop bouleversée par le souvenir des enfants massacrés de Peters.

L'annonce de la « fermeture dans quinze minutes » retentit, et Odessa se sentit mal. Les yeux rivés sur l'horloge, elle se demanda si les reporters, au moins ceux qui travaillaient pour la télévision, avaient abandonné l'idée d'avoir des images d'elle au journal télévisé. Dehors, il faisait nuit. Elle marcha directement jusqu'à son immeuble, la clé à la main. Heureusement, il n'y avait plus aucun camion ni aucun journaliste en vue. Elle pénétra dans le hall sans incident et monta chez elle.

Le matin suivant, son téléphone était surchargé de messages. Elle laissa de côté la plus grande partie, incapable de les gérer, et se concentra sur le seul qui sortait du lot. Son patron lui demandait expressément de ne pas venir à Claremont et de se présenter à la place au bureau de New York. Odessa prit le métro jusqu'à Tribeca[1]. Pendant les deux premiers jours de sa réaffectation temporaire, les huiles du 23e étage s'efforcèrent de lui trouver quelque chose à faire. Elle dépensa beaucoup d'énergie à essayer d'avoir l'air occupée mais, à la fin du deuxième jour, elle pouvait se contenter de regarder par la fenêtre. Personne ne lui parlait.

Le troisième jour, le bureau se vida pour l'enterrement de Leppo. Odessa avait décidé de ne pas y assister. Personne ne voulait la voir là-bas. Elle resta assise derrière un bureau vide pendant qu'on faisait l'éloge de son ami et mentor, avant de l'enterrer près de la rivière : c'était définitivement le pire moment de sa vie.

Sa mère continuait d'appeler. Odessa avait échangé par SMS avec ses cinq frères et sœurs,

1. Triangle Below Canal Street : quartier situé au sud-ouest de Manhattan.

dont le plus proche géographiquement habitait Cincinnati, dans l'Ohio, pour leur dire qu'elle allait bien et leur promettre qu'elle les appellerait pendant le week-end. Ses frères et sœurs étaient bien intentionnés, mais la simple pensée de leur parler de ce qui s'était passé lui semblait exténuante. Avec sa mère, elle eut de la chance. Le ciel ayant apparemment pitié d'elle, Odessa tomba sur son répondeur.

— Maman, c'est moi. Je suis désolée, les choses ont été un peu intenses, comme tu t'en doutes. Ça a été une semaine horrible et je n'ai pas la moindre idée de ce qui va se passer maintenant. Mais je vais bien, aussi bien que possible en tout cas. J'essayerai de te rappeler plus tard, mais j'ai tellement de choses à faire que je ne sais pas quand j'aurai le temps. OK. C'était Odessa. OK. Bye.

Et elle se rassit à son bureau vide en attendant que la journée se termine.

Le jour suivant, elle se vit enfin confier une mission. Elle fut envoyée au bureau local de Brooklyn et du Queens, de l'autre côté de l'East River, dans le quartier de Kew Gardens, afin de vider le bureau d'un agent à la retraite qui venait de faire une attaque. Pourquoi un agent à la retraite disposait-il toujours d'un bureau, elle n'en savait rien, mais ce dont elle était sûre, c'est qu'en tant que jeune agent actuellement sous le coup d'une enquête, remettre en cause les assignations qu'on lui donnait n'était pas une très bonne idée.

Sans surprise, la responsable du bureau de Kew Gardens n'était absolument pas au courant de sa venue, et ne savait pas non plus où se trouvait le bureau en question. Elle repêcha dans un meuble de rangement un bac contenant une trentaine de vieilles clés et le remit à Odessa en lui indiquant le couloir.

Odessa trouva le bureau au fond d'un long corridor, en face des escaliers de secours. La porte ne portait aucune plaque et, bien entendu, elle était fermée à clé. La jeune femme secoua le bac de clés et considéra le temps que ça lui prendrait de les essayer une par une, sachant que, selon la fameuse Loi des Probabilités d'Odessa, la bonne serait certainement parmi les dernières testées. La porte était relativement hors de vue des autres bureaux, alors au lieu de perdre son temps, elle récupéra un trombone dans un bureau vide, un prospectus de pizzeria format carte de visite sur le réfrigérateur de la salle de pause, et les utilisa pour forcer la serrure.

La porte s'ouvrit sur une pièce aveugle qui sentait le renfermé. Elle appuya sur l'interrupteur, et l'installation au plafond, une simple ampoule, s'alluma quelques instants avant de faiblir puis de s'éteindre définitivement avec un « pop ». Personne n'avait mis les pieds ici depuis un sacré bout de temps.

Devant elle se trouvait un bureau sur lequel elle ne vit rien en dehors d'un sous-main en similicuir. Juste à côté, une étagère contenait quelques classeurs vides, certains debout, d'autres renversés sur le côté. Quant aux murs, ils étaient décorés d'affiches aux couleurs délavées qui devaient déjà être là quand le précédent occupant avait emménagé dans ce bureau.

L'endroit ressemblait à ce qu'il était : le bureau d'un homme attendant sa retraite. Odessa laissa la porte ouverte pour avoir un peu de lumière et s'approcha du bureau recouvert d'une belle couche de poussière grise. Les tiroirs étaient quasiment vides : quelques trombones, un rouleau de scotch, un coupe-papier. L'un d'eux contenait également une plaque avec un nom qui avait dû, autrefois, orner un autre bureau ou une porte : EARL SOLOMON.

Elle trouva de vieux tickets relatifs à des frais de voyage. Un déjeuner à Lawrence, au Kansas, en 1994. Un dîner dans le Saskatchewan en 1988. Le reçu d'un magasin d'électronique pour la « réparation d'un appareil enregistreur à bandes », daté de 2009.

Le dernier tiroir du bas, sur le côté droit, était verrouillé. D'un simple coup d'œil au bac de clés, elle réalisa qu'aucune n'avait la taille adaptée.

Forte de sa réussite avec la porte du bureau, elle attaqua la minuscule serrure avec son trombone, mais en vain. Après avoir tiré à plusieurs reprises sur la poignée, elle comprit que le tiroir était solidement verrouillé. Ses yeux se posèrent sur le sous-main et sur le coupe-papier qu'elle y avait déposé. Sa lame semblait assez fine pour pouvoir s'insérer entre le haut du tiroir et le cadre du bureau.

Elle y réfléchit un moment, consciente que cela laisserait une marque sur le meuble. Puis, après avoir jeté un coup d'œil en direction de la porte ouverte sur le couloir, elle enfonça le coupe-papier dans l'interstice au-dessus du tiroir et commença à opérer des torsions fermes d'un côté et de l'autre.

Le fermoir intérieur se cassa net. Le tiroir était ouvert. Il ne restait plus à Odessa qu'à espérer qu'elle n'avait pas fait tout ça pour rien.

Elle y découvrit un vieux magnétophone à bandes. Elle le sortit du tiroir et le déposa sur le sous-main. L'appareil était lourd, pas en plastique. De couleur beige, il portait la marque Sony, même si les lettres, curieusement espacées, semblaient écrites dans une police de caractères un peu vieillotte et fonctionnait sur courant. La boîte promettait un son « haute-fidélité ». Les deux emplacements pour les bandes étaient vides. Elle trouva une poignée de vieilles bobines de dix-huit centimètres et les empila sur le bureau à côté de la machine. Elle se souvenait vaguement de son grand-père rembobinant des bandes. Elle avait très envie d'essayer. Elle plaça une bobine dans le logement de gauche, puis la fit tourner à l'envers afin de dérouler la bande pour la faire passer à l'intérieur du lecteur. Le film brun était fragile ; elle devait être prudente si elle ne voulait pas le casser. Elle enroula le bout autour d'une bobine vide placée de l'autre côté et trouva comment coincer la bande dans une fente pour qu'elle ne se désenroule pas. Elle enroula quelques centimètres à la main, puis brancha la prise dans le mur, les broches se connectant à l'électricité courante avec une petite étincelle bleue.

Elle appuya sur l'interrupteur pour allumer la machine puis positionna le bouton sur « PLAY ». Ça marchait ! Ou ça semblait marcher, en tout cas. Tout d'abord, elle n'entendit aucun son. Elle déplaça le bouton vers « avance rapide » et l'enroulement de la bande s'accéléra à une vitesse effrayante. Elle remit aussitôt le bouton sur « PLAY ».

Le son d'un micro sur lequel on tapotait la fit sursauter. « Test, test. »

Elle baissa le son en entendant s'élever cette voix de baryton, étrangement claire malgré les grésillements de la vieille bande magnétique.

Puis soudain, elle entendit le son d'une radio. L'enregistrement commençait au milieu d'une chanson, une musique à la fois perçante et distante, entrecoupée par les bruits du magnétophone qu'on approchait de la source de la musique :

Here come the stars tumbling around me…
And there's the sky where the sea should be[1]…

On aurait presque dit une musique de défilé. Elle sortit son téléphone et appuya sur l'icône de Shazam.

Cette improbable méthode de reconnaissance audio – les gazouillis d'un vieil appareil décodés par l'algorithme génial d'une machine moderne – fonctionna parfaitement. C'était « What now my love[2] » de Shirley Bassey, accompagnée par Nelson Ridle et son orchestre. Selon Shazam, cette version datait de 1962.

L'orchestration et la voix montèrent dans une sorte de crescendo frénétique avant de s'arrêter brusquement. Le baratin d'un ancien disc-jockey leur succéda mais fut rapidement interrompu.

Ensuite, il ne resta que du bruit blanc.

Et puis plus rien.

Elle avança rapidement, inquiète à l'idée que la bande se casse, mais le reste était vierge.

Est-ce que quelqu'un avait voulu tester la machine ? En 1962 ?

Elle prit le magnétophone dans ses mains et le souleva. En dessous, gravées dans le châssis en plastique par un vieil outil de pyrogravure, figuraient les initiales ES.

Earl Solomon. La révélation décevante que ce lecteur de bandes appartenait tout simplement à l'agent qui occupait ce bureau mit fin à ses recherches.

---

1. Voici les étoiles qui tombent autour de moi…/Et je vois le ciel où je devrais voir la mer…

2. Interprétée en français par Gilbert Bécaud sous le titre « Et maintenant ».

Il l'avait probablement rangé dans le tiroir du bas et complètement oublié.

Odessa retourna au bureau de la responsable.

— Qu'est-ce que je suis censée faire des affaires personnelles que j'ai trouvées dans le bureau ? demanda-t-elle.

La responsable haussa les épaules.

— Le mieux serait de les lui renvoyer, j'imagine. On a besoin du bureau. Laissez-moi regarder si j'ai une adresse...

Odessa récupéra un carton vide dans la salle de photocopie et rangea tout ce qu'elle avait trouvé à l'intérieur.

Odessa prit un taxi pour Flushing[1] et trimballa le carton jusqu'à l'Hôpital presbytérien du Queens. Elle passa de comptoir d'accueil en comptoir d'accueil à la recherche d'Earl Solomon. Elle fut tentée d'utiliser son badge, mais étant donné sa situation, elle préféra s'abstenir. Elle apprit finalement qu'il avait quitté les soins intensifs et se trouvait désormais dans une unité de soins palliatifs.

La porte était ouverte. Ce n'était pas une chambre individuelle, mais le premier lit était vide. Elle s'approcha doucement du rideau à moitié tiré. Un homme noir était allongé, endormi, faisant bien ses quatre-vingt-six ans. Des tubes reliaient le dos de sa main et son avant-bras à des pompes et des moniteurs qui émettaient une symphonie feutrée de bips réguliers. Sa respiration était courte, ses cheveux presque totalement gris, bouclés et courts.

Odessa posa le carton sur les accoudoirs d'un fauteuil. Elle avait espéré trouver quelques membres de sa famille à son chevet, ce qui lui

1. Quartier du Queens.

aurait permis d'expliquer sa présence, de rendre les objets découverts dans le bureau et de s'éclipser poliment après quelques minutes. Elle se sentait comme une intruse. Elle n'osait pas le réveiller. Peut-être lui avait-on administré un sédatif. Elle allait bien devoir se servir de son badge, finalement, pour obtenir des informations auprès des infirmières ou de n'importe quelle personne susceptible de lui en fournir.

Un petit écran plat était allumé dans un coin de la pièce. Quand Odessa réalisa ce qu'elle était en train de regarder, son sang se glaça dans ses veines. C'était un reportage sur les funérailles de l'épouse et des enfants de Cary Peters. Lui serait enterré ailleurs, un autre jour. Les images montraient une longue ligne de voitures devant le cimetière, signe de l'élan massif de sympathie envers les victimes. Puis vinrent les photos trouvées sur les réseaux sociaux, Mme Peters et ses enfants dans un parc aquatique, au zoo, à un match de hockey des New York Rangers. Celle de Peters, seul, durant ses années de gloire auprès du gouverneur. Celle de leur maison de Montclair, prise cette fameuse nuit, seulement éclairée par les néons rouges et bleus des ambulances et des voitures de police. Et enfin, sans explication puisque le son du téléviseur était coupé, celle d'une jeune femme avec des cheveux bruns coupés aux épaules, vêtue d'une veste sur une blouse blanche, souriant fièrement. Odessa laissa échapper un souffle, comme si on l'avait frappée au ventre, quand elle reconnut son propre visage sur l'écran : c'était sa photo d'identification officielle.

Le présentateur réapparut. Ce n'était même pas une chaîne locale, il s'agissait de CNN. Une chaîne nationale. Odessa ne savait pas ce qu'ils avaient dit sur elle… et pourtant, elle savait.

— Vous faites partie du personnel ?

La voix la fit sursauter. Odessa se retourna, espérant que quelqu'un était entré dans la chambre.

C'était Earl Solomon. Réveillé, en admettant qu'il ait réellement été endormi. Ses yeux se plissèrent un peu en la regardant, puis s'ouvrirent complètement. Un regard chaleureux, et un peu jaune.

— Non, dit-elle, le souffle court.

Elle vérifia la télévision, mais les informations avaient laissé place à une autre émission.

— Je suis… Odessa Hardwicke. Agent spécial du New Jersey. Agent… Monsieur Solomon ?

— Agent Solomon, la corrigea-t-il. Earl. Remontez-moi ça un peu, voulez-vous ?

Du doigt, il lui indiqua la télécommande du lit et Odessa appuya sur le bouton pour que le matelas se relève un peu, de sorte qu'il puisse mieux la voir. Ses lèvres étaient sèches, sa langue presque blanche.

— Vous voulez un peu d'eau ? lui demanda-t-elle.

Il secoua la tête. Il fit la moue et regarda autour de lui comme s'il essayait de se rappeler où il était.

— Nouvelle chambre, annonça-t-il.

Odessa acquiesça. Elle commençait tout juste à se remettre d'avoir vu sa photo à l'écran.

— Euh… Vous vous sentez bien ?

— Pas trop.

— Vous… euh… vous avez eu une attaque, d'après ce qu'on m'a dit.

— Un caillot. Il est remonté dans ma tête et a bloqué le flux sanguin dans mon cerveau. Ça m'a foudroyé. (Sa main, posée près de sa taille, lissait le drap ramené sur lui.) Heureusement que j'avais mon téléphone sur moi quand je me suis effondré.

— Vous avez une bonne voix. Pas de séquelles ?

Il fit une grimace.

— Je n'ai plus ni goût, ni odorat. Tous les sons me paraissent étouffés. Mais si ça en reste là, on pourra dire que je m'en sors bien. Ils m'ont fait passer un scanner et ont trouvé d'autres artères bouchées autour de mon cœur. Et une mycose qui s'étend, aussi. Et ça, ce n'est pas très bon.

— Non, commenta-t-elle. Ça n'en a pas l'air, effectivement.

— Vous êtes du New Jersey, c'est ça ?

— C'est exact. Ils... euh... (Elle ne voulait pas discuter de sa situation avec lui.) Vous avez toujours un bureau à l'agence de Brooklyn.

Solomon secoua la tête, les profondes rides sur son front accentuant toutes les expressions de son visage.

— Je n'y vais plus trop.

— Apparemment pas. (Elle esquissa un sourire, mais celui-ci resta crispé.) Il y a quelque chose que je ne comprends pas. L'âge normal de départ à la retraite pour les agents du FBI, c'est soixante-sept ans, non ?

Il hocha la tête.

— J'imagine qu'officiellement, je suis à la retraite, répondit-il.

— Alors comment se fait-il que vous ayez toujours un bureau ?

— Eh bien, c'est au cas où j'en aurais besoin.

Odessa acquiesça même si cette réponse lui semblait n'avoir aucun sens.

— Ça ne me paraît pas très clair, en fait. Est-ce qu'ils ont... oublié votre bureau ?

— C'est moi qu'ils ont oublié. (Solomon sourit. Ses dents étaient larges et très espacées.) Est-ce que c'est vous qui allez le récupérer ?

— Moi, non. Je suis juste chargée de le vider. (Elle tendit les deux mains vers le carton posé sur le fauteuil derrière elle.) Je vous ai rapporté vos affaires. Il n'y avait pas grand-chose.

Il ne jeta pas un regard au carton, plus intéressé par elle.

— Et comment avez-vous hérité de cette mission de la plus haute importance ?

Elle sourit tout d'abord, en entendant cette expression, puis réalisa qu'elle devait lui dire la vérité.

— Je suis temporairement cantonnée aux tâches administratives.

Solomon hocha la tête, comme s'il s'en doutait.

— Incapacité ou sanction disciplinaire ?

— Enquête administrative, répondit-elle. (L'expression tournait en boucle dans sa tête.) À cause d'un tir.

— Un mauvais tir ?

— C'est... c'est vraiment difficile de répondre à ça maintenant.

— Je vois, dit Solomon en jetant un œil vers le téléviseur. (Il avait dû voir des reportages un peu plus tôt sur la tuerie de Montclair. Elle regarda son visage tandis qu'il commençait à comprendre. Ses yeux se tournèrent vers elle, curieux, presque comme s'il avait eu une sorte de révélation. Elle ne comprendrait pourquoi que plus tard.)

— Le massacre de l'assistant du gouverneur, dit-il. L'homme qui s'est retourné contre sa famille. Il les a tous tués sauf une.

Odessa regarda le sol et acquiesça.

— Oui, monsieur.

— L'agent qui est intervenu avec vous a attaqué le dernier enfant en vie et vous l'avez abattu.

Elle ferma les yeux et hocha à nouveau la tête.

— Agent Solomon, je n'ai vraiment pas envie…

Il l'interrompit.

— Vous n'avez pas envie d'en parler.

— Non, monsieur. Vraiment pas.

— J'ai compris. J'avais juste quelques questions sur un point bien précis.

Elle le regarda, un peu confuse, pensant qu'il allait laisser tomber.

— Tout d'abord, à propos de l'autre agent, continua Solomon. C'était un agent du FBI. J'imagine qu'il n'avait manifesté aucun signe de psychose avant ça…

Odessa secoua la tête.

— Non.

— Le tueur est mort le premier.

— Je lui ai tiré dessus.

— Et à ce moment-là, l'autre agent… agissait déjà bizarrement ?

Elle n'avait vraiment pas envie d'aborder ce sujet.

— On peut dire ça, oui. Mais je ne veux pas…

— Ce sont des questions difficiles, mais elles sont essentielles. Votre collègue, quand vous lui avez tiré dessus. Je parle du moment de sa mort. Est-ce qu'il s'est passé quelque chose… quelque chose de particulier ? Qui sorte de l'ordinaire ?

Elle ne savait pas comment répondre. Elle était réticente à l'idée de donner des informations précises ; en fait, son avocat lui avait conseillé de ne parler de l'affaire avec personne. Mais cette question était… tellement précise…

— J'ai vu une sorte d'ondulation, un peu comme de la vapeur, sortir de son corps.

— Et vous avez senti quelque chose ? Comme une odeur de graisse ?

À nouveau, elle se demanda comment il pouvait le savoir.

— Oui, j'ai senti une odeur qui ressemblait à celle de la soudure. (À peine les eut-elle prononcés qu'elle regretta ses mots.) C'était un moment très traumatisant, je ne suis sûre de rien...

Solomon n'était pas en train de la juger. Il réfléchissait.

— Avez-vous trouvé un autel improvisé quelque part dans la maison ?

Qu'est-ce que c'était que cette question ?

— Non, il n'y avait pas de...

— D'autel. Une sorte de lieu de culte. Peut-être dans le garage ou dans une dépendance. Ça peut être un pot en fer ou une urne...

Elle le coupa.

— Vu que je faisais partie des éléments sur lesquels ils enquêtaient, je n'ai pas participé aux investigations. À cause du tir. Et puis, ce n'était plus vraiment sa maison, en tout cas, il n'y vivait plus.

— Parfois, c'est un simple chaudron en fonte. Noir, continua-t-il. Ça peut ressembler à un gros vase ou à une poubelle si vous ne savez pas ce que vous êtes en train de chercher. Et à l'intérieur, vous allez trouver des cheveux, des cheveux humains, et des os...

— Des os ? demanda Odessa.

— Et du sang, oui... Difficile de le louper, ajouta le vieil homme.

— Agent Solomon. Tout ça était tellement bizarre. Je ne devrais pas vous en parler. Je suis là pour vous.

— Moi ? Ne vous souciez pas de moi. Je n'ai plus ni goût ni odorat et un champignon est en train de grandir dans mon cerveau, alors qui sait ce qui va se passer ensuite. Je boirais bien ce verre d'eau, finalement.

Il lui indiqua un pichet de couleur mauve sur un chariot à roulettes. Odessa versa un peu d'eau tiède dans une tasse en plastique posée devant lui. Il l'attrapa d'une main rendue tremblante par le poids des années.

— Vous allez avoir besoin d'aide pour cette enquête, lui dit-il.

— Le Bureau me fournit un avocat, le rassura-t-elle.

— Pas pour votre défense. Pour l'enquête.

Au début, elle ne comprit pas.

— À propos de ce qui s'est passé ? Je ne peux pas m'en mêler.

— Il le faudra pourtant. Si vous voulez savoir ce qui s'est réellement produit. Je connais quelqu'un qui peut vous aider.

— Merci, agent Solomon, répondit-elle, essayant d'adopter un ton à la fois poli mais déterminé, mais je vais laisser le Bureau faire son travail et moi, de mon côté, je ferai le mien. D'ailleurs, en parlant de ça...

Elle esquissa un geste vers la porte, pressée de partir.

— Ce que vous allez faire, enchaîna Solomon, c'est écrire une lettre décrivant brièvement ce qui s'est passé et requérant assistance. Sur papier. Avec des mots simples. Vous expliquez votre cas. Simplement. Honnêtement. Et vous demandez de l'aide. Vous la pliez en deux, exactement au milieu, puis vous la glissez dans une enveloppe en papier kraft. Vous savez, ces enveloppes qui font la taille d'une demi-feuille. Ils appellent ça le format A5. Sur l'enveloppe, vous indiquez le nom suivant : Hugo Blackwood, Esquire. Et vous allez la déposer au 13 ½ Stone Street. Dans le quartier de Wall Street. Vous connaissez ?

Elle attendit qu'il ait terminé avant de secouer la tête.

— Qu'est-ce que c'est ?

— C'est l'une des plus vieilles rues de Manhattan. Écoutez-moi attentivement. Il y a une vieille boîte aux lettres en fer noir accrochée à un mur de pierre étroit entre deux immeubles. Difficile à voir si vous ne la cherchez pas, il n'y a aucune marque, rien. Elle est presque invisible ou, pour être plus précis, quasiment oubliée. Vous déposez votre lettre vous-même. Comme une sorte d'acte d'humilité, de contrition. Vous insérez votre enveloppe dans la fente et vous repartez. Et ensuite, vous l'attendez.

Odessa acquiesça, prenant soin de garder une expression neutre. Elle ressentait de la pitié mais également beaucoup de compassion pour Solomon dont l'esprit, de toute évidence, avait été affecté par cette attaque. La seule chose sensée à tirer de toute cette conversation… c'est qu'elle n'avait aucun sens.

— Quelle est l'adresse, déjà ? demanda-t-elle poliment.

— 13 ½ Stone Street.

— OK, répondit-elle, comme si elle cherchait à la mémoriser. C'est noté.

— Vous le ferez, n'est-ce pas ? Exactement comme je viens de vous le dire ?

— Oui, je le ferai, répondit Odessa. Merci. Comment saurai-je si…

— Si votre appel est sincère, et s'il s'agit bien de ce à quoi je pense, il se montrera.

Il la regarda droit dans les yeux. Elle pensait l'avoir convaincu, mais avec son regard fixé sur elle ainsi, elle se sentit faiblir. Solomon insista encore un petit moment puis tourna la tête vers la fenêtre, fixant le ciel gris à travers la vitre crasseuse du dernier étage.

— Je sais que c'est une période difficile pour vous, dit-il. Que c'est compliqué de sortir du lit le matin. De vous brosser les dents. Je sais que, quand vous vous regardez dans le miroir, les seules choses auxquelles vous pensez, c'est la fusillade et comment les choses auraient pu tourner si vous aviez agi différemment.

Odessa le regarda fixer la ville. À ce moment précis, son cerveau n'avait pas l'air endommagé. Cette description de son état d'esprit était absolument parfaite.

— Les gens appellent ça des regrets, mais il s'agit surtout de pleine conscience, continua-t-il. C'est simplement la compréhension que les choses que vous faites ou ne faites pas ont un effet direct sur les autres. Vous êtes complice. Je suis complice. Nous sommes tous complices. Pas au sens d'impliqués dans un crime, non. Il s'agit plus d'avoir fait du mal à quelqu'un, d'une manière ou d'une autre. Cela arrive à tout le monde. Alors demain matin, quand vous serez devant votre miroir en train de brosser ces jolies petites dents blanches, pensez à la raison pour laquelle vous le faites. Je ne parle pas de l'intérêt hygiénique. Se brosser les dents, se coiffer, beurrer ses tartines, penser à ce que la journée va vous apporter. Tout est invocation. De petits, riquiqui, moments d'invocation sacrée. Mais la vérité, la voici. Parfois, ce n'est pas nous qui invoquons. Parfois, c'est nous qui sommes invoqués. (Solomon tourna à nouveau ses yeux jaunes vers elle.) J'attendais quelqu'un, dit-il, mais certainement pas vous.

Il avait un peu perdu Odessa sur la fin. Sa cohérence mentale avait l'air d'aller et venir. La seule chose dont elle était sûre, c'est qu'elle avait vraiment envie de partir, maintenant. Mais avec élégance.

— Agent Solomon, vos affaires personnelles sont juste là, dans ce carton, dit-elle. Vous voulez que je fasse de la place dans le placard pour les y ranger ?

— Vous pouvez les emporter avec vous, répondit-il.

— Non, je ne peux pas, vraiment...

— Je n'ai pas de famille, personne à qui les donner ou qui pourrait m'aider en les déposant chez moi. En admettant que j'y retourne un jour. D'ailleurs, à ce propos. Je sais que ça ne vous concerne pas, mais comme en ce moment vous avez pas mal de temps libre...

— Je ne suis pas vraiment suspendue, en fait...

— Désolé, dit-il avec un sourire gentil. Mais comme je vous le disais, je n'ai personne dans ma vie. Cela vous ennuierait-il, si je vous donnais l'adresse, de rapporter mes affaires chez moi. Et peut-être aussi, de vérifier que tout va bien une fois que vous serez sur place ? D'allumer quelques lumières à l'intérieur, de nourrir Dennis. Zut.

— Qui est Dennis ?

— Un poisson que j'ai adopté. Un poisson orphelin. Très triste... Il doit être *affamé*.

— Oh mon Dieu.

— Ouais. Je l'avais complètement oublié. Il vaudrait mieux lui trouver une nouvelle maison rapidement. Si vous connaissez quelqu'un...

Solomon inscrivit son adresse puis ferma les yeux pour se reposer. Odessa mit l'adresse dans sa poche, attrapa le carton et salua le vieil homme... mais Solomon dormait déjà.

1962. Delta du Mississippi.

Le jeune agent Earl Solomon marchait d'un pas lourd dans les bois, les pieds chaussés de souliers en cuir renforcés. Il avançait prudemment ; c'était sa seule paire de chaussures. En surface, le sol était sec, mais la terre et les feuilles, eux, étaient humides. Sa chemise en coton blanc, sous sa veste de costume légère, était déjà trempée de sueur.

Le shérif Ingalls, bottes aux pieds, marchait quelques pas devant Solomon. L'agent Macklin avait quant à lui recouvert ses chaussures avec les protections en caoutchouc qu'il gardait toujours dans le coffre de sa voiture.

Une par une, celui-ci passait à Solomon les photos du lynchage. La victime, un homme blanc nommé Harold Cawsby plus connu sous le diminutif de Hack, avait été pendue par un nœud coulant avec une grosse ficelle qui semblait juste assez résistante pour soutenir le poids d'un corps adulte. La branche était épaisse et basse, les orteils de Hack Cawsby – une chaussure à un pied, l'autre en chaussette – pendaient à peine à trente centimètres du sol.

— On lui a attaché les poignets dans le dos avec du grillage, expliqua le shérif, toujours à quelques pas devant eux. Son pantalon tombait sur ses hanches, mais Hack ne portait pas de ceinture. Il est plus que probable qu'il se soit débattu quand on lui a passé la corde autour du cou, qu'il ait donné des coups de pieds et qu'il se soit agité dans tous les sens, mais c'était un combat perdu d'avance.

Une autre photo montrait les mains de l'homme. Il s'agissait d'un cliché en noir et blanc ; le sang sur ses paumes et sur ses doigts avait la texture et la couleur de la mélasse.

— C'est juste là, sur la gauche, indiqua le shérif tout en écrasant un moustique sur sa nuque.

Solomon était rarement gêné par ces insectes suceurs de sang ; il avait une respiration peu profonde et attribuait cette immunité relative au faible taux de dioxyde de carbone qu'il émettait en expirant. Earl Solomon était du genre animal à sang froid, dans tous les sens du terme.

Le shérif Ingalls s'arrêta, les mains sur les hanches, devant un arbre considérablement plus large et plus vieux que tous ceux qui poussaient autour. Solomon souleva une des photos de la scène de crime afin de comparer les arbres. Oui, c'était bien celui-ci.

— Le bout de la corde a été attaché à cette branche basse, là, dit le shérif en pointant son doigt vers l'arbre, puis ils l'ont fait passer au-dessus de cette grosse branche et l'ont pendu.

Solomon s'approcha, fit le tour de l'arbre, les yeux en l'air. Il se retourna et se positionna dans la même direction que le corps sur la photo. La dernière vision d'une victime de meurtre l'intéressait plus que ses derniers mots. Surtout dans le cas d'un lynchage. Badge ou pas, il restait un jeune homme noir dans le Sud profond. Oubliant qu'il était observé, il pencha sa tête sur le côté, faisant un angle avec son cou, copiant la dernière position de la tête du mort. Il se demanda qui il voyait, qui pouvait se tenir là, à regarder un homme mourir. Quand on assistait à une pendaison, on ne partait jamais avant la fin de l'action.

Solomon se tourna à nouveau vers l'arbre, remarquant du coin de l'œil un échange de regards entre le shérif Ingalls et l'agent Macklin. Les deux hommes, et notamment le shérif, étaient tout à fait prédisposés à considérer tous les noirs comme des benêts. Solomon s'obligea à ne pas commettre la même erreur vis-à-vis d'eux.

— Vous avez la corde ? demanda-t-il.

— Sûr, ouaip, répondit le shérif avec un haussement d'épaules.

Macklin ajouta quelques précisions.

— C'est une corde tout ce qu'il y a de plus banal, et pas de première jeunesse. Elle pourrait venir de la grange de n'importe quelle propriété à quatre-vingts kilomètres à la ronde.

Solomon reprit.

— Vous avez la chaussure ?

— La quoi ? demanda le shérif Ingalls.

Solomon pointa le doigt vers le pied nu de Cawsby.

— La chaussure.

— Ouais, on a l'autre chaussure. Elle était juste là.

Solomon hocha la tête.

— Soit il a marché jusqu'ici sous la contrainte, soit il a été attiré dans un piège. À moins qu'on ne l'ait amené ici à dos d'animal.

Le shérif Ingalls n'avait apparemment pas très envie de coopérer.

— On a fait des recherches dans le coin. On n'a vu aucune marque de sabots.

Solomon remarqua des débris calcinés au pied de l'arbre, juste en dessous de l'endroit où le corps avait été pendu.

— Quelque chose a été brûlé juste là, en revanche. Peut-être pour couvrir des traces.

— Ça m'étonnerait qu'ils aient fait un feu de camp, répondit le shérif, pour qui toute cette conversation avait l'air d'une corvée plus qu'ennuyeuse. Vous vouliez voir la scène de crime. Vous disiez que les photos n'étaient pas suffisantes. Voilà, on y est. Alors maintenant, on fait quoi ?

Solomon repoussa du pied quelques brindilles et quelques feuilles calcinées, utilisant la semelle de sa chaussure afin de ne pas abîmer le beau cuir noir bien brillant. Comme il l'avait déjà remarqué sur le chemin, en dessous, la terre était molle et humide.

Le shérif continua, adressant ses remarques à l'agent Macklin.

— Si vous avez des idées, les Fédéraux, je suis tout ouïe. Si vous venez juste pour créer des problèmes, merci mais on en a déjà bien assez. Il nous faut des arrestations et pour ça, il nous faut des suspects. Il y a une vraie loi du silence chez les négros, mais s'il le faut, je sais comment faire parler les gens.

Solomon s'accroupit sur ses talons. Préservées dans la boue se dessinaient des empreintes difficiles à discerner quand on les regardait d'au-dessus. Mais en les observant de plus bas, sous un certain angle, il distingua ce qui ressemblait fort à la trace de pied nu d'un enfant.

Comme celle qu'un jeune garçon aurait pu laisser.

Solomon ouvrit la bouche pour attirer l'attention de Macklin et du shérif. Mais il préféra finalement ne rien dire. Personne ne faisait vraiment attention à lui. Le shérif continuait de se plaindre.

— Si le gouvernement fédéral veut dépenser une partie de l'argent de mes impôts pour financer une enquête sur ce meurtre, eh bien, tant mieux, ça serait la première fois que je serais satisfait des décisions de Washington. De l'argent bien utilisé. Mais si vous êtes plus intéressés par la préservation et la protection des droits civiques d'une certaine partie de la population, je vais vous laisser perdre votre temps à cracher contre le vent. Moi, j'ai un vrai crime à résoudre.

Solomon se redressa. Il regrettait de ne pas avoir pris d'appareil photo.

— La victime, Hack Cawsby, il était directeur de banque, c'est bien ça ?

— Exact, répondit le shérif.

— Et il était aussi le leader du Citizens' Council[1] local, non ?

— Oui. Et alors ?

— Les Citizens' Councils sont des groupes ségrégationnistes.

— Ce sont des groupes soutenant la souveraineté des États.

Le shérif avait répondu de façon automatique.

— C'est ce que j'ai dit.

Le shérif sourit de l'insolence de Solomon.

— C'est ça. Présentez-le comme vous voulez. En tout cas, ça donne des pistes sur l'auteur du crime.

— Surtout sur la couleur de sa peau, précisa Solomon. Ça vous laisse encore un certain nombre de suspects.

1. Les Citizens' Councils (« Conseils des citoyens »), également appelés White Citizens' Councils (« Conseils des citoyens blancs ») sont un ancien réseau de sympathisants d'organisations suprématistes blanches aux États-Unis, essentiellement dans le sud du pays.

— C'est bien pour ça qu'il va falloir s'y mettre. J'irai faire du porte-à-porte s'il le faut. C'est ce que la justice exige. C'est ce que la communauté exige. Si je ne vais pas au fond des choses, d'autres s'y emploieront avec leurs propres méthodes. C'est une question de sûreté publique.

Solomon récupéra l'enveloppe de photos des mains de Macklin qui restait particulièrement silencieux. Il en extrait quatre clichés d'hommes noirs pendus.

— Vous êtes allé faire du porte-à-porte pour ceux-là ?

Le shérif Ingalls regarda les photos comme si Solomon essayait de lui refiler des faux billets.

Solomon reprit.

— Cinq lynchages aux cours des quatre dernières années. Quatre Afro-Américains tués, aucun dossier résolu. Un homme blanc et là, vous voulez retourner tout le comté.

Le shérif Ingalls plissa le nez avec tellement de dégoût que, l'espace d'un instant, Solomon pensa qu'il allait cracher sur les photos.

— Je savais que vous n'étiez pas là pour nous aider à résoudre ce crime.

Il pointa son doigt jauni par la nicotine vers Macklin.

— Vous êtes tous là pour m'empêcher de faire mon boulot. Pour harceler un honnête policier. Mais vous n'avez aucune idée de ce qui se passe ici.

Solomon regarda Macklin, son supérieur, pour obtenir de l'aide. Celui-ci était à court de mots.

Pas Solomon. Il avait des tas de choses à dire au shérif. Mais au lieu de laisser libre cours à son agressivité, il lui adressa un sourire un peu figé.

— Merci de votre coopération, shérif Ingalls. Je vous ferai savoir si j'ai besoin d'autre chose.

Le regard du shérif se tourna vers Macklin avant de revenir à Solomon.

— C'est tout ?

— Pour le moment, répondit Solomon.

Le shérif tourna les talons et commença à s'éloigner.

— Foutus Fédéraux...

Solomon le regarda partir. Puis il reprit, à l'attention de Macklin :

— Merci pour le soutien.

— Écoute, la bleusaille, répondit Macklin, il a raison. Tu ne sais foutre rien de ce qui se passe ici. Il y a un temps pour enfoncer les portes à coups de pied, et un temps pour avancer plus doucement. Qu'est-ce qui va se passer si tu as besoin d'aide ?

— Il ne m'en aurait pas apporté de toute façon.

Macklin récupéra l'enveloppe et les photos.

— Tout ce que je dis, c'est qu'on n'attrape pas les mouches avec du vinaigre. Même si tu hais ce type, tu peux avoir besoin de lui.

Macklin et Solomon virent l'agent Tyler courir vers eux. Il ralentit en croisant le shérif puis accéléra à nouveau pour les rejoindre.

— Des nouvelles ? demanda Macklin.

— Oui, m'sieur, répondit Tyler en jetant un regard en coin à Solomon.

— C'est bon, tu peux y aller, confirma Macklin.

— L'article d'un journaliste local a été envoyé aux agences de presse et il a été validé, reprit Tyler. Il sera à la une de tous les journaux du pays demain matin.

Macklin soupira.

— Ça ne va pas nous aider.

— Il y a pire, continua Tyler. Le bruit court déjà que des membres du Klan vont arriver du Tennessee.

Et la nouvelle du lynchage d'un homme blanc risque d'en attirer d'autres.

— Une vraie poudrière, commenta Macklin. Tu as informé le bureau de Jackson ?

— Ils sont déjà au courant, ce sont eux qui m'ont prévenu, répondit Tyler.

Macklin se retourna vers Solomon.

— Toujours sûr de ne pas vouloir de l'aide du shérif ?

Solomon laissa l'agent Tyler dans la voiture devant la maison des Jamus. Il frappa à la porte qui s'ouvrit sur Coleman.

— Bonjour, monsieur.

— Coleman, est-ce que ta mère est en état de me recevoir quelques minutes ?

— Elle est avec le pasteur, répondit le jeune homme en se poussant pour laisser Solomon entrer.

Mme Jamus était installée dans un fauteuil club moelleux suffisamment large pour accueillir son corps massif. Elle tenait un mouchoir dans chaque main, l'un blanc, l'autre bleu lavande. Le pasteur, qui se présenta sous le nom de Theodore Eppert, utilisait un vieux journal plié pour aider la femme inconsolable à s'éventer. Le petit garçon malade, comme l'apprit Solomon, se prénommait Vernon. C'était le plus jeune de ses dix-neuf enfants.

— Il y avait ces garçons, raconta Mme Jamus à Solomon tandis qu'il s'asseyait au bord d'un vieux sofa à l'autre bout de la pièce, ces garçons blancs, pas plus vieux que mon Coleman.

Celui-ci, protecteur, était resté dans l'encadrement de la porte.

— Ils sont venus nous parler d'inscriptions sur les listes électorales par-ci, de pétitions à signer par-là. (Elle s'épongea le front et le décolleté.) Ils ont dit qu'ils allaient aller chez tout le monde dans le Delta, pour noter les noms dans un livre. Un *livre*. (Elle regarda le pasteur qui d'un hochement de tête confirma sa pire crainte.) À peine trois ou quatre jours plus tard, les premiers symptômes sont apparus chez Vernon. Trois ou quatre jours plus tard, pas plus.

— Quel genre de symptômes ?

— Des aboiements, répondit-elle. De l'insolence. Vernon était très apprécié au catéchisme, ce n'était pas un enfant insolent. Pas avec moi. Après ça, il s'est mis à se parler à lui-même et à tourner en rond autour de la maison. Il faisait le tour sans s'arrêter, en marmonnant. Tout ça à cause de ces blancs. (Elle agrippa la main du pasteur sans lâcher son mouchoir humide.) Le diable est venu dans le Delta, c'est moi qui vous le dis. La prière ne suffira pas.

Elle se remit à pleurer. Solomon se leva et s'excusa. Il ne tirerait rien de plus de cette femme. Le pasteur Eppert lui murmura quelques mots à l'oreille pour la calmer, lui fit lâcher sa main et se leva pour suivre Solomon à l'extérieur derrière Coleman.

— Je me suis assis près de cet enfant, dit le pasteur. J'ai essayé de voir dans son cœur. J'y ai vu le démon. Le Seigneur dit, quand le diable vient, il s'attaque aux meilleurs d'entre nous. Vernon, Dieu le bénisse, était le meilleur d'entre nous.

— Les docteurs n'ont rien pu faire pour lui... ? demanda Solomon.

— Elle a fait venir le Doc Jeffries très vite. Il a subi coups de pieds, aboiements, le petit lui a même jeté des sorts jusqu'à ce qu'il s'en aille en disant qu'il n'y avait rien qu'il puisse faire à part l'envoyer dans le sanatorium le plus proche.

Solomon hocha la tête. Il pensait à la petite empreinte de pied sous la branche du pendu.

— Vous savez depuis combien de temps il est enchaîné ?

Le pasteur Eppert interrogea Coleman avant de répondre.

— Un jour, peut-être deux ou trois. Ils avaient peur de ce qu'il pourrait leur faire dans leur sommeil, ajouta-t-il dans un murmure.

Solomon se mit à murmurer, lui aussi.

— À votre avis, pourquoi vos paroissiens pensent-ils que la maladie de Vernon a un rapport avec le lynchage ?

Le pasteur secoua la tête. De près, le flamboiement argenté de ses cheveux était presque éblouissant.

— Je crois qu'ils voient l'œuvre du diable dans tout ça. Avez-vous accepté le Seigneur comme votre sauveur, mon fils ?

— Oui, répondit Solomon sans s'appesantir sur la question.

Il serra la main du pasteur et fit deux pas vers la porte avant de se retourner.

— Est-ce que vous connaissez, ou est-ce que vous avez déjà entendu parler, d'un homme nommé Hugo Blackwood ?

Le pasteur Eppert regarda vers le plafond.

— Ça ne me dit absolument rien, répondit-il. Pourquoi cette question ?

Solomon secoua la tête.

— Pour rien.

Et il partit.

2019. Newark, New Jersey.

Obediah avait du mal à contenir son excitation. Être le dernier-né des Avides le rendait souvent impulsif, plus enclin à prendre des décisions hâtives. Ce qui l'avait amené à faire des erreurs. Beaucoup d'erreurs.

Mais cette fois-ci, il était déterminé à faire les choses différemment. Cette fois-ci, il avait un plan.

Il avait quitté le corps de ce type costaud, Leppo, et pendant un moment, il avait envisagé de s'introduire dans celui de la petite fille qu'il venait juste de blesser. Mais il avait senti ses os craquer, sa clavicule se fracturer.

Non. Il ne pouvait pas occuper ce corps et faire ce qu'il avait à faire.

Pourtant, la tentation restait grande. Il avait savouré la confusion et la douleur de la femme policier quand celle-ci avait dû tirer sur son propre partenaire, et il imaginait comme ce serait bon si elle devait à présent retourner son arme vers la petite fille qu'elle avait voulu sauver.

Ce serait tellement agréable. Délicieux.

Obediah laissa passer sa chance. Il hésita juste un peu trop longtemps, et soudain, la pièce fut remplie d'infirmiers et de policiers. La jeune femme quitta la pièce, et au lieu de la suivre, il resta au-dessus des humains jusqu'à l'arrivée d'un jeune infirmier âgé d'une trentaine d'années et apparemment en excellente condition physique.

Il s'empara de son corps rapidement, s'introduisit de façon experte dans l'esprit du jeune homme et rétablit les connections si vite que l'infirmier n'eut qu'un bref instant de faiblesse.

— Ça va, Reese ? lui demanda son équipier.

Obediah acquiesça.

— OK, alors file-moi un coup de main avec elle.

Obediah savait ce qu'un infirmier ferait en pareil cas et comment le faire. À travers les siècles, il avait exercé tous les métiers, connaissait toutes les sciences, tous les arts. Il n'aurait pas pu prétendre en maîtriser beaucoup, mais il en savait suffisamment pour se dissimuler assez longtemps s'il pensait que le jeu en valait la chandelle. Il pouvait rester caché dans la chair de son hôte, du moins tant que son entourage, collègues ou famille, n'était pas trop présent. Récemment, au cours des dernières cinquante années environ, la plupart de ses actes de violence avait attiré le même type de professions autour de lui, comme des médecins, des officiers de police ou encore des pompiers, et la plupart de ses sauts temporaires avaient donc concerné les bons samaritains arrivant en premier sur les lieux.

Obediah avait envisagé de s'emparer du corps de la jeune agent du FBI afin de continuer son massacre, mais finalement, il avait trouvé dans cet infirmier quelque chose qui lui avait plu. Il était marié, il avait un bébé qu'il avait hâte de rentrer retrouver. Ça allait être marrant.

Le couple vivait dans un appartement modeste aux murs fins, alors Obediah dut attendre jusqu'au lendemain matin que les voisins partent travailler.

Dans la cuisine, son épouse était en train de préparer un maigre repas. Obediah choisit un désosseur avec une lame en inox de quinze centimètres dans un lot de couteaux de cuisine un peu cheap. La qualité n'était pas terrible, mais il serait assez solide.

Et juste pour le fun, il décida de faire un doublé.

Un doublé était une opération difficile à contrôler, mais tellement plaisante : Obediah poignarda la femme dans les côtes, deux fois, puis sauta dans son corps et la força à utiliser le couteau contre son mari. Pas mortellement, mais avec suffisamment de force pour fracturer une côte et perforer un poumon. Puis il changea à nouveau de corps et obligea le mari à s'en prendre à elle et à la frapper en pleine tête. Le couteau resta planté dans son crâne.

Il appela le 911, expliqua la scène en détail et se remit ensuite au travail sur le corps de la jeune femme à terre.

Quand les policiers arrivèrent, l'infirmier était en train de découper le corps de sa femme en petits morceaux, à peu près de la taille d'une cannette de bière.

Le bébé pleurait dans son berceau. Obediah sauta dans le bébé au moment où celui-ci était récupéré par un policier hispanique.

L'autre agent ordonna à l'infirmier de lâcher sa hachette. Devant son refus d'obtempérer, il ne put faire autrement que de tirer.

Le policier hispanique couvrit les yeux du bébé pour lui épargner la vision de ce carnage. Obediah se fit un plaisir d'envahir son corps et de l'obliger à traverser la pièce, sans un regard pour l'infirmier blessé ou le corps démembré de sa femme, jusqu'à la fenêtre ouverte.

Obediah jeta le bébé par la fenêtre. Cinq étages. Il regarda le petit corps exploser sur le trottoir. Entendit les cris des passants.

L'autre agent criait. Obediah se retourna et se jeta sur le couteau de cuisine. Son équipier lui tira dessus, et Obediah sauta en lui.

Odessa s'installa sur le canapé à côté de Linus pour manger les plats indiens qu'ils venaient de se faire livrer. La livraison leur avait coûté aussi cher que les plats, mais Linus savait qu'elle ne voulait pas s'aventurer dehors une fois la nuit tombée par crainte de croiser un blogueur en recherche de clics armé d'un iPhone, et qu'elle ne voulait pas non plus rester seule dans l'appartement.

Cela n'avait même pas l'air fou. Plus rien n'avait l'air fou à présent.

Normalement, ils auraient regardé Netflix ou, si elle se sentait d'humeur généreuse, un match de basket-ball en streaming sur l'ordinateur de Linus, mais elle préférait rester à l'écart de tout ce qui pourrait lui donner l'occasion de tomber sur un flash info. Des murs invisibles s'étaient élevés autour de sa vie et, par extension, autour de celle de Linus. Elle n'aimait pas ça, mais c'était nécessaire. Son humeur était comme la petite bulle d'air dans un niveau à eau, suprasensible à tout changement même minuscule et impossible à stabiliser.

Linus était un amour, il remplissait les silences avec des anecdotes sur sa journée, essayant de l'aider à passer le temps. Mais dans l'esprit d'Odessa, une autre voix résonnait. Sa propre voix.

Tu as pris une vie.

Elle avait tué un collègue dans l'exercice de ses fonctions. Ce point ne prêtait pas à débat. Dans ses moments les plus positifs, elle cochait les uns après les autres tous les événements qui l'avaient amenée à tirer sur Walt Leppo ; mais quand elle était au plus bas, elle remettait en question tout ce qui s'était passé cette nuit-là, y compris sa propre rationalité.

Ta carrière est fichue.

Encore un point difficile à contester. Tout ce pour quoi elle avait travaillé, toutes les galères qu'elle avait subies pour devenir agent spécial du FBI, les heures sans fin, ses idéaux : tout était réduit à néant. Elle était diplômée en droit mais n'avait aucune envie d'être avocate. Elle voulait servir son pays afin d'en faire un meilleur endroit pour tous.

On ne se remet pas d'un truc pareil.

Pourquoi repousser l'inévitable ? Elle avait envie de démissionner, même si elle savait que son geste serait forcément mal interprété. Elle était prisonnière dans les limbes, coincée aux enfers pendant que les rouages de la bureaucratie tournaient tout autour d'elle, juste pour la forme, le verdict final ne faisant aucun doute.

Pendant que Linus faisait de son mieux pour lui raconter une histoire amusante survenue au bureau le jour même, les yeux d'Odessa se posèrent sur le carton contenant les affaires de l'agent Earl Solomon qu'elle avait posé par terre, près de la porte. Ses papilles ne réagissaient pas au contact de la nourriture épicée. Le monde avait perdu toute saveur.

Après avoir informé le bureau de New York par email de sa mission du matin, Odessa commanda un Uber via son téléphone portable, indiquant l'adresse du domicile d'Earl Solomon comme destination. Au moment où elle allait entrer dans le véhicule, le conducteur, un homme costaud originaire du Moyen-Orient, en pleine conversation téléphonique grâce à son oreillette Bluetooth, sortit pour lui ouvrir le coffre. Elle le remercia et y déposa le carton tout en jetant des coups d'œil de gauche à droite dans la rue, inquiète de voir débarquer les journalistes. Elle surprit alors le regard du conducteur. *Encore une cinglée.*

Ils roulèrent vers le sud-ouest jusqu'à une rue située à quelques blocs à peine de la Delaware River, qui servait de frontière naturelle entre le New Jersey et la Pennsylvanie. La voiture se gara devant une maison en briques à un étage datant d'avant la guerre entourée d'une clôture grillagée décorative un peu irrégulière d'à peine quatre-vingt-dix centimètres de haut. Elle remarqua que toutes les autres maisons de la rue avaient depuis longtemps été agrandies ou surélevées, mais celle-ci était restée tout à fait modeste. Le conducteur sortit le carton du coffre et le remit à Odessa, visiblement soulagé d'avoir terminé sa course.

— Bonne chance, mademoiselle, dit-il.

Il pensait peut-être qu'elle sortait d'une rupture. Et dans un sens, si on regardait du côté de sa carrière, de la vie qu'elle avait désirée, c'était effectivement le cas. Elle le remercia et lui attribua cinq étoiles avant même que son véhicule ait disparu.

Avec difficulté, elle vida le contenu de la boîte aux lettres dans le carton puis poussa le portillon et remonta l'allée jusqu'à la porte d'entrée. Par sécurité, au cas où des voisins seraient en train de l'observer, elle fit tomber quelques lettres par terre, posa le carton pour les ramasser et, ce faisant, récupéra discrètement la clé cachée sous un pot de fleur en faïence bleue.

Oublier ses instincts de flic allait prendre du temps.

Elle déverrouilla la porte et emporta le carton à l'intérieur. La maison méritait d'être un peu aérée, mais l'odeur n'était pas aussi désagréable qu'elle le craignait. Elle ferma la porte derrière elle, cria « il y a quelqu'un ? » juste au cas où et, ne recevant aucune réponse, elle traversa le petit salon pour rejoindre la cuisine adjacente. Elle posa le carton et le courrier sur un petit îlot, soulagée d'avoir enfin livré ces effets à leur légitime propriétaire.

La maison était calme, et rien ne laissait penser que qui que ce soit y ait mis les pieds depuis des jours. Elle se retourna et jeta un œil au salon dans lequel un canapé deux places faisait face à un antique téléviseur posé sur un chariot en bois. Un vieux fauteuil à bascule rembourré, dirigé vers la télévision, semblait être le meuble préféré du maître des lieux. Des publicités pour des cigares cubains étaient encadrées au mur. Le décor était très simple, très masculin. Et aussi très ordonné, ce qui faisait un triste contraste avec l'état actuel du cerveau de l'agent Solomon. Elle secoua la tête en se rappelant son conseil sans queue ni tête à propos de cette boîte aux lettres anonyme quelque part dans Wall Street.

Dennis le poisson nageait dans un petit bocal près de la télévision. Il était en vie. Odessa emporta le bocal jusqu'à l'évier. L'eau était trouble et avait besoin d'être changée. Elle trouva une boîte de nourriture pour poissons sur le rebord de la fenêtre donnant sur le jardin. Dennis se jeta sur les miettes dès qu'elles touchèrent la surface de l'eau.

— Et voilà, Dennis, dit-elle. Avec plaisir.

Elle ouvrit le réfrigérateur. La situation était moins catastrophique que ce à quoi elle s'attendait. Quelques restes un peu suspects dans des plats en Pyrex fermés. Des bouteilles de boissons énergétiques et de sodas. Assez peu à jeter.

Elle remonta le couloir vers l'arrière de la maison et s'arrêta devant la porte de la chambre de l'agent Solomon. La pièce était simplement meublée, le lit fait avec soin, un petit panier de linge sale dans un coin. Elle ne toucha à rien, mais fit tout de même coulisser la porte du placard qui révéla quelques vieilles vestes de costumes ainsi qu'un coupe-vent bleu du FBI.

Tous ces éléments dessinaient le portrait d'un vieux célibataire, peut-être veuf, quelqu'un qui préférait garder sa maison en ordre plutôt que de devoir tout ranger ensuite. Une vie isolée, un homme seul mais pas forcément solitaire. Sans trop savoir pourquoi, elle essaya de s'imaginer vivre dans cette maison, vers la fin de sa vie. Une existence simple, un univers réduit. Ces pensées en amenèrent d'autres, des questions plus générales sur sa vie, sur son futur avec Linus, toutes ces choses auxquelles elle n'avait pas envie de réfléchir pour le moment, voire même jamais.

Elle retourna dans la cuisine afin de se reconcentrer. Dennis nageait plus vite, revigoré. Odessa récupéra dans un placard un récipient assez grand pour servir de bocal temporaire. Elle chercha ensuite un petit filet. Rien dans les placards, rien dans les tiroirs. Elle poursuivit ses recherches et eut subitement l'impression que quelque chose dans le décor ne collait pas. Il lui fallut encore quelques minutes pour réaliser que les dimensions de la maison ne semblaient pas cohérentes.

Elle ouvrit la porte d'entrée, remonta à moitié l'allée et tourna afin de bien appréhender la forme de la maison. Sur la droite se trouvait une fenêtre dont le rideau intérieur était tiré. Il aurait dû y avoir une ou même deux autres pièces de ce côté.

Elle revint à l'intérieur, plus énergique cette fois. Près de la porte d'entrée, elle repéra un étroit placard, construit dans un recoin du mur. Sur les étagères, elle trouva des boîtes de sacs-poubelle, et sur le sol, un aspirateur Electrolux. Pendu à un clou, elle vit également un filet à poissons, mais cela ne l'intéressait plus du tout.

Elle tapota chaque mur. Celui du fond, entre les étagères, résonnait différemment. Ça sonnait creux. Elle examina les angles et appuya sur le côté droit.

Avec un petit clic et un minuscule mouvement de recul, le mur arrière céda et pivota vers la gauche. L'espace derrière le mur était plongé dans la pénombre.

Odessa se figea. Elle prit le temps de respirer avant de pousser complètement la porte. Et s'il s'agissait d'une sorte de donjon sexuel ? Voilà comment fonctionnait son esprit d'agent du FBI.

Elle s'engagea dans le passage étroit. L'air, bizarrement, n'était pas renfermé mais frais, avec une touche, presque comme un souvenir, de fumée de cigare. Sous ses pieds, elle sentit le moelleux d'un tapis. Elle tâtonna à la recherche d'un interrupteur et la pièce cachée prit soudain vie.

Des bibliothèques. Du sol au plafond, occupant la quasi-totalité des murs tapissés d'un vieux papier peint bordeaux et or.

Devant elle se trouvait un petit bureau avec un large fauteuil en cuir. Des écouteurs étaient posés sur le bureau, connectés par un fil à un énorme magnétophone à bandes.

À sa droite, raccordé à l'extérieur à travers le mur, ronronnait un gros purificateur d'air. Une petite cave à cigares présentant quelques très belles pièces trônait à côté d'un élégant cendrier. Contre le mur, de l'autre côté du bureau, une petite desserte sur roulettes contenait quelques bouteilles d'alcool sur la tablette inférieure et d'épais verres en cristal sur celle du haut.

C'est à ce moment-là qu'elle les vit : les bandes.

— Doux Jésus...

Les bibliothèques ne contenaient pas des livres mais de fines boîtes en carton. Des bobines Mylar de 18 centimètres de diamètre, étiquetées et datées. Le numéro de la bobine, la date et le sujet. Il y en avait des centaines, peut-être même des milliers, certaines, parfois jusqu'à cinq ou six, portant la même date d'enregistrement.

Les étagères, montées sur glissières grâce à un système mural, révélaient une autre couche de bandes derrière les premières. Mais ça ne ressemblait pas à une accumulation compulsive – toutes ces bandes étaient rangées selon un classement soigneux et méthodique.

Les dates couraient jusqu'en 2018. Odessa recula progressivement jusqu'à la première étagère de la première bibliothèque afin de localiser le tout premier enregistrement.

#1001 / Mississippi 1962 / Vernon Jamus

Elle ne savait pas ce que cela signifiait, mais bien entendu, elle pensa au magnétophone trouvé dans le bureau de Solomon, apparemment oublié. Soudain, elle eut l'impression d'être allée trop loin, pas légalement, non, plutôt sur le plan éthique. C'était une pièce cachée, et tous les secrets contenus sur ces étagères constituaient un mystère qu'elle savait, instinctivement, qu'elle ne voulait pas résoudre.

Après un dernier regard vers les centaines de bobines méticuleusement classées, elle éteignit la lumière et recula à travers l'étroit placard.

Secouée, elle s'appuya contre l'îlot de la cuisine, comme si elle revenait d'un autre monde. Un agent retraité depuis longtemps qui n'était pas vraiment à la retraite. Une pièce secrète. Elle se rappela les questions qu'il lui avait posées et comme il avait eu l'air de très bien savoir ce qu'elle avait vu – vu, senti, peu importe – quitter le corps de Leppo au moment où elle l'avait tué.

Un chaudron ? Déposer une lettre dans une boîte à Wall Street ?

Tout ceci était beaucoup trop déconcertant. Au lieu de changer l'eau du bocal de Dennis, Odessa l'attrapa pour l'emporter, ferma la porte et quitta les lieux.

Odessa rencontra sa nouvelle avocate derrière les portes closes d'un bureau du centre-ville. Son cas avait été réaffecté à une jeune femme qui lui demanda de raconter à nouveau son histoire. Elle se prénommait Courtney, n'avait que quelques années de plus qu'Odessa, était vêtue d'un simple tailleur noir et blanc et prenait des notes sur son ordinateur pendant qu'Odessa parlait, ses doigts courant doucement sur le clavier tandis que son regard sympathique restait fixé sur le visage de sa cliente. Odessa se dit qu'elle devait avoir le bout des doigts à la fois doux et calleux, un peu comme les coussinets d'un chat.

— Merci, dit Courtney quand Odessa se tut, épuisée, à la fin de son récit. Je pense que la seule chose – ou en tout cas la meilleure chose – que vous ayez pour vous, c'est la fillette qui a survécu. D'après ses déclarations, elle était certaine que l'agent Leppo allait la tuer et, selon elle, vous lui avez sauvé la vie en tirant. Son témoignage est convaincant, même si on ne sait pas pour le moment comment elle réagira quand on la réinterrogera. De plus, étant la seule survivante de toute sa famille, elle reste vraiment traumatisée par ce qui s'est passé, alors tous les interrogatoires qu'elle subira seront difficiles. On le sait, comme tous les survivants d'une épreuve traumatisante, sa mémoire risque d'être remise en cause au cours de l'enquête.

À la simple évocation de la petite fille, Odessa sentit les larmes lui monter aux yeux. Elle était partagée entre l'envie de la revoir, imaginant que les retrouvailles pourraient les aider toutes les deux à cicatriser… et la peur à l'idée de se retrouver face à elle et de réaliser que cela ne lui apportait aucun soulagement, que cela pourrait même être encore plus traumatisant.

Courtney utilisa le pad de son clavier pour remonter dans ses notes.

— Y a-t-il quelque chose dont vous ne m'avez pas parlé ?

Odessa secoua la tête. Elle ne dit rien à propos du halo de chaleur qu'elle avait vu au moment de la mort de Leppo.

— Je sais que vous l'avez déjà dit, mais juste pour moi, reprit Courtney, pouvez-vous me confirmer que vous n'étiez pas sous l'emprise de la drogue ou de l'alcool ce soir-là ? Et que vous ne suivez aucun traitement à base de psychotropes, que vous n'êtes pas actuellement en thérapie avec un psychiatre… ?

— Pas encore, répondit Odessa.

— Une dernière question. Excusez mon côté direct, mais l'agent Leppo et vous n'étiez pas engagés dans une relation d'ordre romantique… ?

Odessa tourna la tête sur le côté, le regard dans le vide. Essayant de contrôler sa colère. La sensation de coup de poignard revint, cette fois-ci en plein milieu de sa poitrine. Est-ce que cette question venait du FBI ? se demandait-elle. Ou était-ce juste l'intuition de Courtney ?

— Absolument pas.

— C'est noté.

Tap-tap-tap firent ses pattes de chat.

— C'est lui qui a fait une crise psychotique, pas moi, ajouta Odessa.

Courtney hocha la tête, peut-être légèrement embarrassée d'avoir dû poser cette question. En tout cas, elle aurait dû l'être.

Courtney tapa sur son clavier, enregistrant le récit d'Odessa dans un dossier.

— Le FBI veut votre badge et votre arme, mais nous allons nous battre.

Odessa eut l'impression qu'elle allait devoir rendre son badge définitivement.

— Ils ont déjà mon arme.

— Ah bon ?

Courtney consulta quelques notes rangées dans un classeur, hochant la tête avec assurance comme si elle avait trouvé la confirmation du fait énoncé, mais Odessa savait qu'elle essayait juste de couvrir son erreur. Courtney avait probablement récupéré le dossier à peine vingt-quatre heures plus tôt.

Odessa se reconnaissait plus dans la jeune avocate débordée qu'elle ne voulait bien l'admettre.

— Le FBI nous a communiqué plusieurs informations sur vous, reprit Courtney, mais il y en a une à propos de laquelle j'aimerais vous poser quelques questions. Il s'agit de votre père…

— De quoi parlez-vous ?

— Je crois que c'est quelque chose qui s'est produit dans le passé…

— Toutes ces informations ont été analysées lors de l'enquête sur mes antécédents.

Courtney se raidit en entendant le ton ferme d'Odessa.

— Oui, c'est justement à ce document que je fais référence.

La tête d'Odessa se mit à bourdonner.

— Ils vous ont transmis l'analyse de mes antécédents ?

— Un résumé, oui.

Odessa sentit son sang se glacer.

— C'est que qui arrive habituellement dans ce genre de cas ?

— Eh bien, répondit Courtney, regardant à nouveau dans ses notes à la recherche d'une réponse qui, Odessa le savait, ne s'y trouvait pas, je ne sais pas trop. En général, nous travaillons sur des affaires qui impliquent des policiers, pas des agents du FBI. Comme celui de Long Island hier, par exemple.

Odessa détourna le regard. Le souvenir de son père la rendaient triste, mais elle ne voulait pas avoir de réaction négative trop forte devant Courtney. Linus avait raison : elle avait besoin d'un vrai avocat.

Soudain, une pensée remonta à travers les ténèbres – quelque chose qu'elle ne pouvait pas ignorer. D'une voix sourde, Odessa demanda :

— Attendez... Qu'est-ce qui s'est passé à Long Island hier ?

Odessa prit le métro dans un état second. Elle émergea dans les rues de Kew Gardens dans un nouvel état d'esprit. Elle retourna au bureau du FBI local, adressa un petit sourire confiant à la responsable administrative et se rendit dans le bureau vide d'Earl Solomon.

Au passage, elle emprunta un ordinateur inutilisé qu'elle avait déjà repéré la veille dans la salle des photocopieurs. Elle ferma la porte, déposa le portable sur le bureau de l'agent Solomon et s'installa dans le fauteuil abandonné depuis si longtemps. Elle fit des recherches sur le meurtre et trouva de nombreux articles relatant l'horrible tuerie qui s'était déroulée à Little Brook, un hameau de Long Island situé à l'est de Massapequa. Un élu local avait pété les plombs une demi-heure avant la fin des heures d'ouverture de la mairie de Little Brook et avait attaqué les gens avec un long tournevis, en tuant trois au passage. L'homme de cinquante-trois ans avait été abattu par un agent de la sûreté maritime qui se trouvait par hasard sur place pour vérifier des permis.

Une crise de folie meurtrière. L'assaillant n'avait pas d'antécédent criminel. Il était considéré comme un pilier de la communauté. « Il a juste craqué. »

Plusieurs papiers faisaient état de problèmes de santé, de soucis financiers. Des circonstances qui affectent un grand nombre d'hommes d'âge moyen. Ces articles qu'elle aurait habituellement lus en diagonale puis oubliés trouvèrent soudain une certaine résonance en elle.

Elle accéda ensuite à l'annuaire du FBI, qui n'était pas protégé par un mot de passe, afin d'obtenir des renseignements sur l'agent Earl Solomon. Repensant aux centaines de bobines qu'elle avait découvertes chez lui, elle chercha tout d'abord des enregistrements. Rien. Elle fut tentée de creuser plus loin, mais ce n'était pas son ordinateur et elle ne voulait pas se mettre dans une position compromettante ni entraîner un collègue dans sa chute. Pourtant, elle avait l'impression qu'une main invisible avait quasiment effacé l'existence d'Earl Solomon de la base de données du FBI.

Odessa ne supportait pas l'idée de prendre un Uber pour se rendre à Long Island. Ce n'était pas une question d'argent, elle ne voulait tout simplement pas rester assise à l'arrière comme un enfant. Elle téléchargea une version à jour de l'application Zipcar, entra son email et son ancien mot de passe et, comme par magie, le compte ouvert du temps où elle vivait à Boston se réactiva immédiatement.

Elle récupéra une Honda CR-V gris argent à l'est du Queens, déposa son téléphone sur le siège passager et activa le GPS qui la mena de la Southern State Parkway à la route 27, dépassa Amityville et arriva enfin à Little Brook. Elle agissait à la fois avec détermination et appréhension, sachant qu'elle ne devrait pas se trouver là, qu'elle risquait de se faire prendre… et en même temps incapable de faire demi-tour.

L'annexe de la mairie de Little Brook était un vieux bâtiment en pierre entouré de boutiques et d'une pharmacie CVS. Des voitures de la police d'État de New York bloquaient l'entrée de la rue, mais elle ne vit aucun gyrophare ni aucun cordon de sécurité. Une femme agent vêtue d'une veste à bandes réfléchissantes s'occupait de la circulation, essayant de fluidifier le trafic. Odessa baissa sa vitre, sortit son badge et se fraya un chemin jusqu'au trottoir où elle se gara à côté d'une camionnette blanche de la police scientifique.

Il n'y avait pas de policier à l'entrée. Odessa pénétra dans le hall. Un inspecteur en civil en train de téléphoner lui jeta un regard distrait. Sa carte d'identification à la main, elle passa devant l'agent d'accueil et entra dans la mairie. Des nettoyeurs en combinaisons blanches et gants en latex étaient en train d'éponger une tache de sang sur le mur, le produit ayant dissous les éclaboussures en fleurs roses et humides. Un peu plus loin, les techniciens de scène de crime de la police d'État photographiaient une autre tache de sang, étalée sur le mur et sur le sol, probablement là où l'un des corps était tombé.

Il n'y avait pas grand-chose d'autre sur place, la scène ne lui apprendrait rien de plus. Elle s'approcha des techniciens qui l'aiguillèrent vers un bureau au coin de la rue. Sur place, un agent de la police locale la regarda avec suspicion jusqu'à ce qu'elle sorte son badge.

— Agent spécial Hardwicke ? dit-il, lisant le nom sur le badge avec une énergie soudaine. Que puis-je faire pour vous ?

La maison du suspect, une bâtisse de style colonial de taille moyenne avec un garage attenant, se situait tout en bas d'une rue en pente. Comme l'indiquait la mention « Comté de Suffolk » sur la portière, une voiture de la police d'État était garée dans l'allée. Il s'agissait probablement d'un capitaine ou d'un major venu interroger la veuve. Odessa se gara un peu plus loin – la CR-V ne collait pas trop avec sa fonction d'agent spécial – et marcha jusqu'à la maison, déterminée à aller jusqu'au bout.

Elle se présenta à deux officiers de police postés sur la pelouse, sortant à nouveau son badge, sentant leur regard sur elle tandis qu'elle se dirigeait vers la porte. Des chiens aboyaient plaintivement quelque part à l'intérieur de la maison, probablement enfermés dans la salle de bain ou dans la cave. La veuve était assise sur un large canapé près d'un vieux piano débordant de photos d'enfants devenus grands. Elle se nommait Louise Colina et devait avoir dans les soixante ans, plus que ce à quoi Odessa s'attendait, quoiqu'il fût probable que la photo de son mari, Edwardo, surnommé Eddie, qu'elle avait trouvée sur le site de la mairie ne soit pas très à jour.

Le capitaine de police se leva quand Odessa entra, son chapeau à large bord à la main. Il faisait bien trente centimètres de plus qu'elle. Mais Odessa ne flancha pas, comptant sur son badge pour lui ouvrir le chemin. Elle serra fermement la large main tendue.

— Est-ce qu'on s'est déjà rencontrés ? demanda-t-il. Votre visage me dit quelque chose. Vous êtes de quel bureau ?

— Newark, répondit Odessa rapidement. Mais je suis actuellement en mission spéciale à Kew Gardens. (Elle se tourna vers Mme Colina avant que le capitaine ne puisse lui poser d'autres questions.) Madame Colina, je vous présente toutes mes condoléances, ça doit être un moment très difficile pour vous.

La femme paraissait perdue dans son propre corps, un peu comme certains résidents dans les maisons de retraite. Il lui faudrait plusieurs semaines avant de se remettre du choc.

— Merci, répondit-elle.

— Je ne peux pas imaginer ce que c'est que de voir quelqu'un franchir la porte un matin et... ensuite ça.

Mme Colina acquiesça.

— Il n'y avait aucun signe, dit-elle. Je n'arrive pas à me sortir de l'idée que tout ceci n'est qu'une énorme erreur.

— Pas le moindre signe ? insista Odessa.

Le capitaine intervint :

— Il a eu un accident de voiture un peu plus tôt dans la journée, son véhicule a heurté un mur de pierre. Il ne l'a pas signalé.

— Peut-être qu'il s'est cogné la tête, reprit Mme Colina. Eddie n'aurait jamais fait une chose pareille.

— Je suis désolée, dit Odessa, tenant toujours la main de la veuve, avant de reculer. Je ne voulais pas interrompre votre conversation. Je vais juste jeter un coup d'œil rapide. Capitaine.

L'officier de police répondit au hochement de tête d'Odessa, un peu intrigué, mais il finit par se rasseoir, incapable de quitter Mme Colina.

Odessa sortit de la maison, évitant les agents postés à l'extérieur, et suivit l'allée jusqu'au garage. La porte de celui-ci était ouverte, laissant apparaître une vieille Subaru au milieu d'un vrai capharnaüm. Elle se fraya un chemin à travers les boîtes d'équipements de sport inutilisés depuis des années, les cartons de rangement, l'établi, le tracteur à gazon.

Elle cherchait un chaudron en fer comme celui que l'agent Solomon avait décrit. Elle trouva un vieux porte-parapluies et quelques pots de fleurs, mais ils ne contenaient que quelques cadavres de papillons de nuit.

Elle sortit de là et monta quatre marches faites en briques pour accéder au jardin. Au coin, juste avant la rangée d'arbres séparant la propriété de celle des voisins, elle aperçut une cabane : pas une cabane à outils en résine préfabriquée comme celles qu'on pouvait trouver chez Walmart ou Home Depot, pas non plus une de ces jolies petites cabanes chics, juste un vieil abri en pin avec un gros fermoir en fer, probablement construit par l'un des précédents propriétaires.

Odessa ouvrit la porte et respira l'odeur de graisse et de sciure. Grâce à la lumière provenant de l'unique fenêtre, un simple panneau de verre fissuré, elle découvrit une vieille tondeuse, des vélos, un kit de croquet ainsi que quelques autres jeux d'extérieur, et une fontaine à oiseaux cassée. Elle souleva une pompe à vélo rouillée, les yeux fouillant le fond de la cabane remplie de toiles d'araignées.

Elle ne l'aurait jamais remarqué si elle ne l'avait pas cherché. Un gros pot noir avec un rebord arrondi rangé au fond, dans un coin. Il était plein de détritus : des bouts de bois, un collier de perles colorées, de la ficelle. Des touffes de cheveux bruns qui auraient pu être confondues avec des mottes de terre fanée. Le manche en plastique d'un long couteau placé la tête en bas.

Elle alluma la lampe-torche de son téléphone, regrettant de ne pas avoir de gants. Ce qu'elle avait pris pour des brindilles... étaient en fait des os. Devenus gris par l'action du temps. Humains ou animaux, elle n'aurait su le dire.

— Madame ?

La voix du policier fit sursauter Odessa. Elle aperçut un morceau du chapeau à travers la fenêtre cassée.

— Oui ? répondit-elle.

— Le capitaine aimerait vous parler. À l'intérieur.

— Bien sûr ! répondit Odessa, forçant la note joyeuse dans sa voix. Dites-lui que j'arrive tout de suite.

Elle resta figée en attendant que le chapeau bouge. Elle prit rapidement quelques photos puis recula vers la sortie en essayant de ne renverser aucun vélo. Elle longea le côté de la maison et se dirigea vers sa voiture, s'installa derrière le volant et démarra.

— Désolée, j'ai cru que vous étiez une journaliste.

Odessa sourit et rangea sa plaque dans sa poche gauche. Elle se tenait dans un petit bureau. Si l'on se fiait aux photos accrochées au mur autour d'un drapeau portugais, l'officier de sûreté maritime, Mariella Parra, avait autrefois été capitaine sur un bateau de pêche à l'espadon.

Elle serra la main d'Odessa d'une poigne très ferme. Ses cheveux coupés très courts se teintaient de gris et le coin de ses yeux était ridé par les années et le soleil.

— Mon boss m'a offert quelques jours de congé, dit Mariella en jetant quelques affaires dans un sac en toile. J'ai juste envie de partir d'ici. Est-ce que je dois vous raconter ce qui s'est passé encore une fois ?

Odessa haussa les épaules.

— Si ça vous va, la version courte m'ira très bien.

— Qu'est-ce que le FBI vient faire dans cette histoire ?

— Nous enquêtons sur une série de tueries présentant des similarités.

Mariella recula d'un pas, surprise.

— Vous pensez qu'il y a quelque chose derrière tout ça ?

— Non, répondit Odessa, mais une partie de notre travail consiste à compiler des statistiques sur les crimes afin d'essayer de repérer des tendances. (Elle cacha ces conneries derrière un sourire.) Je sais que ça a été traumatisant pour vous.

— C'est assez simple. (Mariella haussa les épaules.) J'avais quelques permis à vérifier, alors je me suis arrêtée à la mairie environ vingt minutes avant la fermeture. J'ai entendu des cris et, au départ, je crois que j'ai pensé que c'était l'anniversaire de quelqu'un ou quelque chose dans le genre… vous savez, une fête. Peut-être que mon cerveau voulait que ce soient des cris de joie. Quand le niveau s'est mis à augmenter et que les cris sont devenus des hurlements… Je crois que je suis restée figée pendant dix ou quinze secondes, essayant encore de croire que ce n'était pas en train de se produire. Ce n'est pas comme à la télé, quand la tension monte crescendo. Vous savez qu'il va se passer quelque chose. Là, d'un coup, les choses sont arrivées et moi, j'étais là.

Odessa hocha la tête. Elle comprenait bien mieux que Mariella ne le pensait.

— Quand j'ai enfin pu bouger, j'ai réussi à garder mon sang-froid et à attraper mon arme de service. J'étais tellement terrifiée. J'ai vu le premier corps, la dame sur le sol. Elle saignait. Il y avait aussi un homme qui était venu pour payer ses taxes, il tenait toujours ses documents dans une main et rampait à travers le hall en laissant une trace de sang derrière lui. Quand je l'ai repéré, le conseiller municipal, M. Colina, était en train de poignarder la troisième victime, cette pauvre, pauvre femme, dans le bas du dos, encore et encore avec cet immense tournevis. À un moment… (Sa gorge se serra d'émotion.) À un moment, le tournevis est resté coincé dans sa colonne vertébrale et son corps a été légèrement soulevé, peut-être de dix ou quinze centimètres. Il l'a décoincé avec difficulté et il a recommencé à la frapper. Mécaniquement, sans aucune émotion apparente…

Odessa était captivée par ce récit qui lui faisait revivre son propre trauma.

— De quoi avait-il l'air ? L'expression de son visage ?

Mariella grimaça et secoua la tête.

— Bizarre ? Heureux ? Un peu absent ? Ses yeux, ils étaient tellement brillants, on aurait dit qu'ils allaient exploser. À ce moment-là, il m'a vue et il a laissé tomber la femme, le tournevis s'est dégagé de son dos tellement lentement. La police d'État m'a demandé si je lui avais dit quelque chose. Je n'ai pas prononcé un mot. J'ai tiré je ne sais pas combien de fois. J'ai mis ce sale fils de pute à terre.

Mariella expira, soulagée d'en avoir fini. Elle n'imaginait pas qu'Odessa irait plus loin.

— Et ensuite ?

— Ensuite… il s'est effondré par terre et je me suis mise à courir dans la direction opposée. Je me suis retrouvée dehors tellement vite. Ça a pris une éternité à la police pour arriver.

— Non, ce que je veux dire… (Odessa essaya de présenter les choses avec prudence.) Après lui avoir tiré dessus. Après sa chute. Vous êtes partie avant qu'il meure ou bien…

Mariella plissa les yeux et observa Odessa pendant un instant. Les cheveux de celle-ci se dressèrent sur sa nuque.

— Je ne sais pas s'il était mort. J'étais trop loin. Mais j'ai attendu qu'il ne bouge plus.

— ... Et ?

La respiration de Mariella se fit plus profonde.

— Où voulez-vous en venir ?

Elle savait. Odessa le voyait. Elle s'approcha, baissa la voix.

— Vous avez vu quelque chose, quelque chose qui est sorti du corps.

Mariella avait l'air terrorisée.

— J'ai cru voir quelque chose. Mon esprit a dû me jouer un tour.

— Quel genre de tour ?

Elle ne voulait pas répondre.

— Je ne sais pas.

— Ça n'apparaîtra pas dans mon rapport, dit Odessa, si c'est ce qui vous inquiète. Mais d'autres survivants de tueries comme celle-ci... ont rapporté avoir vu quelque chose quitter le corps de l'agresseur au moment de sa mort.

Mariella semblait sur le point d'être malade. Elle trouva une bouteille d'eau et avala deux gorgées. Elle regarda Odessa. Elle ne lui faisait pas confiance... mais elle avait besoin de partager ça avec quelqu'un.

— C'était... comme une présence.

Odessa se sentit faiblir en entendant ces paroles.

— Continuez.

— Pas... pas un fantôme. Plutôt comme une essence.

— Est-ce que vous avez senti quelque chose ? Comme une odeur de brûlé ?

Mariella secoua la tête.

— Je ne sais pas. Je suis partie en courant. (Elle attrapa les anses de son sac et le souleva de son bureau.) Je suis désolée, je ne peux pas... Je dois y aller.

Puis, se rappelant qu'elle parlait à un agent du FBI :

— Je peux partir ?

Odessa acquiesça.

— Merci, dit-elle.

Mariella lui jeta un regard étrange, passa à côté d'elle et sortit du bureau. Odessa se couvrit la bouche avec la main, soulagée que son expérience ait été corroborée par une autre personne... et en même temps effrayée par la similitude. Si tout ceci était vrai... qu'est-ce que cela signifiait ?

Odessa reprit la route dans un état second. Plusieurs fois, elle cligna des paupières et se rendit compte qu'elle venait de passer plusieurs minutes à conduire en pilote automatique.

Son esprit partait dans tous les sens. Il fallait qu'elle se concentre.

Elle envoya un SMS à son amie et collègue Laurena, lui demandant de la rappeler. Moins de soixante secondes plus tard, le téléphone d'Odessa sonna. Elle décrocha et lança :

— Salut, t'es la meilleure.

Laurena était agent depuis deux ans, elle aussi, mais elle avait cinq ans de plus qu'Odessa, son ambition première ayant été de devenir magistrat avant de postuler au FBI.

— T'es où ? Tout va bien ?

Odessa tenta pendant quelques secondes de calmer ses angoisses. L'inquiétude de Laurena lui faisait monter les larmes aux yeux.

— Tu peux me rendre un service ?

— Tout ce que tu veux, Dessa. Cela dit, je ne suis pas une très bonne cuisinière.

— Si j'avais besoin d'un chef, ce n'est pas toi que j'appellerais.

— Je ne suis pas très forte en ménage non plus.

— Je veux voir les photos de scène de crime qui ont été prises dans la maison de Peters.

Une longue pause.

— Pourquoi est-ce que tu veux voir ça ?

— Je ne veux pas voir les trucs horribles. Mais j'ai besoin de les récupérer. Ce n'est pas pour les corps.

— C'est pour quoi, alors ? Tu commences à m'inquiéter.

— Je n'arrive pas à sortir tout ça de ma tête, répondit Odessa. Je veux voir ce qu'il y avait là-bas, ce qu'il y avait dans la maison. Dans la cave, dans le garage. Je veux tout voir.

— Je ne sais pas. Ça me semble à la fois malsain et immoral.

— Tu peux les déposer sur Dropbox pour moi. Tu copies le dossier et tu m'envoies juste le lien. Comme ça, je pourrai les regarder, et je te promets que je ne les téléchargerai pas. Pas de lien entre nous.

— Si le Bureau cherche un lien, il le trouvera.

— Ils ne chercheront pas. S'il te plaît, Laur.

Seul le silence et le bruit du crayon de Laurena tapant sur le bureau lui répondirent.

— J'aurais préféré te cuisiner quelque chose.

— Merci, Laur, répondit Odessa rapidement.

— Attends, je n'ai pas dit oui…

— T'es vraiment la meilleure. (Et elle raccrocha.)

Obediah avait été expulsé du corps du conseiller municipal beaucoup trop tôt. Il avait encore beaucoup de choses à faire. Bien que l'expulsion lui ait comme toujours apporté beaucoup de plaisir, l'expérience s'était terminée de façon insatisfaisante.

Il sortit de la mairie, pressé de trouver un autre véhicule convenable. Son choix se porta sur une femme d'une cinquantaine d'années, un tapis de yoga sous le bras, qui s'installait au volant d'un SUV cabriolet. Obediah prit la femme, et la voiture, pour aller faire un tour sur la route inter-États 495. Il poussa la femme et le véhicule jusqu'à leurs limites, le second atteignant la vitesse de cent cinquante kilomètres à l'heure tandis que la première faisait glisser ses ongles manucurés sur le volant pour slalomer dans le trafic en faisant crisser les pneus.

Il cherchait le bon endroit, le bon moment. Comme un faucon pèlerin se préparant à plonger sur une colombe peu méfiante ou un échassier distrait.

La voiture fit un écart vers la droite, heurtant la roue arrière gauche d'une petite voiture de sport, l'envoyant tournoyer comme une toupie à travers les deux voies jusqu'à ce qu'elle sorte de l'autoroute et aille se fracasser contre les arbres. Un camion fut touché à son tour. Tournant lui aussi sur lui-même, il heurta de plein fouet une camionnette de livraison avant qu'un camion de déménagement Mayflower ne les emboutisse tous les deux.

Le SUV dérapa sur un long arc de cercle de gauche à droite, traversa les trois voies de l'autoroute et, toujours à cent trente kilomètres à l'heure, se fracassa contre la barrière de sécurité en béton renforcé. Le véhicule humain d'Obediah fut tué sur le coup et l'entité fut expulsée de force au moment où ce qui restait de la voiture explosa dans un spectaculaire feu d'artifice. L'extase.

Quand les crissements de freins des autres véhicules se turent, la scène se figea dans un silence parfait, la fumée s'élevant doucement des engins détruits. Obediah se sentait satisfait, ému, comme après le mouvement final d'une fantastique symphonie dont les applaudissements auraient été remplacés par le bruit des portières et les voix angoissées des témoins incapables d'accepter la vision d'horreur qu'ils avaient sous les yeux.

Obediah ne perdit pas de temps. Il pénétra le corps d'une jeune femme d'une vingtaine d'années, une bonne samaritaine debout à côté de sa Jeep. Il l'obligea à remonter à l'intérieur du véhicule et démarra le moteur, conscient du fait que s'il ne quittait pas les lieux très vite, il risquait d'être coincé un bon moment dans un embouteillage monstrueux et totalement sans intérêt.

Le petit ami de la bonne samaritaine, pris par surprise, eut à peine le temps de regagner le siège passager avant que le véhicule ne commence à prendre de la vitesse. Le premier réflexe d'Obediah fut de répéter l'opération pour provoquer un autre crash spectaculaire. Mais il fut distrait, puis exaspéré par les protestations du petit ami, ses questions, son inquiétude.

Pourquoi est-ce que tu conduis aussi vite ? Qu'est-ce qui ne va pas ? Pourquoi tu fais cette tête ?

L'homme se pencha pour lui agripper le bras et Obediah riposta en le frappant en pleine figure, brisant ses lunettes en deux et lui entaillant l'arcade sourcilière gauche. Pendant qu'il se tenait le visage dans les mains, pleurant de douleur, Obediah obligea la bonne samaritaine à se pencher et à défaire la ceinture de son petit ami, puis il ouvrit la portière et se mit à virer violemment de droite à gauche.

L'exaspérant petit ami fut éjecté de la voiture et Obediah put voir son corps rebondir sur l'asphalte de l'autoroute avant de s'immobiliser entre deux voies et de passer sous les roues d'une camionnette de livraison Amazon.

Cette vision était étrangement satisfaisante et, pendant un moment, Obediah envisagea d'offrir à la bonne samaritaine le même destin en la faisant sauter hors du véhicule en marche.

Mais une autre pulsion le détourna de cette idée. Une prise de conscience soudaine. Il le sentit comme un animal perçoit les variations de pression annonçant un changement de temps.

L'ennemi.

Il était proche.

Obediah ne pouvait pas ressentir la peur. Il ne connaissait que la faim et la chasse pour le plaisir. Mais il s'agissait là d'une source de douleur potentielle. C'était la fin, pour les Avides, de cette course à l'annihilation effrénée qui leur procurait tant de plaisir.

Les Avides étaient quatre. Ils avaient toujours été quatre. Mais Obediah était le seul encore libre.

Il appuya lourdement sur l'accélérateur, dirigeant la Jeep vers l'est, en direction de New York.

En direction de Hugo Blackwood.

Odessa retourna voir Earl Solomon à l'hôpital. Elle le trouva assis dans un fauteuil, le regard fixé vers l'extérieur à travers la fenêtre crasseuse. Le ciel était d'un bleu layette et elle se demanda ce que pouvait y voir un homme âgé qui venait de subir une grosse attaque... en admettant qu'il le voie, d'ailleurs.

— C'est l'heure ? demanda-t-il avant de se retourner. (Il devait attendre l'infirmière.) Oh. Agent Hardwicke.

— Bonjour, dit-elle en avançant jusqu'au pied de son lit vide. (La télévision était éteinte). Comment allez-vous aujourd'hui ?

— J'ai connu des jours meilleurs. (Il se tourna à nouveau vers la vitre.) La fenêtre est tellement sale que je peux à peine voir à travers. J'ai dû filer un laveur de vitres, une fois. À Manhattan. C'était à la fin des années 1960, mais les immeubles étaient déjà hauts. J'ai essayé de passer par le balcon. À l'époque, on ne s'accrochait pas avec ces... comment ça s'appelle, déjà, ces pinces ?

— Des mousquetons ?

— C'est ça. Maintenant, on voit ces trucs partout. Je me suis attaché à la rambarde avec un nœud, dans le genre nœud de marin, et j'ai commencé à monter. J'ai escaladé peut-être douze étages avant de vomir mon déjeuner. Alors je suis redescendu. Imaginez-moi à l'intérieur de l'immeuble, passant d'étage en étage, me frayant un chemin grâce à mon badge à travers les bureaux et les appartements. C'était un cambrioleur cascadeur, le genre à faire des repérages. Un Italien. Je me demande ce qu'il est devenu.

Son humeur semblait différente. Odessa regarda les tubes et les fils et se demanda si on lui avait administré un antidouleur ou un sédatif récemment.

— J'arrive au mauvais moment ?

Il se tourna vers elle.

— Pas du tout. Pas quand il reste aussi peu de grains dans le sablier. (Il se gratta le cou sous le col de son peignoir d'hôpital.) De quoi s'agit-il ?

— Vous l'avez peut-être vu à la télé, il y a eu une autre tuerie. À Long Island.

— Un type de la mairie, dit Solomon.

Odessa acquiesça.

— Encore un homme qui a pété les plombs, sans signe préalable de violence ou d'agressivité. Il a tué trois personnes innocentes avant d'être abattu.

Solomon pinça ses lèvres sèches.

— Vous voyez des similarités avec votre affaire.

— Pas vous ?

Il sourit et ferma un œil, pas comme un clin d'œil, plutôt dans une tentative pour mieux la voir.

— Elles arrivent toujours par trois, ces choses. Comme toutes les mauvaises choses, en fait.

— Toujours ? demanda Odessa. Combien de fois avez-vous été témoin d'affaires de ce genre ?

— Vous vous êtes rendue sur place, n'est-ce pas ? continua Solomon.

Elle était incapable de dire s'il approuvait ou s'il était simplement amusé.

— Oui, dit-elle. Quand je suis venue ici la première fois, vous m'avez interrogée sur la présence de chaudrons sur la scène de crime. Pourquoi ?

— Par curiosité.

— C'est un détail très spécifique, et étrange.

— Je sais. C'est sans doute pour ça que vous m'avez regardé comme si j'étais bon pour l'asile. Mais ensuite, vous êtes allée dans la maison du tueur de Long Island…

— Il n'était pas dans le garage, lui dit-elle. Je l'ai trouvé dans une vieille cabane au fond du jardin. Un pot en fer, exactement comme vous l'aviez décrit. C'est vraiment incroyable.

Il sourit.

— Vous me flattez juste parce que, maintenant, vous avez envie d'en apprendre plus.

— Mais comment le saviez-vous ?

Deux infirmières frappèrent à la porte derrière Odessa et entrèrent dans la chambre.

— Ok, monsieur Solomon.

Le cœur d'Odessa fit un bond. Elle se poussa pour les laisser passer.

— Vous avez une visite ? demanda l'une des deux.

— Ma conseillère, répondit-il. C'est elle qui gère mon immense fortune.

La plus âgée des infirmières sourit à Odessa.

— C'est fantastique.

Odessa resta debout, inquiète, tandis qu'elles l'aidaient à se lever du fauteuil et à retourner vers le lit à roulettes.

La plus jeune des deux reprit :

— Vous avez des tuyaux à me donner ? Si vous pouviez investir dans une seule chose, qu'est-ce que vous choisiriez pour être sûr de gagner sur le long terme ?

Une fois bien calé contre ses oreillers, il répondit :

— La stupidité humaine.

Les infirmières gloussèrent. Odessa trépignait d'impatience. Elle avait tellement de questions à lui poser.

— On doit l'emmener passer un autre scanner, l'informa la plus âgée. Ça risque de prendre un moment.

— Est-ce que tout va bien ? demanda Odessa.

Les infirmières restèrent silencieuses. Secret médical. Elles jetèrent un regard en direction de Solomon.

— Les résultats du dernier test n'étaient pas très bons, dit-il. Sans compter que ces dames ici présentes cherchent toutes les excuses possibles pour me déshabiller. Comment était ma maison ?

— Tout allait bien. Vraiment.

La pièce secrète : comment aborder le sujet avec ces deux femmes à côté d'eux ?

— J'ai emporté Dennis.

— Qui ? Oh, le poisson. OK. Vous avez volé autre chose ? Trouvé des objets intéressants ?

Les infirmières débranchèrent les fils qui le reliaient aux moniteurs et débloquèrent les freins du lit.

Et si quelque chose lui arrivait ? Et si c'était maintenant ou jamais ?

— J'ai vérifié les photos de la scène de crime de mon affaire, dit Odessa. Comme vous le savez, ils ont pris des clichés dans toute la maison.

Les infirmières faisaient semblant de ne pas écouter, mais les mots « scène de crime » avaient éveillé leur curiosité.

— Ah oui, demanda Solomon, et comment les avez-vous obtenues ?

— Sur l'une des photos, on voit ce qui ressemble à un pot, ou plutôt un chaudron, dans la cave, derrière la chaudière. Dans la maison de Peters, celle où sa famille vivait. Caché sous leurs pieds. Impossible de voir ce qu'il y avait dedans. Le photographe a probablement pensé que c'était une sorte de poubelle ou un truc comme ça.

— Qu'avez-vous trouvé dans celui que vous avez vu ? demanda Solomon. À Long Island.

C'était bizarre de répondre devant les deux infirmières.

— Des os. Des détritus. Des perles, des cheveux. Est-ce que c'est une espèce d'objet de culte ?

— Quel genre d'os ? De quelle taille ?

— Aucune idée. Je ne suis ni légiste, ni anthropologue.

— Mais vous pouvez reconnaître un os humain quand vous en voyez un. Est-ce qu'il avait la taille d'un os d'enfant ? D'adulte ? La différence est capitale.

Les infirmières avaient fini de le préparer, mais elles hésitaient encore à l'emmener, totalement captivées par la conversation.

— Désolée, dit la plus jeune à Odessa et à Solomon. Mais il faut qu'on y aille.

Elles commencèrent à pousser le lit vers la porte.

Odessa reprit la parole.

— Les deux, je crois. C'étaient des os humains. Certains grands, d'autres petits.

— OK, donc maintenant, réfléchissons. Où peut-on trouver des os humains ? demanda Solomon tandis qu'on l'emmenait dans le couloir.

Chez elle, le soir même, elle laissa son bol de nouilles à moitié mangé refroidir à côté de son ordinateur portable.

Linus était installé à son bureau, près de la fenêtre. Il rédigeait un brief, casque sur les oreilles, vêtu du pull à torsades vert menthe qu'il portait toujours quand les soirées étaient fraîches. Quelques notes de Frank Ocean s'échappaient des écouteurs. Odessa ne savait pas comment il réussissait à travailler avec la musique. Elle, elle se mettait automatiquement à chanter et se déconcentrait totalement.

Linus gardait un œil sur elle, lui jetant un regard furtif de temps en temps ou observant son reflet dans la vitre. Elle pouvait le sentir. C'était réconfortant, c'était de l'amour. Le fait qu'il prenne soin d'elle lui faisait chaud au cœur. Mais en même temps, c'était déroutant de voir quelqu'un s'inquiéter autant pour soi. Craignait-il qu'elle s'effondre ou se demandait-il simplement, en la regardant, quel effet cela lui avait fait de tuer quelqu'un ? Ou pire, si elle avait abattu Walt Leppo par erreur. Elle était quand même la personne avec qui il partageait son lit.

Odessa se demandait quelle image elle pouvait bien renvoyer. Elle se rendit compte qu'elle vérifiait fréquemment les expressions de son visage : *ai-je l'air saine d'esprit ?* Et d'autant plus ce soir, après toutes les choses qu'elle avait apprises plus tôt dans la journée.

— Tu vas finir ça ? demanda-t-il.

— Oh, je le réchaufferai plus tard. Pas de souci.

Linus lui sourit.

— Tu avais l'air perdue dans tes pensées.

— Je sais. Tout va bien.

— Ça te ferait plaisir qu'on se fasse un film ou une série ?

— Ça va, je suis bien, là, répondit-elle. Je regarde juste les infos.

Il sourit à nouveau et replaça le casque sur ses oreilles. Odessa se pencha à nouveau sur son ordinateur, survolant les résultats de sa recherche sur des affaires de tombes pillées dans le New Jersey et à Long Island. Recherche qu'elle avait faite dans une fenêtre de navigation privée afin qu'elle n'apparaisse pas dans son historique.

Elle cliqua sur plusieurs liens et lut des articles sur des tombes dégradées, la plupart issus de journaux locaux. Des caveaux profanés. Des pierres tombales renversées. Des ornements en vitrail Tiffany volés. Elle limita sa recherche aux incidents survenus au cours des cinq dernières années.

Une histoire sortait du lot. Il s'agissait en fait d'une série d'histoires qui avaient fait scandale à l'époque, dont Odessa se souvenait vaguement pour les avoir vues passer sur son fil d'actualité. « Les restes du Bébé Miracle volés dans sa tombe. » C'était l'un des titres les moins racoleurs. Remontant à quelques années, l'affaire concernait une fillette de la banlieue de Jersey surnommée « Bébé Mia ». Née avec une maladie dégénérative du cerveau, son espérance de vie se limitait à quelques heures à peine. Contre toute attente, elle avait survécu un peu plus de deux ans. Mais les frais médicaux engagés pour la maintenir en vie s'étaient révélés exorbitants, ce qui avait donné lieu à un reportage devenu par la suite un véritable phénomène sur Internet. « Bébé Mia » était même devenu un hashtag repris sur les réseaux sociaux. Des affiches présentant une photo de la petite fille portant un gros bandeau rose sur sa tête couverte de bandages étaient apparues dans les vitrines des magasins à travers tout le New Jersey, d'Asbury Park à Trenton, traversant même la rivière pour atteindre certains quartiers de Philadelphie. Un numéro spécial avait été mis en place pour permettre aux gens de faire une donation de dix dollars par SMS à un fond de soutien aux frais médicaux. Deux parcs d'attraction de la région avaient accueilli des soirées de charité destinées à recueillir des fonds et la petite avait même eu le plaisir de lancer le palet d'ouverture lors d'un match play-off des Devils du New Jersey[1], devenant ainsi une vraie petite célébrité locale. Quand leur petite mascotte finit par succomber à la maladie, l'équipe observa une minute de silence avant l'un de ses matchs.

Six mois plus tard, dans le cimetière d'Allenhurst où elle était enterrée, on découvrit le caveau ouvert. Son cercueil avait disparu. Cette histoire choquante avait fait la une de tous les journaux du matin et ses parents déjà endeuillés avaient subi un nouveau choc. Même si le crime n'avait jamais été officiellement résolu, Odessa trouva sur le Net l'histoire d'un réseau de drogue démantelé qui mentionnait un lien avec les récentes profanations de tombes, citant celle de Bébé Mia ainsi que le vol, dans un cimetière de Long Island, du corps d'un homme décédé en 1977.

Odessa lut rapidement d'autres récits de corps volés ou de mausolées cambriolés. Le nombre d'affaires était surprenant. Piller des tombes ? Dans le New Jersey ? Incroyable. Elle s'extirpa finalement de ces lectures, essayant de trouver un sens à ce qu'elle venait de découvrir.

1. Équipe de hockey sur glace basée à Newark.

Pourquoi quelqu'un voudrait-il profaner la tombe d'un enfant ? Sa première idée fut une sorte de culte religieux, un peu comme le vaudou. Les membres des réseaux de drogue vénéraient souvent certains saints déchus ou autres divinités occultes afin de « se protéger » des arrestations. La Santeria en était l'exemple le plus connu.

Mais qu'est-ce que tout ça avait à voir avec les crises de folie meurtrière ? Elle ferma la fenêtre de navigation, plus confuse que jamais. Rien de tout ça n'avait de sens à ses yeux... et pourtant, elle ressentait un froid profond tout au fond d'elle. Ça avait forcément un *sens*. Mais lequel ?

Odessa but une gorgée d'eau gazeuse, aromatisée au citron vert. Dennis le poisson nageait tranquillement dans l'eau fraîche de son bocal tout propre placé au centre de la table. La couleur de ses nageoires délicates semblait délavée, quant à son corps, il avait l'air plus orange que rouge. Elle se demanda à quel point le poisson avait frôlé la mort en attendant le retour à la maison de son propriétaire. Elle revit l'agent Solomon emmené sur son lit roulant, proche de la fin lui-même. Dennis se mit à fixer Odessa, faisant du sur-place avant de reprendre sa ronde.

Odessa prit sa décision et se leva.

Elle avait une lettre à écrire.

À Hugo Blackwood, Esq.

Mon nom est Odessa Hardwicke. Je suis agent spécial du FBI, je travaille au bureau du New Jersey et suis actuellement en mission spéciale.

Un de mes collègues, Earl Solomon, m'a suggéré de vous écrire afin de requérir votre assistance sur une enquête urgente. Cela peut sembler inhabituel et peu orthodoxe de la part d'un agent du FBI, mais M. Solomon insiste et l'enquête est actuellement au point mort.

Cette demande concerne deux affaires de tueries distinctes et apparemment sans relation qui se sont produites récemment, l'une à Montclair, dans le New Jersey, l'autre à Little Brook, à Long Island.

Toute l'aide que vous pourrez m'apporter sera grandement appréciée.

Odessa s'installa sur un siège du métro, près de la porte centrale. La lettre manuscrite, glissée dans une enveloppe en papier kraft au format A5 portant le nom de « Hugo Blackwood », reposait à l'envers sur ses genoux. Elle l'avait pliée une fois, une fois seulement. La rame s'engagea sous l'Hudson River, remplie de banlieusards aux horaires matinaux tardifs qui quittaient le New Jersey pour se rendre dans le Lower Manhattan.

Maintenant qu'elle avait entrepris cette course étrange, Odessa se sentait à la fois déterminée et totalement stupide. Au moins cette tentative désespérée était-elle secrète. Elle pourrait toujours la désavouer si nécessaire, sans que personne ait à en souffrir.

Elle sortit du métro sous un vrai déluge, comme l'avait prévu l'application météo installée sur son téléphone. Elle ouvrit son parapluie et rangea l'enveloppe à l'intérieur de sa veste pour la protéger. La pluie tombait légèrement en travers, tapant sur le bouclier en nylon noir au-dessus de sa tête et rebondissant sur le trottoir pour tremper ses chevilles et le revers de son pantalon. Le chemin était dégagé, la pluie ayant fait fuir tous les piétons ou les ayant simplement dissuadés de sortir pour leur pause-café ou leur cigarette du milieu de matinée. Le vent se leva et la pluie commença à lui mouiller les genoux et le haut du pantalon. Elle envisagea d'attendre elle aussi la fin de l'averse, mais préféra finalement en finir avec cette histoire. Il y avait un côté un peu irréel dans ce qu'elle était en train de faire ; elle ne serait soulagée de cette transe que lorsque son objectif serait atteint. Elle força le pas sous la pluie battante pour atteindre Stone Street.

Elle avait fait des recherches un peu plus tôt dans la journée, après que Linus était parti au travail. Stone Street était une étroite allée pavée datant de 1658, la première rue pavée de Manhattan, du temps où l'île était encore une colonie hollandaise de fermiers et de commerçants connue sous le nom de New Amsterdam (la rue s'appelait alors High Street). À cette époque, Wall Street était bordée d'un mur en bois qui constituait une barrière de protection à la frontière nord de la colonie. Stone Street connut ensuite une longue et inexorable descente jusqu'à devenir, plusieurs centaines d'années plus tard, une rue totalement laissée à l'abandon. Dans les années 1970, elle était devenue une allée miteuse ; dans les années 1980, elle déclina encore un peu plus jusqu'à devenir un vrai coupe-gorge couvert de graffitis.

La construction de nouveaux bâtiments coupa ensuite la rue en deux. La moitié située à l'est, longue d'à peine deux blocs, était entourée de lofts et d'anciens entrepôts réhabilités datant du milieu du XIXe siècle, après le grand incendie de 1835 qui avait détruit ce qui restait de New Amsterdam. Cette partie avait été transformée en une rue piétonne et rebaptisée South Street Seaport Historic District. Avec ses rues pavées en granit, ses trottoirs en pierre de taille et ses réverbères à l'ancienne, elle avait trouvé un second souffle et était devenue le quartier à la mode pour sortir dîner, notamment en terrasse quand les soirées étaient douces. Des drapeaux de tous les pays, accrochés entre les immeubles, flottaient au vent au-dessus de ce qui était sans doute la rue la plus européenne de toute l'île.

La partie ouest restait quant à elle ouverte à la circulation, mais les immeubles couverts d'échafaudages et les multiples zones de travaux coupaient l'envie de s'y engager. Il n'y avait aucun piéton en vue, juste un camion de livraison tout au bout de la rue, feux de détresse allumés. Odessa passa devant le 11 Stone Street et continua tout droit jusqu'au prochain bâtiment portant un numéro, le 19. Elle revint sur ses pas, scrutant le granit au-dessus des portes à la recherche de numéros, sans succès. La frustration commença à la gagner et elle était sur le point de laisser tomber, furieuse contre elle-même d'avoir écouté les instructions d'un vieil homme qui n'avait apparemment plus toute sa tête, quand elle regarda en l'air à travers la pluie et repéra deux numéros sur des carreaux de pierre surélevés, glissés sous le rebord séparant le rez-de-chaussée du premier étage.

Deux immeubles construits ensemble, la ligne de démarcation en pierre à peine discernable dans les briques. Sur la partie supérieure, les murs étaient décorés de fleurs de lys en cuivre.

Juste là, pile devant elle, se trouvait la boîte aux lettres en fer noir. Curieusement, elle était déjà passée devant trois fois sans la voir. L'avant était lisse, non pas poli par la main de l'homme mais usé par le temps. La Boîte dégoulinait à cause de la pluie et un curieux jeu d'ombres rendait la fente quasiment invisible.

Odessa jeta un œil autour d'elle, comme si elle s'apprêtait à commettre un acte illicite. Elle sortit la lettre de sa veste et s'arrêta un moment pour contempler le nom inscrit à la main sur l'enveloppe. *M. Hugo Blackwood*. Quelques gouttes de pluie tombèrent sur l'épais papier kraft, faisant baver l'encre. Elle inséra rapidement la lettre dans la fente. L'enveloppe disparut sans un bruit.

Elle regarda à nouveau autour d'elle, prise de soupçons, se sentant épiée. Cette Boîte avait l'air d'une cachette secrète tout droit sortie d'un roman d'espionnage. La rue étroite était plongée dans le noir, aussi sombre qu'une grotte sous ce rideau de pluie qui s'engouffrait à travers les fenêtres des anciens entrepôts de tissus.

Personne n'apparut, rien ne se passa.

Au moment de repartir, elle fut saisie d'un frisson dans le bas de la nuque. Elle s'arrêta devant un pub situé quelques portes plus loin, dans la partie commerçante de la rue, plia son parapluie et s'engouffra à l'intérieur. Elle s'installa à une petite table près de la fenêtre et commanda un latte. De là où elle était, elle observa la plaque en onyx, difficile à discerner sous cet angle, distordue par la pluie. Quelques personnes passèrent rapidement devant sous des parapluies ou des journaux pliés, mais aucune ne s'arrêta. La colonne en pierre semblait faire partie de la façade des deux immeubles mitoyens, sans rien derrière. On ne discernait aucun moyen de récupérer les lettres.

Tout ça n'avait aucun sens.

Elle attendit. Le latte était bon, sa chaleur crémeuse chassant le froid de la pluie et de la situation, la caféine se répandant agréablement dans son système nerveux. Assise là, elle réalisa soudain qu'elle se sentait mieux. Ou plutôt, elle réalisa combien elle s'était sentie mal au cours des derniers jours. Avoir envoyé cette lettre – en fait, avoir même simplement pu coucher ses pensées sur le papier, les avoir insérées dans une enveloppe de taille et de couleur précises, et l'avoir ensuite déposée dans une boîte anonyme, au milieu d'une vieille rue dans une ville habitée par plus d'un million et demi d'habitants – lui avait permis d'atteindre un état qui aurait nécessité des mois, voire des années, de thérapie.

Peut-être, se dit-elle, était-ce ce qu'Earl Solomon avait en tête. Peut-être était-ce une sorte d'expérience mentale destinée à lui permettre de surmonter cette épreuve. Peut-être « Hugo Blackwood » était-il tout simplement une vue de l'esprit.

Le temps qu'elle atteigne la station de métro, la pluie avait cessé. Un train arriva pile en même temps qu'elle et elle repartit vers le New Jersey en pensant à toutes ces choses auxquelles elle pensait habituellement pendant les trajets. Passer à l'épicerie. Faire une lessive. Tous ces petits riens. C'était agréable.

Elle passa chez Walgreens[1] pour faire quelques courses – du lait concentré pour le café, du dentifrice – et fit le reste du trajet jusqu'à son appartement à pied. Ses idées noires ne s'étaient pas envolées, mais elles s'étaient considérablement allégées. Elle laissa son parapluie sur le palier, entra dans son appartement et accrocha sa veste presque sèche à la poignée de la porte du placard.

Un homme était assis dans le canapé.

— Vous avez fait appel à moi, dit Hugo Blackwood. Me voilà.

1. Chaîne de pharmacies concurrente de CVS.

*
* *

Il avait des yeux et des cheveux sombres qui contrastaient avec sa peau d'albâtre. Il était fin, presque émacié, mais en même temps élégant, dans le genre mystérieux : l'image de ces personnages masculins des romans du XVIIIe et du XIXe siècle s'imposa à Odessa.

Il portait un costume trois pièces noir impeccable, simple mais parfaitement coupé, sur une chemise blanche, sans cravate. Il devait avoir une quarantaine d'années, peut-être la cinquantaine bien conservée. Difficile à dire. Il tenait dans ses mains une des tasses à thé d'Odessa et la regardait d'un air interrogateur.

— J'ai lu votre lettre, dit Hugo Blackwood avec un fort accent britannique. En fait, je m'attendais à la recevoir un peu plus tôt...

La première pensée d'Odessa fut : *attrape une arme*. Pour la première fois depuis qu'elle avait dû le rendre, elle regrettait de ne pas avoir son Glock. Elle avait laissé ses clés dans la poche de sa veste. La porte de l'appartement était juste derrière elle. Elle pourrait être dehors en trois secondes à peine si nécessaire.

— Je suis agent du FBI, furent les premiers mots qui sortirent de sa bouche. (À la fois un avertissement et une menace, des mots qu'elle n'aurait jamais cru avoir à utiliser à l'intérieur de sa propre maison.)

— Je sais, répondit-il simplement.

La respiration d'Odessa s'accéléra.

— Qui êtes-vous ?

— Vous savez qui je suis.

Elle le fixa.

— Non.

— Vous m'avez écrit, dit-il. Alors je suis venu.

Aucune réponse ne lui venant, elle secoua juste la tête.

— Je nous ai préparé du thé, continua-t-il. J'espère que ça ne vous dérange pas...

Odessa s'appuya au mur.

— Il est impossible que vous soyez arrivé ici plus vite que moi.

L'inconnu haussa les sourcils. Il indiqua le canapé sur lequel il était assis, preuve qu'il était effectivement entré dans l'appartement avant elle.

— Comment êtes-vous arrivé ici aussi vite ?

— Vous allez me poser beaucoup de questions de ce genre ?

— Comment m'avez-vous trouvée ?

— Eh bien, votre nom était dans la lettre.

— C'est quoi, cette... Boîte ? Non, mais qu'est-ce qui se passe ? Qui vous a entraîné là-dedans ?

— C'est vous. La boîte aux lettres est plus une sorte de passage pour les lettres. C'est un moyen de communiquer qui reste relativement efficace, même de nos jours.

De nos jours ? Tout en faisant les cent pas devant lui, elle se rapprocha progressivement de la cuisine. Et des couteaux.

— Peut-on discuter des problèmes auxquels vous faisiez référence dans votre convocation ? demanda-t-il.

— Ma convocation ? répéta Odessa.

— Vous m'avez appelé, dit-il. J'imagine que la raison de cet appel est assez urgente pour vous.

— Non, répondit-elle avec indignation. Non, on ne peut pas...

La bouilloire. Elle était chaude et fumait toujours légèrement. Il avait eu le temps de venir jusqu'à l'appartement et de faire bouillir de l'eau pour le thé… tout ça pendant qu'elle buvait un latte, reprenait le métro et passait faire deux courses ?

Il remarqua son air sidéré devant la bouilloire.

— Je tiens à préciser que j'ai apporté mon propre sachet de thé. Le « Milky Blue » de chez Mariage Frères, dit-il tout en sirotant le contenu de sa tasse. Pourquoi ne vous prépareriez-vous pas une tasse avant de venir vous asseoir, ça vous calmerait.

Cette réflexion la crispa. Elle n'avait pas besoin de se calmer. Elle avait besoin de réponses.

— Je suis bien comme ça, merci, dit-elle.

— Les détails des cas que vous avez décrits sont autant d'indices, annonça-t-il. Et ces événements se produisent par trois.

— C'est ce que Solomon a dit, répondit Odessa.

— Earl, oui. Ça ne m'étonne pas. (Il sourit.) Les faits en question ne sont pas particulièrement remarquables. Ce sont les répétitions qui sont étranges. Surtout si l'on considère qu'il s'agit d'affaires distinctes survenant sur une aussi courte période.

— Comment connaissez-vous Earl Solomon ? demanda-t-elle.

Blackwood prit une inspiration, visiblement gêné par la question.

— Vous voulez savoir comment je l'ai rencontré ?

— Depuis combien de temps vous le connaissez ? Qui êtes-vous tous les deux ? Et qu'est-ce qui se passe ici ?

— Vraiment ? Vous m'avez envoyé une…

— Oui, une lettre, le coupa Odessa. J'ai déposé une lettre dans une boîte anonyme près de Wall Street à Manhattan et maintenant, un Anglais s'est introduit dans mon appartement et refuse de répondre à mes questions.

— Earl Solomon aurait dû mieux vous préparer. Comment va ce cher Earl ?

— Il est mourant. Il a fait une attaque. Il approche des quatre-vingt-dix ans et aurait dû prendre sa retraite il y a bien longtemps. Je viens juste de le rencontrer, c'est lui qui m'a dirigée vers vous, et maintenant, j'aimerais bien comprendre ce que vous trafiquez tous les deux.

Blackwood avala une autre gorgée de thé.

— Apparemment, il ne vous a pas dit grand-chose à mon sujet.

— Non, monsieur. Il a laissé cette partie de côté.

— Je vois. Je pensais que vous auriez une idée plus précise de ce qui allait se passer.

— Il. A. Laissé. Cette. Partie. De côté.

— Il vous a juste donné l'adresse, c'est ça ?

— Eh bien, il n'est pas vraiment au meilleur de sa forme. Est-ce que je vous l'ai dit ? Hein ? Qu'il était mourant ?

Blackwood secoua la tête, juste une fois.

Elle attendit.

— C'est tout ? Vous ne voulez pas en savoir plus sur son état ? Pas de marque de sympathie ou d'inquiétude, monsieur Blackwood ? C'est bien votre nom, n'est-ce pas ? Hugo Blackwood ?

— C'est effectivement mon nom, mademoiselle Hardwicke, oui.

Rien de plus. Elle était déjà agacée, mais l'insensibilité désinvolte de cet homme la mit réellement en colère.

— Il est à l'hôpital.

— C'est malheureux, répondit Hugo Blackwood. Pour lui comme pour moi.

Odessa sourit.

— Donc vous êtes proches, tous les deux.

— Il m'a aidé à de nombreuses reprises. J'ai la plus haute estime pour son éthique professionnelle et sa façon de travailler.

— Il *vous* a aidé plusieurs fois ? releva Odessa. Pour qui travaillez-vous ?

— Pour qui ? Pour personne.

— La police britannique ? Les services secrets ?

— Oh non. Rien de tout ça.

Odessa changea de tactique. Elle attrapa son badge du FBI et se pencha au-dessus de la table basse pour se rapprocher de Blackwood.

— Voici ma plaque. OK ? (Elle referma le badge et le rangea.) Maintenant, montrez-moi la vôtre.

— Je n'en ai pas, dit-il.

— Pas de pièce d'identité ?

Il sourit, peut-être de son entêtement.

— Est-ce qu'on ne devrait pas plutôt parler des chaudrons ?

Quelque chose dans la façon dont il avait prononcé le mot « chaudron », son ton tout droit sorti d'un autre temps, lui glaça le sang.

— Très bien, dit-elle.

Elle prit place dans un fauteuil face à lui.

— Parlez-moi des chaudrons.

— Qu'est-ce que vous savez à propos du Palo ? demanda Hugo Blackwood.

— Le Palo ?

— Je vois, dit Hugo Blackwood. Les chaudrons sont un élément fondamental du Palo Mayombe, une religion occulte née du commerce des esclaves espagnols au XVIe siècle. Le chaudron est classé parmi les objets de culte, tout comme les objets totémiques appartenant à la personne à qui le sort est destiné.

— Un sort, répéta Odessa.

— Un sort. Un vœu. Une malédiction. Une invocation, quel que soit le nom qu'on lui donne. Pour qu'elle fonctionne et qu'elle atteigne sa pleine puissance, la personne qui s'en charge, une prêtresse en général, incorpore très souvent des objets liés à la mort au rituel du Palo. Comme des animaux ou des oiseaux morts. Ou des os humains.

À chaque mot prononcé, Odessa affinait son profil. Peut-être était-il professeur de religion ? Expert en cultes ?

— Je comprends ce que vous dites, répondit Odessa. Et j'ai vu de mes yeux ces choses dont vous parlez. Ce que je ne suis pas sûre de comprendre, c'est si ces tueurs sont adeptes du Palo… ou victimes d'une sorte de malédiction ?

— Ce n'est pas aussi simple. Ce que je vous ai décrit est une religion. Sa pratique ne vous est pas familière, elle est inhabituelle dans cette partie du monde, mais il s'agit tout de même d'une religion, qui compte des milliers de croyants et de pratiquants qui ne sont ni des meurtriers ni des victimes. En soi, le Palo Mayombe n'est qu'un système basé sur la croyance et la prière et, en tant que tel, il est totalement irréprochable.

— OK… (Odessa secoua la tête.) Alors de quoi parlons-nous, dans ce cas ?

— Il y a probablement des forces bien plus sombres à l'œuvre ici. Le Palo est une foi dynamique, une de ces religions fondées sur des phénomènes naturels sous-jacents encore largement inexplorés. Chaque système, chaque église peuvent être corrompus. Une autre entité peut avoir profité de la cérémonie d'invocation pour son propre intérêt.

Sa logique commençait à devenir très étrange.

— Une entité ?

Hugo Blackwood acquiesça et sirota son thé.

— Il y en a tellement. Environ trente ou trente-cinq sortes, je dirais. Chaque religion a un nom pour elles, même s'il y a une classification commune.

Le sérieux de Blackwood dura plus longtemps que celui d'Odessa. La seule raison qui l'empêchait de rire était que toute cette conversation insensée l'intriguait. Cet homme l'intriguait. Sa relation, ou plutôt l'absence de celle-ci, avec Earl Solomon l'intriguait.

— Je crois que, maintenant, je vais me faire un thé, dit-elle en se dirigeant vers la cuisine, attrapant au passage un mug Starbucks orné du mot « Newark » (elle l'avait acheté par ironie) et y glissant un sachet de thé avant de le remplir d'eau au robinet.

— La plupart de ces entités datent de l'ère mésopotamienne, continua Blackwood. Et leur seule raison d'être est de faire souffrir, d'affaiblir ou de détruire tout ce qu'il y a de bon dans ce monde...

Elle glissa la tasse dans le four à micro-ondes et appuya sur le bouton « 30 secondes ».

— Ne faites pas ça, s'il vous plaît, dit-il.

Elle se tourna vers lui.

— Faire quoi ?

— Ce que vous êtes en train de faire.

Elle réalisa qu'il parlait du micro-ondes et désapprouvait, contrairement à la bouilloire, posée sur la plaque, qu'il avait utilisée un peu plus tôt.

— C'est rapide, dit-elle.

Il émit un son désapprobateur, pas tout à fait un soupir, pas exactement un grognement, quelque chose entre les deux.

— La décapitation aussi.

Le four bipa et elle sortit sa tasse en faisant tourner le sachet de thé dans l'eau.

— Il faut le laisser infuser, continua-t-il.

— Oh, répondit-elle en retournant à son fauteuil, personne n'a le temps pour ça.

Il la regardait comme si elle avait commis la pire des atrocités.

— Vous mangez aussi le sachet de thé quand vous avez terminé ? ironisa-t-elle.

— Le thé en sachet est un avantage moderne. Une sorte de raccourci par rapport à la version traditionnelle qui veut que l'on verse de l'eau sur le thé en vrac, qu'on le laisse infuser et qu'ensuite, on le filtre. Vous esquivez ce processus, sacrifiant le plaisir gustatif à l'immédiateté.

Elle hocha la tête, sirotant son thé, profitant de façon un peu perverse du mépris qu'il affichait.

— C'est bon, dit-elle avant de se rasseoir.

— Ces entités, reprit Blackwood. Elles répondent à de multiples noms, préfèrent certains rituels.

— Préfèrent ? demanda Odessa. Que voulez-vous dire ?

— La même entité peut apparaître, sous un nom différent, lors d'un rituel du Palo Mayombe comme lors d'un exorcisme catholique. Elles adorent jouer des rôles. Les mensonges. Les faux-semblants. Les émotions. Juste comme si vous changiez de station sur une radio. Elles savent parfaitement s'adapter à ce qu'elles sentent que les gens attendent…

— Vous êtes professeur de religion ou quelque chose comme ça ?

— Quelque chose comme ça, répondit-il.

— Vous avez déjà été confronté à ce genre de situations, de cas, avant.

— Souvent, trop souvent, dans bien trop d'endroits. Ça ne finit jamais vraiment, voyez-vous. Ils sont le Yin et… dans une certaine mesure, je suis le Yang.

— Vous parlez comme un biscuit chinois. Comment savez-vous toutes ces choses ?

— L'expérience. Vous semblez être assez novice en tant qu'agent.

— Un peu, dit-elle, légèrement vexée. J'ai intégré le Bureau il y a assez peu de temps.

— Solomon était novice, lui aussi, autrefois. (Blackwood jeta un œil dans l'appartement autour de lui comme s'il s'agissait du CV d'Odessa.) Il faut bien commencer un jour, j'imagine, pour trouver des clients.

— Trouver... des clients ? dit-elle, interloquée.

— Pour votre bureau. Vous êtes un agent.

— Un agent spécial. C'est une sorte d'expression. Je ne suis pas un... un représentant.

— Si je comprends bien, un agent, c'est une liaison. Un émissaire, un instrument. Un représentant, oui, du FBI.

Elle était presque amusée.

— Comment l'agent Solomon a-t-il pu ne pas vous expliquer tout ça ? Nous ne sommes pas des conseillers. Nous n'avons pas de clients. Nos clients, ce sont les citoyens américains, le peuple, la nation.

— Vous êtes agent d'un corps d'investigation. Je crois que nous parlons de la même chose.

— Non, pas du tout. Je suis membre des forces de police, agent du gouvernement fédéral. Dûment assermentée. Et vous, vous êtes... je ne sais toujours pas qui vous êtes.

— Je suis Hugo Blackwood. J'ai fait des études pour être avocat, si c'est ce que vous voulez savoir. Mais c'était il y a longtemps.

— Avocat, répéta-t-elle. Comme moi. Comment êtes-vous entré chez moi, au fait ?

Elle se sentait à nouveau mal à l'aise.

— Oh, par la porte, dit-il.

— La porte a deux verrous.

— Effectivement. J'ai ouvert les deux.

Odessa demeura songeuse quelques instants.

— Un gentleman cambrioleur reste un cambrioleur.

— Je vous assure que je ne suis pas ici pour vous voler. Peut-être pourrions-nous revenir au sujet de ma visite. Je crois que vous pourriez m'être d'une grande aide.

— C'est ça, revenons à notre sujet... mais je ne vous offre pas mon aide. Je vous ai écrit sur les conseils de l'agent Solomon qui pensait que vous, vous pourriez m'aider à comprendre ce qui se passe.

— Il est très important pour vous de ne pas apparaître comme soumise ou servile, quelles que soient les circonstances, je me trompe ?

Odessa croisa les bras, fixant cet homme d'un regard curieux, toujours incapable de le cerner. Quelques remarques cinglantes lui traversèrent l'esprit, mais apparemment, il s'agissait juste d'une observation, pas d'une insulte.

Elle se leva à nouveau.

— Je voudrais vous montrer quelque chose.

*
* *

Odessa ouvrit les articles de presse consacrés au pillage de tombes qu'elle avait sauvegardés en pdf sur son MacBook. Quand elle le posa devant lui, Hugo Blackwood se rassit et secoua la tête. Il refusa même de toucher le clavier.

— Vous vous occupez de la machine, dit-il.

— Vous n'êtes pas très Apple ? demanda-t-elle.

Il plissa les yeux comme si c'était la première fois qu'il se retrouvait nez à nez avec un écran LCD. Il parcourut l'affaire de « Bébé Mia », puis l'article sur l'homme décédé en 1977.

— Pourriez-vous... Où est parti le premier document ? demanda-t-il, visiblement exaspéré.

— OK, dit-elle, tournant le MacBook vers elle, remettant l'article en question au premier plan et tournant à nouveau l'écran vers lui. Vous êtes luddiste[1] ?

— Luddiste ? (Il leva les yeux vers elle.) Si vous faites référence au mouvement de protestation des ouvriers du textile au milieu du XIXe siècle qui ont détruit leurs machines par peur d'être remplacés par une main-d'œuvre moins chère, moins formée, alors non. Si en revanche vous voulez parler de la version plus moderne de cette contestation, impliquant une aversion au progrès technologique en général, alors la réponse est oui.

— D'où la lettre en papier dans une enveloppe kraft déposée dans une boîte accrochée à un mur en pierre de Manhattan. Vous savez que vous pouvez recevoir des messages écrits sur votre téléphone, n'est-ce pas ?

Elle sourit en voyant qu'il ignorait son commentaire et reprenait sa lecture.

— Les informations contenues dans cet article sont assez prometteuses, en fait. Ce « Bébé Mia », l'enfant avec la maladie du cerveau. Le fait d'avoir survécu bien au-delà des prévisions peut amener certaines personnes à considérer les restes de son corps comme magiques. L'article ne donne pas sa date de naissance, mais elle figure sur la photo de la pierre tombale et si vous soustrayez le jour de sa naissance à celui de son décès, vous pourrez constater qu'elle a vécu exactement sept cent soixante-dix-sept jours. Un nombre qu'un numérologue considérerait comme porte-bonheur.

---

1. Le luddisme est un mouvement clandestin visant, au début du XIXe siècle en Angleterre, à s'opposer à la mécanisation du travail de la laine et du coton. Le terme « luddiste » est parfois utilisé de nos jours pour désigner ceux qui s'opposent aux nouvelles technologies ou les critiquent.

— Sept-sept-sept ? demanda Odessa, impressionnée par la rapidité avec laquelle il avait fait ce calcul de tête.

Hugo Blackwood se leva, abandonnant le reste de son thé, prêt à partir. Sa taille la surprit, et pourtant, il était plus svelte qu'un homme soumis au régime moderne ne pouvait l'être. Végétarien, pensa-t-elle.

— Nous devons aller parler aux résurrectionnistes.

— À qui ?

— Aux hommes qui ont déterré les restes de l'enfant, probablement contre rémunération. L'article parle de plusieurs arrestations. J'ai besoin de votre aide pour pouvoir m'entretenir avec certains de ces hommes.

— Vous aider ? dit-elle. Attendez. Je n'interviendrai pas pour ça. Si vous voulez des détails sur les enquêtes criminelles, le mieux serait de parler aux inspecteurs qui s'en sont chargés. Notamment si nous avons des informations qui pourraient potentiellement impliquer le suspect ultérieurement.

— Je vois, répondit-il. Est-ce ce que vous avez fait quand vous m'avez envoyé cette lettre ?

Odessa se leva, elle aussi. Elle commençait à être fatiguée des critiques de cet homme étrange qui s'était introduit chez elle sans son autorisation.

— C'est l'agent Solomon qui m'a suggéré de vous contacter.

— Et vous avez été sensible à cette suggestion pour deux raisons, dit Blackwood. Vous vouliez des réponses à vos questions. Et cette histoire vous touche personnellement. Alors vous avez décidé de faire appel à moi. Comment puis-je vous faire comprendre ? S'il s'agissait d'une simple affaire criminelle, vous n'auriez pas besoin de mes services. C'est bien plus que ça. Et vous le savez.

Persuasif, et pourtant toujours déconcertant.

— J'ai l'impression que ce que vous attendez de moi, c'est que je fasse marche arrière maintenant et que je vous laisse faire ce que vous voulez faire, quoi que ce puisse être. Est-ce que c'est ce que l'agent Solomon a fait pour vous ? (Elle le poussa un peu plus.) Pour que vous l'aidiez dans ses enquêtes ?

— Je suis désolé, mais vous vous trompez. C'est lui qui m'a aidé.

— J'ai du mal à vous imaginer Solomon et vous travailler ensemble sur quoi que ce soit.

— Je comprends. Pour être honnête, il a commencé par me traquer. Pendant très longtemps. (Blackwood sourit de façon à peine perceptible.) Sans succès, si je puis me permettre. Vous voyez ? Parmi tous les gens avec qui j'ai été associé, certains, probablement ceux avec qui cela a été le plus gratifiant, ont commencé par vouloir me tuer. On y va ?

Elle hésita, sentant tout à coup le besoin de lui dire toute la vérité.

— Il y a quelque chose que vous devez savoir. Je suis dans une sorte de période de probation administrative. Une suspension. Dans l'attente d'une enquête sur la première tuerie dont je vous ai parlé dans ma lettre. Pour le moment, je ne suis pas en très bonne posture. Je ne serai sans doute plus agent très longtemps.

Blackwood resta impassible.

— Vous m'avez montré votre badge.

— Oui.

— Je suis sûr que ce sera suffisant.

L'ascenseur s'ouvrit sur une double porte à l'entrée du sous-sol de l'hôtel Lexington Regal de Murray Hill. Odessa s'engagea dans un couloir étriqué rendu encore plus étroit par la présence de chariots de ménage alignés le long du mur. Elle marchait devant Hugo Blackwood, se dirigeant selon toute vraisemblance vers des machines à laver en train de tourner et un homme qui rappait en espagnol d'une voix de fausset.

Un virage à gauche les mena à la buanderie, dans laquelle il faisait une chaleur étouffante. Quatre énormes machines à laver clapotaient et tournaient à côté de quatre séchoirs à hublot, combinant leurs efforts pour créer une véritable symphonie de ronronnements cycloniques. Une femme d'origine sud-américaine portant une veste marron aux couleurs du Lexington Regal surveillait une machine distribuant de fines serviettes blanches bien pliées qu'elle empilait ensuite dans un chariot en toile ouvert sur le côté. Un homme de dos se balançait devant les machines au rythme de la musique qui sortait de ses écouteurs.

Il avait dû sentir leur présence car il se retourna et retira ses écouteurs qu'il laissa pendre autour de son cou.

— J'peux vous aider ? demanda-t-il.

— Mauro Esquivel ? interrogea Odessa.

— Oui, c'est moi.

Elle lui montra sa plaque du FBI.

— Nous aimerions vous poser quelques questions.

La femme à la veste marron dit « OK, salut », éteignit la machine à serviettes et quitta la pièce.

Mauro regarda Odessa et Blackwood avec appréhension.

— Quel genre de questions ?

Odessa prit la parole.

— Ne vous inquiétez pas. Nous voulons juste vous parler de quelque chose qui s'est passé il y a longtemps.

Les lumières vacillèrent. Mauro marcha jusqu'à l'interrupteur et relança la minuterie. Puis il tourna la tête, juste assez pour les regarder en coin.

— Comment m'avez-vous retrouvé ?

— Votre officier de probation. Elle est très contente de vos progrès.

— Elle a intérêt, répondit-il. Je me casse assez le cul ici.

Il regarda Blackwood bizarrement, comme si d'étranges vibrations émanaient de cet homme émacié dans son costume hors de prix. Odessa comprenait sa réaction.

— Je vais vous faire gagner du temps, dit Mauro. Si vous voulez que je balance des gens, que je me couche devant vous, vous pouvez oublier. Vous pouvez m'arrêter, là tout de suite, faire sauter ma libération sur parole. Rien ne vaut que je risque ma vie, celle de mes enfants, de ma famille en Argentine. Laissez tomber.

Odessa secoua la tête.

— Nous ne sommes pas là à cause des affaires de drogues. Pas vraiment.

— Si c'est pour les papiers, je suis citoyen américain, je suis né ici.

— Je vous le répète, insista Odessa, nous ne sommes pas là pour vous harceler.

Mauro ricana.

— OK. De quoi s'agit-il alors ? Et c'est qui, l'Homme-Girafe ?

— Je ne sais pas trop, en fait, répondit Odessa.

— Nous voulons discuter de la tombe que vous avez pillée, intervint Hugo Blackwood.

Mauro devint livide et se mit à bégayer.

— Écoutez, c'était une erreur. Je me suis retrouvé embarqué dans un sale truc, et c'était il y a une éternité.

— Donc ce n'était pas votre idée de déterrer le cercueil de la fillette décédée ? demanda Blackwood.

Mauro recula comme s'il venait de toucher ou d'avaler quelque chose de dégoûtant.

— Je ne veux pas parler de ça. C'était une erreur, OK ? Je ne suis pas ce genre de type.

— Vous avez dit que vous aviez des enfants vous-mêmes ? reprit Odessa.

Mauro acquiesça.

— C'est un acte terrible, je le sais. Je suis capable de faire la différence entre le bien et le mal.

Blackwood s'approcha de lui.

— Mais c'était plus profond que ça.

Mauro ne démentit pas. Il regarda Blackwood avec crainte, préférant s'adresser à Odessa.

— Je suis désolé pour tout ça, et j'ai purgé ma peine… pourquoi vous venez me harceler avec ça au boulot ?

Sa réaction allait au-delà de la peur du FBI. L'homme était sincèrement terrifié à l'idée de parler de cette histoire.

— Nous devons savoir pourquoi vous avez fait ça, dit-elle. Pour qui vous l'avez fait. Cette conversation ne sortira pas d'ici.

Elle indiqua la pièce d'un geste de la main.

Mauro secoua la tête et leur présenta ses poignets, comme s'il attendait de se faire menotter.

— Embarquez-moi. C'est bon. Arrêtez-moi.

— Vous préférez retourner en prison plutôt que nous parler de ce qui s'est passé ?

— Embarquez-moi ! répéta-t-il, très agité.

Odessa se tourna vers Blackwood. Elle ne pouvait pas arrêter Mauro, évidemment. L'idée, c'était de le faire parler. Mais ils avaient apparemment touché un point sensible. La situation semblait sans issue.

Blackwood ne lui retourna pas son regard. Ses yeux restaient fixés sur Mauro tandis que celui-ci essayait au contraire d'éviter de le regarder en face.

Puis elle entendit une sorte de bruissement et pensa que la femme était revenue prendre quelque chose. Odessa chercha l'origine de ce bruit et son regard se posa sur un grand panier en toile plein de draps attendant d'être lavés. Le panier, monté sur roulettes, était plus large que les chariots de ménage et pouvait contenir facilement plusieurs douzaines de draps et de couettes. Il était assez large pour contenir une personne, quelle que soit sa taille, cachée sous le linge.

Et c'est exactement à ça que le son ressemblait. Quelqu'un, ou quelque chose, qui changeait de position sous les draps. Elle crut même percevoir un mouvement.

Mauro l'entendit, lui aussi. Il fixait le panier, écoutant le froissement émis par quelque chose de profondément enfoui dans le linge. Il recula de quelques pas jusqu'à se tenir presque à côté d'Odessa.

Hugo Blackwood, lui, ne jeta pas même un coup d'œil au panier. Odessa réalisa qu'il n'avait jamais quitté Mauro des yeux. Il agissait comme s'il n'avait absolument pas conscience du bruit qui s'élevait du chariot de linge.

— Merde, mec... (Mauro déglutit et s'essuya la bouche. Il était terrifié.) OK, écoutez. Je vais tout vous dire, mais vous devez me promettre de me protéger.

Odessa regarda Blackwood. Aucun changement dans son expression.

Elle se tourna vers Mauro tout en prenant soin de garder ses distances avec le panier de linge.

— Parlez, dit-elle, profitant de l'occasion.

— J'ai fait ce que j'ai fait, je ne cherche pas d'excuse, commença-t-il. C'était juste pour l'argent. Un petit coup sans envergure, je ne voulais blesser personne. Mais ensuite... ensuite, les choses ont dérapé et des gens ont été blessés. À ce moment-là, j'étais trop impliqué pour laisser tomber. J'étais condamné, mec. Condamné.

Devant la profondeur de cette auto-analyse, Odessa se fit la remarque que, pour quelqu'un qui ne voulait pas aborder le sujet, Mauro avait quand même dû passer beaucoup de temps à y réfléchir.

— Quand vous pensez que vous êtes déjà maudit, les jeux sont faits, non ? C'est juste une question de temps. Certains des gars que je fréquentais pratiquaient le Palo. C'était logique. Comme une aura de protection. Ça a dû marcher pour moi, parce que j'ai réussi à me tirer de galères pour lesquelles j'aurais dû plonger. Ça m'a aidé à m'en sortir. Ensuite, je... j'ai rencontré des gens qui m'ont dit que je pourrais aller encore plus loin.

Avoir des pouvoirs surnaturels. Ils avaient besoin qu'on pille une tombe pour eux. Ils ont dit qu'il s'agissait du corps d'une sainte. Une petite fille qui avait le pouvoir de guérir. Alors je l'ai fait. Moi et un pote, on s'est shootés et on l'a fait. On pensait que c'était fini, mais non. Il y avait une cérémonie utilisant les os et d'autres trucs. C'était trop intense pour moi, vous voyez ? Trop... comment on dit ça, déjà ? Quand on se moque de la religion, mais qu'on va trop loin ?

— Sacrilège ? proposa-t-elle. Blasphématoire ?

Il hocha la tête.

— J'ai laissé tomber. Je me suis juste barré. C'était comme si tout s'écroulait à l'intérieur de moi. Depuis ce jour, j'ai l'impression que quelqu'un m'a jeté un sort, que je suis comme marqué. Ma chance a disparu. J'ai joué, et j'ai perdu.

— C'était qui ? reprit Odessa. Qui vous a demandé de piller la tombe de « Bébé Mia » ?

— Non. Ça, vous voyez, je ne peux pas, je ne vous dirai rien. Je m'en suis sorti, maintenant. Je veux rester en dehors de tout ça. Vous vous pointez ici en disant *on veut juste savoir ceci, cela*. Non, vous ne voulez pas que ça. Vous voulez que je me dessine une cible sur la poitrine...

— On vous protégera, dit Odessa. Je m'en porte garante.

— Personne ne peut, répondit Mauro. Je parle, je suis mort.

Il secoua la tête avec fermeté. Les lumières s'éteignirent à nouveau.

Mauro se dirigea vers l'interrupteur.

Puis il entendit à nouveau le bruissement.

Dans le panier à linge, plus fort encore que la première fois. Comme si quelque chose s'apprêtait à en sortir.

Odessa l'entendit également. Mauro recommença à s'agiter.

Blackwood ne bougea pas, ne réagit pas.

Mauro voulait partir, mais il en était incapable.

Les draps bougèrent à nouveau.

— Vous n'êtes pas flic, balbutia Mauro. (Il fixait Blackwood avec un mélange de haine et de terreur. Il ajouta, à l'adresse d'Odessa :) Qu'est-ce que vous m'avez ramené ?

Blackwood prit la parole.

— Dites-nous juste où aller ensuite et nous pourrons tous partir d'ici.

— *Au diable*, murmura Mauro, secouant la tête devant Blackwood. (Il cracha ensuite quelques mots en espagnol qu'Odessa ne comprit pas.)

Blackwood reprit d'une voix calme, posée.

— Une petite fille de deux ans, Mauro. Prête pour son repos éternel. Jusqu'à ce que vous veniez la déranger.

Mauro jeta un dernier coup d'œil au bac à linge et, d'une voix tremblante, leur raconta tout ce qu'ils voulaient savoir.

À l'extérieur, Odessa entraîna Blackwood à l'écart pour que le portier qui surveillait l'entrée de l'hôtel ne les entende pas.

— C'était quoi, ça ? demanda-t-elle, incapable de tenir sa langue plus longtemps. Qu'est-ce qui s'est passé là-dedans ?

— Pourriez-vous utiliser votre téléphone portable, s'il vous plaît, pour nous trouver un moyen de transport ? répondit Blackwood.

Odessa ne bougea pas.

— Dites-moi juste comment vous avez fait pour créer ce bruit dans le panier à linge. C'est une sorte de tour, comme de la ventriloquie ou quelque chose comme ça ? Vous pouvez projeter votre voix ? Vous avez bien fait quelque chose...

— M. Esquivel pense que j'ai fait quelque chose, précisa Blackwood.

— Il s'est dit que le fantôme d'une petite fille de deux ans allait sortir de ce tas de linge sale.

Blackwood la regarda, un sourcil relevé.

— Voulez-vous bien actionner votre téléphone à présent ? Nous devons être à Newark avant qu'il ne soit trop tard.

La boutique d'objets religieux était située à quelques blocs à l'est de Newark Penn Station. La petite vitrine était encadrée par un ancien magasin de matelas au rideau métallique baissé et un restaurant de tacos à emporter avec un grand panneau « PAS DE TOILETTES ».

Odessa retint Blackwood près d'une cabine téléphonique incendiée, avant qu'il n'entre dans la boutique.

— Il nous faut un plan, dit-elle. Une histoire.

— Comment ça ?

— Pour expliquer notre présence, répondit Odessa. Il est évident que nous ne sommes pas à notre place. C'est une boutique qui vend des objets religieux sud-américains. Nous avons l'air de touristes de Fort Lee. Il nous faut une histoire, pour nous fondre dans la...

— Non, la coupa Blackwood, c'est inutile.

Il saisit la poignée de la porte et l'ouvrit sans la moindre hésitation. Une vieille femme au visage patiné et aux cheveux gris tirés en chignon était assise sur une chaise pliante juste à côté de l'entrée. Elle interrompit la prière qu'elle était en train d'articuler silencieusement pour lever sur eux de grands yeux bruns. Odessa esquissa un sourire qui resta sans réponse.

Le magasin était étroit et profond. Installée à gauche derrière un comptoir, une femme plus jeune les accueillit aimablement.

— Bonjour, bonjour ! Bienvenue. Comment allez-vous ?

C'était une grande femme à la peau noire, portant un tablier sur une robe, ce qui était un peu bizarre, et un foulard en coton blanc noué sur la tête. Les mains toujours posées sur l'objet en perles qu'elle était en train de fabriquer, elle leur adressa un grand sourire.

— Très bien, merci, répondit Odessa tandis que Blackwood restait muet.

— Allez-y, jetez un coup d'œil, je suis là si vous avez des questions.

— Merci, répéta Odessa, les yeux rivés sur les piercings en forme de perles sur chaque articulation des mains de la vendeuse.

Apparemment, la femme derrière le comptoir avait l'habitude des touristes curieux. Odessa n'avait jamais mis les pieds dans ce genre de boutique et elle s'éloigna de Blackwood pour observer les objets proposés.

Le mur de droite était couvert de rayonnages remplis de produits divers et variés. On y trouvait par exemple des cierges de plusieurs couleurs avec de longues mèches présentés dans des bocaux en verre décorés. Des récipients en plastique, tous clairement étiquetés, contenaient des épices, des herbes, des grains ou encore des racines. D'autres étagères proposaient des livres, des pamphlets, des pierres, des prières imprimées. Dans le coin le plus parfumé de la boutique se trouvaient les huiles spirituelles et magiques, les savons, les résines et l'encens.

Une étagère plus petite était consacrée aux huiles provoquant la passion et aux charmes destinés à attirer l'amour, ainsi que quelques bougies en forme de vagin ou de pénis qui ne passaient pas inaperçues. Plus à hauteur d'yeux, des bougies et des huiles pour le bain promettaient tout aussi bien la guérison, la fin des malédictions, l'amour, l'attirance sexuelle ou encore la fortune. Près des bougies porte-bonheur, on pouvait également en trouver d'autres destinées à résoudre les problèmes légaux ou judiciaires. Enfin, des bougies en cire rouge ayant la forme de personnages en train de prier portaient l'étiquette « OFFRANDE AUX ANCÊTRES ».

Odessa revint à l'avant du magasin, fascinée. Quel que soit votre problème, la solution mystique se trouvait ici. Sur une table transformée en autel, à côté d'un bouquet de soucis, trônait une statue de « La Madama », l'esprit des femmes esclaves, dépeinte comme une femme noire à l'air mélancolique, un balai à la main et portant sur la tête une coiffe soutenant un bol destiné à recevoir les offrandes. L'autel n'était pas à vendre, il était à la disposition de tous. Sur la table étaient également posés deux plats contenant des morceaux de pain, des pastilles de menthe, des pièces, des pétales de rose fanés et des billets d'un dollar soigneusement noués. Un panneau écrit à la main prévenait les clients :

Déposez votre offrande.
Soyez bénis.
Ne touchez à rien.

Odessa entendit des voix et réalisa que Blackwood avait engagé la conversation avec la femme installée derrière le comptoir, au fond du magasin. Elle les rejoignit rapidement.

— Nous sommes à la recherche du propriétaire de cette boutique, dit Blackwood.

— Je vous l'ai expliqué, la propriétaire n'est pas disponible. Je peux vous aider avec tout ce que vous voyez ici.

— Qu'y a-t-il dans la pièce du fond ?

— C'est un espace privé, c'est là que nous faisons nos séances de voyance, répondit-elle, le sourire toujours aux lèvres.

— Nous aimerions une séance, alors, dit Blackwood. Mon associée, Mlle Hardwicke, aimerait une consultation.

— Les consultations et les séances de voyance ne se font que sur rendez-vous.

— Y a-t-il quelqu'un d'autre avant nous ?

— Non... répondit la femme derrière son comptoir.

— Je vois vos prix sur le mur derrière vous. (Blackwood sortit une liasse de son pantalon et en sortit deux billets de cinquante.) Voilà.

Odessa intervint.

— Monsieur Blackwood, puis-je vous parler un instant ?

La femme attrapa les billets et jeta un regard par-dessus l'épaule d'Odessa en direction de l'entrée du magasin. Elle se mit à parler dans un dialecte dérivé du créole. La vieille femme se leva lentement de son fauteuil pliant, verrouilla la porte d'entrée, et retourna un panneau qui annonçait « Séance de voyance en cours, merci de revenir dans 15 minutes ».

Odessa s'adressa à Blackwood.

— Je ne veux pas de séance de voyance.

— Venez, venez, répondit-il, pressé d'accéder à la pièce du fond.

La vieille femme passa à côté d'Odessa en traînant les pieds et en répandant une odeur de tabac. Elle fit signe à la jeune femme d'un geste de sa vieille main pleine d'arthrite, sa robe bruissant en glissant sur le sol.

Odessa ne savait pas ce que Blackwood manigançait, mais ce qui était certain, c'est qu'elle n'appréciait pas d'en être la victime. Elle franchit pourtant la porte située à l'arrière de la boutique, à côté d'un présentoir rempli d'amulettes, de talismans et de breloques.

La pièce du fond semblait servir à la fois de réserve et de salle de pause. La femme du comptoir débarrassa la table sur laquelle traînaient un gobelet de soda et un sac de fast-food. Si Blackwood avait espéré trouver la propriétaire des lieux dans cette pièce, il devait être déçu.

— Asseyez-vous, s'il vous plaît, dit-elle à Odessa en lui indiquant un fauteuil.

Odessa jeta un regard à Blackwood, supposant qu'il était temps pour eux de quitter les lieux.

Il tira la chaise pour qu'elle puisse s'asseoir.

Plutôt que de le questionner, elle choisit de penser qu'il avait un plan. Avec un regard appuyé, dont elle espérait qu'il témoignait de sa confiance, elle s'assit. Blackwood poussa la chaise.

La vieille femme s'installa. La plus jeune et Blackwood restèrent debout, comme des témoins lors d'un duel. La vieille femme sortit un jeu de tarot et commença à battre doucement les cartes de ses mains raides aux doigts maladroits. Elle parla, et la vendeuse traduisit pour Odessa.

— Détendez-vous, ne pensez plus à rien.

Ouais, c'est ça, se dit Odessa. Elle fit semblant de détendre ses épaules et expira.

Elle sourit à la vieille femme, attendant qu'elle fasse son numéro.

Celle-ci distribua quatre cartes à l'envers sur la table. Elle les retourna dans l'ordre, l'une après l'autre, sans prononcer un seul mot avant que la quatrième carte ne soit révélée.

— Vous vivez actuellement une relation saine, sécurisante avec l'homme qui partage votre vie, traduisit la femme du comptoir. C'est un homme bon, dévoué. Ses sentiments pour vous sont sincères. Vous êtes l'amour de sa vie.

Odessa acquiesça. La vieille femme commençait donc par les sentiments.

— Mais il n'est pas le vôtre.

Pas l'amour de sa vie à elle ? Odessa sourit nerveusement.

— Vous ne trouvez pas ça un peu osé, comme affirmation ? dit-elle.

La femme au turban ne traduisit pas la remarque d'Odessa pour la vieille voyante dont les doigts noueux et ridés caressaient délicatement les cartes.

— Il n'aura aucun problème d'argent et beaucoup de succès dans son domaine d'activité. Bientôt, il va partir en voyage. Et un autre homme entrera dans votre vie.

Et voilà, maintenant venait la partie déstabilisante, censée faire ressortir les émotions d'Odessa et la rendre vulnérable. Même pas en rêve ! Odessa jeta un regard vers Blackwood pour voir s'il appréciait le spectacle... et pour lui faire bien comprendre que ce n'était pas son cas.

Quatre nouvelles cartes furent tirées. La vieille femme passa un bon moment à les étudier. Son regard s'assombrit.

— Il s'agit d'une période de grande transition pour vous. De grand danger. Quelque chose de démoniaque a croisé votre chemin.

Odessa fit de son mieux pour masquer sa réaction. Elle était certaine que ces charlatans étudiaient le comportement de leurs victimes et ajustaient leurs prophéties en fonction de leurs réactions. Elle ne voulait pas leur donner la satisfaction de croire qu'elle avait été touchée par cette prédiction qui aurait pu s'adresser à n'importe qui.

— Ce n'est pas la première fois que vous vous retrouvez au centre d'une situation aussi sombre. Vous n'attirez pas les ténèbres, pourtant. (Elle observa les cartes avec attention.) Vous êtes plutôt une sorte de... de tuyau. Un lien. (La vendeuse avait du mal à traduire le mot.) Un agent de liaison.

À nouveau, Odessa regarda Blackwood, entendant en écho les mots qu'il avait prononcés un peu plus tôt. Elle se demandait ce qui était en train de se passer.

La femme du comptoir continua de traduire.

— Vous êtes la septième fille de la septième fille.

— Je suis... quoi ? (Odessa fit rapidement le calcul.) Nous ne sommes que six. J'ai cinq frères et sœurs.

Odessa envisagea d'en dire plus, mais s'interrompit en pensant que peut-être la vieille femme essayait de l'amener à divulguer des informations personnelles. Elle choisit donc de se taire.

— Vous êtes la septième, répéta la vieille femme.

— Ok, répondit Odessa, agacée. Rien d'autre ? (Elle voulait que tout ça finisse.)

La vieille femme prit une nouvelle carte et la posa sur la table, cette fois-ci à l'envers.

— Vous avez un léger bouchon au niveau des intestins.

Odessa aurait pu se passer d'entendre ça.

— Super, je crois que ça suffit comme ça. Merci.

Odessa commença à se lever, mais la vieille femme se mit à parler très vite à la vendeuse qui lui répondit de la même manière.

— Elle demande si vous voulez savoir pour votre père, transmit la femme du comptoir à Odessa.

Celle-ci sentit un frisson lui traverser tout le corps et se détesta pour cela. La dernière chose qu'elle voulait, c'était laisser cette vieille arnaqueuse profiter de son état émotionnel.

— Mon père est décédé.

Les mots de la vieille femme, traduits :

— Il vous aimait.

— OK, c'est... (Odessa ne prononça pas le mot *ridicule*.) C'est tout à fait inapproprié. C'est blessant.

— Il vous a laissé un mot, continua la femme du comptoir. Qui vous était adressé, à vous. Un au revoir. Mais ils l'ont détruit. Ils avaient peur que ça leur cause des problèmes.

Odessa sentit la colère monter en elle. Son père était mort en prison.

— Comment pouvez-vous affirmer une telle chose ?

La vieille femme retourna encore une carte. Celle-ci représentait cinq couteaux.

— Ça suffit, dit Odessa en se levant d'un bond de sa chaise. (Elle se sentait nauséeuse et avait l'impression qu'on avait abusé d'elle. Elle attrapa son sac.)

— C'est son tour, dit-elle en pointant le doigt vers Blackwood. Mon associé, M. Blackwood, aimerait qu'on lui tire les cartes à présent.

Blackwood la regarda et lut de la détresse sur son visage. Il savait certainement qu'elle était en colère contre lui, mais probablement pas pourquoi. Ou peut-être avait-il compris que, sans le vouloir, il l'avait blessée.

Blackwood s'assit tranquillement face à la vieille femme.

Odessa vit passer un drôle d'air sur le visage de la voyante quand celle-ci leva les yeux vers

Blackwood avant d'échanger à nouveau quelques mots avec la femme au foulard.

— Elle ne souhaite pas faire une autre séance maintenant.

Les bonnes manières d'Odessa, inculquées par son père, entre autres, s'évanouirent. Elle posa l'argent sur la table.

— Vous allez faire pour lui ce que vous avez fait pour moi.

Elle entendit sa voix trembler, mais peu importait.

La femme du comptoir insista :

— Ma mère est fatiguée, elle a besoin de se reposer.

— Maintenant, répondit Odessa.

La vendeuse regarda sa mère qui, elle, fixait Blackwood. Avec réticence, elle battit les cartes du jeu de tarot, plus posément, cette fois.

Blackwood restait anormalement tranquille, ses mains posées sur les genoux. La colère d'Odessa se calma juste assez pour qu'elle puisse sentir l'étrange énergie qui commençait à emplir la pièce, comme un dôme invisible au-dessus de la table. Pendant un instant, elle regretta son geste, craignant d'avoir provoqué une rencontre qui n'aurait pas dû se produire.

La vieille femme regardait Blackwood avec des yeux hésitants, comme si elle le voyait du plus profond d'elle-même. Le jeu était prêt devant elle, mais on la sentait réticente à l'idée de retourner les cartes. Elle secoua la tête, regarda sa fille, refusant d'aller plus loin.

Cette dernière semblait inquiète.

— Mère ? dit-elle, troublée par la réaction de la vieille femme.

Après un moment douloureusement long et intense, Blackwood se pencha au-dessus de la table et retourna la première carte. Sans la regarder lui-même, il la montra à la voyante.

La vieille femme essaya de parler. Elle ouvrit la bouche mais aucun mot n'en sortit. Elle se couvrit simplement les yeux et se détourna, affaiblie, le dos voûté.

Blackwood se leva.

— Mes excuses, dit-il, mais aucune des deux femmes ne sembla l'entendre.

La vendeuse tenait son foulard d'une main, elle aussi effrayée à présent par le gentleman britannique. Il hocha la tête à leur intention et quitta la pièce.

Odessa retenait toujours sa respiration. La vieille femme s'était redressée, regardant tout autour d'elle comme si elle venait de se réveiller d'un profond sommeil. Odessa se sentait responsable – lire les cartes à Blackwood avait été son idée – et elle était soulagée de la voir revenir à elle. Odessa voulait sortir de là, mais avant de quitter la pièce, elle attrapa la carte qu'avait retournée Blackwood, curieuse de voir de quoi il s'agissait.

L'image représentait un Mage, tenant une baguette ou peut-être un bâton, et portant un chapeau dont les bords s'incurvaient pour reproduire le symbole de l'infini.

De retour près de la cabine téléphonique brûlée, Odessa attrapa le bras de Blackwood pour l'obliger à s'arrêter. Choquée par la sensation osseuse de son bras à travers la manche du costume, elle retira rapidement sa main.

— Vous êtes quoi, au juste ? Une sorte d'hypnotiseur ?

— Tout ce que j'ai fait, c'est retourner la carte qu'elle avait elle-même choisie.

— C'était quoi, cette carte ? demanda Odessa. Le Mage. Qu'est-ce qu'elle signifie ?

— Je crois que le Mage symbolise l'immanence.

— OK. Je ne vais pas faire comme si je savais ce que signifie le mot *immanence*.

— C'est la qualité de ce qui est immanent, ou inhérent.

— Mais qu'est-ce que cette carte signifiait pour *elle ?*

— Difficile à dire. (Le regard de Blackwood restait inébranlable.) Certaines formes de foi, certaines théories métaphysiques soutiennent que le monde spirituel est infiltré dans le quotidien. Là où la transcendance implique une présence divine existant sur un plan différent de notre monde, que ce soit à l'extérieur ou au-dessus, l'immanence postule que le surnaturel est présent dans le monde tout autour de nous.

— Elle a vu ça en vous ? demanda Odessa.

— Elle a vu ça dans une carte choisie au hasard. « Ce qui est en haut est comme ce qui est en bas[1]. »

Odessa n'en pouvait plus de cette attitude hautaine.

— C'est horrible de jouer ce genre de tour à des gens. C'est sadique. Je ne sais pas pourquoi, mais cette vieille femme était terrifiée.

— Il me semble que c'est vous qui avez insisté pour qu'elle me lise les cartes.

— Pour commencer, je ne voulais pas participer à cette séance de voyance, répondit-elle. Et pour info, vous ne me connaissez pas. Je ne vous connais pas. Comment avez-vous osé m'imposer une chose pareille sans me demander mon avis avant ?

— Je ne pensais pas que ça perturberait un esprit sceptique comme le vôtre.

1. « *As Above, So Below* » est une maxime de l'hermétisme.

— C'était indélicat. Et j'aimerais bien savoir ce que ça nous a rapporté, à part les sornettes d'une vieille diseuse de bonne aventure. À quoi ça a servi ? J'ai sollicité votre aide pour comprendre ce qui était arrivé à Walt Leppo et aux deux hommes qui ont commis ces tueries.

— La propriétaire de cette boutique pourrait être en mesure de répondre à certaines de ces questions. À présent, elle sait que des personnes souhaitent la rencontrer.

Odessa inspira profondément. Elle venait de vivre une journée difficile et commençait à regretter d'avoir déposé cette enveloppe dans la boîte.

— Donc apparemment, vous êtes une sorte d'escroc, ou d'hypnotiseur. D'une façon ou d'une autre, vous avez réussi à entrer dans la tête d'un vieil agent du FBI. Très bien. Mais je ne vous laisserai pas entrer dans la mienne.

Odessa se tourna et partit en direction de Market Street, première étape sur le chemin qui la ramènerait chez elle. Elle s'attendait à ce que Hugo Blackwood l'interpelle ou essaye de la rattraper, et elle était prête à le repousser. Mais elle tourna au coin de la rue sans qu'il prononce le moindre mot et quand, deux blocs plus loin, elle finit par se retourner, elle constata qu'il ne la suivait pas.

Son seul regret concernait toutes les questions sur lui qui resteraient sans réponse… mais elle pourrait vivre avec. Pour le moment, elle pensait être débarrassée de Hugo Blackwood.

1962. Delta du Mississippi.

L'agent Earl Solomon était assis, seul, au comptoir d'un restaurant routier pour personnes de couleur nommé Pigmeat's[1]. Son chapeau était posé sur le comptoir juste à sa gauche, près du brouillon du rapport qu'il était en train de rédiger à la main, au crayon, sur un bloc de papier jaune déjà bien entamé. Il lâcha son crayon et coupa un gros morceau de pain qu'il trempa, pour en ramollir la croûte, dans un bol de soupe aux carottes et au petit salé bien chaude et bien épaisse.

On était en plein après-midi, entre le déjeuner et le dîner. Solomon était le seul client. Aucun serveur ne travaillait à cette heure-ci, les seules personnes présentes, en dehors de lui, étaient le cuisinier coiffé d'un chapeau en papier et le propriétaire, qui lisait le journal. Les tabourets fixes s'alignaient devant le comptoir en métal froid au toucher. Un juke-box et un distributeur de paquets de cigarettes trônaient à côté de l'entrée.

— Le Klan arrive, annonça le propriétaire des lieux, parcourant le journal derrière d'épaisses lunettes, installé dans le box le plus près de la porte.

---

1. Pigmeat : viande de porc.

Solomon se retourna vers lui.

— C'est annoncé dans le journal ?

— Dans le journal des blancs. (Le propriétaire le replia.) Ces blancs qui font du démarchage pour nous faire voter ont besoin de la protection des leurs, maintenant.

Le cuisinier, appuyé au bout du comptoir, secoua la tête.

— Quelle bande de crétins.

Solomon se tourna vers lui.

— Qui, les défenseurs des droits civiques ?

— C'est que des gamins. Ils ont la tête pleine de grandes idées. Mais ils ne savent pas, ou peut-être qu'ils s'en fichent, comment ça s'passe pour les gens dans l'coin. Ils se pointent ici, et ils veulent que tout le monde se mélange.

Solomon leva sa cuillère.

— Cette soupe, c'est bien un mélange, non ?

Le cuisinier laissa échapper un éclat de rire ressemblant à un bref aboiement.

— J'peux rien vous dire, monsieur le gars des villes. Vous n'avez pas à vivre ici.

— Est-ce que le gars des villes peut avoir une part de tarte frite[1] ? demanda Solomon.

— Si le gars des villes a de l'argent, aucun souci.

Solomon sourit et se remit à écrire. Puis il se souvint que le Ku Klux Klan était en ville et son sourire s'évanouit.

La porte du restaurant s'ouvrit. Solomon, réalisant soudain que plusieurs minutes s'étaient passées sans qu'aucun mot ait été prononcé, se tourna vers l'entrée, s'attendant à découvrir un Grand Sorcier sous un drap blanc. Mais il ne vit qu'un homme blanc, mince et très pâle, portant

1. Sorte de chausson.

un costume noir de croque-mort. Une coupe européenne, peut-être. En soie. Le restaurant n'était pas strictement réservé aux noirs, mais Solomon pouvait sentir la méfiance du cuisinier et du propriétaire. L'homme, pour sa part, n'avait pas l'air d'en avoir conscience.

Solomon retourna à son rapport. Il sentit un mouvement, entendit le bruissement de la soie, mais il y avait beaucoup de tabourets vides le long du comptoir et presque autant de box côté mur. Alors quand l'homme s'installa sur le tabouret juste à sa droite, presque épaule contre épaule, Solomon se tourna à nouveau, posa son crayon et se prépara à en découdre.

— Je peux vous aider, l'ami ? demanda Solomon.

— Peut-être, répondit-il avec un accent anglais d'homme cultivé, peu à sa place aux États-Unis, et encore moins dans le Delta. (Son regard était pénétrant.) Vous êtes l'agent Earl Solomon ?

Solomon acquiesça, surpris d'entendre son nom dans la bouche de cet homme.

— C'est moi. Et vous êtes ?

— Très heureux de vous rencontrer. Je n'étais jamais venu dans cette région d'Amérique avant. Plutôt humide. Mais pas entièrement déplaisant.

— Plutôt, oui, dit Solomon. Vous êtes journaliste ?

— Non, certainement pas. Je suis avocat de formation, bien que je n'aie pas pratiqué le droit depuis longtemps. Non, je ne suis pas ici pour des raisons professionnelles. J'ai entendu dire que vous étiez en charge d'une enquête sur un meurtre.

— Je ne suis pas en charge, je suis juste ici pour aider.

— Vous m'avez mal compris. Ce que je voulais dire, c'est que vous êtes le représentant des forces de l'ordre ayant le plus haut niveau hiérarchique ici. Le Bureau fédéral d'investigation. Ce qui a causé quelques remous avec les autorités locales, d'après ce que j'ai pu comprendre. C'est une situation intéressante, un homme comme vous enquêtant sur le lynchage d'un homme blanc.

— C'est une façon de voir les choses, répondit Solomon.

Avant qu'il puisse lui redemander son nom, le cuisinier glissa une assiette contenant une part de tarte frite devant lui. C'était un beau chausson rempli de fruits, frit et saupoudré de sucre glace. Le cuisinier jeta un coup d'œil rapide à l'homme blanc et interrogea Solomon.

— Ce type est ok ?

Solomon haussa les épaules et se tourna vers son voisin de tabouret européen.

— Ça vous dit une part de tarte ?

— Qu'est-ce que c'est ? demanda l'Anglais.

— Une Crab Lantern[1], répondit le cuisinier. Bien qu'il n'y ait pas de crabe dedans. Juste des pommes.

— Pouvez-vous m'en préparer une avec de la viande à l'intérieur ?

— De la cochonaille ? proposa le cuisinier.

— Il veut dire du porc, expliqua Solomon.

— En y réfléchissant bien, reprit l'Anglais, peut-être qu'une tasse d'eau chaude serait suffisante.

Il sortit un petit sachet en papier de la poche de sa veste, un sachet de thé.

Le cuisinier se dirigea vers la cuisine. Solomon sourit à l'homme assis sur le tabouret à côté de lui, prêt à se remettre au travail.

1. Autre nom des tartes frites.

— À moins qu'il n'y ait autre chose, comme vous pouvez le voir, j'ai un rapport à écrire.

— Je suis ici car on m'a dit que vous aviez demandé à me voir, répondit l'homme. Mon nom est Hugo Blackwood.

Solomon se retourna et, cette fois-ci, le regarda de bas en haut d'un œil neuf.

— *Vous êtes* Hugo Blackwood ?

— À quoi vous attendiez-vous ?

— Je ne sais pas trop, répondit Solomon. Ce n'est pas moi qui ai fait appel à vous. C'est un jeune garçon... qui est très malade. Une maladie vraiment étrange. Il vit près d'ici, son nom est Vernon Jamus. Vous le connaissez ?

— Pas du tout.

— Bon, eh bien apparemment, lui, il vous connaît. Ou il a entendu parler de vous. Avez-vous une idée de la raison qui pousserait un petit garçon de six ans à demander après vous ?

— Un garçonnet ? Non. Je ne vois aucune raison. Mais je crois que je connais bien la chose qui l'a poussé à m'invoquer.

Solomon avait perdu tout intérêt pour sa part de tarte.

— Eh bien, je ne vois qu'une façon d'en avoir le cœur net. (Il glissa son bloc de papier et son crayon dans sa sacoche en cuir.) Nous allons lui rendre visite, ça nous permettra peut-être d'aller au fond des choses. Mais je dois vous prévenir... l'enfant est psychologiquement dérangé. Je n'ai jamais rien vu de tel.

— Je suis d'accord, nous devrions aller voir le garçon, acquiesça Hugo Blackwood. Mais d'abord, j'aimerais beaucoup voir le corps de l'homme qui a été pendu.

— Le... (Solomon secoua la tête.) Pourquoi voulez-vous voir ça ?

— Je pense être capable de vous aider avec votre travail ici.

Solomon était perdu.

— Vous avez dit que vous n'étiez pas ici pour raison professionnelle...

— C'est exact.

— Alors... pourquoi êtes-vous là ?

— Je vais là où l'on a besoin de moi. Et pour le moment, il semble que l'on ait vraiment besoin de moi ici, à Gibbston, Mississippi.

*
* *

L'hôpital du comté, à une demi-heure de route au sud, était soumis à la ségrégation. Solomon, au volant d'une voiture empruntée au Bureau, passa par l'entrée réservée aux gens de couleur et se gara sous l'auvent qui surplombait l'entrée principale. Dans le hall d'entrée, un grand panneau annonçait SALLE D'ATTENTE POUR LES BLANCS UNIQUEMENT – ORDRE DE LA POLICE.

En face, un vieil homme blanc installé derrière une table équipée d'un téléphone. Il n'avait qu'un bras, le poignet de la manche droite de sa chemise en tissu Oxford coincé dans la ceinture de son pantalon, près de l'accroche de ses bretelles. Il s'adressa à Hugo Blackwood.

— J'peux vous aider ?

Solomon sortit son badge et le lui montra.

— Pourriez-vous nous indiquer le chemin de la morgue, s'il vous plaît ?

— Pour les noirs, c'est de l'autre côté de l'hôpital.

— La morgue des blancs, précisa Solomon.

— Pour quoi faire ?

— Pour voir un cadavre. Celui du pendu de Gibbston. Hack Cawsby.

Le regard du vieil homme passa plusieurs fois de Hugo Blackwood à Solomon. Apparemment, la présence d'un homme blanc rendait la demande acceptable.

— Vous prenez l'escalier sur le côté, et vous descendez tout en bas.

— Merci infiniment, dit Solomon, mettant volontairement un petit peu trop d'obséquiosité dans sa formule de politesse.

Au moment où ils tournèrent en direction de l'escalier, Solomon jeta un coup d'œil vers le gardien et le vit actionner le cadran de son téléphone, probablement pour appeler le shérif Ingalls à Gibbston.

Solomon dut à nouveau montrer son badge pour entrer dans la morgue. L'assistant en blouse qui les reçut savait exactement quel tiroir ouvrir. L'odeur était épouvantable.

— Vous êtes là pour emporter le corps aux pompes funèbres ?

Solomon secoua la tête, se couvrant le nez et respirant par la bouche.

L'assistant grimaça tant que sa moustache vint recouvrir ses narines.

— Faites-moi une faveur et dites-leur de se dépêcher, OK ?

Il enleva le drap et sortit de la pièce.

Solomon enfouit son nez et sa bouche dans son coude. Blackwood, lui, n'avait pas l'air incommodé.

La chair de l'homme, au niveau du cou, était presque noire de décomposition. Ses yeux étaient fermés, son visage allongé par l'agonie de ses derniers instants. La peau, sur ses poignets et sur sa gorge, avait été abîmée par le frottement des cordes.

Mais Blackwood n'avait pas l'air intéressé par ses blessures.

— Voudriez-vous m'aider à le retourner, s'il vous plaît ?

Solomon trouva une paire de gants en latex, les enfila, et en tendit une seconde à Blackwood.

— C'est vraiment nécessaire ?

— Oui.

Solomon grimaça à l'idée de toucher ce corps froid et puant.

— Qu'est-ce que vous cherchez ?

Blackwood ne répondit pas. Bien sûr, les corps ne roulent pas sur eux-mêmes. Blackwood dut attraper fermement les épaules et Solomon les pieds pour retourner celui de Hack Cawsby qui, à cause du mouvement, répandit une odeur encore plus forte.

Solomon recula, la gorge serrée. Blackwood examina la naissance des cheveux, ses gants en latex repoussant les fins cheveux blonds du défunt. Quelques mèches restèrent accrochées à ses gants, ainsi que quelques morceaux de peau.

— Qu'est-ce qu'il y a ? demanda Solomon entre deux respirations superficielles.

Blackwood se redressa et répondit sans montrer aucune émotion.

— Rien. Aidez-moi à le remettre sur le dos.

Solomon s'exécuta puis referma le tiroir. La puanteur, elle, subsista.

— Comment arrivez-vous à supporter cette odeur ? demanda Solomon.

— Il y a des choses bien pires à supporter, répondit Blackwood, distrait. Maintenant, il faut que je voie le lieu de la pendaison.

Ils s'y rendirent en voiture, les quatre vitres baissées. Solomon lui parla de la petite trace de pied qu'il avait trouvée sur le sol de la forêt, sous les feuilles brûlées. Il interrogea à nouveau Blackwood à propos du garçon. « Une situation très particulière » fut tout ce que celui-ci lui répondit.

Ils firent la course avec le soleil couchant et perdirent. Le ciel se teintait encore d'un éclat bleuté, mais ça ne les aiderait pas une fois sous le couvert des arbres. Solomon trouva une lampe-torche dans la boîte à gants et éclaira le chemin. Il n'était pas sûr de pouvoir retrouver le site, jusqu'au moment où il arriva dans la petite clairière.

Il désigna la branche basse à Blackwood et lui décrivit la scène de crime sans avoir besoin de l'aide des photos. Il repoussa du pied les débris qui jonchaient le sol pour faire apparaître la fameuse empreinte floue, mais Blackwood n'avait pas l'air aussi intéressé que Solomon l'espérait.

— Puis-je ? demanda-t-il en tendant la main vers la lampe-torche

Il examina le tronc de l'arbre, son écorce noire et striée. Debout dos au tronc, il dirigea le faisceau de la lampe vers les branches hautes des arbres alentour puis se mit à inspecter leurs troncs.

Sur l'un d'entre eux, il découvrit une gravure qui, en plein jour, n'aurait pas été immédiatement visible. Il s'agissait d'un motif brut, plutôt petit et un peu étrange, consistant en un large cercle chevauchant un cercle plus petit avec une ligne partant du point de chevauchement en direction du nord-est.

Blackwood déplaça le faisceau de la lampe dans la direction indiquée par cette étrange ligne.

— Qu'est-ce que c'est ? demanda Solomon. Un repère pour les clochards, ou quelque chose comme ça ?

— Quelque chose comme ça, répondit Blackwood, avançant d'environ dix mètres pour rejoindre un autre tronc épais. Les repères dont vous parlez permettent d'indiquer, de signaler ou de suggérer des chemins pour ceux qui ont faim, pour les nécessiteux. Dans un sens, cette chose est assez similaire...

Un autre petit symbole apparaissait à cet endroit, plus élaboré cette fois, avec des courbes, des lignes les reliant et ce qui semblait être la moitié d'une étoile. Cela aurait pu être une lettre dans une langue étrange et primitive, une sorte de hiéroglyphe ou de pictogramme. Aux yeux de Solomon, il ressemblait à une sorte de signature, comme s'il avait été gravé à la hâte par un esprit de la forêt.

Contrairement au précédent, ce symbole ne présentait pas vraiment de ligne directrice, du moins pour Solomon, mais Blackwood tourna la lampe afin d'éclairer une trace sur l'arbre suivant, puis celui d'après, chacun portant une petite marque... et les entraînant plus profondément dans les bois.

— On va où ? demanda Solomon.

Blackwood s'arrêta un moment et resta immobile, comme s'il était en train d'écouter quelque chose.

— *Nous y sommes.*

Il promena la lumière tout autour d'une petite clairière. Deux poteaux en bois dépassaient du sol, destinés à soutenir un panneau qui avait disparu depuis longtemps. Blackwood repoussa les feuilles tombées à terre pour faire apparaître de vieilles plaques de pierre érodées sur lesquelles étaient gravées des mots et des dates. Seuls quelques morceaux étaient restés intacts. Des noms partiellement effacés et des dates incomplètes dont les plus récentes dataient du milieu du XIXe siècle.

Solomon réalisa ce qu'il avait sous les yeux.

— C'est un cimetière d'esclaves.

Blackwood brandit la lampe-torche tandis que Solomon reculait pour éviter de marcher sur les pierres tombales posées tous les trois ou quatre mètres. Il s'agissait soit d'une section isolée d'un domaine autrefois détenu par un propriétaire d'esclaves, soit d'un site non officiel.

— Dieu du ciel, dit Solomon, imaginant la douleur de cet endroit à peine un siècle plus tôt. Quelle découverte, ajouta-t-il. (Puis il se rappela comment ils l'avaient trouvé.) Qu'est-ce que ça signifie ?

Blackwood examina la terre.

— Le tombes n'ont pas été dérangées.

— Bien sûr qu'elles… Quoi ? (Solomon réduisit la distance entre eux.) Pourquoi auraient-elles été dérangées ?

— Je ne sais pas.

— Parlez-moi des marques dans les arbres.

— On appelle ça des sigils[1]. Ce sont des marques occultes.

— Qu'est-ce que vous voulez dire par occulte ?

Solomon commençait à avoir peur, là, debout au milieu d'un cimetière oublié au fond des bois, à parler de magie noire.

— Je ne sais pas comment le traduire, répondit Blackwood, mais il est tout à fait évident que c'est ce à quoi nous avons affaire ici.

— Très bien, dit Solomon, ses limites étant atteintes. On devrait partir.

1. Du latin *sigillum* qui signifie « signature ».

Ils revinrent sur leurs pas jusqu'à l'arbre du pendu. Solomon essayait toujours de trouver un sens à tout ça.

— Pensez-vous que la pendaison a un rapport avec ces… ces…

— Sigils, dit Blackwood.

— Sigils, répéta Solomon. Ou avec le cimetière ? Ou… le garçon ?

— Les trois, répondit Blackwood, jouant avec le faisceau de la lampe au-dessus de l'endroit où le corps avait été pendu.

Solomon se planta en face de lui et récupéra la lampe. Il ne voulait pas qu'il trouve autre chose.

— Puisque vous n'êtes pas très communicatif, reprit-il, laissez-moi vous parler un tout petit peu de moi. Pour commencer, je n'aime pas le mot *occulte*… et je n'aime pas passer du temps dans les cimetières après la tombée de la nuit. Je ne crois pas dans toutes ces choses, mais je crois tout de même que ce n'est pas quelque chose dont il faut se moquer. Je veux savoir ce qui se passe ici, et je veux savoir qui vous êtes.

— Bien sûr, répondit Blackwood en fixant un point au-delà de Solomon. Mais avant toute chose, je crois que nous devrions vérifier qui arrive.

Solomon se retourna d'un bond. Il vit des flammes derrière les arbres, des torches. Une demi-douzaine, peut-être plus, approchant à travers les bois.

Solomon posa la main sur l'arme sous sa veste, rassuré par le Colt Detective Special accroché sur sa hanche.

— Il ne nous manquait plus que ça ce soir.

Les torches ralentirent, des voix retentirent d'un côté à l'autre. Ils avaient repéré la lumière de la lampe-torche.

— Vous êtes bon en bagarre ? demanda Solomon.

— En bagarre ?

— En combat à mains nues. Vous vous défendez ?

— Je ne me suis jamais battu à mains nues.

— Parfait, commenta Solomon. (La seule solution était de prendre l'avantage. Il pointa la lampe dans la direction des torches, l'allumant et l'éteignant, comme un signal.) FBI ! cria-t-il. Vous vous apprêtez à pénétrer sur une scène de crime !

Quand la lumière de la lampe s'éteignait, les bois étaient aussi sombres que s'ils avaient les yeux fermés.

Les porteurs de torches franchirent le dernier rideau d'arbres. Des cagoules blanches pointues, des robes blanches froissées, une croix rouge sang brodée sur la poitrine. Dix membres du Klan. Dix péquenauds blancs, des nationalistes terroristes, arrivant sur les lieux où un homme blanc avait été pendu et y trouvant un homme noir et un autre très, très blanc.

— FBI, répéta Solomon, pointant la lampe-torche sur son badge.

Il fit ensuite passer le faisceau sur Blackwood pour prévenir les hommes du Klan qu'il n'était pas seul.

À la lueur vacillante des torches, leurs yeux étaient à peine visibles derrière les trous de leurs cagoules.

— Vous devriez faire attention avec ces torches, reprit Solomon. Vous ne voudriez pas mettre le feu à toute la forêt.

À moins que ce ne soit exactement ce qu'ils veuillent. Peut-être étaient-ils justement là pour brûler l'arbre du pendu.

— C'est quel genre de badge, ça, mon gars ? demanda l'un des hommes encagoulés.

Solomon sourit malgré sa colère et répondit.

— Le genre qui est distribué avec une arme chargée.

— Un homme blanc a été pendu ici.

— Je suis justement là pour découvrir ce qu'il s'est passé.

— Nous aussi ! lança un autre homme masqué en agitant sa torche dans l'air de la nuit.

— Vous faites erreur, reprit Solomon, et je n'ai pas l'intention de continuer à discuter avec des hommes qui se cachent. Il pointa le faisceau de la lampe sur leurs cagoules, obligeant certains d'entre eux à se protéger de la lumière derrière leur avant-bras. Montrez-moi vos visages. Soyez des hommes.

Les membres du Klan se regardèrent. Clairement, cela n'était pas près de se produire.

Une rafale de vent agita les hautes branches et fit vaciller et faiblir les flammes des torches.

— Pourquoi tu ne nous montrerais pas plutôt ton flingue ?

Solomon savait que s'il tirait son arme de son holster, il ne pourrait pas faire autrement que de s'en servir. Le Colt avait un barillet à six coups. Ce n'était pas suffisant pour dix hommes.

— Et si on parlait de tout ça avec le shérif Ingalls ?

L'homme encapuchonné qui semblait mener le groupe tourna la tête de gauche à droite, comme s'il le cherchait.

— Il est derrière quel arbre ?

Les autres hommes ricanèrent. Ils s'enhardissaient. Solomon savait que même un seul coup de feu lui vaudrait des tonnes de paperasserie, sans compter la possibilité que l'affaire, un agent noir du FBI tirant sur des membres du Klan, ne devienne un incident national.

— Vous êtes vraiment une belle bande de courageux, reprit Solomon, terrifiés à l'idée de montrer vos visages.

Une nouvelle rafale de vent siffla à travers les arbres. Les choses allaient dégénérer, aucun doute là-dessus. À présent, la seule chose dont Solomon devait s'inquiéter, c'était de ne pas se retrouver à son tour au bout d'une corde.

Hugo Blackwood, que Solomon avait presque oublié, vint se placer à côté de lui, juste derrière la lampe-torche.

— Agent Solomon, vous me faites confiance ? murmura-t-il.

— Non, répondit Solomon en murmurant à son tour. (Mais les options commençaient à manquer.) Pourquoi ?

— Permettez-moi de tenir la torche électrique pour vous.

Solomon n'était pas très convaincu à l'idée de renoncer à sa seule et unique source de lumière.

— Ça s'appelle une lampe-torche. Pourquoi voulez-vous la prendre ?

— Il me semble que vous pourriez apprécier un peu d'aide.

— OK, dit Solomon après un court moment d'hésitation.

Quoi qu'il arrive ensuite, il aurait certainement besoin de ses deux mains. Solomon tendit la lampe à Blackwood.

— De quoi est-ce que vous parlez, tous les deux ? demanda celui qui semblait être le chef en avançant de quelques pas.

Blackwood reprit, toujours à voix basse.

— Quand j'éteindrai la lampe, soyez prêt à courir.

— Quand vous… quoi ? balbutia Solomon.

Les hommes encagoulés avancèrent à leur tour, suivant leur leader.

— Qu'est-ce que vous trafiquez ? demanda ce dernier.

— Et… maintenant, lança Blackwood.

Clic. La lampe s'éteignit. Pendant quelques instants, les torches illuminèrent les arbres d'une lueur dansante orange.

— *Elil*, prononça Blackwood d'une voix râpeuse.

Une énorme rafale de vent balaya soudain la clairière. Les flammes des torches vacillèrent et s'éteignirent. L'obscurité s'abattit sur eux comme la lame d'une guillotine.

Les membres du Klan, désorientés, se mirent à crier.

Solomon sentit une main sur son avant-bras. Il se mit à courir, mené par Hugo Blackwood qui, tête baissée dans le noir, tournait rapidement à gauche et à droite, effleurant sans jamais les heurter troncs et branches basses.

Le bruit de leurs pas semblait feutré, étouffé, comme s'ils touchaient à peine le sol. Blackwood le guidait fermement au milieu de tous ces obstacles, glissant entre les arbres comme une ombre.

Solomon entendait les hurlements frénétiques derrière lui, ceux des hommes du Klan qui les avaient pris en chasse ou qui, tout simplement, essayaient eux aussi de s'enfuir. Au bout d'un moment, il repéra la lumière pâle de la lune. Il émergea du couvert des arbres sur une étendue d'herbe teintée d'argent avant d'atteindre un sol en graviers.

Ils s'arrêtèrent là, Solomon luttant pour reprendre son souffle.

— Comment avez-vous fait ça ?

Solomon sentit quelque chose se poser dans sa main. La lampe-torche.

Les voix des hommes du Klan, criant entre eux des *Par ici... C'est par là... Je vois rien, putain !* retentirent à nouveau juste avant que les robes blanches émergent des bois en trébuchant. La peur dans leurs voix était palpable, et des plus agréables aux oreilles de Solomon.

Celui-ci les visa avec le faisceau de la lampe-torche et ils hurlèrent de peur en se couvrant les yeux. Quelques-uns étaient à genoux, haletant, la course à travers les bois ayant eu raison de leurs cagoules, leurs robes blanches lacérées, déchiquetées, et mouchetées de sang à cause des égratignures provoquées par les branches.

Solomon éloigna le faisceau de la lampe, les laissant temporairement aveugles.

— Bonne soirée, messieurs ! dit-il, sortant les clés de sa poche. (La voiture démarra en dérapant sur le gravier.)

Une fois loin, Solomon se mit à rire. De joie en repensant à l'humiliation infligée aux hommes du Klan, mais aussi de soulagement. Que ces fichus péquenauds soient maudits pour la terreur qu'ils pouvaient provoquer dans le cœur des gens honnêtes.

— Je ne sais pas comment vous avez fait ça, mais c'était incroyable ! (Solomon frappa le volant de la main, puis appuya deux fois sur le klaxon pour fêter ce moment.) Comment faites-vous pour voir aussi bien dans le noir ?

— C'est un de mes talents, j'imagine, répondit Blackwood en haussant légèrement les épaules, les yeux fixés sur la route devant eux.

La sobriété de sa réaction fit redescendre Solomon sur Terre. Cette fin triomphale ne pouvait pas éclipser toutes les choses étranges que Blackwood lui avait montrées.

— Qu'est-ce que tout ça signifie ? demanda Solomon.

— Je n'en suis pas sûr, répondit Blackwood. Il se passe quelque chose ici. Ces hommes masqués sont arrivés dans cette ville comme des esprits maléfiques qu'on aurait invoqués. Cet endroit qu'on appelle le Delta est à présent une vraie poudrière. Et vous, agent Solomon, vous êtes le nexus.

— Moi ? Comment ça, moi ? Pourquoi ?

Blackwood regarda à travers la vitre qui réfléchissait son image. Il prit son temps avant de répondre et, quand il le fit, ce fut dans un murmure très bas.

— C'est vous qui déciderez du dénouement. (Il se tourna vers Solomon.) Je suis prêt à voir le garçon à présent.

— Tu fais quoi ?

Linus déposa deux chemises soigneusement pliées dans sa valise, à côté de son kit de rasage.

— Je dois aller à Omaha pour quelques jours. On doit recueillir les dépositions d'une demi-douzaine de personnes dans une compagnie d'assurances... et les associés m'ont demandé de m'en charger personnellement.

Odessa, debout dans l'encadrement de la porte de leur chambre, le regardait emballer ses affaires.

— Tu pars en voyage, dit-elle, faisant écho aux mots prononcés par l'étrange vieille femme dans l'arrière-boutique de magie.

Avec la manche de sa chemise, il essuya un peu de poussière sur le dessus d'une paire de mocassins noirs brillants.

— Je ne sais pas pourquoi ils m'ont choisi, mais je suis prêt. Le service des déplacements m'a déjà transmis mes billets et ma réservation d'hôtel. Voyage en business class.

— C'est super, répondit-elle, encore sous le choc.

— Vraiment super, oui.

Un ange passa. Linus, réalisant qu'elle semblait un peu ailleurs, s'approcha d'elle.

— Comment vas-tu ?

— Hum… Bien.

Elle ne lui avait rien dit à propos de Hugo Blackwood. Ni de la séance de divination au magasin de magie. Ni de cette chose dans les draps à l'hôtel. Elle n'aurait pas su par où commencer.

Linus posa ses mains sur ses épaules, attendant qu'elle concentre à nouveau son attention sur lui.

— Viens avec moi, lui proposa-t-il.

Elle bredouilla.

— À Omaha ? Dans le Nebraska ?

— D'après ce que j'ai entendu, c'est plutôt sympa. Je serai très pris par les dépositions, mais tu pourrais visiter la ville de ton côté et on se retrouverait pour le dîner. On pourrait même peut-être y rester un jour de plus, juste tous les deux.

— Peut-être, oui, répondit-elle.

— C'est l'occasion idéale de partir d'ici. Ça te fera du bien. En fait, c'est exactement ce dont tu as besoin actuellement.

Odessa hocha la tête. Il avait raison. Mais les choses n'étaient pas aussi simples.

— Je sais.

— Le petit déj' au lit… ? commença-t-il, espérant la faire craquer. Une séance au spa de l'hôtel pour toi… ? On pourrait aussi faire un tour ensemble à la salle de sport… ?

Son envie de la convaincre était touchante. Elle devrait y aller, elle le savait. Mais les mots de la vieille femme…

— Tu pars en voyage.

Odessa répéta ces mots, essayant de s'y faire. *Coïncidence ?*

Linus lui prit le menton pour qu'elle focalise son attention sur lui.

— Viens avec moi, répéta-t-il.

Odessa sourit, gagnée par l'émotion, par sa gentillesse. Mais elle savait que si elle y allait, elle allait passer tout son temps en peignoir devant la fenêtre de la chambre d'hôtel, l'esprit coincé à Newark, à penser à Walt Leppo, aux pilleurs de tombes et à un étrange Britannique.

Elle recula.

— J'adorerais...

— Mais ?

— Je pense que ça ne ferait pas très bon effet si j'évitais le bureau ces jours-ci. S'ils ont besoin de me poser des questions sur la fusillade... et qu'ils découvrent que je suis partie en vacances dans le Nebraska...

— Il s'agit d'un voyage d'affaires avec ton compagnon.

Compagnon. Elle aimait le son de ce mot. Mais maintenant, elle ne pouvait s'empêcher de penser à toutes ces choses que la voyante lui avait dites.

Vous êtes l'amour de sa vie. Mais il n'est pas le vôtre.

Des conneries. Des conneries blessantes, en plus. Elle ne pouvait pas laisser cette vieille chouette s'insinuer comme ça dans sa tête.

Bientôt, il va partir en voyage. Et un autre homme entrera dans votre vie.

C'est comme ça qu'ils vous attrapaient, réalisa-t-elle. Avec des prédictions imprécises et des paradoxes, des informations qui convenaient à tout le monde : *vous êtes quelqu'un de très discret – personne ne vous connaît vraiment – mais une fois que vous avez accordé votre confiance, c'est pour toujours !* Ces charlatans plantaient une graine dans votre insécurité, l'arrosaient de doute et de louanges et la laissait ensuite tout envahir comme des mauvaises herbes.

Elle s'approcha de Linus et l'embrassa intensément.

— J'aimerais vraiment pouvoir t'accompagner, dit-elle. (Et elle le pensait.)

Linus l'agrippa et l'embrassa à son tour.

— Le sexe en vacances, c'est le top.

Odessa acquiesça, ses lèvres se pressèrent à nouveau contre les siennes.

— Et le sexe pré-départ ?

D'un geste, Linus poussa sa valise et tous les deux se laissèrent tomber sur le lit.

À la sortie de la douche, vêtue uniquement d'une serviette, elle attrapa son portable qui sonnait et constata que c'était sa mère. Par résignation, ou peut-être simplement dans un moment de faiblesse, elle décrocha.

— Salut, maman.

— Oh, tu as décroché ! Comment ça va ? Tu es où ? Tout va bien... ?

Elle continua comme ça pendant quelques minutes, Odessa prenant de ses nouvelles et la rassurant sur son compte en même temps. Puis sa mère lui raconta en détail son déjeuner de la veille, ce qu'elle avait mangé, ce que son amie Myriam, dont Odessa n'avait jamais entendu parler, avait mangé, et les sujets dont elles avaient discuté.

— Et comment va Linus ?

Linus était un vrai sujet de curiosité pour la mère d'Odessa. Non qu'elle soit raciste, mais pour elle, les relations interraciales étaient un truc de jeunes, comme la musique en streaming ou les achats en ligne. Odessa fit l'erreur de mentionner son séjour à Omaha.

— Il te laisse *seule ?*

Odessa l'assura qu'elle allait bien.

— Qu'est-ce qui va se passer pour toi ? lui demanda sa mère. Le FBI, ta carrière ?

Odessa déglutit.

— Je crois que c'est terminé.

— Oh non. Mais est-ce que tu… tu n'as pas…

L'inquiétude de sa mère la mettait toujours en colère. Ça lui donnait l'impression d'être un enfant en situation d'échec. Sa mère savait exactement sur quels boutons appuyer. Ce qui était logique, puisque c'était elle qui les avait installés.

— Écoute, que ce soit juste ou non, la question n'est pas là. La vraie question, c'est de savoir comment je vais pouvoir avancer avec cette histoire qui clignote au-dessus de ma tête comme un néon. Je ne sais pas ce que je vais faire ensuite. Mais tout ira bien, ajouta-t-elle rapidement.

— Ton diplôme en droit, reprit sa mère avec espoir.

— Oui, mon diplôme en droit.

— Toujours un plan de secours. Comme ton père.

Les coins de la bouche d'Odessa se crispèrent à la mention de son père. Que sa mère le vénère encore était toujours une source de fascination pour Odessa… autant qu'un motif de pitié.

— Maman, tu étais la cadette de sept enfants, c'est bien ça ?

— Euh, oui c'est ça. (Elle cita dans l'ordre de naissance les prénoms de ses six frères et sœurs.) Pourquoi tu me demandes ça ?

— Juste comme ça, mais…

— J'ai toujours voulu avoir sept enfants, moi aussi, l'interrompit sa mère. J'imagine que c'est parce que c'est comme ça que j'avais été élevée. Et j'étais la plus jeune, comme toi, alors je voulais reproduire le schéma. C'est amusant, avec le recul.

— Tu as six enfants, maman. C'est plutôt pas mal.

— Je sais. Six, ça suffit, commenta sa mère avant de glousser.

Odessa se sentit envahie par le soulagement à l'idée que la vieille voyante s'était trompée sur ce point.

— Même s'il y en a eu un autre... mort à la naissance, ajouta sa mère.

Odessa secoua la tête, ses cheveux mouillés volant sur ses oreilles.

— Un autre... *quoi ?*

— Elle a été... C'était ma première grossesse. On appelle ça une mort néonatale.

— Mais... Attends, est-ce que... est-ce qu'elle... elle était vivante ou morte à la naissance ?

Sa mère mit un petit moment avant de répondre.

— Elle est morte dans mes bras, Odessa. Elle n'a même pas vécu une heure.

Adossée au mur, la main en soutien, Odessa était sonnée. Abasourdie.

— Donc en fait, je suis... la septième fille... de la septième fille ?

— Eh bien, techniquement parlant, je suppose, oui. Mais pourquoi est-ce que tu présentes les choses comme ça ?

— Comment est-il possible que nous n'ayons jamais parlé de ça avant ? demanda Odessa. *Comment est-il possible que j'ignore une chose pareille ?*

— Probablement parce que je n'aime pas beaucoup parler de ça, Odessa, répondit sa mère d'un ton inhabituellement sec.

— Je suis désolée.

Odessa réalisa qu'elle faisait remonter des souvenirs douloureux sans tenir compte de ce que ça pouvait signifier pour sa mère. *La septième fille de la septième fille*. Bon sang, qu'est-ce que tout ça pouvait vouloir dire ?

— Maman, je... Je ne peux même pas imaginer ce que tu as dû ressentir. Je ne savais pas, vraiment. Je suis désolée.

La force de sa mère prenait désormais une nouvelle ampleur. Cette histoire excusait, et surtout expliquait, les décennies de faiblesse qui avaient suivi.

— Odessa, demanda sa mère, pourquoi tu me poses toutes ces questions ?

À cause d'une vieille voyante.

— Pour rien, maman. Je fais juste... un peu d'introspection en ce moment.

— Odessa... Est-ce que tu envisages de fonder une famille ?

— Quoi ? Mon Dieu, non...

— Tu es enceinte ?

Au secours.

— Non, maman. Non, non, non. Absolument pas.

— Tu sais que ta sœur attend son troisième...

Pendant les deux minutes qui suivirent, Odessa alterna entre déni et tentatives pour mettre fin à la conversation avant de pouvoir enfin raccrocher. Plongée dans ses pensées, elle continua de fixer l'écran de son téléphone. Elle se rejoua toute la séance de voyance. Toutes ces choses que la vieille femme lui avait dites. Malgré tout, Odessa réussit à se dire que certaines de ses affirmations et de ses prédictions n'étaient pas fondées. Son esprit refusait toujours d'admettre ce qu'elle avait entendu.

La vendeuse, qui traduisait.

Elle demande si vous voulez savoir pour votre père.

Et ensuite, face à Hugo Blackwood, les yeux révulsés de la vieille femme, à deux doigts de l'évanouissement.

Odessa se dirigea vers la cuisine. La tasse de thé était toujours posée sur le comptoir de la cuisine, attendant d'être lavée.

La tasse dans laquelle Hugo Blackwood avait bu. Celle qu'il avait tenue dans ses mains.

Odessa dut supporter les regards rivés sur elle tandis qu'elle traversait le hall du FBI dans les Claremont Towers. Il fallait vraiment que ce soit important pour qu'elle revienne ici. Son amie Laurena l'attendait dans une salle de réunion sécurisée.

Elles s'étreignirent. Laurena scruta son visage. Odessa savait qu'elle étudiait son teint pour se faire une idée de son état de santé.

— Tu as l'air en forme.

— Merci, répondit Odessa.

Une belle carafe remplie d'eau et deux verres étaient disposés sur la table. Elle se servit, la main tremblante.

— Moi, je serais un vrai désastre, ma peau serait toute desséchée et marbrée. Tu m'as manqué. Ils ont dit quoi, tes avocats ?

Odessa haussa les épaules.

— Qu'est-ce que tu veux qu'ils disent ? Qui peut dire quoi que ce soit, dans cette histoire ?

Elle avala une gorgée d'eau.

— Ce que je peux dire, moi, c'est que toute cette histoire, c'est des conneries. Tu es un bon agent, Dessa. Je ne sais pas ce qui s'est passé cette nuit-là, mais je sais que tu n'as pas merdé.

— Merci.

— Il y a des rumeurs... Je n'y crois pas, évidemment, mais il vaut mieux que tu sois au courant... Des rumeurs sur toi et Leppo.

Odessa sentit monter en elle une vague de colère accompagnée de nausée.

— Putain.

— C'est exactement ce que j'ai dit. J'ai dit : « N'importe quoi, putain. » Les gens cherchent une explication, une raison. Ils veulent comprendre comment un agent peut tirer sur son collègue. Ils n'arrivent pas à faire entrer dans leurs têtes de machos que leur pote Walt a peut-être merdé. Que c'est peut-être le mec qui a pété les plombs. Voilà un bon sujet de roman.

— Il allait tuer la petite. Ça a l'air horrible parce que c'est horrible. Je ne peux pas l'expliquer, peut-être que personne ne le peut. Mais il avait le couteau dans la main et il allait lui trancher la gorge. Et les gens croient que j'ai fait ça parce qu'on couchait ensemble ?

— Réflexe primaire, les hommes contre les femmes. C'est comme ça qu'ils pensent. Laisse tomber.

— Pauvre Deb, dit Odessa en pensant, pour la énième fois depuis cette soirée, à la veuve de Leppo.

— Elle va mal. Logique.

Odessa ne supportait pas l'idée que la femme de Walt Leppo puisse entendre des rumeurs sur son mari, qui était tout sauf infidèle. Imaginer qu'il se serait fait tuer pour une sordide histoire d'amourette. Ça n'avait aucun sens, vraiment... Elle espérait que la femme de Leppo serait épargnée.

Odessa se souvint tout à coup du sac en papier dans sa main.

— Tu pourrais me rendre un énorme service ?

— Tout ce que tu voudras, répondit Laurena. (Mais en se rappelant de ce qu'Odessa lui avait déjà demandé à propos des photos de la scène de crime, elle fit machine arrière.) Attends. Quel service cette fois ?

Odessa lui tendit le sac en papier. Laurena le prit sans l'ouvrir.

— Oh merde, dit-elle. Qu'est-ce que c'est ?

— Une tasse à thé. Je voudrais que tu la fasses analyser, avec recherche d'empreintes et d'ADN.

Laurena fixa Odessa, un sourire se dessinant doucement sur ses lèvres.

— Tu réalises ce que tu me demandes ?

— Oui.

— Ça va à l'encontre de toutes les règles.

— Je sais.

— Des gens se sont déjà fait virer pour avoir utilisé le laboratoire du FBI à des fins personnelles.

— Je suis la seule qui se fera virer, répondit Odessa. J'en assumerai l'entière responsabilité.

— Ça concerne ta relation avec Linus ? Il s'est passé un truc ? Il a amené une fille chez vous ou un truc comme ça ? Il y a du rouge à lèvres sur la tasse ?

Odessa secoua la tête.

— Pas de rouge à lèvres. Ça n'a rien à voir avec Linus.

— OK… Alors ça a à voir avec quoi, exactement ?

— Ça a un rapport avec mon affaire. Mais pas exactement.

— Explique.

— J'aimerais pouvoir.

— Oh putain. (Laurena fit un tour sur elle-même dans une pirouette de protestation.) Dessa.

— Est-ce que je te le demanderais si ça n'était pas *vraiment* important ?

— C'est complètement dingue, meuf. Tout ça est en train de dégénérer. Je m'inquiète pour toi.

— Ouais, répondit Odessa. Ne m'en parle pas.

Laurena attendit la suite.

— C'est tout ce que tu trouves à dire ?

— Encore une chose. La tasse doit être analysée ici. Pas à Quantico. Je ne veux pas que les résultats sortent de la maison.

Laurena poussa un soupir exaspéré.

— Autre chose ?

— Les résultats ne doivent être remis qu'à moi. Tout ce que la base va trouver, je veux le savoir. Mais personne d'autre ne doit être au courant. Compris ?

— Dessa, meuf. Tu es sûre que tout va bien ? Ça n'en a pas l'air.

Odessa se prit les tempes dans les mains.

— Ça va aller, répondit-elle, espérant que ce serait le cas. Ça va aller.

Odessa retourna à l'Hôpital presbytérien du Queens, à Flushing, et prit l'ascenseur jusqu'à l'unité de soins intensifs. Elle trouva la chambre d'Earl Solomon, et Earl Solomon à l'intérieur. Il était installé dans son lit, adossé à quatre oreillers et emmitouflé sous un drap et une couverture bien qu'il fasse plutôt chaud dans la pièce.

La vue du drap lui rappela l'interrogatoire de Mauro Esquivel avec Hugo Blackwood, dans le sous-sol de l'hôtel Lexington Regal. Tout son esprit était concentré sur cette image.

Un autre homme était présent dans la pièce mais, de toute évidence, ce n'était pas un membre de la famille. Il était gros, avec des bajoues épaisses qui lui donnaient un air sympathique. Son crâne chauve se terminait par un pli de chair dans son cou, juste au-dessus du col de son costume grande taille.

— Bonjour, dit Odessa, je dérange ?

— Entrez, agent Hardwicke, répondit Solomon, la voix un peu plus râpeuse que la dernière fois qu'elle l'avait vu. (Il leva une main pâle pour la saluer.) C'est presque l'happy hour.

Elle sourit, soulagée de le voir faire de l'humour, même s'il paraissait vraiment affaibli physiquement.

Un tube fin traversait son visage jusqu'à son nez pour l'aider à respirer.

— Bonjour, dit-elle en serrant la main de l'autre homme.

— C'est M. Lusk, l'informa Solomon. Il est avocat.

Odessa lâcha sa main et se retourna vers Solomon. Le blanc de ses yeux était toujours teinté de jaune et la peau de son cou semblait distendue, comme s'il perdait du poids trop rapidement.

— Comment se sont passés ces tests… ?

— Oh, ça. J'imagine qu'ils viendront me dire ce qu'il en est un de ces jours.

Elle n'arrivait pas à savoir s'il faisait juste front ou si ce fatalisme était sa nature profonde.

— Mais vous allez bien ? Comment vous sentez-vous ?

— Je vais.

Odessa acquiesça, ne sachant quoi dire. *Je vais.* Mais où, ça, il ne le précisait pas.

— Bien, bien, dit-elle, peu encline aux blagues et aux conversations superficielles dans ce genre de situation.

— Qu'est-ce qui vous ramène ici, demanda Solomon.

— Eh bien, je voulais vérifier comment vous alliez et… euh… Je ne voudrais pas être grossière, mais pourrions-nous parler en privé un petit moment ?

Elle sourit d'un air gêné à M. Lusk, qui les écoutait, les mains dans les poches. Il regarda Solomon comme pour lui dire *Pas de souci*.

— C'est bon, reprit celui-ci, vous pouvez parler librement devant M. Lusk ici présent. Il est avocat.

— Euh… D'accord.

Elle sourit à nouveau à M. Lusk, espérant qu'il déciderait de lui-même de quitter la pièce un moment. Mais l'homme corpulent lui retourna simplement son sourire.

Très bien. Elle n'allait pas se gêner. Si M. Lusk voulait rester, il allait entendre une sacrée histoire.

— J'ai posté, en admettant que ce soit le bon mot, une lettre à l'adresse que vous m'aviez donnée, dit-elle en se tournant vers Solomon. Hugo Blackwood est ensuite apparu rapidement – vraiment très vite, en fait – chez moi.

— Oui, répondit Solomon, comme s'il était déjà au courant, ce qui était impossible. Continuez.

— Il… euh… eh bien, je suppose qu'il a accepté de m'aider, ou d'essayer. Nous avons suivi plusieurs pistes – une en particulier – et… ouais. (Elle voulait être directe, mais malgré sa détermination, elle avait du mal à être complètement ouverte devant l'avocat. Elle savait que ce qu'elle allait dire allait paraître ridicule.) Ensuite, on s'est séparés. Comment vous vous connaissez, en fait ? Il dit que vous deux, ça remonte à loin.

— C'est vrai. C'était quand déjà… 62 ? L'été 62.

Pour une raison qui échappait à Odessa, Solomon attendait la confirmation de M. Lusk.

— Ouah, commenta Odessa. Il était enfant… ?

— Non, répondit Solomon.

— Et il est… Qu'est-ce qu'il est, en fait ? Son métier ?

— Son métier, c'est d'être qui il dit qu'il est, je pense. (Solomon secoua la tête comme s'ils parlaient de la pluie et du beau temps.) Il n'y a rien à expliquer.

— Vous m'en direz tant, répondit-elle, incapable d'exprimer ses pensées à ce moment précis. Il a une vision très intéressante du FBI.

— N'est-ce pas ? Je crois qu'il ne comprend pas vraiment. Il pense que nous sommes des agents au sens d'agents immobiliers ou d'agents sportifs. Des représentants. C'est son baratin, en tout cas.

— Son baratin ?

— Quand il parle, je ne sais jamais s'il est vraiment sérieux ou si, parfois, il lui arrive d'être ironique. Il est plus facile à supporter si vous ne prenez pas tout ce qu'il dit trop à cœur.

— Vraiment ? demanda-t-elle, toujours en colère après la façon dont il l'avait traitée.

— Il donne plus qu'il ne prend, voilà ce que je peux dire. Étant donné ce qu'il peut vous apporter, ça vaut le coup de passer sur son côté Hobson.

Odessa hocha la tête, mais sans comprendre vraiment.

— Son côté Hobson ?

La référence échappait totalement à Odessa.

— Hobson, ouais. Vous n'avez jamais vu le film *Arthur* ?

— Euh, non, je ne... attendez. Le film avec Russel Brand ?

— Non. Avec un type petit, très drôle. Le gars ivre le plus drôle depuis W. C. Fields.

— Je suis totalement perdue, là, répondit-elle.

M. Lusk intervint, pour l'aider.

— Dudley Moore.

Solomon pointa le doigt vers M. Lusk.

— C'est ça. Enfin, pas vraiment lui, en fait. Je ne parle pas de son personnage. Il jouait un gosse de riche qui finissait par devenir un homme fortuné, mais qui avait gardé le même majordome depuis son enfance. Un domestique anglais, amusant, un vieux type avec un visage anguleux, taillé pour affronter toutes les situations. Blackwood est un peu comme ça, sauf qu'il est un peu plus vieux à l'intérieur. Difficile à apprécier, parfois, mais bon à connaître. Voilà qui le résume assez bien.

Odessa acquiesça mais, préférant que la conversation reparte dans la bonne direction, elle la réorienta vers la maison de Solomon.

— Vous n'avez rien d'autre à récupérer chez vous dont vous auriez besoin tant que vous êtes ici ?

— Non, je ne vois rien. À part ce fichu poisson.

— Le poisson va bien.

— Eh bien, je ne m'inquiétais pas vraiment, pour être honnête.

Elle gloussa un peu trop longtemps.

— Au fait, quand j'étais chez vous, j'ai cherché un filet pour Dennis, pour le sortir de son bocal. Et j'en ai trouvé un dans le petit placard juste à côté de la cuisine.

— Bien.

— Oui, acquiesça-t-elle, avançant prudemment. Mais pendant que le placard était ouvert, j'ai remarqué le mur du fond…

Solomon lissa la couverture sur ses hanches.

— Vous en avez déjà écouté certaines ?

— Certaines… certaines bandes ?

— Eh bien oui. Puisque apparemment, vous avez trouvé ma pièce secrète.

— Je ne voulais vraiment pas… D'habitude, je ne suis pas une fouineuse. Mais cette pièce cachée représente presque un tiers de la maison…

— Vous les avez écoutées ?

Odessa secoua la tête, surprise qu'il ne soit pas plus ennuyé par son intrusion dans la chambre secrète.

— Non.

— Vous devriez. Vous le ferez quand vous serez prête.

— Quand je serai... prête ? Pour quoi ?

Solomon hocha la tête avant d'être pris d'une soudaine quinte de toux et de se tourner pour attraper un gobelet d'eau en polystyrène dans lequel flottait une petite paille.

M. Lusk adressa à Odessa un grand sourire pendant que Solomon était tourné de l'autre côté. Il tapota le creux de son propre coude puis hocha la tête vers Solomon. Odessa, confuse, regarda le bras de Solomon dans lequel s'enfonçait une perfusion. Puis elle comprit : M. Lusk voulait lui faire comprendre que Solomon était sous sédatif, ce qui pouvait expliquer ses questions indirectes ainsi que ses réponses.

Solomon se retourna avant qu'Odessa puisse obtenir plus d'informations de M. Lusk.

— Les premières bandes datent de mon arrivée dans cette maison en 62, reprit Solomon. Après chaque affaire, une semaine plus tard environ, parfois plus, je recevais par courrier un paquet de bandes Mylar 18 centimètres. Blackwood transcrit chaque affaire, parfois sur quatre ou cinq bandes. Je ne sais pas trop pourquoi il fait ça. Pour commencer, je pense qu'il aime la technologie... Il faut comprendre que, dans son esprit, ces bandes sont un truc de pointe. Je lui ai demandé ses raisons, une fois, mais il m'a fait du grand Hobson. Peu importe. J'ai eu la brillante idée d'en envoyer une au labo, une fois, juste pour voir ce qu'ils pourraient m'en dire. Un laboratoire indépendant, pas celui du FBI, je ne voulais pas ouvrir la boîte de Pandore. Ils ont fait des analyses vocales, tout ce qu'ils ont pu. J'étais curieux du résultat. Le technicien m'a dit que la bande avait été enregistrée à très haute fréquence puis transférée ensuite sur une fréquence plus basse. Je ne sais pas ce que ça signifie. Mais c'est quelque chose qu'il n'avait jamais vu avant. Pour la faire courte, il n'a absolument rien pu me dire sur ces bandes. Elles étaient comme ces armes dont le numéro de série a été limé... Peut-être que de nos jours, avec les techniques de digitalisation, ils pourraient faire quelque chose, mais... mieux vaut éviter de perdre du temps pour rien.

— Toutes ces bandes, reprit Odessa. Ça fait beaucoup d'affaires. De quel genre de cas s'agissait-il ?

— Écoutez-les d'abord, répondit Solomon. Ensuite, on pourra en parler.

Elle secoua la tête, tant ce qu'elle s'apprêtait à dire lui semblait fou.

— Est-ce qu'il s'agit d'affaires occultes ?

— Je vous comprends, répondit Solomon en esquissant un sourire. J'étais comme vous autrefois.

— Comme moi ?

— C'est pour ça que j'ai archivé tous ces satanés enregistrements. Ce n'est pas comme s'il me l'avait demandé. Je voulais garder une trace. Avoir une sauvegarde au cas où les choses se passeraient mal pour moi et où je devrais me défendre.

Odessa se massait à nouveau les tempes. Est-ce qu'elle était victime d'une espèce d'hypnose ou d'une folie contagieuse ?

— Peut-on en revenir à ces affaires occultes ? Parce que ce n'est pas le genre de choses sur lesquelles le FBI enquête.

— C'est vrai, agent Hardwicke, ce n'est pas votre travail. Ce n'est le travail de personne. En fait, ce n'est même pas un travail du tout. Excepté pour *lui*. (Solomon leva la main, l'arrêtant avant qu'elle puisse poser sa prochaine question.) En parlant de lui, maintenant que vous l'avez rencontré. (Solomon tourna complètement la tête vers elle, pas seulement les yeux. Son attitude changea, devint plus solennelle.) Voilà plus d'un an que je n'ai pas posé les yeux sur M. Blackwood. J'avais espéré qu'il viendrait peut-être ici, pour me rendre visite, vous voyez ? Une dernière fois.

Odessa déglutit doucement. Une dernière fois ? Cela signifiait-il que Solomon était en phase terminale ? Elle se sentait incapable de poser la question.

— Je ne voudrais pas vous décevoir... mais nous nous sommes séparés en assez mauvais termes. Je pense que je ne le reverrai jamais.

Les sourcils de Solomon s'arquèrent légèrement.

— Vous le reverrez, dit-il. Et quand ça arrivera... Dites-lui. (Il recommença à lisser la couverture.) C'est assez drôle, finalement. D'arriver à la fin, après avoir vécu une vie, comment dire, follement indépendante, seulement pour se rendre compte... que vous êtes seul. C'est à ça que je suis confronté aujourd'hui.

Le cœur d'Odessa se serra. Elle s'approcha de lui et lui mit la main sur l'épaule.

— Vous n'êtes pas seul, lui dit-elle.

— C'est avant tout ma faute, répondit-il en essayant de sourire. Survivre à tout le monde...

— Vous n'avez pas de famille ?

— Non. Et pas d'ami fidèle non plus. Et maintenant, les gens de l'hôpital – ou ceux de l'assurance, je ne suis pas sûr – me demandent de désigner un mandataire pour prendre des décisions sur les soins à effectuer, au cas où. (Il regarda M. Lusk qui acquiesça à l'évocation de la seconde option.) C'est une simple formalité. Vous n'aurez aucune décision difficile à prendre, j'ai déjà indiqué exactement comment je souhaite que les choses se passent.

— Oh, dit-elle. Moi ?

— C'est beaucoup demander, je sais. On ne se connaît pas très bien...

Elle sentit la panique lui serrer la poitrine sans trop savoir pourquoi. Elle résista.

— Vous pouvez lire le formulaire, continua-t-il. Vous êtes avocate. Tout y est écrit. (M. Lusk sortit un contrat de trois pages.) Soins palliatifs pour assurer dignité et qualité de vie, mais pas d'acharnement thérapeutique. À aucun moment on ne vous demandera de prendre une décision concernant le maintien ou non en vie, au cas où la question se poserait.

M. Lusk lui tendit également un stylo plume. Odessa se surprit à acquiescer.

— Bien sûr, répondit-elle.

Elle lut rapidement le formulaire. Du jargon juridique médical standard.

Elle signa.

— Et, s'il vous plaît, ajouta M. Lusk en lui tendant une autre liasse de papiers, la procuration. Simple formalité.

Elle la parcourut rapidement puis la signa également.

M. Lusk sourit et glissa les contrats dans le porte-documents en cuir qu'il tenait sous son bras.

— Odessa, dit Solomon. (Il leva la main vers elle. Elle la prit dans les siennes : elle était froide et rugueuse.) C'est très généreux, ce que vous avez fait pour moi. Merci.

Sa voix était légèrement troublée par l'émotion. Il était reconnaissant, mais peut-être pas seulement.

— Je suis ravie de vous aider, vraiment. (Elle lui serra légèrement la main.) Je suis très heureuse de vous avoir rencontré.

— Vous êtes trop gentille. Faites-moi une faveur et adressez mes meilleurs sentiments à vos parents, ils ont élevé une jeune femme très spéciale.

Odessa rit doucement.

— Je n'y manquerai pas.

Elle s'apprêta à reculer, mais il retint sa main un peu plus longtemps.

— Nous, les agents du FBI, nous accomplissons une mission supérieure. Quelque chose de sacré.

— Oui, confirma-t-elle en souriant. (Elle tapota le dos de sa main.) Et vous, vous l'avez fait plus longtemps que n'importe qui, apparemment.

Solomon ferma les yeux, sourit et secoua la tête.

— Pas mieux, mais plus longtemps, c'est certain. (Avec un petit rire, il lui lâcha la main et appuya à nouveau sa tête contre les oreillers.) J'ai besoin de fermer les yeux un petit moment, dit-il.

— Reposez-vous, lui répondit-elle, submergée par une soudaine vague de respect pour cet homme.

Elle adressa un signe de tête amical à M. Lusk et quitta la pièce.

Odessa attendait devant l'ascenseur, partagée entre l'émotion liée à ce moment de connexion avec l'agent Earl Solomon et la tristesse face à la solitude de cet homme en fin de vie. Elle regarda les numéros d'étages s'afficher les uns après les autres au fur et à mesure que l'ascenseur grimpait jusqu'à elle. Le seul bon moment, dans les hôpitaux, c'était celui où vous les quittiez.

Une autre personne s'arrêta à ses côtés. Elle jeta un regard avec un sourire poli et découvrit qu'il s'agissait de M. Lusk, ses doigts potelés pianotant sur son porte-documents.

— Vous descendez ? demanda-t-il en souriant.

— Oui, répondit-elle.

L'homme se comportait de façon sympathique, mais il avait l'air d'avoir une idée derrière la tête.

— C'est difficile, reprit-il en hochant la tête.

— Oui, ça l'est. C'est un homme bien.

Les portes s'ouvrirent. M. Lusk fit un geste théâtral pour inviter Odessa à entrer et à rejoindre les deux voyageurs déjà présents dans la cabine. Ils se retournèrent pour faire face aux portes closes.

— Depuis combien de temps êtes-vous l'avocat de l'agent Solomon ? demanda-t-elle.

— Oh, je ne suis pas son avocat, répondit-il, toujours avec un sourire. Je fais juste un peu de travail pro bono pour lui par politesse. (Ses doigts tapotaient toujours le porte-documents.) Non, moi, je représente Hugo Blackwood.

Odessa se tourna vers lui. Toujours face aux portes, il continuait de sourire tandis que l'ascenseur poursuivait sa descente.

— Vous êtes l'avocat de Hugo Blackwood ?

Il acquiesça.

— Alors pourquoi ne lui demandez-vous pas de rendre visite à l'agent Solomon ?

— Moi ? Oh non. M. Blackwood fait ce qui lui plaît. Je n'ai aucune chance de le convaincre de faire quoi que ce soit. Je ne fais que le représenter.

Les portes s'ouvrirent et ils avancèrent ensemble jusqu'à la sortie.

— J'imagine que vous ne me direz pas quel est exactement l'activité de M. Blackwood ni comment il peut se permettre de se payer vos services...

M. Lusk sourit et secoua la tête.

— M. Blackwood m'a demandé de vous conduire jusqu'à lui. Il souhaite vous montrer quelque chose.

— Me montrer quoi ?

— Je n'ai pas la réponse à cette question.

— Il veut que vous me conduisiez à lui ?

Ils firent quelques pas sur le trottoir.

— Je dispose d'une voiture, répondit-il.

Au coin de la rue, garée sur une zone clairement identifiée comme interdite au stationnement, se trouvait une Rolls-Royce noire avec de fines lignes gris anthracite, un modèle vintage sans être une antiquité.

Odessa s'arrêta.

— C'est votre voiture ?

— C'est la voiture de M. Blackwood. Une Rolls-Royce Phantom.

Odessa sourit et secoua la tête.

— Ça, c'est vraiment ce qui me dérange le plus, dit-elle comme si M. Lusk s'en souciait. Cette présomption que je vais faire ce qu'il veut. Monter dans sa voiture et aller le rejoindre pour qu'il me montre ce qu'il veut me montrer.

M. Lusk acquiesça, souriant toujours aimablement.

— Je ressens exactement la même chose.

— Comme si je n'avais rien de mieux à faire, ajouta-telle.

M. Lusk sourit et haussa à moitié les épaules.

— Tout à fait d'accord.

Il lui ouvrit la portière.

— Qu'est-ce qu'il peut bien avoir à me montrer de toutes façons ?

— Il y a un moyen simple et rapide de le savoir.

À nouveau, il fit un geste théâtral vers l'intérieur du véhicule. Odessa constata que l'habitacle était étrangement spacieux et fort bien équipé, avec des fauteuils en cuir bordeaux à surpiqûre, un bar d'un côté qui ne contenait apparemment que des bouteilles d'eau, des vitres teintées. Mais personne à l'intérieur.

— Il n'est pas là ?

— Je vais vous conduire à lui.

Odessa jeta un œil autour d'elle : les gens qui passaient en regardant l'élégante voiture ; les voitures qui roulaient ; les immeubles qui s'élevaient loin au-dessus. C'était comme si elle s'apprêtait à quitter ce monde pour un autre.

Elle se rappela les mots de Solomon lors de leur première rencontre. Ils lui avaient semblé insensés à ce moment-là mais lui revenaient à présent en mémoire. *Tout est invocation. De petits, riquiqui, moments d'invocation sacrée.*

— Vous savez quoi ? dit-elle. Après tout, pourquoi pas ?

Elle monta dans la voiture et, avec un hochement de tête cérémonieux, M. Lusk ferma la portière derrière elle.

La Rolls quitta la ville et prit la direction du nord. Lorsque Odessa avait accepté l'étrange invitation de Blackwood, elle avait supposé que la destination était relativement proche.

Trois heures et demie plus tard, la voiture quitta finalement l'autoroute au niveau de Providence, dans l'État de Rhode Island.

On y est presque, chantonna M. Lusk, ses doigts boudinés serrés autour du volant couleur ivoire. Sous l'autoroute surélevée, ils tournèrent en direction de la zone industrielle située sur le front de mer, traversant des rues délabrées dans lesquelles se succédaient vieilles usines en ruine et clubs de strip-tease. M. Lusk arrêta la Rolls devant un salon de tatouage dont le nom, ANGEL'S, figurait sur une enseigne peinte à la main.

— C'est une blague, dit-elle.

M. Lusk extirpa son corps volumineux du siège du conducteur et fit le tour pour venir lui ouvrir la portière. Odessa resta debout sur le trottoir, respirant l'air iodé, les yeux fixés sur l'espace vide situé sous l'autoroute. La vitrine de la boutique était presque totalement opaque.

— Sérieusement, ajouta-t-elle.

M. Lusk la précéda jusqu'à la porte. Il appuya sur une sonnette et attendit. La porte s'ouvrit sur un grand type costaud, couvert de tatouages et portant une moustache brune en forme de guidon de vélo.

— Entrez, entrez, dit-il d'une voix grave teintée d'un accent mexicain.

Odessa et M. Lusk entrèrent et l'homme ferma la porte à clé derrière eux. Les murs étaient couverts de modèles de tatouages, rien de branché, des dessins plutôt bas de gamme allant des personnages de dessins animés de la Warner à Calvin[1] en train d'uriner, en passant par des frises décoratives pour le bas des reins ou encore des roses toutes simples. Plusieurs variations sur le mot MAMAN. Tous les emblèmes et symboles des forces armées, des interprétations cartoon de femmes et d'hommes nus, sans compter de multiples alphabets dans des typos gothiques diverses et variées. Sur le comptoir, disposés dans des présentoirs, on trouvait également des couteaux et des briquets Zippo à vendre.

— Je suis Joachim, le propriétaire.

Joachim mesurait deux mètres de haut et était vêtu d'un jean et d'un tee-shirt noirs sous une longue veste marron qui traînait jusqu'au sol. Il serra la main d'Odessa, qui parut minuscule en comparaison de la sienne.

— Vous voilà, dit-il à M. Lusk en lui serrant également la main. Je vous attendais il y a une demi-heure.

— Nous avons été retardés avant de prendre la route, se défendit M. Lusk, faisant apparemment allusion à la visite d'Odessa à l'agent Solomon.

— Pas de souci, répondit Joachim.

1. Personnage de la série *Calvin et Hobbes*.

Odessa scruta les dessins qui recouvraient ses bras. Des symboles, des couchers de soleil, des images religieuses : c'était la mosaïque la plus précise et la plus complète qu'elle ait jamais vue. *Guernica* sur de la peau.

— Vous êtes ici pour un tatouage ? demanda le géant.

Odessa secoua la tête et chercha du regard l'approbation de M. Lusk.

Joachim se mit à glousser.

— Je plaisante. Cela dit, si jamais ça vous tente, n'hésitez pas à venir me voir.

Odessa acquiesça, les yeux toujours rivés sur ses bras. Sur un côté de son avant-bras, une image familière attira son attention. Était-ce… ?

Joachim suivit son regard.

— Celui-ci vous plaît ? La ressemblance est frappante, non ?

Le regard d'Odessa passa plusieurs fois du tatouage à M. Lusk. L'avocat souriait gentiment, en hochant la tête. Oui, c'était bien le visage de M. Lusk.

— J'ai bien capturé son esprit, je trouve.

Elle passa en revue les autres visages, se demandant qui, quoi, pourquoi…

— Regardez le dernier en date, juste là.

Joachim s'approcha du comptoir, tourna une lampe vers lui et écarta le bras pour qu'elle puisse voir son ventre. Il remonta son tee-shirt sur ses pecs, révélant encore plus de peau tatouée, la plupart des dessins semblant jaillir d'une grande croix entourée de rayons divins dessinée au centre de sa poitrine musclée. Un petit pansement recouvrait un morceau de peau situé sur son flanc gauche, près du bas de sa cage thoracique. Il décolla l'adhésif et révéla une peau rouge et gonflée autour d'un dessin tout frais à peu près de la taille d'un gros œuf.

C'était un visage de femme.

C'était le visage d'Odessa.

Elle recula et le fixa, tandis que lui la regardait en souriant.

— Plutôt ressemblant, dit-il.

Odessa était sidérée. Il recolla le pansement et baissa son tee-shirt.

— Venez, reprit Joachim. Il vous attend.

— Comment avez-vous... ? (Elle était tellement déconcertée qu'elle n'arrivait même pas à finir sa phrase.) *Obtenu une photo de moi ?*

— C'est par ici, dit-il, regardant derrière elle.

Joachim les guida à travers l'arrière-boutique jusqu'à une porte. Derrière celle-ci, un étroit couloir menait à une autre porte fermée à clé qui permettait d'accéder à l'usine mitoyenne.

En pénétrant dans la pièce, Odessa sentit plus qu'elle ne le vit l'espace complètement ouvert et haut de plafond. L'endroit était sombre et poussiéreux. Le sol était crasseux et le bruit de ses talons faisait résonner l'espace vide.

Hugo Blackwood sortit de l'ombre, vêtu du même costume sombre, ou d'une réplique absolument identique, que celui qu'il portait la première fois qu'ils s'étaient vus.

— Vous êtes en retard, dit-il.

Odessa était toujours secouée, incapable de parler.

Blackwood fit un signe de tête à Joachim qui recula vers le mur près de la porte et actionna un petit interrupteur.

Les lampes s'allumèrent le long du haut plafond, la lumière tombant vers le sol, des particules de poussière dansant paresseusement autour d'eux.

Quelques morceaux du plafond s'étaient écroulés, les ouvertures ainsi créées laissant apparaître l'étage vide au-dessus.

Au centre de la pièce, disposés en losange, se trouvaient quatre cylindres en polymère transparents s'élevant du sol au plafond. D'environ deux à trois mètres de diamètre, ils mesuraient facilement sept mètres de haut.

Un cercle constitué de gros sel entourait chaque cylindre.

Des petites bêtes à plumes noires, de toute évidence des coqs, tournaient à l'intérieur des cylindres, donnant des coups de bec sur les pieds nus de créatures voûtées, âgées, dont la peau était d'un jaune aussi brillant que la graisse d'un corps humain.

Ces choses avaient le corps ridé d'un homme de trois cents ans. Pas d'yeux, pas d'oreilles, presque aucun trait, mais quand la plus proche, tourmentée par les coqs, se retourna vers eux, Odessa vit son visage s'ouvrir complètement pour révéler une bouche immense, béante, affamée.

Un peu comme celle d'une lamproie, la bouche était constituée de cercles concentriques de chair vibrante alternant avec des rangées de protubérances cartilagineuses, pas des dents à proprement parler, mais des sortes de bosses acérées comme des barbelés.

Odessa agrippa le dos de la veste de Blackwood pour ne pas défaillir.

— On les appelle les Avides, dit Blackwood. Ceux qui sont vides, toujours affamés. Selon la légende mésopotamienne, ils sont les derniers-nés des Udug Hul[1], les esprits mauvais. Ne vous approchez pas des cercles de sel, mieux vaut éviter de les toucher.

1. Udug Hul ou Utuku : type d'esprits ou de démons.

Une de ces choses se mit à cracher et à grincer des dents, reculant devant le coq qui s'en prenait à sa cheville.

— Des créatures maléfiques, continua Blackwood. Vous les voyez ici dans leur forme visible. Mais nous sommes entourés de bien d'autres entités, partout et tout le temps. Lors de certaines enquêtes, j'ai vu des experts médico-légaux arriver sur des scènes de crimes et utiliser des lampes spéciales à rayon ultra-violet...

— Des lampes à lumière noire, acquiesça Odessa.

— C'est ça, pour révéler comment une pièce qui a l'air propre est en réalité, en faisant apparaître ce qui est invisible à l'œil nu. Eh bien, c'est un peu le même principe pour moi avec ces choses. Je peux les voir. Tout autour de nous. Tout le temps. Et ceux-là en particulier : ces larves qui sautent d'un corps humain à un autre comme ces jeunes qui volent des voitures pour... comment appelez-vous ça, déjà ?

— Des virées, répondit Joachim.

Désespérément, les trois entités suivirent les mouvements d'Odessa quand celle-ci fit le tour de la pièce, tournant leurs têtes sans yeux à l'unisson.

— C'est ça, des virées. Les Avides n'occupent le corps d'un hôte que pendant une durée limitée. Ce sont des créatures du chaos. Ils s'en nourrissent. Ils aiment quand le corps de leur hôte est tué. Ainsi, ils en sont obligatoirement éjectés, ce qui met fin à la virée. Vous devez comprendre que le moment de la mort, le fait d'être tué, est une expérience qui leur procure un plaisir immense, ce qui explique pourquoi ils apprécient autant les tueries. Les hôtes ne sont pas conscients de ce qui se passe. Comme votre collègue, Leppo.

La pensée de Walt Leppo était la seule chose capable de lui redonner voix.

— Walt ? murmura-t-elle.

Blackwood s'approcha des cylindres, obligeant Odessa à lâcher sa veste.

— Ils n'ont qu'une obsession, ils sont accros aux sensations fortes. Le moment de la mort, et l'éjection, est un plaisir tel qu'ils cherchent à le ressentir encore et encore.

— En mourant ? demanda Odessa. Blackwood acquiesça.

— Si, pour une raison quelconque, la mort n'a pas été assez satisfaisante, ils vont passer directement du corps qu'ils occupaient à celui d'un autre être humain à proximité dans l'espoir de vivre une expérience plus intense. L'accès est plus facile si les gens sont émotionnellement perturbés ou mentalement instables… bien qu'avec l'élément de surprise, ils puissent tirer avantage de n'importe quelle situation. Ces sont des êtres malins, astucieux, qui exploitent toutes les opportunités.

Odessa les regarda tourner en rond, tourmentés par les coqs.

— Je ne suis pas sûre d'arriver à croire ce que je vois.

— Les Avides n'ont véritablement peur que d'une chose, les coqs. Des chapons noirs, des coqs châtrés plus précisément. Pourtant, bizarrement, ils aiment manger des œufs durs. Nous devons les maintenir séparés en permanence. Ensemble, ils pourraient atteindre un pouvoir de destruction incroyable, ce qui signifierait un grand nombre de victimes.

Odessa réalisa à ce moment-là que le quatrième cylindre, celui qui se trouvait le plus loin d'elle, était vide.

— Où est le… ?

— Ah oui. Au cours des années, j'en ai capturé trois. Le quatrième cylindre est prêt pour accueillir le dernier d'entre eux. L'ultime, le plus jeune. Le plus affamé de tous.

Odessa regarda les créatures se tortiller pour échapper aux coqs en hurlant.

— Et vous pensez que le quatrième est… ?

— Libre, et en train de faire des ravages, oui. Il était aux commandes quand l'ancien assistant du gouverneur a entrepris son trajet en avion au-dessus de Manhattan, qu'il s'est écrasé et qu'il a assassiné sa propre famille. Et aux manettes également quand le conseiller municipal a fait un carnage à Long Island.

Odessa réalisa tout à coup un point qu'elle n'avait pas encore relevé.

— Tous les deux étaient des hommes politiques.

— Oui, j'y ai pensé. La seule faiblesse des Avides, en dehors de leur peur des chapons noirs, c'est leur nature aléatoire. Ils accueillent le frisson de la mort et tout le chaos autour sans aucune considération pour les circonstances, fonçant d'une tragédie à une autre. Mais si, d'une manière ou d'une autre, ils étaient… disons, dirigés vers le corps de personnes occupant des positions de pouvoir… Je vous laisse imaginer ce qui pourrait se passer…

Odessa secoua la tête.

— Comment les avez-vous attrapés ?

— Des situations différentes, à des époques différentes. L'imprévisibilité de leur comportement les a bien servis. Mais il semble que le quatrième, l'insaisissable quatrième, ait maintenant élu domicile dans les environs de New York et du New Jersey.

Joachim déambulait entre les cylindres, restant à l'intérieur du losange. Il donna un coup sur l'un des contenants en polymère transparent, surprenant l'Avide piégé à l'intérieur. Celui-ci attaqua immédiatement, pressant sa bouche aux cercles concentriques contre le Plexiglas. Sa langue épaisse et pâle se mit à tourner lentement, affamée, laissant des traces de salive sur la paroi.

— Joachim est chargé de les surveiller, reprit Blackwood. Il est leur geôlier, en quelque sorte. S'ils s'échappaient, ce serait... eh bien, ce serait quelque chose que l'Humanité n'a pas connu depuis longtemps.

— D'accord... mais pourquoi les garder ici ? Pourquoi les garder en vie ?

— Ce sont des êtres élémentaires, répondit Blackwood, comme si c'était évident. Ils ne peuvent pas être détruits. Seulement contenus. Plus ils sont proches les uns des autres, plus ils sont calmes. Ils sentent les autres... Tout comme ils vous sentent, vous...

Elle vit l'un des Avides, avec son visage dépourvu de tout sauf de cette énorme bouche, se mettre à hurler, et sentit son estomac se tordre.

— C'est totalement dément, à cent pour cent.

Blackwood ignora la remarque.

— Nous devons nous concentrer sur deux choses : pourquoi ici et pourquoi maintenant ? Qui a pu libérer le quatrième ou essayer d'exploiter son énergie ? Et dans quel but ?

Odessa s'efforçait toujours de digérer ces nouvelles informations.

— Ce que j'ai vu quitter le corps de Walt Leppo ne ressemblait pas à ces choses. C'était plutôt comme une vague de chaleur. J'ai senti...

— L'odeur de la soudure, je sais. Je l'ai déjà sentie, moi aussi. Comme je vous le disais, ce que vous voyez là, c'est leur forme visible. C'est un peu comme l'eau qui peut être à l'état solide, liquide ou gazeux. Il n'y a qu'une seule façon de dire si une personne est possédée par un Avide. Le signe révélateur, c'est un sigil à la base de la nuque, juste sous la ligne d'implantation des cheveux. Une marque en forme de boussole faite de veines gonflées. Il va sans dire qu'il est extrêmement difficile, souvent même impossible, de vérifier la nuque d'une personne que l'on pense possédée par une de ces larves enragées.

— Ça va sans dire, marmonna-t-elle. (Elle se prit les tempes dans les mains, comme à son habitude. Pourquoi était-elle montée dans cette Rolls ?)

— Je suppose, dit Blackwood sur un ton qui laissait penser qu'il ne s'agissait pas vraiment d'une supposition, qu'une cérémonie mal menée a attiré le quatrième. Du Palo, très probablement. Au cours des dernières années, il y a eu toute une série de pillages de tombes dans le New Jersey dont la presse a beaucoup parlé.

— Existe-t-il un moyen de revenir en arrière, avant que je ne rentre dans cette pièce et de... d'oublier tout ça ?

Blackwood la regarda comme s'il ne savait pas si elle était sérieuse ou non.

— Vous vouliez des réponses. Vous vouliez savoir ce qui était arrivé à l'agent que vous avez tué. Pourquoi il avait attaqué la fillette tout à coup. (Blackwood s'approcha et s'arrêta juste devant elle, s'assurant ainsi toute son attention.) Cette chose voulait que vous tiriez. L'Avide voulait être tué, être éjecté de ce corps. Et il voulait que vous le fassiez...

— Pourquoi moi ?

— Ce n'est pas votre faute. Il a probablement senti votre affection pour cet homme, répondit Blackwood. Sa souffrance, et la vôtre, ont certainement ajouté un parfum supplémentaire à son excitation.

Elle réalisa que, d'une manière assez étrange, il essayait de l'absoudre du meurtre de Walt Leppo. Mais chaque réponse menait à une autre question.

— OK, mais alors pourquoi cette chose monstrueuse à grande bouche n'a pas… je ne sais pas, sauté en moi ?

— Je pense qu'elle en avait l'intention. Peut-être a-t-elle hésité un instant, ce qui a été suffisant pour que d'autres personnes entrent dans la pièce. Et puis, aussi agréable que soit la sensation d'éjection, je pense qu'elle perd en intensité si elle est répétée trop de fois d'affilée.

Odessa le regarda fixement. Était-il en train de comparer ça à un orgasme ? Voilà une question qu'elle se garderait bien de lui poser.

Blackwood continua.

— Je dois capturer le quatrième avant qu'il n'atteigne son objectif. Ils désirent le chaos plus que tout, et occuper le corps d'une personne disposant d'un grand pouvoir et d'une position prestigieuse pourrait être une façon d'y arriver.

— Vous voulez que je vous aide à attraper une de ces choses, dit Odessa.

— Il n'est pas question de ce que je veux. Il s'agit d'une nécessité absolue, répondit-il. C'est une question de nécessité absolue. Nous devons retrouver toutes les personnes qui sont passées sur votre scène de crime dans la demi-heure qui a suivi la mort de votre partenaire.

À nouveau, cette délicatesse de tourner la phrase de manière à ne pas l'accabler sous le poids de la culpabilité de la fusillade.

— Une demi-heure ? Pourquoi cette durée ?

— Il avait déjà sauté dans plusieurs corps. Le temps qu'il pouvait passer à l'extérieur s'était probablement réduit à cette durée, voire même moins.

Odessa n'arrivait pas à croire qu'elle était en train d'envisager cette possibilité.

— Je dois savoir certaines choses. Si vous voulez que je vous aide, je dois savoir qui vous êtes... qui sont tous ces gens. Et comment vous savez toutes ces choses... ?

— Chaque chose en son temps, répondit-il.

— Je veux savoir maintenant.

Blackwood pencha légèrement la tête sur le côté.

— Oui, bien sûr, dit-il, à sa grande surprise. Vous devez savoir tout ce qu'il y a à savoir sur les Avides. À commencer par la façon dont ces êtres élémentaires ont été relâchés dans ce monde...

— Et qui est responsable, ajouta Odessa.

— Oh, cette question est facile, répondit Blackwood. J'ai bien peur que ce ne soit moi.

1582. Mortlake, dans la banlieue de Londres.

Dans les jours qui suivirent la séance dans la bibliothèque de John Dee, d'étranges événements commencèrent à se produire dans et autour de la maison de Hugo Blackwood, son avocat.

Les plantations se flétrirent et moururent, les feuilles s'effritèrent comme des plaques de rouille, comme si l'eau dans la terre s'était transformée en fer. Des trous apparurent dans la pelouse comme creusés par de petits animaux, excepté que la terre était empilée à côté des trous, comme si ceux-ci avaient été forés depuis l'intérieur vers l'extérieur et non dans l'autre sens.

Des grattements dans les murs. Des cris perçants dans la nuit qui le réveillaient, des sanglots violents qui semblaient venir de la Tamise. Blackwood fit un rêve dans lequel une ombre sur le mur prenait forme, traversait sa chambre et se glissait dans le lit à côté de lui, froide et humide. Il se réveilla le souffle coupé et tomba à genoux sur le sol, jusqu'à ce qu'enfin sa gorge se desserre dans un grand grognement et qu'il puisse à nouveau respirer.

Une brume avait envahi toute la paroisse. Mais le plus troublant pour Hugo Blackwood était le comportement de son épouse dévouée, Orleanna, une beauté aux cheveux noirs et aux yeux de biche. Après s'être montrée distante et apparemment perturbée pendant toute une journée, elle s'était mise au lit, malade. Sur les conseils de son médecin, il engagea une infirmière pour s'occuper d'elle pendant qu'il était au palais de justice. Deux jours plus tard, l'infirmière refusa de continuer à s'occuper d'Orleanna, sans vouloir expliquer pourquoi, et quitta la maison, visiblement secouée. Blackwood monta voir son épouse et ne trouva qu'une femme désorientée, en détresse, implorant son aide. De manière soudaine, la lumière quitta ses yeux tandis que sa poitrine se soulevait pour chercher son souffle. Tourmentée et fiévreuse, elle se mit à parler à des gens qui n'étaient pas là.

— Ne puis-je rien faire ? demanda-t-il, épongeant son front avec une compresse froide. Mon amour, mon amour.

Orleanna était la muse derrière tous les succès de Hugo Blackwood, l'huile dans les rouages de son ambition. Elle était la fille de l'un de ses mentors et avait grandi dans une maison où études et apprentissage étaient obligatoires. Aussi maligne qu'intelligente, Orleanna était la plus ambitieuse des deux ; pour son mari, elle désirait le succès dans tous les domaines. Il s'émerveillait toujours, quotidiennement, d'avoir gagné son cœur ; et chaque jour depuis leur mariage, il s'efforçait de mériter son soutien.

Cette femme rayonnait comme si elle était illuminée de l'intérieur et Blackwood était un mari admiratif. Sans Orleanna, dont le charisme attirait irrésistiblement les gens, Blackwood n'aurait pas été malheureux de n'assister à aucun événement mondain. En vérité, c'était son influence à elle qui l'avait poussé à fréquenter une personnalité aussi captivante et charismatique que John Dee. Orleanna Blackwood possédait, dans le jargon de l'époque, « l'esprit d'un homme », au point que Blackwood avait dû plusieurs fois, lors de sorties en public, lui rappeler de tenir son rang ; en privé, leurs discussions sans fin les menaient parfois jusqu'aux petites heures du jour, inspirés par la lumière des bougies et quelques gorgées de vin. Les personnages extraordinaires comme Dee la ravissaient, et tandis que les autres femmes préféraient, ou plutôt étaient encouragées à rester entre personnes de leur sexe, Orleanna s'épanouissait en compagnie d'hommes cultivés. Cela rendait Blackwood jaloux ; elle le rendait possessif, sans pourtant commettre de faute. La nature humaine est ainsi faite : elle veut posséder la beauté, célébrer la pureté, préserver ce qui est unique.

Dee lui-même lui avait dit un jour qu'elle était née à la mauvaise époque, qu'une femme comme elle avait « des siècles d'avance sur son temps ». Orleanna fit comme s'il s'agissait d'une simple remarque polie, mais Blackwood savait qu'elle avait tiré beaucoup de ce compliment.

La voir à présent souffrir ainsi était un tourment insupportable pour Hugo Blackwood. Cette nuit dans la bibliothèque de John Dee, cette séance sinistre, le hantait et il craignait d'avoir d'une façon ou d'une autre apporté le mal dans sa maison, dans son foyer, dans son amour. Il avait peu de souvenirs des événements de cette soirée, bien qu'il se soit torturé l'esprit jusqu'au désespoir pour essayer de se rappeler, mais il se souvenait seulement de son retour chez lui juste avant l'aube et d'Orleanna, allongée dans leur lit et qui, somnolente, lui avait demandé un baiser…

Il se souvenait qu'elle avait reculé quand il l'avait embrassée, et de ce goût de soudure s'attardant dans sa bouche. Elle lui avait dit qu'elle s'était réveillée le lendemain matin avec ce goût toujours présent sur son palais. Lui ne savait pas d'où cela venait.

Talbot, le médium, rendit visite à Hugo Blackwood un soir, apparaissant à sa porte coiffé comme toujours de sa calotte de moine, le regard furtif, curieux.

— Un homme-animal, dit-il, racontant son histoire folle à Blackwood dans la cuisine, au-dessus d'une tasse de thé. La tête d'un loup et les bras d'un ours.

— Talbot, dit Blackwood, essayant de le calmer.

— Je l'ai vu. Du coin de l'œil, toujours, mais bien là. Dans l'ombre. Derrière un arbre. Dans la pièce d'à côté.

— Vous avez de la fièvre.

Talbot attrapa la main de Blackwood et la porta à son front.

— Aussi frais qu'une pierre au fond de la rivière.

L'ombre. Elle avait rampé jusqu'à lui. Humide. Froide.

— C'est votre esprit qui a la fièvre, répondit Blackwood en retirant sa main.

— Et les odeurs, ajouta Talbot. L'humidité. Partout.

— Edward, reprit Blackwood. Je pensais que vous étiez... plutôt un amateur concernant les esprits...

— Un charlatan, vous voulez dire ?

— Ça semble dur, dit comme ça, admit Blackwood. Mais je croyais que vous étiez plutôt une sorte d'acteur. Les prédictions. Vos transes.

Le regard de Talbot se perdit dans le fond de sa tasse de thé.

— Vous avez du porto ?

— Non, je suis désolé. Orleanna n'est pas allée au marché. Elle ne va pas bien...

— L'armoise que nous avons bue cette nuit-là. Je crois que je suis resté sous son emprise. Je ne peux plus faire confiance à mes propres yeux... à mes propres pensées...

Blackwood acquiesça, soulagé que Talbot ait mis en mots ses propres craintes.

— Une ombre a été bannie.

Talbot goûta son thé et, le trouvant infect, le jeta avec la tasse dans l'évier de Blackwood où celle-ci se brisa.

— Pourri, murmura Talbot. Tout est pourri...

Blackwood renifla sa tasse. Effectivement, l'odeur était atroce. Même les feuilles de thé avaient tourné.

— *Hugo !* cria Orleanna, d'une voix étouffée par l'épaisseur du mur.

Talbot se figea, effrayé.

— C'est ma femme, dit Blackwood, se levant et franchissant deux portes closes pour rejoindre la chambre. Le bruit a dû lui faire peur.

Orleanna était assise dans le lit, l'air terrifié.

— Talbot est là, mon amour, il a fait tomber sa tasse..., expliqua Blackwood.

Elle ne l'écoutait pas. Il comprit que son appel n'avait rien à voir avec le bruit de la tasse.

Elle fixait le mur sur lequel elle avait accroché une tapisserie un peu moins de trois mois plus tôt.

Une jolie broderie dans les tons bordeaux, or et jade, achetée dans un magasin de Londres pendant une douce et insouciante journée d'été, une belle décoration pour leur chambre.

Blackwood regarda la tenture. Il ne vit rien.

— Non, derrière la tapisserie, Hugo, dit-elle, son visage et sa bouche tordus comme si elle allait se mettre à pleurer.

Blackwood s'approcha d'elle, prit son visage dans ses mains, l'implorant de le regarder. Mais ses yeux ne quittaient pas la tenture.

— Veux-tu... Veux-tu que je la décroche ?

Elle continuait à la regarder, sans répondre. Envoûtée.

— Je la décroche, annonça-t-il finalement, déterminé.

Il traversa la pièce jusqu'au mur et décrocha la tapisserie de laine de sa trame en fils de coton. Mais avant qu'il la retire de sa tringle, la tenture s'effondra, comme entraînée par son propre poids, et tomba lourdement en tas sur le sol.

Blackwood sauta en arrière. Le mur derrière la tapisserie était intact.

— Voilà, tu vois ?

Il se retourna mais Orleanna était à nouveau couchée contre ses oreillers, les yeux clos.

— Ma chérie, dit-il, caressant ses joues, sa main.

Elle respirait de façon lourde et régulière, profondément endormie. Blackwood recula, une pointe de terreur au creux de la poitrine.

Il retourna dans la cuisine et trouva Talbot qui faisait nerveusement les cent pas.

— Que se passe-t-il ? demanda celui-ci.

Blackwood l'agrippa par les épaules.

— Nous devons aller voir Dee.

Le philosophe de l'occulte, vêtu de sa tunique blanche, traversa le grand hall d'un pas rapide et énergique.

— Au contraire, ça a été un grand et total succès ! dit John Dee, réfutant leurs inquiétudes. Nous avons enfin percé le voile du mystique.

Il les mena jusqu'à sa chère bibliothèque mais Talbot bondit devant lui, bloquant la porte.

— Pas ici, implora-t-il. N'importe où mais pas ici.

— Edward, le tança John Dee, avec le regard déçu d'un parent face à un enfant qui a fait une bêtise. Allons, ami médium. Ne me dites pas que vous avez perdu le courage de vos convictions.

Talbot secoua la tête et détourna les yeux.

— J'ai vu des choses, dit-il. J'ai senti des choses. Vous devez briser cette boule de cristal.

S'adressant cette fois à Blackwood, Dee reprit :

— Renoncer juste au bord du précipice. Allons, venez.

Il les mena jusqu'à l'observatoire dont le plafond de verre invitait la nuit dans la pièce.

Blackwood était impatient ; il voulait retourner auprès d'Orleanna au plus vite. Il détestait la laisser seule.

Il prit la parole.

— D'une certaine manière, peut-être avez-vous réussi, Maître Dee, et pour cela, vous méritez des félicitations. Mais, et si... Je veux dire, si... vous aviez ouvert une brèche dans une autre dimension qui n'aurait pas dû être ouverte ?

Dee secoua la tête, sa barbe argentée suivant le mouvement.

— Impossible. (Il se dirigea vers la sortie avant de se retourner vers Blackwood et Talbot.) Vous êtes des agents du doute envoyés par ce plan terrestre pour obscurcir mon esprit, pour m'éloigner de cette fantastique révélation. Les gardiens de l'ancien monde, mes propres acolytes retournés contre moi. L'obstacle final que je dois dépasser pour atteindre la transcendance. C'est censé être mon moment de doute, c'est bien ça ?

— Mage, insista Talbot, n'avez-vous pas été témoin d'étranges phénomènes ici, présageant des ténèbres ?

— Des merveilles fabuleuses, répondit Dee. J'ai vu des splendeurs spirituelles. Nous l'avons fait, Talbot ! Nous avons synthétisé le magique et le scientifique. Nous avons invoqué et conjuré un ange énochien pour nous guider et nous instruire. Tout ceci va me permettre de regagner ma place à la cour de la Reine. D'abord, être témoins. Puis révéler. Et enfin, comprendre.

La vantardise candide du brillant sorcier troubla profondément Blackwood.

— Comprendre n'arrive qu'en troisième position, donc ?

— Guider vient ensuite. (Dee regarda son avocat avec dédain.) Ne vous tracassez pas avec les questions d'ordre spirituel, Maître. Votre monde de lois et de décrets n'est qu'une faible chandelle à côté de l'éclair qui va s'abattre sur nous. J'ai ouvert une brèche dans le monde mystique.

— Ou peut-être, répondit Blackwood, commençant à percevoir le mégalomaniaque sous la robe du philosophe, avez-vous ouvert une brèche dans ce monde. Comment savoir si vous avez pénétré un autre royaume… ou si vous avez simplement permis à un autre royaume de pénétrer dans le nôtre ?

Dee regarda longuement Blackwood. L'avocat réalisa que ses mots avaient semé un léger doute dans les bravades du sorcier… avant que celui-ci ne les rejette dédaigneusement.

— Les avocats et leurs énigmes. Je suis surpris que l'invocation ait réussi en présence d'une personne aussi... indigne.

— L'armoise, intervint Talbot, suivant apparemment le fil d'une conversation différente. C'est elle qui a rendu nos âmes amères...

Dee s'installa dans un fauteuil en brocart aux accoudoirs en argent, tel un sorcier usurpant le trône du Roi.

— Les choses devaient se passer ainsi, dit-il. C'est seul que je dois naviguer dans le royaume du mystique. Le voyage et la récompense seront miens.

Talbot s'avança jusqu'à lui.

— Nous ne vous les disputerons pas, Mage.

— Partez, alors. Laissez-moi attendre l'ange pendant que celui-ci prend forme humaine.

Blackwood secoua la tête devant tant d'impudence, son regard glissant sur les livres consacrés aux sphères célestes et aux plans astraux rangés tout à côté des traités d'astronomie ou de cosmologie. Le vieux sorcier avait-il réellement connecté les deux, le mystique et le scientifique, mais perdu son chemin en route avant d'arriver à les unifier ?

Blackwood regarda le ciel pendant un instant, ne sachant vers où se tourner. Ce faisant, il repéra une forme blanche scintillante en train de les épier depuis l'un des pignons du toit, à moins qu'elle ne soit juste en train de flotter derrière. Un visage humain dans une chemise de nuit blanche, en lévitation, le regard noir.

Avec un dernier regard mauvais, l'apparition glissa sans bruit derrière le toit en pente et disparut.

Blackwood poussa un cri et sortit en courant de l'observatoire. Il traversa à toute vitesse le grand hall vide de la maison de Dee et s'enfonça dans la nuit froide et humide. Manquant tomber sur une plaque de pelouse boueuse, Blackwood tourna au coin de la bâtisse, les yeux levés vers le ciel, fouillant du regard le toit et son pic, espérant, tout autant qu'il le redoutait, apercevoir la malveillante apparition.

Oubliant Talbot, oubliant même Dee, Hugo Blackwood grimpa sur son cheval et rentra chez lui au galop.

Il s'engouffra dans la maison et alla directement jusqu'à la chambre. Orleanna était toujours allongée dans la position où il l'avait laissée, mais étrangement, la tapisserie, elle, était à présent posée sur le lit.

— Mon amour, dit Blackwood, les larmes coulant à sa vue car il s'était lui-même convaincu pendant le trajet du retour que c'était Orleanna qu'il avait vue flotter dans la maison de Dee, le fantôme de son amour décédé qui le cherchait pour un dernier adieu.

Il serra la tête de sa femme contre sa poitrine et sentit son front brûlant de fièvre. Il pleura encore un peu puis s'arrêta brusquement, craignant pour sa santé mentale. Que pouvait bien signifier le fait d'avoir halluciné le fantôme de sa bien-aimée ? Leur séance de divination avait-elle déclenché involontairement une épidémie de folie ?

Blackwood baissa les yeux vers sa femme et déposa un léger baiser sur ses lèvres. À ce moment-là, il souhaita tomber malade, lui aussi. Il voulait qu'ils puissent être unis à tout jamais.

Il sursauta en se redressant : les yeux de biche de sa femme étaient grands ouverts, mais distants, aveugles. Vides.

M. Lusk les déposa à l'intersection de la 72e et de Central Park West. Odessa suivit Blackwood jusqu'à une porte anonyme. Un étroit couloir de service menait à une seconde porte derrière laquelle elle découvrit une rangée de vieux ascenseurs richement décorés.

— Attendez une minute, dit-elle. Nous sommes dans le Dakota ?

Le Dakota était le plus vieil immeuble de luxe de Manhattan, et faisait partie des plus sélects. Un des ascenseurs s'ouvrit et ils montèrent dans la cabine.

— C'est ici que vivait John Lennon quand il a été assassiné, précisa Odessa après la fermeture des portes.

Blackwood fixait la flèche qui indiquait les étages sur le cadran.

— Oh oui, le chanteur. Je me souviens de lui...

— Le chanteur ?

Jouait-il les idiots ?

— Je crois que sa femme a fait appel à moi une fois. Un personnage intéressant. Elle voulait savoir si l'immeuble était hanté.

— Il l'était ?

— Il l'est toujours.

L'ascenseur s'ouvrit et Blackwood marcha jusqu'à une porte qui faisait presque deux fois la taille d'Odessa. Le sol de l'entrée était fait de marbre sombre, les murs tendus d'un velours rouge profond incrusté d'un motif William Morris. Blackwood traversa l'entrée pour se rendre dans la pièce suivante, un grand salon avec une vue extraordinaire sur Central Park. Le plafond était impressionnant, avec une hauteur atteignant facilement les quatre mètres et des moulures finement décorées. Une cheminée cyclopéenne en pierre occupait le mur opposé ; un panneau délicatement sculpté partait du manteau et s'étendait sur les murs. Les personnages, qui semblaient dater de la période antique, étaient nus, tordus de douleur, hommes et femmes entremêlés avec ce qui semblait être des nuages de flammes.

Sur le plancher à motif en acajou, peu de meubles, rien de confortable pour s'asseoir, un salon sans fauteuil. En dehors d'une table longue et massive dont le plateau était entièrement recouvert, ou plutôt littéralement enfoui sous des cartes déroulées ou dépliées d'anciennes villes, d'anciens pays, de routes maritimes, la pièce ne contenait que des livres.

Non seulement les murs étaient entièrement recouverts d'étagères et de meubles de rangement, mais le sol lui-même était un véritable labyrinthe constitué de piles de livres de formes et de hauteurs différentes : certaines atteignaient presque les deux mètres de haut, d'autres étaient montées en forme de pyramide.

— C'est votre appartement, demanda Odessa, cachant sa question derrière une affirmation.

— C'est mon appartement de Manhattan, répondit Blackwood.

Il quitta la pièce pour s'engager dans un long couloir. Elle compta quatre portes devant elle, de chaque côté. Elle avait visité de nombreux appartements new-yorkais ; aucun n'était organisé autour d'un couloir central, aucun n'était aussi spacieux.

— Depuis combien de temps vivez-vous ici ?

— L'immeuble a été construit dans les années 1880.

Au regard du détail des finitions européennes tout le long de la cimaise qui ornait le couloir, elle le croyait sur parole.

— D'accord, mais depuis combien de temps vous vivez dedans ?

Il pêcha une clé dans la poche de sa veste et l'inséra dans la serrure de l'une des portes.

— C'était le seul immeuble aussi loin au nord et à l'ouest de l'île, à l'époque. La ville s'est construite tout autour. Le parc également. Pour moi, la ville de Londres a toujours existé, mais d'ici, j'ai pu voir une métropole sortir de terre. Ce bâtiment a été construit avec les lignes électriques préinstallées, le courant étant assuré par une dynamo. J'aime bien l'électricité. L'immeuble a été transformé en… Je crois que le terme est coopérative. Vous savez ce que c'est ?

— Bien sûr, répondit-elle.

— Pas moi.

De toute évidence, ce mystère ne le troublait pas plus que ça. Il tourna la clé dans la serrure et ouvrit la porte. Encore une bibliothèque. Les étagères étaient emplies de livres et de manuscrits anciens, reliés ou non, dont le papier s'effritait, mais aussi de feuillets et de rouleaux de parchemin. Il s'agissait d'ouvrages vraiment rares, la plupart avec des titres en latin ou en français, comme *Ethici philosophi cosmographia… Mysteriorum liber primus… Livre des Suppliques et des Invocations… De Heptarchia Mystica Collectaneorum…*

Dans la pièce flottait une odeur laiteuse de vanille et d'amande due à la dégradation des composés chimiques du vieux papier.

— Vous n'avez pas pu lire tout ça, dit-elle, fatiguée de lui poser des questions, se sentant toujours déroutée.

Il fit comme s'il n'avait pas entendu.

— Ma bibliothèque voyage avec moi, répondit-il.

— Voyager ? Comment ça ?

— J'ai d'autres résidences.

— OK, et vous faites comment pour voyager sans pièce d'identité ?

— Hmmm… Oui, ça…, répondit-il, lui concédant ce point. C'est de plus en plus pénible chaque année.

Il ouvrit une nouvelle porte sur ce qui, dans un appartement normal de cette taille, aurait probablement été une salle à manger. Mais ici, bien rangés sur une longue table de service en acajou, sur des étagères et dans des vitrines fermées à clé, se trouvaient…

— Qu'est-ce que c'est ?

— Des instruments, répondit-il.

Les objets religieux sautèrent aux yeux d'Odessa en premier. Des croix en argent ou en bronze, certaines serties de pierres précieuses, et ce qui ressemblait à des astrolabes et à des boussoles. Des coupes et des chandeliers. Des poudres dans des fioles en verre fermées par des bouchons en liège et des accessoires comme des gants et des écharpes qui avaient l'air d'habits de cérémonie.

— Ceux-là ressemblent à des armes, dit-elle.

Des dagues, des burins, des forets. Des piques en métal et de courtes épées. Dans des casiers en bois, elle découvrit des outils qui lui évoquèrent des séances de médecine médiévale, ou de torture.

Dans un autre meuble s'alignaient des amulettes faites en métal ou en tissu. Des figurines en pierre et des totems en bois sculpté. Une rangée de crânes.

— À moins que ce ne soient des trophées ? ajouta-t-elle.

— Ce sont des outils de travail, répondit-il. Ne touchez à rien, s'il vous plaît.

Pendant qu'elle détaillait le contenu des étagères, il avait déroulé une trousse en cuir noir et commencé à sélectionner certains objets de sa collection et à les ranger dans les compartiments usés. Il prit une dague, une croix étrange, un tube contenant une potion de couleur rose qui ne pouvait être qu'un élixir.

— Vous avez amassé toutes ces choses au cours de votre vie, supposa Odessa. Achetées ou volées ?

— Je n'ai constitué cette collection que par nécessité.

Odessa ne se sentait plus nerveuse à présent. Il ne l'intimidait plus.

— Quel âge avez-vous ? demanda-t-elle.

Il se figea un instant, en signe d'impatience.

— Quel âge ai-je l'air d'avoir ?

Odessa haussa les épaules, faisant le tour de la table derrière lui.

— Je ne sais pas, trente-cinq ans.

— Alors j'ai trente-cinq ans, répondit-il.

Elle passa devant une collection d'instruments d'écriture dans un vieux bocal en verre.

— Et depuis combien de temps avez-vous trente-cinq ans ?

— Ah. Voilà, maintenant vous posez les bonnes questions. Mais j'hésite à vous donner la réponse.

— Pourquoi ?

— La plupart du temps, quand je réponds, les gens font ce bruit, le bruit le plus irritant du monde, répondit-il. Un *éclat de rire*, je crois que c'est comme ça que vous appelez ça, et je n'ai pas très envie de l'entendre à nouveau...

— Je vous promets que je ne rirai pas.

Après une longue pause, Blackwood répondit.

— Quatre cent cinquante ans.

Bien entendu, Odessa éclata de rire. Blackwood soupira.

— Vous approchez du demi-millénaire, commenta-t-elle. Quel exploit.

— Pas vraiment.

— Comment est-ce possible ?

— La question est trop ouverte, répondit-il, tout en continuant, dos à elle, à remplir sa pochette, dénouant les liens d'une bourse en vélin, reniflant la poudre qui s'y trouvait.

— Que s'est-il passé ? demanda-t-elle. Comment un homme, un être humain, peut-il vivre aussi longtemps ?

— Cela me semble évident, répondit-il. J'ai été maudit.

— Maudit, répéta-t-elle. Par qui ?

— Pas par qui.

— Par quoi, alors ?

— C'est le résultat d'une transgression. Une offense envers la nature. Ce n'était qu'une folie, du moins était-ce ce que je pensais. Une séance... une invocation. Mais une brèche a été ouverte. Le sacré a rencontré le profane. Et j'ai été condamné à cette existence.

Ça faisait beaucoup à assimiler.

— Vous étiez avocat... ?

— Dans la banlieue de Londres. J'étais respecté, mais je n'avais rien de particulier.

— Vous aviez une famille ?

— J'étais marié.

— Comment un avocat marié se retrouve impliqué dans…

— J'avais un client, un ami… un homme extraordinaire, en fait. Quelqu'un que j'admirais. Quelqu'un qui avait des connexions à la cour royale, quelqu'un qui, je l'espérais, pourrait m'aider à grimper dans l'échelle sociale. Un homme charismatique et plutôt brillant. Je suppose qu'on peut dire que je suis tombé sous son emprise. J'étais à peine plus qu'un témoin, je ne comprenais ni les profondeurs, ni les hauteurs qu'il explorait. J'étais fasciné, curieux, mais dilettante. Un novice. Un amateur qui n'avait pas sa place à ses côtés. Vous devez comprendre, toutefois, nous étions dans les années 1580, à Londres. Je n'étais qu'un petit avocat des faubourgs. Et cet homme, dont le nom était John Dee, m'a ouvert les yeux sur un monde parallèle, un monde de magie et de mystère. Mais la vérité, c'est que je me suis heurté à son culte. En fait, je ne saurai jamais pourquoi il avait accepté ma présence.

Odessa continua lentement à faire le tour de la table.

— Et… ? Que s'est-il passé ?

— Le monde a perdu l'équilibre. Nous avons donné… il a ouvert un accès vers notre plan.

— D'où ?

— Un autre plan astral. Il était convaincu de pouvoir communiquer avec un ange. Mais ce n'est pas ce qui s'est passé.

— Qu'est-ce qui s'est passé ?

Blackwood soupira, mais de dos, Odessa ne pouvait pas dire si c'était d'impatience devant cette série de questions… ou de regret à cause de ce qui était arrivé.

Il se retourna et empila quelques livres.

— Imaginez, si vous le pouvez, des couches de réalité, plusieurs plans astraux coexistants les uns au-dessus des autres. La plupart du temps, ces plans n'entrent pas en contact, à part lors d'aberrations occasionnelles ou dans nos rêves…

— Les rêves constituent un plan astral ?

— Absolument, répondit Blackwood. Et si l'on est bien entraîné, on peut y vivre et y mourir…

Il attrapa un livre au centre de la pile nouvellement formée et le retira.

— Toutefois, poursuivit-il, en suivant un processus complexe, ces plans peuvent être visités et l'on peut également invoquer des entités à visiter le nôtre. C'est ce que nous avons fait… Le monde, comme je vous l'ai dit, s'est déséquilibré… Et j'ai été condamné à, eh bien, à le remettre droit. Ce n'était pas mon choix, figurez-vous.

— À le remettre droit ?

— Une porte a été ouverte sur notre monde. Une brèche. Un passage que je ne sais pas comment refermer.

— Et vous… ?

— Je dois repousser ce qui passe par cette brèche. À chaque fois. Je dois réparer ma faute originelle.

— Donc vous êtes… une sorte de gardien ?

— Un pénitent. Un gardien de zoo. Un négociateur. Et, quand il le faut, un exterminateur. NE TOUCHEZ PAS À ÇA !

Sa voix, habituellement calme et apaisante, atteignit soudain un volume et une gravité qu'elle n'aurait pas cru possibles. Elle sentit un frisson remonter le long de sa colonne. Elle n'avait fait que regarder une boule de cristal, parfaite à l'exception d'une craquelure à l'intérieur qui ressemblait à une toile d'araignée, ou au réseau neuronal qu'on trouvait dans les cellules du cerveau. Ses mains pendaient contre ses cuisses.

— Je n'en avais pas l'intention ! lui répondit-elle sèchement. Et arrêtez de me traiter comme une enfant.

Blackwood commença à défaire la petite pile de livres, sans s'excuser. La boule de cristal reposait sur un petit socle qui ressemblait à une couronne à l'envers. La réaction de Blackwood avait éveillé sa curiosité.

— Qu'est-ce que c'est ?

— Une boule de cristal.

— Ce que je voulais dire, c'est... qu'est-ce qu'elle représente pour *vous* ?

Blackwood, les yeux mi-clos, avait perdu son flegme habituel. Il était soudain de mauvaise humeur.

Il changea de sujet.

— Vous m'avez dit avoir réussi à retrouver la propriétaire de la boutique.

Odessa acquiesça. De façon inattendue, sa réaction de colère le rendait plus humain à ses yeux. Plutôt que l'avoir offensé, elle avait l'impression d'avoir enfin percé l'armure qu'il portait sans doute depuis plus de quatre siècles.

— Qu'est-il arrivé à votre femme ? demanda-t-elle.

Blackwood resta totalement impassible, ce qui, dans l'absolu, était déjà une réponse. Elle se demanda à quoi elle pouvait ressembler à travers ses yeux de quatre cent cinquante ans.

— Hmmm..., murmura-t-il finalement, comme si la réponse lui venait enfin. Vous êtes perspicace. C'est vraiment fatigant. Pour être honnête, je préfère travailler avec des personnes moins intelligentes.

Ce n'était pas un compliment. Elle ne savait pas ce que c'était.

— Désolée, répondit-elle sur un ton qui signifiait clairement qu'elle ne l'était pas. Pas du tout.

— La propriétaire de la boutique ? reprit Blackwood, l'encourageant à parler. (Il referma la trousse en cuir remplie d'outils et de fioles.)

Odessa acquiesça.

— J'ai tracé les déclarations d'impôts à travers deux sociétés écrans jusqu'à une adresse à Englewood. (Elle désigna du menton le kit qui dépassait de la poche de sa veste.) Qu'est-ce que vous allez faire si on la trouve ?

Blackwood compressa la trousse en cuir entre ses mains et glissa le kit d'outils anti-esprits ainsi compacté dans la poche de sa veste. Il se tourna ensuite vers la porte par laquelle ils étaient entrés.

— Oh, ça, nous allons la trouver, répondit-il en sortant. Et avec un peu de chance, avant que ce ne soit elle qui nous trouve.

Derrière son solide portail de deux mètres cinquante de haut et sa haie d'arbres compacte, la maison était invisible de la rue. Un clavier et une caméra était installés sur le côté du portail, au bout d'une courte allée privée.

Odessa interrogea Blackwood.

— Vous y allez ou c'est moi ?

Blackwood la regarda sans rien dire.

— C'est bien ce que je pensais, répondit-elle.

Elle repéra l'arbre qui avait l'air le plus solide et se mit à grimper, compensant son poids en appuyant ses pieds contre le mur. Une fois au sommet du mur, large de quelques centimètres et plat, elle étudia la propriété. C'était une maison de plain-pied, contemporaine, un style inhabituel pour le quartier, avec un toit très pentu et une porte d'entrée à double battant. Aucune voiture dans l'allée. Aucun signe de vie derrière les fenêtres.

Elle se laissa tomber à l'intérieur de la propriété, atterrissant mollement dans l'herbe, bien droite. Le loquet de la porte s'ouvrait de façon mécanique, il lui suffit de le débloquer et d'entrouvrir légèrement la porte pour faire entrer Hugo Blackwood. Celui-ci jeta un œil vers la maison silencieuse.

— Vous savez que je ne suis pas armée, lui dit-elle.

Il hocha la tête.

— Et vous n'avez pas d'arme non plus, continua-t-elle. Vous n'avez même pas de portable pour appeler les secours. Je ne suis pas sûre que votre petit kit, là, soit suffisant s'il se passe quelque chose de grave. Alors juste pour que vous soyez au courant, si les choses tournent mal, j'appellerai la police locale.

Si Blackwood avait entendu le moindre mot, il ne répondit pas, et commença à remonter l'allée vers la porte d'entrée. Odessa fit un geste vers la sonnette mais Blackwood l'arrêta. Elle remarqua qu'il tenait un tout petit livre dans sa main.

— Quoi ? demanda-t-elle.

Utilisant le minuscule imprimé comme un guide, il récita quelques phrases en latin, calmement. Une incantation. Il remit ensuite le livre dans sa poche.

— C'était... ?

— Un sort de protection. Avant que nous franchissions le seuil.

Normalement, elle aurait ri. Mais tout ce qu'elle avait vu et entendu l'avait privée du luxe du scepticisme, au moins pour le moment.

— Je vais sonner, annonça-t-elle, une sorte d'incantation en soi.

La sonnette retentit à l'intérieur, une série de notes résonnant faiblement en écho. Odessa ne s'attendait pas à ce que quelqu'un ouvre.

Elle entrevit un mouvement à l'intérieur, rendu flou par les vitres dépolies de la porte. L'anticipation de la confrontation envoya une décharge d'adrénaline dans son organisme qui se répandit comme un frisson. La porte s'ouvrit.

C'était un homme au milieu de la trentaine. Hispanique, peut-être cubain. Pieds nus, il était simplement vêtu d'un épais pantalon de survêtement et d'un sweat à capuche à moitié fermé.

Il cligna des yeux, les regardant l'un après l'autre.

— Vous êtes qui ? demanda-t-il.

Odessa ne vit personne derrière lui. Il avait les mains vides.

— Est-ce que Juanita est là ?

L'homme plissa les yeux, l'air confus. Il semblait désorienté par la lumière du soleil.

— Qu'est-ce que vous voulez ?

— Nous cherchons Juanita. Pourriez-vous lui demander de venir, s'il vous plaît ?

— Ce n'est pas elle qui vous envoie ?

Odessa ouvrit sa plaque et lui montra son badge du FBI.

— Juanita, répéta-t-elle.

L'homme détailla les trois grandes lettres bleues mais resta impassible.

— Elle est partie. Elle n'est plus là.

Il commença à refermer la porte. Odessa inséra son pied avant qu'il puisse les réduire au silence. Il y avait quelque chose dans son visage.

— Je vous connais, dit-elle.

Il secoua la tête.

Odessa sortit l'impression du rapport d'arrestation de son sac. Elle le déplia et le lui montra.

— Vous êtes l'autre pilleur de tombes. (Elle vérifia l'article.) Yoan Martine.

Martine ne démentit pas. Il n'essaya pas non plus de s'enfuir. Il regarda simplement Odessa.

— Je ne comprends pas.

— Laissez-nous entrer, répondit-elle.

Martine ne résista pas. Odessa poussa la porte et pénétra dans la maison, Blackwood sur les talons. Martine recula comme si cette intrusion n'avait pas d'importance.

La maison était sale. Les meubles et les tapis avaient été repoussés sur les côtés. Les ordures s'empilaient. À travers la fenêtre du fond, Odessa pouvait apercevoir une piscine remplie d'une eau verdâtre. Plusieurs accessoires de piscine flottaient dedans.

Deux grandes cages étaient disposées contre le mur de gauche, vides à l'exception de jouets en corde ultrarésistante.

— Où sont les chiens ? demanda Odessa.

— Ils sont dehors. Je les laisse en liberté.

— Vous les laissez en liberté ?

— Je n'aime pas la façon dont ils me regardent.

— Ce sont des pitbulls ?

Martine acquiesça.

Sous l'odeur de poubelle et de nourriture pourrie flottait un autre parfum. Pas de l'encens. Rien de surnaturel. Juste de l'herbe.

Les yeux de Martine étaient injectés de sang. Il délirait, de toute évidence. Et pas seulement à cause de la marijuana.

— Elle est partie, mec, dit-il en se frayant un chemin pour s'asseoir sur l'accoudoir d'un canapé dont les coussins étaient couverts de petits objets : une table d'appoint, des lampes assorties. (Il se gratta l'avant-bras.) Juanita, elle est zinzin, folle à lier. Elle dit que de la merde.

Blackwood se tenait au centre de la pièce. Odessa continua à interroger Martine.

— Quand l'avez-vous vue pour la dernière fois ?

— On a fait des conneries, mais... on était protégés. *Bakalu*. Les esprits anciens...

Odessa regarda Blackwood.

— Les esprits des ancêtres, traduisit-il.

— Elle m'a promis de l'argent, elle m'a promis du pouvoir, elle m'a promis du sexe. J'ai tout eu. Et tout a disparu.

Blackwood prit la parole.

— Juanita. C'était une *kindiambazo* ?

Martine grimaça comme si le mot lui-même lui faisait mal.

— *Mayombero*, répondit-il.

Blackwood traduisit à nouveau.

— Une sorcière, adepte du Palo Mayombe. (Puis, il se tourna à nouveau vers Martine.) Parlez-moi du boulot.

Martine secoua la tête.

— J'veux pas, mec. C'était elle, le *palero*. Elle a dit « Prends ci, prends ça ». Comme une liste de courses.

— Quoi, par exemple ?

À nouveau, Martine réagit comme si le simple fait d'entendre la question le faisait souffrir.

Blackwood lui rafraîchit la mémoire.

— Des os humains.

— *Fula.*

— C'est de la poudre à canon, précisa-t-il pour Odessa.

— *Azogue.*

— Du vif-argent, traduisit-il. Du mercure.

— Du sang. Des poils d'animaux. Des bâtons, des herbes, des plumes. Des pierres. Du soufre. Ensuite, c'est elle qui a fait le boulot. C'est elle qui a préparé les *nganga*.

— Les chaudrons sacrés, expliqua Blackwood. Combien en a-t-elle préparé ?

— Elle en a d'abord fait un pour les rites. Elle a pratiqué le Palo ici, à l'extérieur. (Du doigt, il indiqua le jardin et sa piscine d'eau croupie.) Pour la protection.

— Et ensuite ? interrogea Blackwood.

— Ensuite elle a dit qu'on lui avait demandé d'en préparer d'autres. Plus petits. Trois autres.

— Vous êtes-vous rendu à Montclair ? intervint Odessa. Ou à Little Brook, à Long Island ?

Martine recommença à se gratter l'avant-bras, plus fort, cette fois. Comme s'il essayait d'oublier la douleur des souvenirs en la remplaçant par une douleur physique.

— C'était elle le médiateur. Elle était le guide des âmes, *nkisi*, des esprits. Jusqu'à ce que... elle devienne elle-même un instrument. À présent, il parle à travers elle. *Kinyumba*.

Odessa interrogea Blackwood du regard.

— Un esprit mauvais, répondit-il. Un démon. Un spectre.

— Elle a changé, continua Martine. Tout a changé. Elle voulait de la force. Elle voulait le pouvoir des ancêtres. Mais quelque chose d'autre est venu. (Martine regardait tout autour de lui comme s'il entendait des voix.) C'est comme... si vous laissiez une porte ouverte et qu'un raton laveur pénétrait dans la maison. Des esprits furieux.

Odessa réalisa que Martine n'était pas juste défoncé. Il était à moitié fou.

— Ce n'est plus Juanita. Juanita ne reviendra jamais. Et maintenant, je vois des choses. Des émissions étranges. Je les entends. *Nfuri*. Les fantômes.

Martine se releva d'un coup. Il avait limé ses ongles en pointes acérées, et l'avant-bras qu'il grattait était plein de sang. Il avança vers Blackwood et s'arrêta à quelques pas de lui.

— *Mpangui,* dit-il. (Il regarda Blackwood, puis tout autour de lui, comme si du Britannique irradiait une sorte d'énergie.) Purifiez-moi. Vous pouvez détruire cette malédiction. *Limpieza. Limpieza.*

Blackwood secoua la tête.

— Non, Martine.

— Je sais qui vous êtes, répondit Martine. Libérez-moi, *mpangui*. Délivrez-moi de ce sort.

Blackwood secoua à nouveau la tête, tristement.

— Martine, je crains qu'il n'y ait rien que je puisse ou que qui que ce soit puisse faire pour vous.

De retour à l'extérieur, Odessa pouvait encore entendre Martine dans la maison. Celui-ci parlait toujours, sa voix se transformant parfois en cri.

— Qu'est-ce qu'il voulait ?

— *Limpieza.* Une purification pour supprimer les influences maléfiques.

— Vous savez faire ça ?

— C'est une chose qu'il est possible de faire, répondit-il. Mais pas pour Martine. Utiliser le mercure lors d'un sort a pour but d'attirer la folie sur son ennemi. Je ne peux pas m'empêcher de penser que le sort leur est revenu en boomerang. Elle a voulu utiliser le Palo de façon agressive.

— Et ça a grillé le cerveau de ce type, ajouta Odessa.

— Je ne pourrais pas plus l'aider que je ne pourrais délivrer un dément de ses obsessions. Cet homme est fou. Il est perdu.

Odessa gardait un œil sur les doubles portes, craignant de le voir sortir.

— Comme nous, dit-elle. Nous aussi, nous sommes perdus. On aurait peut-être dû fouiller la maison.

— Il n'y avait personne d'autre, répondit Blackwood avec une assurance qu'elle ne remit pas en question.

À l'intérieur, quelque chose se brisa. Odessa avait hâte de quitter les lieux. Elle commença à avancer vers le haut portail.

— On dirait qu'elle a dépassé les limites lors d'un rituel, suggéra Odessa. Comme votre John Dee.

— Tout est lié, confirma Blackwood. Rien n'est anodin, il n'y a pas de coïncidence fortuite.

— Mais pourquoi Peters à Montclair ? Pourquoi Colina à Long Island ?

— La conception de ce monde est complexe, et les Avides en sont le treizième étage[1].

— Donc nous n'avons aucune piste. Sans Juanita, nous sommes dans une impasse.

— Les impasses n'existent pas, répondit Blackwood. Le monde se chargera de nous envoyer un signe. Nous devons juste être prêts à le voir.

---

1. Aux États-Unis, le 13e étage n'existe pas car le nombre treize est censé porter malheur depuis le dernier repas du Christ et la trahison de Judas. Il est soit supprimé, soit appelé 12M, la lettre M étant la treizième lettre de l'alphabet.

Odessa ferma le portail derrière eux. La Rolls-Royce Phantom apparut au coin de la rue, M. Lusk au volant. Ils montèrent à l'arrière. Odessa se sentit mieux quand la portière se referma et que la voiture commença à s'éloigner de l'énergie psychique corrosive de Martine.

— Pendant qu'on attend que le monde nous envoie un signe, dit Odessa, je mangerais bien quelque chose.

— Comme vous voulez, répondit Blackwood, distrait.

— Où voulez-vous aller ? demanda M. Lusk.

— On trouvera bien quelque chose sur le chemin de Flushing, dans le Queens.

M. Lusk jeta un coup d'œil vers Blackwood, attendant son accord.

Celui-ci se tourna vers Odessa.

— De l'autre côté de Manhattan ? Pourquoi ?

— Pour Earl Solomon, répondit-elle. (Puis, s'adressant à M. Lusk :) Conduisez-nous à l'Hôpital presbytérien du Queens.

— Non, non, protesta Blackwood.

— Pourquoi pas ? s'étonna Odessa. Nous avons le temps. Solomon a demandé à vous voir.

— Nous n'avons pas de temps à perdre avec des courses superflues, répondit Blackwood. Je comprends que la nourriture soit une nécessité, mais…

— Des courses superflues ? Earl Solomon est mourant. Il vous a réclamé. Vous ne voulez pas lui dire adieu ?

— Adieu ? demanda Blackwood. Qu'est-ce que c'est, un adieu ?

— Vous le connaissez depuis quarante-cinq ans.

— Et ?

Odessa sentit la rage monter en elle.

— Il est en train de mourir. OK, vous dites que vous avez vécu plusieurs siècles. Vous êtes quoi, un vampire qui a oublié ce que c'était que d'être mortel ?

Blackwood s'adossa au siège et la regarda, ses longs doigts entrecroisés posés sur ses genoux.

— Quelle relation croyez-vous que nous ayons, l'agent Solomon et moi ?

— Vous le connaissez depuis quarante-cinq ans !

— Vous semblez très en colère.

— Bien sûr que je le suis ! Vous êtes tellement froid !

Blackwood pencha la tête sur le côté, la regardant sous un angle légèrement différent.

— Ça n'a rien à voir avec moi, agent Hardwicke. C'est ce que vous voulez, vous. Vous voulez nous voir ensemble. Il ne s'agit de rien d'autre que de votre propre curiosité.

Elle bafouilla légèrement, à cause de la part de vérité contenue dans ce qu'il venait de dire.

— Il s'agit de dire au revoir.

Blackwood sourit.

— Emmenez-la où elle veut, monsieur Lusk.

Puis il appuya sa tête sur le dossier et ferma les yeux.

1962. Delta du Mississippi.

Le soleil était déjà bas sur les champs de coton quand Solomon arriva au bout du chemin qui menait à la maison des Jamus. Blackwood et lui avancèrent côte à côte vers le bâtiment bas tandis que deux corbeaux s'envolaient de la corde à linge à l'arrière de la maison avec des croassements paniqués. La chaleur de la journée n'avait pas encore disparu et Solomon faisait gonfler sa chemise humide sous sa veste pour s'aérer.

— Quel âge a-t-il ? demanda Blackwood.

— Six ans.

La chaussure de Solomon fit couiner les planches devant l'entrée. Il frappa à la porte, Blackwood restant en retrait derrière lui, sur sa gauche.

La porte s'ouvrit sur une petite fille, vêtue de la même robe bleue en coton dans laquelle il l'avait vue lors de sa première visite.

— Rebonjour mademoiselle, dit-il. Je suis l'agent Solomon, tu te souviens de moi ?

— J'ai cru que c'était le pasteur Theodore, répondit-elle.

— Je peux entrer ?

Elle regarda derrière elle, hésitante. Il n'y avait personne.

— Tu veux aller chercher ta mère ?

La fillette secoua la tête et recula. Solomon entra et s'immobilisa sur le sol sale.

— Et si tu allais chercher ton grand frère ? proposa-t-il.

Solomon voulait que sa présence sur les lieux soit validée par quelqu'un en âge de le faire avant de s'aventurer plus loin et d'aller voir le garçon malade, Vernon.

Elle s'éloigna dans le couloir en faisant bien attention de rester sur la partie recouverte de plancher.

Solomon attendit, respirant l'odeur de babeurre qui flottait dans l'entrée. Quelque part dans la maison, une radio ou un tourne-disque émettait une musique de défilé. Des mouches volaient près de la fenêtre, cognant la vitre, *tap-tap-tap,* encore et encore.

Solomon jeta un regard à Blackwood. Celui-ci fixait le plancher incomplet. Solomon regarda lui aussi mais ne vit rien de spécial. Sans doute le Britannique était-il simplement perdu dans ses pensées.

Coleman, le jeune homme de vingt ans, arriva du fond de la maison, tranquillement mais sans timidité. Il était d'une nature nonchalante.

— Cole, c'est l'agent Solomon.

— Oui, m'sieur.

— Nous sommes là pour voir Vernon. J'ai amené un spécialiste.

Cole regarda Hugo Blackwood. Il ne demanda pas quel genre de spécialiste il était. Il n'avait pas l'air franchement optimiste.

— Il a été plutôt tranquille, annonça le jeune homme.

— Tout va bien, Cole ? demanda Solomon.

— Non, m'sieur, répondit-il avant de se retourner, sans plus d'explication, et de se diriger vers un cellier situé à l'arrière de la maison en les invitant à le suivre.

Il entra dans le placard plutôt que dans la chambre, dont la porte était fermée, tira sur une chaînette pour allumer l'ampoule nue et attrapa une clé sur l'étagère la plus haute. Il la tendit à Solomon, préférant le laisser ouvrir la porte lui-même.

— Merci, dit Solomon, mais le jeune homme était déjà reparti.

Solomon tendit l'oreille derrière la porte, s'attendant à entendre le garçon prononcer à nouveau le nom de Blackwood. Rien, pas un bruit. Solomon inséra la clé dans la serrure, la déverrouilla et ouvrit la porte.

À l'intérieur, le même lit avec le même fin matelas taché de sang.

Mais pas de garçon. Les chaînes gisaient sur le sol, menottes ouvertes.

Solomon, en alerte, recula vivement dans le couloir au plancher mal fixé en appelant Cole. Le jeune homme se tenait près de l'entrée.

— Qui l'a emmené ?

— Emmené ?

— Vernon. Il n'est plus là.

Cole se rua dans la pièce pour constater de lui-même l'absence de son frère. Dans la chambre d'à côté, Solomon vit la petite fille, assise dans un fauteuil en fer pliant, qui le regardait, terrifiée.

Blackwood attrapa soudain Solomon par le coude, le poussant vers la porte d'entrée. Solomon se laissa faire.

— Qu'est-ce qu'il y a ? demanda-t-il.

— Je crois que je sais où il est, répondit Blackwood.

Solomon suivit Blackwood dans ces bois tant redoutés, tous les sens en alerte. Il passait juste assez de lumière entre les feuillages de la canopée pour leur permettre d'avancer sans encombre à travers les arbres et les branches qui les agrippaient sans avoir à utiliser la lampe-torche qu'il serrait dans sa main.

Blackwood marchait à grandes enjambées, guidé par un extraordinaire sens de l'orientation pour un homme qui n'était venu sur les lieux qu'une seule fois. Ils arrivèrent près de l'arbre du pendu mais le pas de l'Anglais ne ralentit pas. Il continua en direction de la première marque qu'il avait repérée, se déplaçant ensuite de symbole en symbole jusqu'au cimetière des esclaves. À travers les arbres devant eux, une lumière orange éblouissante projetait des ombres mouvantes. Un feu de camp, pensa Solomon, le jeune agent essayant de rationaliser tout ce qui l'entourait avec des explications terre à terre.

Quand ils pénétrèrent dans la clairière, l'esprit de Solomon fut incapable d'embrasser la scène dans son ensemble. Les images lui apparurent les unes après les autres, comme une série de petites explosions menant à une complète démolition.

Un cercle de feu d'environ un mètre cinquante de diamètre brûlait sur le sol, une fumée sombre s'élevant dans la nuit.

Vernon, du haut de ses six ans, était agenouillé au centre du cercle, face aux rangées de pierres tombales, simplement vêtu d'un pantalon en coton taché. Il avait les bras levés au-dessus de la tête, les mains ouvertes, comme s'il invoquait le ciel.

Mais ce qui apparut alors émergea du sol, une légère brume montant de l'herbe comme un brouillard en train de s'évaporer, inondée de lumière. Au-dessus des stèles s'élevait une vapeur différente, plus épaisse, teintée de violet et ressemblant vaguement à des formes humaines. Porté par l'imagination d'un homme qui a peur, l'esprit de Solomon dessina des torses, des têtes et des bras tendus à ces spectres évanescents.

Derrière les tombes, juste à la limite de la ligne des arbres, se tenait une silhouette vêtue d'une robe blanche à capuche, les manches ouvertes au bout de ses bras tendus comme des bouches gémissantes. Les ombres produites par les flammes donnaient l'impression que d'autres personnes se tenaient derrière cette silhouette, une équipe entière de célébrants en robes sombres en train de pratiquer leurs rituels dans le cimetière... mais il n'y en avait qu'une.

Solomon se figea à la vue de ces rites impies. Son esprit ne savait pas expliquer ce qui se déroulait devant lui. La détresse sonnait dans sa tête comme des sirènes d'alarme.

Le personnage encapuchonné prit immédiatement conscience de leur intrusion. Son visage masqué se tourna vers Blackwood et soudain, il disparut entre les arbres, rendu invisible par les ombres mouvantes.

Blackwood s'élança à sa poursuite. Solomon n'entendait plus rien, pas même sa propre voix quand il appela Blackwood, ne sachant plus quoi faire. Blackwood passa en courant près du cercle de flammes, le brouillard bas s'enroulant autour de ses jambes comme s'il voulait l'attraper. Il se rua entre deux apparitions violettes, leurs silhouettes brumeuses ondulant dans son sillage quand elles se retournèrent et essayèrent de le toucher.

Blackwood atteignit la ligne des arbres là où la personne en robe blanche avait disparu et se volatilisa à son tour.

Sous les yeux de Solomon, tout dans le cimetière commença à s'effondrer. Le niveau des flammes baissa comme si quelqu'un avait tourné un bouton. Le brouillard qui s'élevait du sol se dissipa comme de la fumée. Et les silhouettes vaporeuses au-dessus des tombes, les esprits d'esclaves noirs morts depuis longtemps, moururent une seconde fois, leurs membres et leurs torses se dissipant, leurs visages affligés disparaissant en dernier.

Le gamin, Vernon, se tourna lentement vers lui, sa tête d'abord, puis tout son petit corps maigre. Il était émacié, la peau tendue sur ses petites côtes, les jambes et les bras trop minces. Ses yeux ressemblaient à deux lunes d'argent avec un point noir au centre, un regard plus animal qu'humain. Ses lèvres retroussées révélaient ses dents, mais pas comme un sourire.

À ce moment précis, une rafale de vent dirigea la fumée des flammes mourantes vers Solomon. Il se couvrit les yeux au moment où celle-ci arriva sur lui, le privant d'oxygène. Cela ne dura pas plus d'une seconde, puis ce fut terminé. Mais quand Solomon rouvrit les yeux, Vernon se tenait juste devant lui, comme s'il avait franchi les dix mètres qui les séparaient en une seule enjambée.

Le garçon lui sauta dessus, sauvagement, une main sur la gorge de Solomon, l'autre essayant de lui griffer les yeux. Solomon tenta d'empoigner le corps fragile de l'enfant, mais que ce soit à cause de la sueur, de l'humidité ou d'un baume diabolique, celui-ci était aussi glissant que celui d'une anguille. Dans un cri, Solomon tomba sur le sol.

Le garçon était plus enragé que fort, sa main cherchant à atteindre les yeux de Solomon pour l'empêcher de voir. Celui-ci essaya de repousser l'enfant, mais Vernon, avec ses petites mains telles des griffes, n'était pas près d'abandonner. Le garçon trouva la trachée de Solomon et y imprima une pression douloureuse. Leurs visages étaient si proches que l'agent pouvait entendre la respiration de l'enfant, un sifflement rapide, plein de hargne.

Solomon tenait toujours sa lampe-torche et s'en servit pour frapper deux fois le petit garçon au flanc, sans aucun effet. Il sentit ses petits doigts s'enfoncer dans la chair autour de ses orbites. Il n'arrivait plus à respirer. Son seul avantage était le poids ridicule de l'enfant. Solomon glissa son bras entre son torse et celui du garçon et, d'une forte pression, projeta Vernon loin de lui, portant instinctivement la main à sa gorge pour vérifier qu'il n'avait pas emporté un morceau de peau avec lui.

Solomon se releva. L'enfant était déjà debout et se ruait à nouveau sur lui. Solomon arma le bras et abattit la lampe-torche sur le petit garçon enragé, le touchant sur le côté de la mâchoire. Le choc l'envoya rouler sur le sol, mais il se releva d'un bond, montrant à nouveau les dents… du moins celles qu'il lui restait.

Solomon leva sa main libre, en avertissement.

— N'avance pas !

Il mit la main sur son arme, mais juste au moment où il la sortait de son holster, l'enfant se précipita à nouveau sur lui, à toute vitesse. Au moment où celui-ci le heurta, le coup partit en direction du sol.

Vernon, les bras passés sous ceux de Solomon, s'accrocha fermement à lui. L'agent sentit quelque chose de mouillé sur sa gorge et réalisa que l'enfant essayait de le mordre avec ses dents cassées et irrégulières. Solomon laissa échapper un cri, sentant la rage fiévreuse du garçon et réalisant qu'il ne se battait pas contre un enfant mais contre une *chose*, une *chose* possédée.

Des deux mains, il passa la poignée de la lampe-torche sous la gorge du gamin et le repoussa, éloignant les dents qui claquaient près des artères de son cou. La chose grogna et ferma les mâchoires d'un coup sec, mais Solomon n'arrivait plus à le repousser. Il sentit quelque chose de dur derrière son dos et réalisa qu'il avait reculé jusqu'à un arbre. À cette distance, les yeux de la chose paraissaient presque brillants, leur folie s'infiltrant en lui, aidée par la force démoniaque de l'enfant autant que par la terreur qu'il lui inspirait.

Soudain, l'expression sur le visage de la chose se transforma en surprise. Sa tête recula et la pression sur le dos de Solomon se relâcha. La tête de l'enfant tomba vers l'avant et Solomon découvrit Hugo Blackwood, la main posée sur quelque chose à la base du cou de la chose.

Solomon jeta l'enfant démoniaque loin de lui en hurlant. Il passa les mains sur sa gorge et sur son visage, cherchant des traces de morsure ou des blessures mortelles, mais il était miraculeusement indemne.

La chose gisait sur le sol à quelques pas de là, à moitié sur le côté, secouée de convulsions. Blackwood l'observait, lui aussi. Solomon voyait à présent ce qu'avait tenu Blackwood : un fin manche en argent dépassait du cou de l'enfant.

Les petites mains essayaient d'atteindre l'outil qui l'empalait, sans succès. Les convulsions stoppèrent. La chose resta immobile.

Solomon, lui, pouvait encore sentir la pression des petits doigts sur sa gorge.

— Qu'est-ce que c'était que ça ? demanda-t-il. *Qu'est-ce que c'était que ça ?*

Blackwood l'examina.

— Vous n'avez pas l'air blessé.

— J'AI DIT QU'EST-CE QUE C'ÉTAIT QUE ÇA ?

Solomon entendit l'écho de sa voix entre les arbres et fut terrifié à l'idée d'avoir réveillé d'autres esprits maléfiques.

Blackwood s'était retourné vers le corps gisant par terre.

— C'était une invocation.

— La personne avec la capuche… ?

Blackwood secoua la tête.

— Disparu ? demanda Solomon, chaque mot sortant de sa bouche comme un halètement.

— Je vous ai entendu crier, répondit Blackwood. J'ai dû faire un choix.

Solomon mit un moment à traiter les informations. Il regarda la chose. Il se souvint soudain de la lampe-torche et l'alluma. Le verre s'était brisé contre la mâchoire de l'enfant, mais l'ampoule fonctionnait toujours. Il la pointa vers le dos nu de la chose, le manche en argent brillant dans la lumière.

— Vous l'avez tué.

Blackwood s'accroupit près du corps. Tandis que Solomon observait, horrifié, il mit une main sur le bas de la tête de l'enfant et l'autre sur le manche, et retira la lame de son cou.

Elle était couverte de sang, mais celui-ci n'avait pas coulé. Aucune trace. Il s'agissait d'une dague très fine dont la lame ressemblait à un tournevis ou à un pic à glace.

Solomon se retourna, se plia en deux et vomit violemment. Il continua jusqu'à ce que les haut-le-cœur cessent. Malgré cela, il ne se sentit pas mieux.

Il se tourna à nouveau. Blackwood était en train de nettoyer la lame avec un linge en coton.

— Puis-je vous emprunter votre torche électrique ? demanda-t-il.

Solomon la lui tendit. Blackwood la pointa vers la nuque du garçon et, de sa main libre, remonta ses cheveux.

Solomon vit alors le sigil dans la chair de l'enfant, ressemblant à un sceau démodé fait de cire chaude, mais formé en réalité de veines gonflées sous la peau. Le dessin exact était difficile à deviner, fendu en deux comme il l'avait été par la dague de Blackwood.

Blackwood rendit la lampe à Solomon. Celui-ci balaya la clairière, au-dessus des tombes où les fantômes des esclaves décédés s'étaient levés dans une brume violette.

— Qu'est-ce que c'était que ça ? demanda-t-il à nouveau.

Blackwood fit rouler le corps du petit garçon sur le dos et Solomon se rappela que ce n'était plus un petit garçon. Son visage était tordu, démoniaque, à présent figé dans une expression de terreur.

— Qu'est-ce que c'est ? insista Solomon.

Blackwood lui répondit de façon indirecte.

— Il était possédé.

Ce n'est qu'à ce moment-là que Solomon se souvint de son arme. Il voulait l'avoir en main au cas où cette chose reviendrait à la vie. Il la trouva rapidement grâce à la lampe-torche. Le canon était encore chaud du tir involontaire.

— C'est un meurtre, dit Solomon. Vous avez tué un enfant.

Il se retourna. Blackwood avait sorti une trousse en cuir et l'avait déroulée sur le sol. Solomon vit que ses poches intérieures étaient remplies de fioles en verre contenant des poudres et des liquides, des matières végétales, des croix en métal. Blackwood rangea la dague dans l'une des poches.

— Ce n'était plus un enfant, répondit Blackwood. Il était parti depuis longtemps. Je n'aurais pas pu le sauver. Mais je peux le libérer à présent. Je peux lui offrir le repos.

Blackwood déboucha l'une des fioles contenant de la poudre. Il prit soin d'allonger le corps bien droit, les bras étendus de chaque côté, mains ouvertes, paumes vers le haut. Puis il lui ferma les yeux.

Solomon l'interrogea à nouveau.

— Qu'est-ce que vous êtes en train de faire, bon sang ?

On aurait dit une sorte de rite funéraire. Blackwood versa la poudre dans sa main et en déposa cinq généreuses pincées autour du corps du garçon, comme les pointes d'une étoile. Il tira ensuite de sa trousse une fiole remplie d'un liquide laiteux, se releva et se tint debout aux pieds de l'enfant. Il parlait en latin, calmement mais avec force. Une incantation. La nervosité de Solomon monta d'un cran et il recula de quelques pas. À l'aide d'une pipette, Blackwood déposa quelques gouttes du liquide laiteux sur chaque petit tas de poudre, ce qui provoqua cinq flammes d'un blanc extrêmement pur.

Blackwood étendit son bras au-dessus du corps du garçon, la paume ouverte et tournée vers le bas, psalmodiant toujours, le volume de sa voix montant et baissant alternativement. Sa main se mit à trembler et son intonation se fit plus pressante.

Solomon recula encore, manquant de trébucher sur les racines d'un arbre.

Des ombres bougeaient au-dessus du visage de l'enfant, de sa poitrine, de ses jambes. Elles se tortillaient, se libéraient. On aurait dit qu'elles tiraient sur sa chair. Un jeu d'ombres... mais comment ?

Quelque chose d'inexplicable était en train d'arriver au petit garçon, à l'intérieur comme à l'extérieur.

La voix de Blackwood monta crescendo et soudain, il serra le poing. Les ombres quittèrent alors la surface du corps pour rejoindre les cinq flammes qui s'intensifièrent et devinrent brusquement noires avant de s'éteindre, ne laissant derrière elles qu'une puanteur atroce.

Blackwood posa un genou à terre, momentanément privé de force, essayant de reprendre son souffle. Solomon s'approcha légèrement, pointant le faisceau de la lampe sur le visage du garçon.

C'était à nouveau les traits d'un jeune garçon noir. Normal. Humain. Innocent.

Solomon eut du mal à dormir cette nuit-là. Une fois rentré au motel, espérant réussir à se purifier, il prit deux douches, coupant plusieurs fois l'eau pour vérifier que le bruit qu'il entendait, le bruit de quelqu'un marchant dans sa chambre, n'existait que dans sa tête.

Après avoir essuyé la buée sur le miroir, celui-ci lui révéla les égratignures sur son cou et les contusions autour de ses yeux. Sans ces marques, il aurait pu croire qu'il s'était seulement agi d'un mauvais rêve. Quand il ferma les yeux et essaya de dormir, il revit les pupilles argentées de Vernon Jamus, ses dents blanches cassées, mais dans le visage de Hugo Blackwood. Solomon garda son arme, chargée d'une nouvelle balle, sur sa table de nuit, à portée de main.

Il fut soulagé quand le soleil vint taper contre sa fenêtre. Il se leva, s'habilla et quitta le motel de bonne heure. Jouant avec les clés de la berline qu'il avait empruntée au bureau local du FBI, il ne vit pas l'Anglais en costume sombre debout près de la voiture avant d'être quasiment devant la portière.

— Bonjour, agent Solomon.

Solomon lâcha les clés et posa la main sur son arme. Il dégaina et recula de quelques pas en titubant afin de mettre un peu de distance entre Hugo Blackwood et lui.

— Écartez-vous… Écartez-vous de cette voiture.

Blackwood ne bougea pas.

— Allons, agent Solomon.

— Laissez vos mains là où je peux les voir.

— Vous avez eu une nuit difficile, on dirait.

— Ça suffit, taisez-vous et écoutez-moi. Vous êtes en état d'arrestation.

La bouche de Blackwood s'étira en un léger sourire, laissant deviner une réserve de patience assez limitée.

— En état d'arrestation ?

— Pour meurtre. Le meurtre de Vernon Jamus.

— Vous l'avez vu vous-même la nuit dernière, l'enfant était déjà mort…

— Taisez-vous. (Les menottes étaient dans la boîte à gant de la voiture.) Bon sang. Installez-vous sur le siège côté passager.

— Vous voulez que je m'éloigne de la voiture ou vous voulez que je monte dedans ?

— Montez dans cette voiture et ne m'obligez pas à vous tirer dessus, monsieur. Parce que je le ferai. J'en ai assez vu.

— Vous n'avez quasiment rien vu. Qu'est-ce que vous allez leur dire ? Toute la vérité et rien que la vérité ?

Solomon lui lança un regard noir.

— Je ne vais pas seulement vous livrer. Je vais me rendre, moi aussi.

— Pour quelle raison ?

— Ce n'est pas à moi de décider. J'ai été témoin, peut-être même complice à la fin.

— Le garçon vous attaquait. Vous savez ce qu'il vous aurait fait si je n'étais pas revenu ?

— Non, et je ne veux pas le savoir.

— Il vous aurait arraché la gorge. Que ce soit avec ses mains ou avec ses dents. J'ai déjà vu ça. C'est un spectacle vraiment très déplaisant.

— Le garçon... Il était fou, totalement dément...

— Ou alors, mais nous ne le saurons jamais, l'esprit démoniaque qui avait pris possession de lui aurait sauté en vous. Se balader sous les traits d'un agent des forces de l'ordre est un déguisement presque aussi efficace que se dissimuler derrière le visage d'un enfant de six ans.

Solomon secoua la tête.

— Ça n'existe pas, les esprits démoniaques. Vous devez vous taire.

— Je n'ai pas tué un enfant, comme je vous l'ai montré hier soir. L'esprit du garçon avait disparu depuis longtemps. Il était trop tard, le démon l'avait totalement englouti. Je l'ai libéré de son emprise après sa mort. C'était le mieux que je pouvais faire.

L'arme de Solomon tremblait légèrement sous le coup de l'émotion.

— Cet enfant avait fait appel à vous. Quand je suis arrivé pour la première fois dans ce trou paumé et que je l'ai découvert dans cette chambre où sa famille l'avait enchaîné au lit. Il vous a réclamé. *Par votre nom !*

Blackwood hocha la tête, le regard vers le sol.

— Je sais.

— Il vous a invoqué.

— Vraiment ? Vous pensez qu'il voulait que je sois là ? Ne croyez-vous pas plutôt qu'il avait peur de moi ?

Les yeux de Solomon s'écarquillèrent.

— *Peur* de vous ?

— Le garçon n'était qu'un pion dans tout ça. Une victime innocente.

Solomon secoua la tête, désirant désespérément que Hugo Blackwood se taise.

— Êtes-vous un fichu démon ? demanda-t-il. Avec tous vos outils, toutes vos potions, votre façon de psalmodier. *Vous êtes quoi, au juste ?*

— Je suis un homme qui a un travail difficile à accomplir.

Solomon hocha la tête avec hostilité.

— Si vous êtes un homme, alors vous pouvez vous tenir devant un juge et plaider votre cause. Vous m'avez embarqué là-dedans avec vous.

— Vous avez vu ce qui s'est passé hier soir…

— Je ne sais pas ce que j'ai vu ! le coupa Solomon.

— Il existe des choses qui échappent au monde des lois.

— Non, il n'y en a pas. Pas dans ce comté, pas dans cet État, pas dans ce pays. Prendre la vie de quelqu'un est un meurtre. Vous pouvez parler d'autodéfense, vous pouvez dire que ce n'était pas prémédité, et tout finira par s'arranger. Je ne suis pas différent de tous ces gens derrière les lynchages, qu'ils soient noirs ou blancs. À une exception près : je suis un officier assermenté. J'ai prêté serment.

— Votre travail, si je comprends bien, est de faire respecter les lois de ce pays en protégeant les innocents et en punissant les coupables.

— Et je ne peux donc pas couvrir un meurtre. Même si la situation est étrange, même si elle est… répugnante.

— L'enfant était déjà perdu, répondit Blackwood. Mais il y a d'autres vies en jeu ici. Il était innocent… un instrument à travers lequel un sort avait été jeté. C'est une victime, c'est certain, mais ce n'est pas notre victime. Vous ne voulez pas arrêter celui qui lui a fait ça ?

Solomon essaya de résister aux arguments avancés par Blackwood. Il s'était promis de ne pas se laisser influencer par ce que cet assassin pourrait lui dire.

Mais il pensa à la mère du garçon, à ses frères et sœurs. À l'idée de se retrouver face à eux et d'essayer de leur expliquer ce qui s'était passé, Solomon lutta pour retenir les larmes qui lui montaient aux yeux.

— Il n'avait que six ans, bon Dieu, dit-il d'un ton suppliant.

— Je sais, répondit Blackwood. Nous devons retrouver celui qui l'a libéré. Il ne s'est pas débarrassé de ces chaînes tout seul.

Solomon expira profondément, revoyant l'image des chaînes abandonnées sur le sol de la chambre, les menottes ouvertes.

— Mais… qui a pu faire ça ?

— Qui d'autre avait accès à la maison et à la clé ?

2019. Englewood, New Jersey.

Yoan Martine brisa tout ce qui lui tombait sous la main jusqu'à ce qu'il soit complètement épuisé. Il se laissa tomber sur l'un des coussins du canapé qu'il avait éventrés avec un couteau.

Même le *mpangui* ne l'aiderait pas. Yoan l'avait laissé partir. Plus personne ne pourrait le purifier maintenant.

Que faire ? Il n'avait nulle part où aller. Nulle part dans ce monde.

Il se tirait sur les cheveux quand le bruit d'un accident à l'extérieur l'arrêta subitement. Le courant était coupé. Yoan se leva d'un bond et courut jusqu'à la porte.

Dehors, de l'autre côté du virage, une Infiniti blanche dernier modèle était rentrée de plein fouet dans un pick-up à l'arrêt, avec tant de violence qu'elle l'avait propulsé sur le trottoir où il avait défoncé un poteau de ligne téléphonique qui était tombé sur l'Infiniti. Le conducteur était enfoncé dans son siège, ensanglanté, mort. Des fils électriques grésillaient dans la rue. L'Infiniti devait rouler à plus de quatre-vingts kilomètres à l'heure pour faire autant de dégâts, une vitesse qui n'avait pas de sens dans cette zone résidentielle.

Nfuri.

Yoan regarda autour de lui. Les esprits étaient invisibles, mais il ne pouvait pas s'empêcher de les chercher, c'était humain. *Ça fait quoi, quand ils prennent possession de nous ?* se demanda-t-il.

Au début, rien ne se passa. Il retourna vers la maison et s'assit sur les marches devant la porte, en pleurant, pour attendre son destin. Il s'était maudit lui-même à cause des erreurs qu'il avait commises, à cause des profanations, à cause des blasphèmes. La gorge serrée à la fois par les nausées et les sanglots, il leva les yeux au ciel, la bouche grande ouverte.

Obediah sentit le sort de protection récemment lancé à l'entrée de la maison. La magie s'était dissipée, mais il restait des traces de l'incantation, prouvant à l'entité qu'elle était au bon endroit, sur la bonne piste.

Le pilleur de tombes était assis sur les marches en briques et se tirait les cheveux. L'homme attendait d'être possédé, il y était résigné. On aurait même dit… que ça lui faisait plaisir.

Cela mit Obediah en colère. L'entrée dans le corps fut violente, la prise de pouvoir traumatique. Le pilleur de tombes se soumit avec un hurlement terrible qui se transforma en grognement.

Obediah prit l'homme et se leva. Il rentra dans la maison. L'intérieur détruit augmenta encore la fureur de l'entité dont la destruction était l'essence même. Il marcha jusqu'à un miroir, centrant le visage de l'homme entre les craquelures du verre. Il leva ses mains aux longs ongles effilés taillés en pointe et commença à s'arracher la peau du visage.

Il gratta jusqu'à révéler la chair et les tissus en dessous.

Obediah chercha dans la mémoire de l'homme les informations à propos de Blackwood. Il y découvrit également la présence de l'agent, celle à côté de qui il était passé dans la maison après avoir pris possession de son partenaire.

Oui, *pensa-t-il.* Les agents de Blackwood. Ses complices.

Tout ce qu'Obediah apprit, c'était qu'il était sur la bonne voie. À part ça, le véhicule qu'il occupait ne savait pas grand-chose. Obediah regarda son visage dévasté, le sang et la viande de cet humain, et le fendit d'un sourire.

Ensuite il se mit à courir. Il sprinta à travers les rues d'Englewood.

À travers les cris.

Courut sans s'arrêter jusqu'à ce que la voie express soit en vue.

Et le pont.

Escalada la barrière de sécurité. S'empala sur les piques à son sommet.

Passa par-dessus le bord.

Et se laissa tomber.

Jusqu'à l'impact.

Et l'expulsion.

L'extase.

Odessa rappela Linus depuis les toilettes de l'hôpital.

— Comment ça se passe à Omaha ? demanda-t-elle.

— Ça va, ça va. Je manque de place pour travailler dans ma chambre, j'ai des dossiers partout, sur le bureau, sur la commode, sur le lit, mais tout va bien. Cela dit, je me sens un peu seul. Où es-tu ? J'ai essayé de t'appeler.

— Je suis de nouveau dans le Queens, à l'hôpital, pour voir l'ancien agent qui a fait une attaque, répondit-elle. Je voulais voir comment il allait.

— C'est bien, c'est gentil. Et comment va-t-il ?

— Aucune idée, il n'est pas dans sa chambre. J'attends qu'il revienne.

— Tu as l'air d'aller mieux, dit Linus. Revitalisée. Plus comme l'ancienne toi.

Odessa se sentait mieux, effectivement, même si elle savait que ce n'était que temporaire.

— Je m'occupe, répondit-elle.

La vérité, c'était que sa rencontre avec Hugo Blackwood l'avait revigorée. Tout autant qu'elle l'avait frustrée et agacée. Elle ne pouvait pas aborder ce sujet avec Linus au téléphone.

— Tu as eu des nouvelles des avocats ?

Son humeur s'assombrit un peu.

— J'ai quelques mails en retard.

— Pas de souci, je demandais juste. Ça m'ennuie de t'avoir laissée.

— T'es trop mignon. (Elle jeta un œil vers la porte, pressée de regagner la chambre avant que Solomon ne revienne.) Je suis contente d'avoir pu te parler.

— OK, répondit-il. Ne me laisse pas sans nouvelles trop longtemps, continue de faire le point.

— D'accord, maman, répondit-elle. (Elle l'entendit pouffer.)

— OK, reprit-il. Continue de sourire.

Elle raccrocha et continua de regarder la photo de Linus sur son téléphone jusqu'à ce que la fiche contact s'efface. Après cette étrange escapade avec Blackwood, il était rassurant et aussi bizarrement gênant, d'avoir une conversation normale avec un autre être humain. Elle remarqua le clignotement indiquant l'arrivée d'un nouveau mail et ouvrit sa boîte à contrecœur. Le seul mail qui lui sauta aux yeux venait de Laurena, son amie du bureau du New Jersey. Celle-ci l'avait envoyé de son adresse personnelle. Objet : *C'est quoi, cette connerie ?!*

Odessa retourna dans la chambre de Solomon. Celui-ci était toujours absent, elle fut soulagée de ne pas avoir raté les retrouvailles. À la télévision, dont le son était coupé, apparaissait une mosaïque de six experts commentant les nouvelles sur une chaîne d'information. Blackwood, qui se tenait dos à la pièce et regardait la ville à travers la fenêtre crasseuse, se retourna en l'entendant arriver.

— Vous en avez mis du temps. J'étais sur le point de partir.

— Vous n'aimez pas beaucoup attendre, hein ? Je pensais qu'après quatre cent cinquante ans, vous auriez acquis un plus haut seuil de patience.

— Ce serait peut-être le cas si j'avais l'impression de faire un usage avisé de mon temps...

Odessa observa cet homme étrange et immortel dans la lumière grise qui filtrait à travers la vitre sale, cet homme qui remettait en cause toute sa conception de la réalité. Par moments, il lui donnait l'impression d'un extraterrestre terrifiant. Peut-être était-ce dû au regain d'énergie que lui apportait la salade grecque qu'elle venait de manger, mais à cet instant précis, ce qui la frappait le plus, c'était cette nouvelle perception du monde qu'il incarnait.

Elle s'approcha de lui avec son téléphone.

— Vous passez beaucoup de temps en Europe de l'Est ? demanda-t-elle.

Il la regarda bizarrement.

— Pourquoi cette question ?

Tournant l'écran vers lui, elle lui montra une photo aux couleurs délavées. On y voyait un groupe d'hommes, debout sous la pluie près d'une Volkswagen avec une plaque d'immatriculation allemande, devant un poste-frontière. Les hommes portaient des chapeaux et des cravates fines. Sur un panneau, on pouvait lire la mention « POSTE DE CONTRÔLE ALLIÉ » accompagnée de dessins des drapeaux américain, français et anglais. Sur un autre, en trois langues, figurait la phrase « VOUS QUITTEZ LE SECTEUR AMÉRICAIN ».

Elle tendit le téléphone vers lui pour qu'il puisse mieux voir, mais Blackwood recula vivement, comme s'il s'était agi d'un couteau ou d'un chien agressif.

— Checkpoint Charlie, dit-elle. L'un des principaux postes-frontières entre Berlin-Est et Berlin-Ouest pendant la guerre froide. Cette photo vient des archives du FBI, elle a été prise en 1964.

Elle posa les doigts sur l'écran tactile et zooma sur les visages. Tous les hommes souriaient, sauf un. Elle zooma encore, au maximum.

Blackwood regarda le visage sur l'écran, puis Odessa, impassible.

— C'est vous, dit-elle. Elle revint au mail et ouvrit l'une des autres photos qui figuraient en pièces jointes. Parlons maintenant de Waco, au Texas, en 1993.

Elle lui montra la photo d'un poste d'observation près d'un barrage routier. Un groupe d'agents du FBI discutaient près d'un homme portant de grosses lunettes. Sur la gauche se tenait une silhouette familière vêtue d'un costume sombre.

— L'Église des Davidiens ?

Elle zooma sur le profil de Blackwood. L'homme à ses côtés ne regardait pas en direction de l'appareil, mais sa peau noire était visible sous la casquette de base-ball.

— Et ça, ça ne serait pas l'agent Solomon ?

Blackwood la scruta, cherchant à voir si elle était fière d'elle.

— J'ai eu ça par une amie du FBI, expliqua-t-elle. Vous avez posé pour beaucoup de portraits, j'ai l'impression.

Elle lui montra un tableau datant de l'ère élisabéthaine, le portrait d'un homme portant une robe à col montant, debout près d'un haut pupitre.

— Cette toile faisait partie d'une des collections pillées par les nazis. Elle a été retrouvée il y a une dizaine d'années et est maintenant conservée dans les réserves de la National Portrait Gallery, à Londres.

Elle lui colla le téléphone sous le nez. La ressemblance est frappante.

— Eh bien, merci, répondit-il d'une voix monocorde.

— Et celle-ci. J'avoue, je ne l'avais pas vu venir. Je n'aurais jamais, jamais imaginé que vous étiez fan de Disney. Ça m'a vraiment soufflée.

La photo montrait un groupe de personnes rassemblées autour d'un Mickey Mouse souriant entièrement composé de fleurs. Elle zooma sur un homme portant un costume de Mickey old school et sur le jeune Ronald Reagan, juste à côté de Walt Disney, debout derrière un micro. Dans la rangée juste derrière lui, à cinq personnes d'écart à peine, se tenait un Anglais en costume sombre. Il ne souriait pas, mais était apparemment le seul à regarder dans la direction de l'appareil.

— 17 juillet 1955. Ça, ça a vraiment dû être pénible.

— Ça vous amuse, n'est-ce pas ?

— Pas vraiment. Je souris juste pour ne pas hurler. Ces photos n'ont pas été retouchées.

— Je sais.

— Et ce ne sont que celles qui remontent, probablement par erreur. Franchement, qui d'autre que Solomon aurait pu associer votre nom à ces images ?

— J'imagine que vous avez raison.

Le téléphone d'Odessa se mit en veille, l'écran devint noir.

— J'ai donné la tasse, celle dans laquelle vous avez bu votre thé chez moi, au laboratoire du FBI. Elle n'avait pas été nettoyée, même pas rincée. Je gère des pièces à conviction comme ça tous les jours. Comment se fait-il qu'ils n'aient trouvé aucune empreinte ?

Hugo Blackwood haussa les épaules.

— Vous n'en avez pas ? Elles ont disparu ?

Il lui montra le bout de ses doigts, sur lesquels apparaissaient des courbes et des crêtes tout à fait normales. Il frotta ses pouces l'un contre l'autre.

— À vous de me le dire.

— Votre nom apparaît sur un grand nombre d'actes de propriété un peu partout dans le monde. Et encore, ça n'inclut pas les registres papier ou les transactions internationales qui ont pu avoir lieu avant le 11 septembre. Tout ceci suggère une fortune immobilière énorme, d'une valeur substantielle, mais impossible à définir avec précision. À cause des pseudonymes et des prête-noms d'une part, mais aussi parce que certains villages et certaines provinces ont depuis changé de nom. Mais quoi qu'il arrive, l'argent semble toujours vous suivre.

Blackwood acquiesça, agissant comme s'il entendait tout ça pour la première fois.

Elle débloqua son téléphone.

— En voilà une autre. Lorraine, 1914.

La photo montrait des soldats de la Première Guerre mondiale dans des tranchées, l'air épuisé. À l'arrière-plan, buvant dans une timbale en fer-blanc, se trouvait encore l'Anglais en costume sombre.

— Je me souviens de cette tasse de thé, dit-il. Un breuvage atroce.

Odessa rangea son téléphone, lassée de son propre jeu.

— Je suis prête à parier qu'une recherche exhaustive dans les photos et les peintures vous placerait sur tous les lieux, ou au moins à proximité, des événements majeurs de ces cinq derniers siècles. Toujours pour vos soi-disant enquêtes occultes.

— Vous seriez surprise.

Elle l'observa, debout devant elle. Ce n'était qu'un homme. Et en même temps, il était bien plus que ça.

— Vous aimez le thé, dit-elle. Vous mangez aussi ?

— Quand j'ai faim.

— Où dormez-vous ?

— Dans un lit.

— D'où vient votre fortune ?

— Les intérêts, ça vous dit quelque chose ?

Elle hocha la tête. La réponse était sensée.

— Donc, vous êtes... immortel ?

— J'espère que non.

— Vous voulez mourir.

Blackwood regarda par la fenêtre.

— Vous pouvez être blessé ? insista-t-elle. Est-ce qu'un homme de quatre cent cinquante ans ne devrait pas avoir quelques cicatrices après tout ce temps ?

— Je ressens la douleur, voilà qui est certain. Pour ce qui est des blessures, je ne vous suis pas très bien. Je suis un détective de l'occulte, pas un as de la gâchette.

— Mais... vous ne pouvez pas mourir. (Blackwood soupira.)

— Et si vous me disiez plutôt quelque chose sur vous ?

Odessa se sentit décontenancée.

— Sur moi ? Après tout ce qui vient d'être dit ? Voyons. Je ne suis pas très bonne au Scrabble...

— Parlez-moi de votre père.

— Mon père ?

— Dans la boutique, la vieille femme qui vous a lu les cartes. Elle vous a demandé si vous vouliez savoir à propos de votre père.

Le sang d'Odessa se glaça.

— Et je lui ai répondu non, n'est-ce pas ?

— Vous ne vouliez pas qu'*elle* vous en parle, répondit-il. Ça ne veut pas dire que vous ne vouliez pas savoir.

— Pourquoi est-ce que ça vous intéresse ?

— Je dois connaître vos points faibles. Il est toujours bon de savoir où se situent les limites. Les faiblesses peuvent toujours être exploitées.

— Par les Avides ?

— Par n'importe quel esprit agressif, malveillant. C'est comme ça qu'ils fonctionnent. C'est de ça qu'ils se repaissent.

Odessa secoua la tête et s'installa dans le fauteuil rembourré placé sous le poste de télévision.

— Ce n'est pas une faiblesse. J'en ai fait une force.

— Vraiment ? demanda Blackwood.

Elle savait qu'il cherchait à la titiller. Ça n'avait pas d'importance. Quelque chose au fond d'elle voulait qu'il sache.

— Mon père était avocat dans la petite ville où j'ai grandi. Il a occupé le même bureau pendant des années, dans une ancienne ferme reconvertie, près de la bibliothèque. Un véritable avocat de famille, comme ces vieux médecins. Il avait toujours des caramels dans un bocal en verre sur son bureau quand j'allais le voir. Et il y avait aussi sa vieille secrétaire, Polly, qui travaillait là depuis toujours. J'étais la plus jeune, la dernière de ses enfants. Nous étions proches.

« Il participait beaucoup à la vie de la ville, il faisait partie de nombreux comités, celui de l'école, celui de l'urbanisme. Ça faisait partie du job, j'imagine. Il était l'ami et le conseiller de tous. Il aimait vraiment son travail, qui se composait essentiellement de successions, de transactions immobilières et de testaments. Il appréciait particulièrement de rendre visite à ses clients âgés et de passer du temps avec eux, il les emmenait même déjeuner, se liait d'amitié avec eux. Quand je pense à lui, les images qui me viennent sont celles de *Ne tirez pas sur l'oiseau moqueur*[1], même si lui n'a jamais été confronté à la moindre affaire criminelle. Contrairement à mes frères et sœurs, j'étais déterminée à faire des études de droit, pour suivre les traces de mon père… mais pas dans une petite ville. Moi, je voulais partir. Emporter ses valeurs avec moi. Et, même si je ne l'aurais jamais admis à l'époque, je voulais le rendre fier.

« J'étais en deuxième année quand ma sœur m'a appelée pour me dire que papa avait été arrêté. J'ai dû rentrer de l'Université de Marquette pour aller le voir. Il niait tout en bloc et moi, évidemment, j'étais de son côté. Un client âgé qui n'avait pas d'héritier, avec qui mon père était ami depuis des années, était décédé en laissant un patrimoine conséquent, d'une valeur d'un demi-million de dollars, à une œuvre de charité consacrée à Alzheimer, en mémoire de sa femme dont il s'était occupé pendant toute la durée de sa maladie. Pourtant, le montant perçu par l'association n'était que d'un peu plus de cinquante mille dollars ; comme on leur avait promis dix fois plus, ils ont fait faire

1. Roman de Harper Lee, prix Pulitzer en 1961, dont le personnage principal est un avocat d'une petite ville de l'Alabama commis d'office pour défendre un noir accusé d'avoir violé une blanche.

une enquête. Apparemment, mon père avait facturé à cet homme toutes les heures passées avec lui quand il lui rendait visite, tous les déjeuners, tous les coups de fil. Ajouté aux frais administratifs en tant qu'exécuteur testamentaire, il avait facturé un tout petit peu moins de quatre cent mille dollars. Un tarif exorbitant. J'ai interrogé mon père à ce sujet, plusieurs fois, et il avait toujours une réponse, il refusait d'admettre que chaque penny qu'il avait facturé ne lui était pas dû... mais avec le temps, il est devenu évident qu'il avait escroqué les légataires de ce pauvre homme. Il avait trahi sa fonction d'avocat et d'exécuteur testamentaire. Et pourtant, ils étaient amis. Le pire, c'est que mon père s'est convaincu lui-même qu'il n'avait rien fait d'immoral ou d'illégal.

« Le scandale a tout changé à la maison. J'ai quitté Marquette pendant six mois et je l'ai aidé à préparer sa défense quand il a refusé de plaider coupable. À la fin, nous avons obtenu une réduction de peine, et je me suis sentie dégueulasse d'avoir fait ça. Il a été radié du barreau, il a dû rendre tout l'argent à l'association contre Alzheimer, ce qui a causé la ruine de mes parents, et il a été condamné à trente mois de prison.

Elle regarda Blackwood, qui l'écoutait sans juger, mais également sans empathie. Les quelques personnes à qui elle avait raconté cette histoire s'étaient toujours pliées en quatre pour la rassurer sur le fait que le crime de son père n'était pas le sien et qu'elle ne devrait pas en avoir honte, mais Blackwood, lui, l'écoutait sans rien dire.

— Ma mère a toujours cru mon père et, au bout du compte, ça a creusé un fossé entre nous. Vous et moi, nous avons rencontré des pilleurs de tombes. Ce que mon père a fait n'était pas tellement mieux, il a volé un homme mort. Évidemment, ensuite, je me suis demandé si c'était pour cette raison qu'il se comportait aussi amicalement avec tous ses clients âgés. Combien de fois avait-il déjà fait ça avant ? Combien d'argent destiné à des œuvres de charité ou à des dons avait-il détourné ? Et si tel était le cas... où était passé l'argent ? Je ne voulais pas connaître la réponse à ces questions. Dès que j'ai pu, j'ai demandé mon transfert à la fac de droit de Boston et j'ai travaillé dans un restaurant pour payer mes études. Pendant le premier mois qu'il a passé en prison, je l'ai appelé, nous avons parlé. Mais ensuite, je me suis retrouvée, assise en classe, à repenser à la confiance de ses clients qu'il avait trahie, à celle de sa famille. L'idée de lui parler me rendait malade. Et il le savait. Nous étions si proches, j'avais calé mes pas dans les siens. Il avait toujours ma mère, bien sûr. Elle ne lui aurait jamais tourné le dos. Mais je crois que l'idée de me perdre, moi, son ombre, la gamine qui venait manger des caramels dans son bureau et pensait qu'il était incapable de faire le moindre mal... Je pense que savoir qu'il avait perdu mon respect l'a touché plus que tout le reste.

« Ils l'ont trouvé mort dans sa cellule un matin, dix mois après le verdict. Il avait mouillé une de ses chemises pour qu'elle soit plus solide et s'était pendu avec au montant du lit pendant que son compagnon de cellule dormait. Encore un choc. Je ne l'aurais jamais cru capable d'une telle chose. Mais il avait ses démons, du genre psychologiques, pas comme ceux après lesquels vous courez, dont j'ignorais tout. Et quand le vernis public, la belle image d'avocat de famille, sincère et digne de confiance... quand tout ça a disparu, il n'a pas pu le supporter. Il n'a pas pu accepter que les gens voient le voleur immoral, avide, le glouton qu'il était.

« Vous voyez, ce n'est pas une faiblesse. C'est de l'éducation. Ça m'a fait passer l'envie de faire du droit, ça, c'est sûr. J'ai eu mon diplôme, mais j'avais déjà décidé de postuler au FBI. La loi et l'ordre. (Elle émit un petit rire amer.) Et maintenant, ça aussi, c'est fini. Qu'est-ce qui me reste ?

— Ce n'est peut-être pas terminé, répondit Blackwood.

Elle se massa les tempes, refusant de laisser l'espoir s'insinuer en elle.

— Si. Il est temps d'aller de l'avant. Temps de prendre un nouveau départ.

— Hello, chantonna une voix nouvelle, tandis que l'infirmière apparaissait dans l'encadrement de la porte. Oh, regardez. Vous avez de la visite.

Elle parlait à Earl Solomon, allongé dans son lit, un bras replié mollement en travers de sa poitrine.

Odessa se recula légèrement pour que les infirmières puissent le faire rouler jusqu'à sa place. La tête de Solomon était penchée sur le côté et tandis que l'infirmière bloquait les freins des roues, Odessa réussit à croiser son regard. Ses yeux étaient ouverts, mais dans le vague.

— Comment va-t-il ? demanda-t-elle.

Une infirmière vérifia sa perfusion et ses pansements pendant que l'autre s'approchait d'Odessa.

— Ça va à peu près, dit-elle, le ton de sa voix indiquant clairement que la situation n'était pas très bonne. Il nous a fait une petite frayeur respiratoire cette nuit, mais ses poumons vont bien. Il a aussi cru avoir des visiteurs, mais il était tout seul. (Elle posa la main sur le pied du vieil homme caché sous le drap.) N'est-ce pas, monsieur Solomon.

Solomon se tourna vers elle en entendant son nom mais se contenta d'humecter ses lèvres sèches sans répondre.

L'autre infirmière avait terminé. Elles se dirigèrent toutes les deux vers la porte et se nettoyèrent les mains avec une giclée de gel désinfectant avant de sortir.

— Il sait où est le bouton si besoin.

— Merci, répondit Odessa en se tournant vers Solomon, craignant que son état ne se soit encore dégradé. (Il la regardait mais ne disait toujours rien.) Ça vous dérange si je vous relève un peu ? demanda-t-elle.

Elle fit remonter légèrement la tête du lit. Le regard de Solomon était toujours tourné vers elle, dans la direction opposée à la fenêtre et à Hugo Blackwood.

— Si vous n'êtes pas trop fatigué pour recevoir des visites, continua-t-elle, il y a quelqu'un ici qui aimerait vous voir.

Les yeux de Solomon roulèrent dans ses orbites, sans voir personne. Doucement, il tourna la tête, d'abord vers la télévision… puis plus loin, jusqu'à ce qu'il découvre Blackwood.

Celui-ci pencha la tête, le regard vissé sur Solomon. Odessa ne pouvait voir que la moitié du visage du vieil homme de là où elle était. C'était la rencontre que le mourant lui avait demandé d'arranger.

Blackwood commença.

— Bonjour, Solomon.

Celui-ci lui répondit d'une voix rauque, la mâchoire raide.

— Vous voilà, dit-il. Espèce de fils de pute.

Le regard de Blackwood passa de Solomon à Odessa et revint se poser sur le vieillard.

— On m'a dit que vous vouliez me voir.

Solomon pointa son doigt vers lui, la main reliée par des tubes et des sparadraps à la perfusion derrière le lit.

— Absolument, répondit-il. Je voulais voir une dernière fois l'homme qui m'a fait vivre l'enfer.

La violence de la réaction de Solomon donna la chair de poule à Odessa. Blackwood, lui, semblait imperturbable.

— Nous avons traversé beaucoup de choses, tous les deux.

— Tous les deux.

Odessa s'était approchée doucement du pied du lit, vers Blackwood. Suffisamment pour pouvoir voir le rictus méprisant sur le visage de Solomon.

— C'était un travail important, continua Blackwood.

Odessa entra dans le champ de vision de Solomon.

— C'est vous qui m'avez demandé de vous l'amener, vous vous souvenez ? Je croyais que vous vouliez lui faire vos adieux.

Solomon la regarda, les sourcils levés au ciel, comme s'il essayait de se rappeler qui elle était.

— C'est vrai, répondit-il finalement en se tournant à nouveau vers Blackwood. Adieu. Quelle ironie. Je ne veux pas mourir, moi. Alors que vous, oui.

Le regard d'Odessa passa de l'un à l'autre. Ce n'était pas du tout ce à quoi elle s'attendait. Amener Blackwood ici était une erreur.

— J'ai essayé de l'arrêter, dit Solomon, s'adressant à elle à présent. Plusieurs fois. Au début. De lui botter le cul. Quand j'ai vu ce qu'il faisait. (Il pointa à nouveau le doigt vers Blackwood pour qu'Odessa n'ait aucun doute sur la personne dont il parlait.) C'est un assassin. Il court après les esprits démoniaques, mais pour ça, il écrasera tout ce qui se trouve sur son passage, personnes incluses. Il a tué des gens. Je l'ai vu. Pour en protéger d'autres, d'après lui. Pour sauver le monde. Mais au prix de vies humaines.

Blackwood le laissa parler sans réagir.

Solomon, poussé par la colère, trouva la force de lever la tête des oreillers afin de regarder Blackwood bien en face.

— Vous fuyez une chose à laquelle vous ne pouvez pas échapper. Et vous en poursuivez une que vous ne pouvez pas attraper.

L'effort était trop intense pour lui. Solomon se laissa retomber dans les oreillers et s'y enfonça encore plus profondément qu'avant. Son regard se tourna vers la fenêtre, derrière Blackwood et Odessa.

— Tout ce que je voulais, c'était être flic, dit-il. Depuis que j'étais gosse. Tout le monde m'a dit : « Petit noir, tu ne seras jamais policier. » Quand je suis arrivé à la fac de Morehouse, j'ai dit aux gens que je voulais être inspecteur et tout le monde m'a répondu : « Pourquoi veux-tu perdre ton temps avec ça ? » Ensuite, le FBI a annoncé qu'ils allaient ouvrir l'Académie aux noirs et j'ai dit : « Je veux être agent du FBI. » Et je l'ai été. L'un des premiers.

Il s'humecta les lèvres de sa langue pâle et sèche.

— J'avais un badge en argent, c'est sûr, mais j'avais toujours la peau noire. J'étais encore en marge. Un outsider. Ils ne savaient pas quoi faire de moi. Il en a tiré avantage, il a exploité la situation. Il a trouvé une sorte d'arrangement avec le Bureau. Il a fait de moi son « boy ».

Odessa était pétrifiée. Les émotions de Solomon étaient à vif. Elle se dit que c'était probablement à cause de ses problèmes de santé, de l'attaque qui avait endommagé son cerveau. Il avait tellement changé depuis leur première rencontre quelques jours plus tôt.

Blackwood intervint.

— Vous m'avez demandé de vous montrer ce qu'il y avait, là dehors. Vous étiez très curieux à propos de ces choses qui remettaient votre foi en question…

— Peut-être, l'interrompit Solomon, la mâchoire tremblante. Au début, peut-être. Mais tout ce que je voulais, moi… c'était être flic.

— Vous étiez flic, Solomon, dit Odessa.

Solomon la regarda.

— Et maintenant, vous. Il y a une raison pour laquelle il est avec vous. Il n'y a pas de hasard, n'est-ce pas, Blackwood ? Pas de coïncidence. Tout est connecté.

Essayant de le calmer, Odessa reprit :

— Vous ne m'auriez pas envoyée à lui si vous ne pensiez pas qu'il pouvait m'aider.

Cette affirmation fit cligner Solomon des yeux plusieurs fois.

— Je n'avais pas le choix. Vous m'avez été assignée, Odessa Hardwicke. Il n'y a pas de hasard. Pas de coïncidence.

Odessa regarda Blackwood. Solomon fit de même, mais avec un air différent. Ses yeux passaient de Blackwood à Odessa.

— Nous avons peut-être été partenaires autrefois. Nous avions… un travail spécial à faire. Tous les deux. Je vous accorde ce point. Mais maintenant que la fin est proche… tout semble si différent. À quoi tout ça a servi ? Je vais mourir… et lui, il reste. Avec un nouveau partenaire pour prendre ma place.

C'était d'elle que Solomon parlait.

— Non, dit Odessa. Vous m'avez envoyée à lui pour chercher de l'aide. Pour prouver mon innocence. Mais je ne récupérerai jamais mon arme. C'est juste une question de temps avant qu'ils me demandent de partir.

— Je suis désolé, répondit Solomon. Désolé que vous ayez été mêlée à tout ça. Désolé d'y avoir contribué. Je n'ai pas les idées très claires. Vous comprenez ce que j'essaye de vous dire ? J'essaye de vous prévenir.

Odessa détestait voir Solomon comme ça. Elle porta sa main à sa bouche, incapable de trouver quelque chose à dire.

Blackwood s'approcha. La main de Solomon reposait sur sa poitrine. Blackwood la prit. Le vieil homme essaya de la retirer quand il réalisa ce qui se passait, mais l'Anglais la tenait fermement. Il s'agrippa à cette main, les yeux de l'homme qui ne pouvait pas mourir plongés dans ceux de celui pour qui la fin était proche.

Blackwood prit la parole.

— Vous n'avez jamais oublié ce gamin du Mississippi. Votre première affaire.

Le visage de Solomon se détendit.

— Vernon, dit-il. (L'esprit du vieil homme semblait clair. Ses yeux se fixèrent sur Blackwood, réellement, pour la première fois ce jour-là.)

— Vous avez tort à propos de ce que vous avez accompli pendant toutes ces années, reprit Blackwood. Vous avez joué un rôle important et contribué à sauver le monde un grand nombre de fois. Vous laissez derrière vous un véritable héritage, Earl Solomon. Un héritage à la fois incroyable et secret. Personne ne sait les choses que vous avez vues.

Les larmes montèrent aux yeux de Solomon. Odessa vit les jointures de ses doigts blanchir tandis qu'il serrait la main de Blackwood en retour avec ce qui lui restait de force.

— Mais vous avez raison à propos d'une chose, continua Blackwood. J'envie votre dernier voyage. Puisse-t-il être paisible.

Les larmes se mirent à couler le long des joues émaciées de Solomon.

— Merci, souffla-t-il après une profonde inspiration.

Blackwood lui lâcha la main. Celle-ci se posa sur son ventre, à plat sur le drap. Il était à nouveau calme. Il était là.

Son regard trouva celui d'Odessa. Après un petit instant, il hocha la tête, comme pour lui confirmer qu'il allait bien.

— Soyez juste prudente, ajouta-t-il.

Odessa acquiesça, souriant de soulagement plus que de joie.

Solomon leva les yeux, comme s'il observait quelque chose au plafond.

— Regardez, dit-il.

Elle se tourna vers l'endroit qu'il lui indiquait, pour lui faire plaisir... et réalisa qu'elle se tenait pile sous la télévision, le son toujours coupé.

À l'écran, des images en direct d'un cambriolage de banque en cours à Forest Hills, dans le Queens. Les voitures de police avec les gyrophares bleus formaient un cordon de sécurité à environ un demi-bloc de l'entrée de la banque. Les caméras zoomèrent sur la porte qui était maintenue ouverte par une femme portant un tailleur, le bas de sa blouse pendant hors de sa jupe, et pointant ce qui semblait être une arme en direction des caméras tout en criant quelque chose à la police.

Le bandeau défilant disait : CAMBRIOLAGE ET PRISE D'OTAGES DANS UNE BANQUE DU QUEENS : LA DIRECTRICE D'AGENCE SUSPECTÉE.

Odessa se sentait émotionnellement vidée. Il lui fallut un petit moment pour comprendre ce qu'elle voyait.

— La directrice d'agence suspectée ? dit-elle. Elle aurait ouvert le feu dans sa propre banque ?

Blackwood se tenait juste à côté d'elle, les yeux rivés sur l'écran.

— C'est un Avide.

1962. Delta du Mississippi.

Solomon se gara derrière plusieurs pick-up immatriculés en Arkansas, dans le Missouri, le Tennessee. Adossé à l'une des pompes de la station-service, l'employé blanc, salopette bleu foncé et tee-shirt aux manches roulées, regarda les deux hommes en costume, l'un noir, l'autre blanc, passer devant lui. La station était ouverte, mais les affaires ne marchaient pas fort aujourd'hui.

Solomon se dirigea vers le bureau de police délabré, dans le centre de Gibbston. Une foule d'une trentaine de personnes, toutes blanches, se tenait devant le poste, d'autres sur le trottoir, certaines sur la chaussée. Il s'agissait pour la plupart d'hommes en chemises à manches courtes accompagnés de deux ou trois femmes en robes légères et portant des chapeaux pour se protéger du soleil. Le shérif Ingalls, les pouces enfoncés dans sa ceinture, se tenait parmi eux avec ses adjoints. De l'autre côté de la rue, à quelques mètres à peine, une foule un peu moins nombreuse de noirs attendait devant l'église, hommes et femmes mélangés, épiant avec gêne l'attroupement d'en face.

On n'était pas dimanche, mais l'orgue jouait à l'intérieur de l'église. Il s'agissait d'un service improvisé. La congrégation pleurait la mort de Vernon Jamus.

Le corps du garçon avait été découvert durant la nuit dans un vieux cimetière oublié, non loin de l'arbre auquel Hack Cawsby avait été pendu.

Solomon se tourna vers Blackwood, qui avait ralenti à quelques pas derrière lui, et lui adressa un regard accusateur qui voulait également dire *Je vous l'avais bien dit*.

Avec la mort du garçon, la situation en ville s'était tendue. Et maintenant, Blackwood voulait que Solomon mente pour lui.

Macklin, l'agent du bureau local en charge de l'affaire, descendit du trottoir en nettoyant ses lunettes avec le bout de sa cravate.

— Dieu tout-puissant, Solomon, dit-il en remettant ses binocles sur son nez. On fait quoi, maintenant ?

— Je sais, monsieur.

— Sacré coup de veine, d'avoir trouvé le corps du gamin si vite.

Solomon s'éclaircit la gorge, sentant la présence de Blackwood quelques pas derrière lui.

— À vol d'oiseau, le cimetière et le lieu de la pendaison ne sont pas très loin de la maison du garçon. Il y a des passages dans les champs de canne à sucre.

L'agent Macklin hocha la tête. Solomon n'était pas sûr qu'il le croie. Macklin jeta un coup d'œil en direction de l'assemblée de noirs debout devant l'église.

— Ils pensent qu'il s'agit d'une vengeance. Une vie contre une autre.

— Vous ne penseriez pas la même chose, à leur place ?

Macklin se tourna vers la foule d'hommes blancs, encore plus près d'eux.

— J'en sais rien, répondit-il. En général, dans ce genre de cas, ils ne s'en prennent pas à des enfants.

Solomon avait en tête une bonne poignée de fois où ça avait été le cas, mais il préféra se taire. Moins il parlait, mieux ça valait.

— Aucun signe d'acte criminel, d'après ce qu'on m'a dit, reprit Macklin. Le gamin était malade ? Il se serait perdu ?

Solomon pouvait sentir les égratignures sous le col de sa chemise, les contusions sur ses côtes et dans son dos.

— La famille refuse l'autopsie.

— Ça ne sent pas bon, commenta Macklin. Ça veut dire que les choses ne vont faire qu'empirer. Le shérif pourrait insister.

— Il pourrait, mais il ne le fera pas. Vous pensez vraiment qu'il a envie de trouver des indices ? Quelque chose qui l'obligerait à se bouger ?

Plus bas dans la rue, le ton commençait à monter entre les deux communautés, un noir pointant du doigt une poignée de blancs qui lui hurlaient dessus en retour. Deux adjoints du shérif s'interposèrent pour essayer de calmer la situation.

— Les deux parties sont prêtes pour la bagarre, dit Macklin. Si ça continue comme ça, il faudra faire appel à la Garde nationale pour maintenir la paix ici.

— C'est la paix que vous voulez ? demanda Solomon. Ou bien la justice ?

— Du calme, répondit Macklin.

Solomon était tout sauf calme.

— Je suis quoi, un noir ou un agent du FBI ? Parce que vous pouvez interroger n'importe qui ici, ils pensent tous que je suis celui en qui ils ne peuvent pas avoir confiance. Alors si j'ai été envoyé ici parce que quelqu'un s'est dit que c'était certainement un avantage d'être les deux, eh bien, c'est franchement raté.

Le ton de Solomon attira l'attention du shérif Ingalls qui se dirigea tranquillement vers eux.

— Y a un problème ici ?

— Vous êtes bien au seul endroit dans cette ville où il n'y a pas de problème, lui répondit Solomon.

Le shérif Ingalls fronça les sourcils.

— C'est marrant que vous disiez ça. Quelqu'un a justement déposé une plainte contre vous.

— Ah oui ?

— Certains gars disent que vous leur avez donné du fil à retordre dans les bois près du site de la pendaison.

Solomon regarda par-dessus l'épaule du shérif en direction de la foule et observa les hommes au regard impatient qui se tenaient à l'avant, des griffures et des égratignures sur le visage.

— Ces messieurs là-bas ? demanda Solomon en les pointant du doigt. Je ne sais pas, je n'arrive pas à les reconnaître sans leurs capuches.

Le shérif Ingalls ne réagit pas.

— Entre ça et la découverte du corps du gamin, j'ai l'impression que vous avez passé pas mal de temps dans ces bois.

Solomon fixa le shérif, essayant d'évaluer s'il l'accusait de quelque chose ou s'il était juste à la pêche aux informations.

— Je ne vois pas de quoi ils pourraient se plaindre. Leurs torches se sont éteintes et ils ont paniqué à cause de l'obscurité.

L'un des hommes du Klan lui cria :

— Eh, tu viens d'où, gamin ?

— Et vous, vous êtes d'où ? lui répondit Solomon. (Puis, se tournant vers le shérif :) C'est dans vos habitudes de laisser des agitateurs extérieurs faire la loi dans votre ville ?

Ingalls lui jeta un regard furieux.

— Ce sont des citoyens inquiets. Ils ont tous les droits.

Solomon hocha la tête.

— Tout à fait, c'est la loi. Par conséquent, si un groupe d'hommes noirs arrivait, des citoyens inquiets, eux aussi, vous feriez preuve de la même courtoisie et de la même considération, j'imagine.

Le shérif Ingalls ne souriait plus du tout.

— Vous êtes là, vous, non ?

L'agent Macklin s'interposa entre les deux hommes avant que les choses ne dégénèrent.

— OK, dit-il. Nous sommes tous du même côté.

— Non, ça m'étonnerait, répondit le shérif. (Il pointa le doigt derrière Solomon.) Et qui vous nous avez ramené, là ?

Solomon se retourna. Le shérif faisait allusion à Hugo Blackwood, qui traversait la rue en direction de l'église.

— Un citoyen inquiet, répondit Solomon, s'élançant derrière Blackwood.

Solomon s'assit sur le dernier banc en chêne à haut dossier situé au fond de l'église. Le pasteur Theodore Eppert faisait son prêche en pleurant, le col de sa soutane violette tellement trempé qu'il en était devenu pourpre. Les fidèles sanglotaient. La famille Jamus, qui ne comptait plus que dix-huit enfants, remplissait les trois premiers rangs.

Solomon baissa la tête. Il luttait contre le souvenir de l'enfant démon qui l'avait attaqué la nuit précédente. Blackwood se tenait derrière lui, à sa gauche, tel un spectre vêtu de noir. Solomon ne savait pas comment il pouvait avoir l'audace d'être là. Sa rage contre l'assassin qui se tenait derrière lui reprit de la vigueur.

Il avait été élevé dans la foi chrétienne, mais ça faisait bien longtemps qu'il n'avait pas prié Dieu. Il Lui demanda de le pardonner. Il Lui demanda de le guider. Il Lui demanda de l'aider.

Le pasteur Eppert dit « Vernon était le meilleur d'entre nous » et la congrégation répondit « *Loué soit le Seigneur* ». Le pasteur Eppert dit « Vernon était le plus innocent d'entre nous » et la congrégation répondit « *Loué soit le Seigneur* ». Le pasteur Eppert dit « Vernon nous attendra dans un monde meilleur » et la congrégation répondit « *Loué soit le Seigneur* ».

— Loué soit le Seigneur, acquiesça Solomon, quelques secondes trop tard.

Après cet office spécial, le pasteur Eppert descendit de la chaire et rassembla la famille et les amis autour de lui. Le sentiment de tristesse était oppressant, exténuant. Solomon lui-même avait l'impression que son âme s'était desséchée et qu'il ne restait plus rien à l'intérieur de lui. Il se sentait vidé, plus bon à rien.

Il ne réalisa que les fidèles avaient quitté l'église que quand celle-ci fut quasiment vide. Ils avaient regagné la rue où la foule de blancs les attendait, et Solomon devait trouver la force de les rejoindre. Il se leva, s'appuya contre le haut dossier du banc et regarda la croix soutenue par deux câbles au-dessus de l'autel, le pupitre en bois tout simple, les portes sur les bas-côtés, et les grands cierges qui éclairaient les lieux. Il se tourna vers la sortie et passa au pied de l'une des deux volées de marches qui menaient à la tribune sur laquelle un orgue jouait un hymne lugubre. Solomon se dirigea vers la porte, tout en jetant un œil en arrière pour vérifier que Blackwood le suivait. Il vit l'étrange Anglais remonter la travée centrale en direction de l'autel. Solomon n'arrivait pas à le croire.

— Hé ! cria-t-il. Bon sang, qu'est-ce que vous foutez ?

La voix de Solomon résonna fortement sur les murs de l'église. Il se souvint de la présence de l'organiste et baissa la voix tout en se dirigeant rapidement vers Blackwood.

— Je vous parle. Où allez-vous ? Sortez de là.

Il attrapa le bras de Blackwood et l'obligea à se retourner.

— Vous en avez déjà fait assez, continua Solomon. N'empirez pas les choses.

— Laissez-moi, répondit Blackwood.

— Je n'aurais jamais pensé frapper quelqu'un dans une église. Ne m'y poussez pas.

Les yeux de Blackwood brillaient d'un éclat inattendu. Comme un avertissement. Pas sur une éventuelle riposte, non, plutôt sur ce qu'il pourrait trouver.

— Si vous voulez partir, dit Blackwood en secouant le bras pour se libérer, alors partez. Mais ne vous mettez pas en travers de mon chemin.

Solomon le regarda se diriger vers le chœur étroit et sans ornement. Une table vide était dressée contre le mur du fond, sous la croix. En dehors de la chaire et des cierges, il n'y avait rien à cet endroit.

Solomon se retourna et regarda les bancs vides. Il voulait partir. Il voulait sortir. Ne serait-ce que pour prouver à Blackwood qu'il ne l'intimidait pas. Il ne prendrait pas part à la profanation d'un lieu de culte.

Blackwood n'entra pas dans le chœur, ne s'approcha pas de l'autel. Il avança vers la droite jusqu'à la porte de la sacristie.

— N'entrez pas là-dedans, dit Solomon.

Blackwood ouvrit la porte et entra.

Solomon regarda à nouveau l'église déserte. Personne ne les observait. À l'extérieur, une guerre raciale se préparait. Solomon était déchiré.

Il se dirigea vers la sacristie, derrière l'autel, juste pour voir où était Blackwood. De là où il se trouvait, il ne voyait qu'un placard ouvert laissant apparaître des étagères remplies de livres de cantiques et de plats qui servaient pour la communion. Maudissant Blackwood, Solomon entra à son tour.

Il se trouvait à présent sur le côté de l'autel. Une porte menait à la chaire par où le pasteur entrait et sortait. Dans un renfoncement du mur on apercevait un bol et une serviette destinés à l'onction des mains. Des bibles et des livres de catéchisme étaient posés sur une table, près d'un pot à crayons, de cierges et d'une boîte d'allumettes. Blackwood se tenait près d'une fenêtre, tout au fond de la pièce, et regardait les arbres. Solomon se fit la remarque qu'ils étaient identiques à ceux qui les avaient conduits au lieu de la pendaison et au cimetière.

— OK, il n'y a rien d'autre ici, dit Solomon. Allons-nous-en.

Blackwood tira sur la poignée en bois d'une toute petite porte. Tout le panneau se décrocha. La planche de bois, qui n'était pas fixée sur des gonds mais juste posée, révéla un espace bas qui devait être situé juste derrière l'autel. La pièce était aveugle et il y régnait une obscurité totale.

— Les allumettes, demanda Blackwood.

Solomon, à nouveau, se sentit tiraillé. La détermination tranquille de Blackwood fit pencher la balance en sa faveur. C'était un homme en mission. Solomon voulait savoir ce qu'il avait trouvé.

Il récupéra la boîte d'allumettes et regarda Blackwood en enflammer une. Le halo de lumière orange ne révéla pas grand-chose avant d'avoir rencontré la mèche d'une chandelle rouge sang. Un instant plus tard, la flamme s'éleva et éclaira l'espace.

La bougie était posée avec beaucoup d'autres sur une table recouverte de cire fondue. À côté se trouvaient des racines tordues, nettoyées de toute trace de terre, sélectionnées pour leurs formes arrondies qui les faisaient ressembler à des sigils naturels. Un bol contenant de la poudre. Quelques fleurs séchées et un tableau couvert de symboles dessinés à la main.

— C'est quoi, ça ? demanda Solomon.

Blackwood prit la question au pied de la lettre.

— De la stramoine[1] et du soufre.

— Non… *c'est quoi, ça ?*

Blackwood arracha la bougie de la table, éclairant le mur sur lequel un visage primitif était dessiné avec de la cire rouge et du sang, les yeux révulsés, la bouche grande ouverte.

— Du hoodoo, répondit Blackwood.

— Du vaudou ?

— Une sorte de magie traditionnelle, expliqua Blackwood. Elle est originaire d'Afrique de l'Ouest, mais elle a été importée dans le sud des États-Unis avec le commerce transatlantique des esclaves. Le principe de base, c'est la vénération des ancêtres

1. Également appelée Datura officinal : plante dont le fruit est toxique.

et l'équilibre spirituel. Pendant la période de l'esclavage, cet équilibre spirituel a peu à peu été remplacé par un esprit de revanche, une volonté de châtiment. Le hoodoo est plus rudimentaire, moins homogène que le vaudou. C'est pour cette raison qu'il est plus ouvert à une certaine forme de corruption spirituelle. Surtout s'il est pratiqué sur un sol sacré.

— Le pasteur ? demanda Solomon. (Il se rappelait l'avoir vu dans la maison des Jamus. Il lui avait parlé, l'avait écouté lui dire quel bon garçon était le petit Vernon.) Non, dit Solomon, moins comme un refus que comme une prière.

Blackwood se retourna.

— Ce mur est situé exactement derrière l'autel. C'est le côté sombre. Le reflet dans le miroir.

Il se tourna à nouveau et utilisa la lumière de la bougie pour examiner le sol. Il tria tout un tas d'objets et sortit du lot un vêtement blanc. C'était une robe, dont l'ourlet était sali de terre comme s'il avait traîné dans les bois.

— Oh non, dit Solomon, refusant d'y croire. Un homme d'église.

— Le pasteur avait accès à la clé des chaînes du garçon.

Blackwood approcha l'ourlet de la robe de la bougie. Le tissu prit feu, se plissa, commença à brûler.

— Qu'est-ce que vous faites ? demanda Solomon.

Blackwood posa la robe en flammes sur la table. Le soufre s'enflamma rapidement, produisant une flamme bleue et remplissant l'espace étroit d'une odeur d'œuf pourri.

— Toute l'église va brûler, s'inquiéta Solomon.

— C'est l'idée, répondit Blackwood.

De la robe, il ne restait déjà plus que des lambeaux enflammés qui tombaient sur le sol.

— C'est un incendie volontaire, dit Solomon.

Mais il n'y avait rien autour de lui qui puisse servir à combattre le feu. L'odeur se répandait.

Solomon sortit rapidement de là, Blackwood sur les talons. Le jeune agent essayait de réfléchir à ce qu'il devait faire. D'abord appeler les pompiers. Puis interroger le pasteur Eppert, mais à l'abri des tensions qui montaient dehors. Ensuite, arrêter Hugo Blackwood. Comment allait-il pouvoir empêcher la situation de dégénérer en une explosion de violence ?

Il sortit de la sacristie et retourna dans la nef juste au moment où le pasteur, avec sa mèche argentée au milieu de ses cheveux noirs, y rentrait.

— Qu'est-ce que vous faites là ? Sa voix résonna. Qu'est-ce que ça veut dire ?

Solomon pointa sur lui un doigt accusateur et haussa lui aussi le ton.

— Confessez ce que vous avez fait !

Le pasteur s'arrêta devant l'autel.

— C'est moi qui entends les confessions, ici, répondit-il.

— Avouez et je serai clément. Sinon, je vous promets que je vous livrerai à la foule qui attend dehors.

Le pasteur Eppert regarda Hugo Blackwood s'avancer derrière Solomon.

— Qui est cet homme ? Sortez de mon église. C'est un lieu de culte, je veux que vous partiez immédiatement. Mère, appelle le shérif !

Ce n'est qu'à ce moment précis que Solomon réalisa que l'orgue avait cessé de jouer. Mais plus rien n'aurait pu l'arrêter, la colère le submergeait tandis qu'il s'approchait de l'homme de Dieu.

— Vous avez dit que Vernon Jamus était le meilleur de vos élèves. Qu'il était « le meilleur d'entre nous » ?

Le pasteur Eppert rendit son regard à Solomon. Jamais il n'avait été ainsi défié dans sa propre église.

— Il l'était.

— Vous avez dit que vous aviez senti la présence du diable, reprit Solomon. Que vous voyiez « son œuvre » derrière tout ça. Eh bien maintenant, je la vois moi aussi.

L'odeur d'œuf pourri arriva jusqu'aux narines du pasteur.

— Qu'est-ce que c'est que ça ? demanda-t-il en reniflant. Mon Dieu, qu'avez-vous fait ?

— Qu'est-ce que vous, vous avez fait ? répondit Solomon, agrippant le pasteur par le col.

Le pasteur Eppert lui lança un regard de défi.

— J'ai essayé de l'aider !

Blackwood se tenait à côté de Solomon.

— Vous avez corrompu un innocent, un être pur. Il a été utilisé comme un élément conducteur. Vous aviez besoin de lui comme d'un outil à travers lequel la vengeance pourrait être menée… pour guider les esprits des esclaves dont le sang et la sueur ont fondé cette église. Vous avez utilisé Vernon Jamus comme un instrument dans votre rite occulte. Tout comme vous êtes utilisé maintenant.

Blackwood s'avança vers le pasteur Eppert, la main tendue devant son visage, paume vers le haut, lui faisant signe d'approcher en bougeant les doigts.

Le regard de Solomon passa de l'un à l'autre sans comprendre.

Blackwood prononça quelques mots en latin, comme une mélopée, sa voix baissant d'une octave.

Les paupières du pasteur se mirent à battre. Ses pupilles se dilatèrent et ses yeux roulèrent dans leurs orbites. Son corps s'avachit et tomba sur le sol, uniquement retenu par la main de Solomon agrippée à son col. Celui-ci le tira et l'étendit à côté des bancs.

— Bon sang, qu'est-ce que... ? (Solomon se redressa face à Blackwood.) Qu'est-ce que vous avez fait ?

Blackwood regardait vers la tribune. Dans la plupart des églises, les organistes étaient assis dos aux fidèles, l'orgue faisant face à l'autel. Mais celui-ci, avec ses tuyaux de hauteurs différentes, était installé dans l'autre sens et empêchait de voir le musicien.

L'organiste apparut et se mit à descendre par l'escalier de gauche. Elle donnait l'impression de flotter au-dessus des marches qui se divisaient en deux volées partant dans des directions opposées. Ses cheveux gris descendaient jusqu'à ses épaules, naturellement séparés au milieu par une mèche noire : l'inverse du pasteur Eppert. « Mère », comme il l'avait appelée, était sa femme, à peine âgée de quelques années de plus que lui. Elle portait une robe de chœur bordeaux qui lui arrivait aux genoux, d'un style très différent de la robe blanche trouvée dans la petite pièce derrière l'autel.

L'odeur d'œuf pourri s'infiltrait dans toute l'église à présent, accompagnée d'un peu de fumée et de beaucoup de cendres. Celles-ci voletaient dans l'église comme des petites mouches noires scintillantes. La femme du pasteur approcha avec un calme incroyable, comme soutenue par des mains invisibles. Son menton reposait sur sa poitrine, comme si elle était endormie.

Blackwood avait sorti de la poche de sa veste une trousse en cuir. Solomon avait à peine remarqué qu'il l'avait déroulée sur l'un des bancs.

Mère atteignit le début de la travée, entre les deux dernières rangées de bancs. Ses bras pendaient mollement et elle se tenait sur la pointe des pieds, parfaitement en équilibre, comme si elle portait des chaussons de ballerine et non des sandales.

Blackwood avança vers le centre de la travée, lui faisant face à une distance d'à peine trois mètres.

Il tourna la tête une fraction de seconde vers Solomon et lui dit :

— Ne la regardez pas dans les yeux.

Solomon regarda Mère au moment où celle-ci relevait la tête. Ses yeux étaient ouverts et d'un blanc totalement pur. Subjugué, il n'arrivait plus à en détacher son regard. Si la femme était aveugle, elle devait avoir un sixième sens car elle se positionna directement face à Blackwood. Elle ouvrit la bouche pour parler mais Blackwood la prit de vitesse.

« Non butto la cenere… »

Je ne jette pas les cendres…

« Ma butto il corpo e l'anima Abdiel… »

Mais je jette le corps et l'âme d'Abdiel…

« Che non n'abbia piu pace… »

Afin qu'il ne puisse plus connaître la paix ou la joie…

Tout en continuant son incantation, Blackwood plongea la main dans la pochette qu'il avait sortie de sa trousse en cuir. Il saupoudra une fine poudre devant lui comme un fermier qui sèmerait des graines. La poudre voleta jusqu'à Mère, qui se tenait à présent bien droite, comme si la voix de Blackwood l'y contraignait.

Quand la poudre atteignit Mère, elle se transforma en une fumée brumeuse. La fumée s'éleva en colonne autour de Mère jusqu'à la tribune au-dessus d'elle. La forme de Mère resta la même, mais comme à travers un filtre, la fumée révéla une autre silhouette, une manifestation purement spirituelle, au moins trois fois plus large, en hauteur comme en largeur, que Mère.

Elle portait une chemise de nuit vaporeuse faite d'une brume diaphane. L'esprit qui habitait Mère, c'est du moins ce que pensa Solomon, totalement captivé par cette immense figure féminine qui les faisait paraître minuscules, Blackwood et lui, agitait les bras comme si elle flottait dans un liquide visqueux, ses cheveux d'un noir profond volant autour de sa tête comme une sombre aura. Les traits de son visage étaient tordus, comme si elle était bouleversée ou qu'elle souffrait.

Hugo…

La voix ne venait pas de l'apparition géante mais de l'air tout autour de la tête de Solomon. Mère était une femme noire d'une quarantaine d'années. L'apparition était, elle, une femme blanche d'à peine trente ans, peut-être même moins. La souffrance obscurcissait son visage.

Blackwood s'arrêta quand il entendit son nom. Il fixa le large visage de cette beauté rongée par l'angoisse et, pendant un moment, il sembla pétrifié de douleur, totalement bloqué.

Solomon, envoûté par la vision de ce spectre géant, réagit presque trop tard. Le pasteur Eppert, mû par la chose qui le contrôlait, s'était relevé et s'approchait de Blackwood par-derrière. Solomon attrapa l'homme par le torse et le plaqua contre le banc, de l'autre côté de la travée.

Blackwood reprit ses prières, ses incantations et répandit encore de la poudre. Solomon, le genou sur le dos du pasteur, vit les cendres qui voletaient prendre la forme d'un grand corbeau juste devant l'esprit dont les yeux s'agrandirent.

Le corbeau de cendres plana vers l'apparition… puis à travers elle, explosant en un million de petites braises scintillantes. L'esprit géant s'affaissa et disparut comme un rideau de fumée soufflé par le vent.

Mère s'évanouit, libérée, et tomba sur le sol.

Blackwood laissa retomber ses bras tendus comme un chef d'orchestre à la fin d'une symphonie endiablée.

Solomon sentit le pasteur bouger. Il laissa l'homme se relever avec prudence, pressé de voir ses yeux.

Le pasteur Eppert avait l'air dérouté, exactement comme un homme qui se réveillerait d'une sombre transe.

— Qu'est-ce qui se passe ? demanda-t-il. Qui êtes-vous ?

Blackwood rangea la pochette dans sa trousse et s'avança jusqu'à la femme en robe de chœur qui commençait à remuer. Il l'aida à se retourner et à s'asseoir.

Hébétée, secouée de haut-le-cœur, elle frissonnait comme si elle avait de la fièvre. Ses pupilles avaient repris leur place, mais ses yeux étaient rougis et elle gardait les paupières à moitié baissées comme s'ils étaient douloureux. Des cendres noires tombaient encore de ses cheveux gris.

Solomon tira le pasteur vers la travée. Il vit sa femme assise par terre et tituba jusqu'à elle. « Mère ! » Mais au moment où il la rejoignit, un énorme rugissement de colère explosa derrière eux. Solomon se plia et se retourna, s'attendant à découvrir un monstre ou une autre hideuse entité.

Mais ce n'étaient que les flammes qui gagnaient l'autel, l'incendie qui se répandait sur les murs dans une vague de chaleur et de cendres, noircissant et boursouflant les fines cloisons, léchant le bas de la croix suspendue.

Des silhouettes apparurent à la porte de l'église, les fidèles, criant : « *Au feu ! Au feu !* »

Le shérif Ingalls, ses adjoints et l'agent spécial Macklin arrivèrent ensuite. Le regard tourné vers l'autel en feu, ils découvrirent Solomon et Blackwood, le pasteur Eppert et sa femme dans les bras, qui se dirigeaient vers la sortie.

— Qu'est-ce qui s'est passé ? s'exclama Macklin.

Solomon ne pouvait pas répondre. Comment aurait-il pu trouver les mots ?

— Assurez-vous qu'il n'y a personne d'autre à l'intérieur ! intervint Blackwood.

Les policiers s'en chargèrent, filant vers la sacristie tandis que l'église se transformait en fournaise.

Blackwood, aidé d'un autre homme, transporta Mère dehors pendant que Solomon, le bras du pasteur passé autour de ses épaules, conduisait celui-ci jusque dans la rue.

Ils les abandonnèrent sur le trottoir à une distance prudente et laissèrent les fidèles s'occuper d'eux. Solomon regarda la fumée noire qui s'élevait de l'arrière de l'église. Il s'approcha de Blackwood et d'une pression sur la poitrine, le poussa dans un coin tranquille. Il avait besoin de réponses.

— C'était quoi, ça ? demanda-t-il.

— L'esprit démoniaque d'un esclave. Il a possédé la femme du pasteur. Il les a exploitées, elle et les âmes en peine qui ont construit cette église.

— Pourquoi ?

Blackwood le regarda comme si la réponse était évidente.

— Parce qu'il le pouvait. Il a été attiré par l'héritage de souffrance de ce lieu. C'était un esprit vindicatif. Une magie nourrie de mort, de douleur et de vengeance.

Solomon avait l'impression de devenir fou. Ou alors c'était Blackwood qui l'était déjà.

— L'esprit démoniaque de cet esclave est une femme blanche ?

— C'est le visage qu'il a voulu me montrer. Le diable apparaît toujours sous une forme familière.

Solomon jeta un œil vers le groupe de blancs qui s'était approché, attiré par l'incendie. Il se retourna vers Blackwood.

— Je dois savoir ce qui s'est passé. Vous avez mis le feu à une église. Nous allons devoir faire face à une émeute.

— C'est exactement ce qu'il voulait, répondit Blackwood. Déclencher un soulèvement qui consumerait la ville tout entière.

— Ça, c'est sûr, ironisa Solomon. Vous voulez mettre une ville à feu et à sang, mettez le feu à l'église noire.

— Le lieu corrompu devait être purifié. Sinon, Abdiel serait revenu…

— Je me fous complètement de tout ça. Qu'est-ce que je vais pouvoir faire, moi, maintenant, ici ?

Solomon s'éloigna un peu de Blackwood. Il regarda à nouveau vers la rue. Les fidèles noirs se soutenaient les uns les autres, les femmes pleurant à nouveau tandis que les hommes semblaient de plus en plus en colère. Les blancs qui avaient traversé la rue se tenaient près d'eux, l'air inquiet mais dans une attitude respectueuse. La destruction d'une église, même si ce n'était pas la leur, était un affront qui les touchait au plus profond.

Puis Solomon vit la dizaine d'hommes qui n'avaient pas changé de bord, au sens propre comme au sens figuré. Les insensibles membres du Klan.

Solomon se rappela soudain une phrase que lui avait dite Blackwood durant cette nuit dans les bois, après que les hommes du Klan avaient fui le site de la pendaison.

Ces hommes masqués sont arrivés dans cette ville comme des esprits maléfiques qu'on aurait invoqués.

Le shérif Ingalls et l'agent Macklin étaient eux aussi sortis de l'église. Les flammes couraient sur le toit du vieux bâtiment en bois. Les adjoints faisaient reculer tout le monde.

Solomon, réfléchissant à toute allure, attendit que les deux policiers arrivent à sa hauteur.

Le shérif Ingalls se lança le premier.

— Qu'est-ce qui s'est passé ? Vous y étiez. Qui a fait ça ?

Solomon jeta un regard vers Hugo Blackwood, debout sur le trottoir, qui époussetait les cendres sur ses épaules.

— Répondez-moi, nom de Dieu ! rugit le shérif Ingalls. Ces gens vont se déchaîner.

— Répondez-lui, agent Solomon, intervint Macklin d'un ton sévère.

Solomon s'approcha des deux hommes, tournant délibérément le dos aux hommes du Klan afin de faire clairement comprendre à ses interlocuteurs qu'il parlait d'eux.

— J'ai vu qui a mis le feu, répondit Solomon. C'était deux de ces citoyens inquiets là-bas.

Le shérif regarda les hommes, puis son regard revint se poser sur Solomon, mécontent.

— Si cette histoire se répand, continua Solomon, Dieu m'en est témoin, vous ne pourrez pas éviter les émeutes. Cette ville tout entière partira en fumée. Maintenant, vous devez faire ce que vous auriez dû faire avant : renvoyer ces membres du Klan chez eux. Si vous ne le faites pas, j'irai raconter toute l'histoire aux fidèles de l'église.

— Solomon, vous ne ferez pas une chose pareille..., dit Macklin.

— Je leur dirai ce que j'ai vu. (Il regarda le shérif droit dans les yeux.) C'est votre décision. Votre ville. Votre façon de faire.

Le shérif Ingalls regarda l'agent Macklin comme s'il le jugeait responsable de la situation, puis il fusilla Solomon du regard en enfonçant profondément ses pouces dans sa ceinture.

— Espèce de fils de pute, dit-il.

Puis il traversa la rue pour aller s'occuper du Ku Klux Klan.

— Vous lui avez dit la vérité, rien que la vérité, agent Solomon ? demanda Macklin.

— Oui, monsieur, répondit Solomon avant de retourner auprès de Hugo Blackwood. Pour autant que vous le sachiez.

1582. Mortlake, dans la banlieue de Londres.

Hugo Blackwood n'avait ni dormi ni mangé depuis des jours. Orleanna reposait dans leur chambre dans un état catatonique. Elle avait reçu la visite de trois médecins et d'un prêtre, mais tous étaient repartis totalement désemparés, incapables de poser un diagnostic, encore moins de proposer un remède. Le mal qui la rongeait se situait quelque part entre une maladie du corps et une affliction de l'âme. Elle se trouvait dans un monde de souffrance hors d'atteinte de la médecine et de la religion, ces deux branches que Dee voulait tant réconcilier.

Blackwood était lui aussi au plus bas. Il était complètement abattu, incapable de comprendre dans quelle maudite maladie son amour s'était retrouvé piégé, mais conscient du rôle involontaire qu'il avait joué en assistant à cette séance de divination. Cette idée le hantait, assombrissait toutes ses pensées, à chaque moment. Il n'était pas prêt à la pleurer et avait déjà décidé que le trépas de sa femme mènerait inexorablement au sien.

Le hurlement, un cri horrible empli de douleur et de panique, le précipita de la cuisine vers la chambre. Orleanna était allongée, immobile, la peau extrêmement blême et moite, les yeux vides, mais l'air serein. Ce n'était pas elle qui avait crié.

Un autre cri strident, venant apparemment de dehors, le fit frissonner, lui déchirant le cœur. Il ouvrit les volets sur la nuit qui tombait et découvrit, à quelques pas de là, un loup à la fourrure argentée tenant dans sa gueule un petit animal en train de se débattre. Deux autres visons attaquaient à coups de dents les pattes du loup. Un portrait extraordinaire de la cruauté de la nature, un de ceux dont Blackwood se serait habituellement très vite détourné. Mais la bagarre continuait, les cris des animaux étaient si perçants, le comportement du loup tellement sauvage, les bruits de cet affrontement résonnaient dans sa tête. Blackwood avait l'impression de devenir fou.

Il quitta la chambre, trouva une lance décorative et se rua à l'extérieur. Il s'approcha du loup, la pique en fer forgé de la lance pointée vers l'avant, hurlant pour faire fuir les malheureux visons. Le loup se tourna vers Blackwood et montra les dents, laissant tomber le vison, mort. Les autres reculèrent et s'enfuirent.

Blackwood faisait face à la bête aux yeux brillants. Il était enragé et résolu à s'attaquer au loup, lui donnant des petits coups de lance sur la tête tandis que celui-ci grattait le sol en grognant, prêt à bondir. Blackwood sentit que l'affrontement arrivait à un point critique, mais soudain, le grognement cessa, les yeux du loup s'agrandirent, ses babines retombèrent sur ses dents pointues. On aurait presque dit qu'il regardait derrière Blackwood, dans le vide derrière lui.

L'animal était effrayé. La queue basse, il recula et, abandonnant le vison mort, se retourna et bondit dans la nuit.

Blackwood baissa sa lance. Le loup avait-il deviné ses intentions meurtrières, l'instinct de tueur qui avait envahi ses veines ? Soudain, Blackwood retrouva la raison. Secoué, il se détourna du cadavre du vison et retourna dans la maison.

Dans la cuisine, il se passa de l'eau sur le visage, essayant de retrouver un peu de calme, dans ses gestes comme dans ses pensées. Il remplit un bol d'eau fraîche pour Orleanna. En entrant dans la chambre, il réalisa qu'il avait laissé la fenêtre ouverte. Quand il vit les draps repoussés, le lit vide, il laissa tomber le bol à ses pieds. Elle était partie.

Il se rua à la fenêtre mais ne vit que le vison ensanglanté dans l'herbe couverte de mousse. Du coin de l'œil, il aperçut une silhouette vêtue de blanc qui s'élevait dans la nuit, déjà hors de vue.

Il se pencha autant qu'il put mais ne vit rien de plus. Il n'en croyait pas ses yeux mais ne voyait pas où d'autre sa femme aurait pu aller. Soudain, il se rappela l'expression apeurée du loup. Peut-être que ce n'était pas lui qui l'avait effrayé, mais elle, en s'envolant par la fenêtre vers le ciel.

À moitié fou, Hugo Blackwood courut jusqu'à la porte, ne s'arrêtant que le temps de reprendre la lance. Il se précipita vers l'écurie, prit son cheval et s'élança vers la maison de John Dee. L'éclat de la lune éclairait à peine le chemin. Il frôlait la folie ; plus rien n'avait d'importance à présent.

Il frappa à la porte, prêt à briser une fenêtre pour entrer s'il le fallait. La porte fut déverrouillée de l'intérieur et s'entrouvrit de quelques centimètres. Le visage d'Edward Talbot apparut, éclairé par une bougie.

— Allez-vous-en, Blackwood, dit-il. Partez.

— Elle est là ? demanda l'avocat, agrippant la porte, essayant de la dégager des mains de Talbot, enfonçant la pointe de sa lance dans l'ouverture.

— Elle est déjà venue à de nombreuses reprises, répondit le médium.

Quel revirement par rapport à l'homme effrayé, hanté, qui avait rendu visite à Blackwood à peine quelques jours plus tôt.

Blackwood poussa la porte et entra, faisant tomber le vieil homme dont la chandelle s'éteignit en heurtant le sol en pierre.

Il s'élança à travers le grand hall du manoir en criant le nom de Dee, la lance à la main. Il tourna dans un couloir et ralentit en voyant les portes de la vaste bibliothèque ouvertes.

Une inquiétante lumière verte, de la nuance exacte des plumes d'un perroquet, sortait de la pièce avec assez d'intensité pour éclairer tout le couloir. Blackwood entendit une voix parler dans une langue étrange qu'il reconnut aussitôt, même s'il ne la comprenait pas : c'était la langue énochienne que John Dee avait utilisée lors de leur séance précédente dans cette même pièce.

Blackwood avança vers la bibliothèque, mais une paire de mains l'attrapa par-derrière. Talbot essayait de le retenir, de le tirer en arrière.

— N'interrompez pas la communion...

Blackwood se libéra d'un coup de coude et plaqua le médium contre le mur, le manche de la lance sous la gorge. Le bonnet de Talbot glissa, révélant ses anciennes blessures, les oreilles qu'on lui avait coupées en punition de ses crimes.

Le charlatan sans oreilles ressemblait à tous ces hérétiques, à tous ces détenus que Blackwood avait vus enchaînés dans l'Old Bailey[1] avant d'être emmenés à la prison de Newgate. Blackwood le poussa sur le côté, repartit en direction des portes ouvertes et pénétra dans la célèbre bibliothèque de Dee.

La lueur verte et l'étrange énergie qu'elle dégageait l'obligèrent à lever un bras devant ses yeux pour se protéger. Il découvrit le philosophe, son habituelle tunique blanche et sa barbe immaculée teintées de vert, debout devant le spectre d'Orleanna, en chemise de nuit et ses cheveux noirs flottant autour d'elle comme si elle était prise dans une tempête. Son magnifique visage, artificiellement coloré par la lumière, rayonnait d'un émerveillement infini.

Dans la paume de sa main, au bout de son bras tendu vers John Dee, se trouvait la boule de cristal, source de cette éclatante lumière verte.

Blackwood fixait la scène, incapable de comprendre ce qu'il voyait. À peine une heure plus tôt, Orleanna se trouvait dans un état catatonique, à deux doigts de la mort.

Était-elle morte ? Était-ce son esprit qu'il voyait là ? Avait-elle accédé à une autre forme de vie ?

Si tel était le cas... pourquoi s'était-elle précipitée chez John Dee ?

Elle lui parlait d'un ton bas, étrange, utilisant elle aussi la langue énochienne. Le langage des anges. Comment avait-elle pu être appelée par leur invocation ? S'adressait-elle à eux depuis l'au-delà ?

Le visage de Dee était béat d'adoration, ainsi engagé dans un échange spirituel avec un être

1. Ancien tribunal médiéval, détruit par le grand incendie de 1666 et reconstruit en 1674.

astral. Il avait réussi l'impossible. Il avait construit un pont entre science et magie.

Blackwood laissa tomber sa lance. Il avança vers la silhouette de sa femme, de son Orleanna. Était-elle réelle ?

— Orleanna ! s'exclama-t-il, le son de sa voix couvrant le vrombissement émis par cette étrange lumière.

Dee arrêta son incantation et s'adressa à lui en anglais.

— Non, Blackwood, non !

Blackwood se tenait devant elle. Ses yeux semblaient hypnotisés par les tourbillons verts à l'intérieur de la boule de cristal.

Dee hurla.

— Elle a été choisie par les anges ! (Il était fasciné.) Elle est leur messager ! Elle sait tout !

Le regard de Blackwood se posa à nouveau sur cette apparition rayonnante de sa femme, son amour. Perdue à tout jamais pour lui maintenant. Leur vie… leur foyer, leur avenir… plus aucun espoir d'avoir des enfants… tout avait disparu.

Mais tout en la pleurant, il se sentit envahi par la sensation que ce n'était pas son Orleanna qui se tenait là devant lui. Il sentit le démon caché derrière le masque de la beauté.

Il regarda à nouveau son visage. Ses yeux furent attirés par une des fenêtres. À l'extérieur, devant les branches courbées d'un vieux saule pleureur, se trouvait une silhouette vêtue de blanc avec des cheveux noirs.

C'était son Orleanna, venue à lui avant que son fantôme ne rejoigne l'obscurité. L'implorant. Le prévenant.

Et soudain, elle disparut. Les yeux de Blackwood revinrent à la silhouette qui se tenait devant lui.

C'était une illusion. Un double fantomatique.

Il se jeta sur elle, essayant de saisir le tissu de sa chemise de nuit. Mais sa main ne fit que passer à travers cette apparition immatérielle.

Dee s'écria :

— Recule, l'avocat ! Les anges communient avec moi !

Blackwood, enragé, se tourna vers le vieux philosophe et le poussa contre les étagères pleines de livres. Il prit sa place en face du double de sa femme, uniquement séparé d'elle par la boule de cristal scintillante qui flottait presque au-dessus de sa main.

Blackwood attrapa la boule. Une décharge d'électricité se répandit dans tout son corps, avec une intensité qu'il n'avait encore jamais ressentie. La douleur passa de ses jointures à ses poignets avant de remonter dans ses avant-bras, mais il tint bon.

La lumière changea de nuance, passant du vert des plumes de perroquet à celui de la chartreuse, un vert acide, maladif. L'énergie qu'elle émettait se fit plus violente, le vent se mit à souffler tout autour de la bibliothèque. Une grosse tempête, qui emportait les livres, les bibelots et les instruments occultes.

Blackwood pouvait voir à l'intérieur de la forme qui se tenait devant lui. Il vit sa femme, la vraie Orleanna, et sentit sa souffrance. Elle n'était pas ici, pas dans cette pièce. Elle était piégée dans un autre monde, bannie dans les limbes par sa transgression à lui et par la magie noire d'Edward Talbot et de John Dee.

Blackwood comprit qu'elle allait être punie à cause de ce que lui avait fait. À ce moment précis lui fut également révélé le triste sort qui l'attendait, lui. Sa terrible destinée.

Sauve-moi, Hugo. Trouve-moi et sauve-moi.

Le véritable visage de la chose qui avait pris l'apparence d'Orleanna lui apparut. Horriblement lisse, presque sans aucun trait, excepté une énorme bouche béant sur un rugissement.

Des mains saisirent Blackwood. Dee et Talbot, le tirant vers eux. Déchirant ses vêtements, essayant de le libérer.

La douleur, après être remontée jusqu'à ses épaules et s'être répandue comme un poison dans tout son corps, s'intensifia crescendo. Les mains de Blackwood s'ouvrirent, relâchant la boule de cristal qui tomba au sol avec la lourdeur d'une balle faite en plomb.

L'intérieur se fissura mais la surface du globe resta intacte. L'énergie teintée de vert commença à décroître. La vision devant lui, ce messager contre-nature venu de l'au-delà, fut aspirée par le cyclone qui s'était formé dans la pièce. Elle se mit à tourner, tourner jusqu'à ce que la tornade se désagrège, disparaissant dans un tourbillon de papiers et de brume.

Blackwood sentit simultanément une souffrance atroce et un engourdissement total, comme si chacun de ses membres avait été amputé mais qu'il pouvait toujours percevoir la douleur. Pris de convulsions, il tomba sur le sol, près de la boule de cristal abîmée. Son corps ne trouva le repos que lorsque la tempête dans la bibliothèque du philosophe finit par s'arrêter.

L'histoire de l'avocat Hugo Blackwood prit fin ce jour-là. Ses comptes continuaient d'être gérés, mais avec le temps, sa propriété tomba en ruine et fut finalement considérée comme abandonnée. La maison, que certains disaient hantée, fut rasée.

Sa localisation exacte est désormais inconnue, si ce n'est qu'elle était située non loin de la maison de John Dee, à Mortlake, comme nous le savons aujourd'hui. Le registre de la paroisse de Mortlake, tout comme la tombe de Blackwood, a totalement disparu.

Un voile de plomb est tombé sur la maison de Dee et sur sa carrière. Au cours de l'année qui a suivi, celui-ci a quitté son manoir et a mystérieusement pris la route pour vivre une vie de bohémien avec Edward Talbot. Pendant les six années suivantes, les deux magiciens ont mené une vie nomade, voyageant jusqu'en Europe centrale, Dee écrivant des livres et essayant toujours de communiquer avec les anges... même si ses pratiques occultes avaient perdu les faveurs de l'aristocratie anglaise. L'opinion publique suivit bientôt, peu convaincue par ses récits tarabiscotés à propos d'entités magiques.

Tout le monde sait pourquoi Dee est resté en exil si longtemps. Après s'être séparé de Talbot, il est finalement retourné en Angleterre en 1589 pour découvrir que le manoir de Mortlake avait été cambriolé et vandalisé. Sa célèbre bibliothèque avait été pillée pendant son absence, tous ses livres rares sur l'occulte et les pratiques magiques volés, tout comme ses instruments de divination et de sorcellerie. Toute cette collection érudite sur la nécromancie et le surnaturel étaient irrémédiablement perdue. Le peu qui lui restait, il le vendit, pièce par pièce, vivant ses dernières années dans cette maison délabrée et dans le dénuement le plus total. L'autrefois renommé astrologue, géographe, mathématicien, conseiller royal et philosophe de l'occulte, mourut à Mortlake à l'âge de quatre-vingt-deux ans.

Odessa s'installa dans l'un des spacieux sièges à l'arrière de la Rolls-Royce Phantom. M. Lusk prit le volant tandis que Hugo Blackwood s'asseyait à côté d'elle. La banque n'était pas très loin de l'hôpital, à l'est, de l'autre côté de Flushing Meadows Park, sur la 108e rue.

Odessa prit la parole.

— On ne peut pas arriver sur une scène de crime dans une Rolls. Pour être tout à fait honnête, je ne sais pas ce qu'on peut faire, mais ça, je sais qu'on ne peut pas. Et on ne peut pas non plus débarquer sur les lieux avec une armée de coqs. Qu'est-ce que vous espérez ?

Blackwood regardait par la vitre, l'air inhabituellement distrait.

— Alors ? insista-t-elle.

— Solomon ne m'avait jamais parlé ainsi avant, répondit Blackwood.

— C'est parce que son esprit est affaibli. L'infection fongique qui a causé son attaque affecte son cerveau.

— C'est bien ce qui m'inquiète. Son esprit est vulnérable.

— Vulnérable par rapport à quoi ?

La Rolls prit un virage serré puis freina brusquement. Un agent de la circulation, installé derrière une barrière bleue sur laquelle figuraient les lettres NYPD[1], essayait désespérément de réguler le trafic pour éviter les embouteillages. Le barrage principal, constitué de voitures aux gyrophares allumés, était situé un bloc plus loin.

— Continuez d'avancer, dit Odessa à M. Lusk. Et garez-vous dès que vous le pourrez.

C'est ce qu'il fit. Odessa sortit en trombe de la voiture, suivie par Blackwood. Elle contourna l'agent de la circulation et se trouva face à un autre policier qui bloquait le trottoir. Elle lui montra sa carte et son insigne.

Le policier attendit que Blackwood s'identifie, lui aussi.

— C'est qui, lui ? demanda-t-il.

— Il est avec moi, répondit Odessa.

Ils passèrent. Odessa se dirigea rapidement vers le poste de contrôle que la cellule de crise de la police de New York avait installé. Un camion contenant une unité de commande mobile était stationné derrière la barricade, à côté d'une tour de surveillance vidéo de six mètres de haut qui leur offrait un point de vue privilégié sur la scène.

Odessa repéra immédiatement les agents du FBI présents, un groupe de quatre hommes en costume discutant près d'une Ford Fiesta banalisée. Le Bureau intervenait car tout cambriolage d'une banque membre de la Réserve fédérale[2] était, de fait, considéré comme un crime fédéral. Le FBI avait pour mission d'enquêter sur tous les cambriolages de banque du pays, mais les choses avaient

1. New York Police Department.
2. Banque centrale des États-Unis.

changé après le 11 septembre, quand les ressources avaient été redéployées vers la lutte antiterroriste et les problèmes de sécurité intérieure. Le Bureau avait dû se concentrer sur les délinquants récidivistes, sur les cambrioleurs qui dépassaient les frontières juridictionnelles et sur les attaques de banques les plus violentes.

Odessa préféra rester à l'écart de peur d'être reconnue. Elle conduisit Blackwood à la limite du carrefour bloqué, le meilleur endroit pour observer la banque située un bloc plus loin, en diagonale. Odessa pouvait voir qu'il y avait du mouvement à l'intérieur. La directrice de l'agence marchait de long en large, mais ils étaient trop loin pour bien comprendre ce qui se passait.

— Il faut qu'on se rapproche, dit Blackwood.

— On n'ira pas plus près, répondit Odessa. Ce croisement est bloqué de tous les côtés. (Elle regarda tout autour d'elle, constatant le niveau de mesures de sécurité.) Il doit y avoir une alerte à la bombe.

Elle avisa deux inspecteurs en civil, l'un au téléphone, le deuxième, plus jeune, en train de scroller sur son écran. Elle s'approcha, son insigne à la main.

— Excusez-moi, dit-elle, qui peut me faire un résumé de la situation ici ?

L'inspecteur lui jeta d'abord un coup d'œil rapide et dédaigneux, puis leva à nouveau les yeux sur elle. Une réaction en deux temps, induite par la surprise d'être approché par une jeune femme avec un badge du FBI.

— On ne sait pas grand-chose, commença-t-il, affectant un air détendu. Au départ, ça ressemblait à un simple cambriolage. Et peut-être que c'est effectivement le cas. Mais c'est la directrice de l'agence qui a pris le contrôle des opérations. Il est donc peu probable qu'on ait affaire à un cambriolage raté. On pense qu'elle a juste pété les plombs. Apparemment, elle a vidé les tiroirs-caisses et la chambre-forte et balancé les billets et les pièces par terre. Elle a perdu la boule.

— Aucune demande ?

— Pas que je sache. Apparemment, le négociateur n'arrive pas à la garder en ligne. Quelques clients sont sortis de la banque quand elle a commencé à crier, avant qu'elle les enferme à l'intérieur. Ils ont dit qu'elle avait parlé de bombes. Du coup, on traite ça comme…

Deux énormes bruits, comme des ballons qui explosent, provoquèrent le silence sur la barricade.

— Mon Dieu, dit l'inspecteur. Elle tire au hasard. Ça va mal finir.

— Ils ont prévu d'entrer de force ? demanda Odessa.

— Eh bien, la seule autre option, c'est de rester tranquillement ici pendant qu'elle tue tous les employés et les clients les uns après les autres, répondit l'inspecteur.

— D'accord, dit Odessa. Merci.

— Votre tête me dit quelque chose, dit l'inspecteur, ignorant la sonnerie de son portable. Vous travaillez pour l'antenne locale du Bureau ?

— Non, à Federal Plaza, mentit-elle en le regardant prendre l'appel.

Blackwood avait entendu une bonne partie de la conversation.

— Elle cherche la confrontation, dit-il. L'Avide veut qu'elle se fasse tuer.

— Oui, je sais, répondit Odessa, impatiemment. Qu'est-ce que vous croyez que je peux y faire ?

Blackwood regarda autour de lui.

— On ne peut pas le laisser sauter dans un autre corps.

— OK, alors dites-moi comment faire. Parce que je n'ai pas du tout la main, là.

— Vous avez vu de quoi ils sont capables, lui rappela-t-il. D'autres vies sont en jeu. Vous devez essayer.

Il avait raison. Odessa ne voulait pas qu'un autre policier ou agent du FBI se retrouve dans la même situation qu'elle. Et puis, qu'avait-elle à perdre : son boulot ?

— Attendez ici, dit-elle.

Elle se dirigea vers le plus gros des camions du centre de contrôle, frappa à la porte et entra. Elle avait sorti son insigne, s'attendant à devoir mentir à nouveau, mais pas un des six policiers présents ne se tourna vers elle. Équipés de casques ou d'oreillettes, ils surveillaient la zone grâce aux caméras placées à l'extérieur et aux micros longue portée, ou communiquaient avec les agents à l'extérieur via leurs téléphones portables.

Odessa observa les flux vidéo sur une rangée d'écrans installés sur un côté du camion. La directrice de la banque se tenait derrière les guichets avec un plateau en métal, l'arme à la main. Elle renversa le plateau, faisant tomber ce qui se trouvait dessus. La caméra suivit le mouvement et révéla une pile de billets de banque sur le sol.

Le policier avec le plus gros casque racontait ce qui se passait dans un micro, décrivant la situation en direct aux agents sur le terrain.

Un autre écran montrait les snipers en position sur les toits des immeubles situés de l'autre côté de la rue.

— Elle marmonne encore, dit le policier. La guichetière numéro trois est en train de pleurer et la suspecte est en train de perdre patience. Attendez une minute... elle a autre chose à la main. C'est une sorte de petit bidon en métal.

Odessa vit l'objet dans la main de la directrice. On aurait dit une bombe de produit nettoyant ou un spray désodorisant pour les toilettes.

L'homme continua.

— Elle est en train de vider tous les sacs des clients sur le comptoir... On dirait qu'elle cherche quelque chose... Oh mon Dieu. Je le vois maintenant...

Odessa vit elle aussi la directrice allumer un briquet à gaz. La femme avança au milieu des piles de billets.

— J'y crois pas, reprit l'homme. Elle va les brûler. Elle va tout brûler.

La directrice appuya sur le bouton du spray et enflamma le produit puis tourna son lance-flammes improvisé vers les billets.

— Roger, répondit l'homme, recevant visiblement d'autres transmissions. Elle recule. Ça va déclencher l'alarme incendie. Elle a jeté le spray. Elle continue de marmonner d'une voix très bizarre. Elle répète le même mot en boucle. Un truc comme « Blackwood... Blackwood... ».

Odessa mit un petit moment à réagir. *Blackwood*. D'une voix grave, elle dit : « *Quoi ?* »

Les têtes se tournèrent vers elle. Puis une autre image apparut sur l'un des écrans, l'une des caméras ayant été activée. Au début, l'image saccadée ne permit pas vraiment de comprendre ce qui se passait. Odessa vit des officiers bouclant leurs tenues de combat, enfilant leur casque et vérifiant leurs armes. C'était l'unité d'intervention d'urgence de la police de New York, se préparant à donner l'assaut.

— Vous allez tenter une entrée en force ? demanda Odessa. Eh, les gars, écoutez-moi. Elle va vous obliger à tirer.

Un des policiers retira son oreillette d'un air exaspéré.

— Vous êtes qui, déjà ? demanda-t-il.

— Elle est en train de vous tendre un piège, répondit Odessa. Elle veut que les choses se passent comme ça.

— Doux Jésus, dit l'homme avec le casque. C'est qui, ce type ?

Odessa passa les écrans en revue jusqu'à ce qu'elle voie à quoi il faisait allusion. Une personne marchant au milieu de la rue, en direction de la banque. Une personne qui portait un costume noir bien coupé.

— Merde...

Odessa sortit à toute vitesse du camion et se mit à courir, se faufilant entre deux barrières de la police et se précipitant vers Blackwood avant que la police ne lui tire dessus. D'une main, elle leva sa plaque très haut tandis que de l'autre, elle attrapait le bras de l'Anglais et l'entraînait vers l'arrière.

— Qu'est-ce que vous faites, bon Dieu ? Ils vont vous tirer dessus.

— Je suis le seul à pouvoir stopper tout ça.

— Je le sais, dit-elle, secouant son bras sans réussir à le faire bouger. Elle vous réclame. Cette *chose* vous réclame.

Blackwood n'eut pas l'air surpris.

— Oui, dit-il. Elle nous a attirés ici.

— Attirés... ? demanda Odessa. (Puis, ayant mis de l'ordre dans ses pensées, elle répéta :) Attirés ?

Le bruit du verre qui volait en éclats leur fit tourner la tête vers la banque. À ce moment-là, deux énormes détonations les firent chanceler.

Des grenades assourdissantes avaient été lancées pour ouvrir l'assaut vers la banque. Une équipe de l'unité d'intervention d'urgence avançait vers les portes avec un bélier afin de forcer le passage vers l'intérieur enfumé. Odessa, les oreilles encore bourdonnantes à cause des grenades, entendit à peine les coups de feu et les cris qui suivirent. Des officiers en uniforme se déployèrent dans toute la rue, empêchant Odessa et Blackwood d'avancer.

La fumée commença à se répandre à l'extérieur de la banque, mais personne ne sortit. Enfin, la nouvelle tomba, relayée auprès des policiers via leurs radios : « Tireur abattu ! Tireur abattu ! »

Odessa et Blackwood durent attendre jusqu'à ce que les lieux soient totalement sécurisés et que la fumée se soit dissipée. La rue était envahie de policiers. Les blessés allaient être évacués et ensuite, le travail sur la scène de crime pourrait commencer.

— Qu'est-ce qu'on fait ? demanda Odessa. Il va sauter dans quelqu'un d'autre, non ?

— Très probablement, répondit Blackwood.

— Ça pourrait être n'importe qui, reprit-elle. Comment savoir ? Quels sont les signes ?

— Je le sentirai, répondit Blackwood.

Odessa avança un peu plus, les rapprochant autant que possible de la banque. Les agents du FBI étaient regroupés devant l'entrée, attendant que la qualité de l'air s'améliore. Odessa devait rester loin d'eux.

Les membres de l'unité d'intervention d'urgence commencèrent à sortir. Une fois dans la rue, ils retirèrent leurs casques, la plupart pris de quintes de toux et buvant d'un trait des bouteilles d'eau afin de se rincer la gorge. Cela permit à Blackwood de bien voir leurs visages.

Odessa ne savait pas ce qu'ils feraient s'ils arrivaient à identifier le corps choisi par l'Avide. Surtout si celui-ci, comme elle le craignait, avait sauté dans le corps d'un agent armé d'un fusil d'assaut. Elle n'avait même pas d'arme pour se défendre. Son regard passait inlassablement du visage des agents à celui de Blackwood, attendant que celui-ci réagisse.

Les membres de l'unité d'intervention s'étaient regroupés et s'apprêtaient à quitter les lieux pour aller faire leur débriefing. Blackwood les regarda partir avec inquiétude.

— Rien ? demanda Odessa.

— Non, répondit-il. Nous devons entrer dans la banque.

— Impossible.

Ils avancèrent encore de quelques pas. Odessa jeta un œil au-delà des portes brisées, à travers le sas d'entrée équipé de distributeurs qui conduisait à la salle des guichets. Les tas de billets incendiés étaient maintenant détrempés, plusieurs milliers de dollars détruits de façon irréversible.

Au prix d'un effort supplémentaire, elle arriva à voir les vitres des guichets ainsi que la porte ouverte par laquelle la directrice de l'agence avait fait ses allers-retours pour ramener les billets. Elle aperçut également ce qui avait dû être le bras et l'épaule de cette femme. Une large flaque de sang répandue sur le sol remua quelque chose en elle.

— Où sont les blessés ? demanda-t-elle.

Ils s'étaient tellement focalisés sur les policiers lourdement armés qu'elle n'avait pas vu les guichetiers et les clients blessés être transportés à l'extérieur.

Blackwood et elle reculèrent rapidement jusqu'à la limite du périmètre où ils trouvèrent quelques otages épuisés assis sur le trottoir, racontant leur histoire aux inspecteurs présents pendant que certains se faisaient soigner pour des coupures et des contusions.

Mais rien de plus sérieux que ça. Odessa s'adressa à une jeune urgentiste en train de prendre la tension d'une femme d'âge moyen.

— Est-ce que certains clients ont été blessés ?

— Deux clients et un employé, lui répondit-elle. Aucun dont la vie est en danger.

— Où sont-ils ?

— Dans l'ambulance. Déjà en route pour les hôpitaux.

Odessa regarda Blackwood. Il était inquiet.

— Hôpitaux ? Au pluriel ?

— Trois ambulances, trois hôpitaux.

— Lesquels ?

L'urgentiste commençait à s'agacer.

— Les trois hôpitaux les plus proches. Je dirais Flushing, Jamaica Heights et le New York Presbyterian.

Odessa se redressa.

— Le Presbyterian du Queens ?

— Évidemment, répondit l'urgentiste.

L'hôpital qu'ils venaient juste de quitter.

L'hôpital dans lequel se trouvait Earl Solomon.

Elle regarda Blackwood. Il n'avait pas besoin de dire quoi que ce soit. Les mots qu'il avait prononcés un peu plus tôt lui revinrent en mémoire.

Pas de coïncidence. Tout est lié.

— Oh mon Dieu, dit Odessa.

Earl Solomon, allongé dans son lit d'hôpital, luttait contre le sommeil. La télévision diffusait des images de la prise d'otages à la Santander Bank qui s'était apparemment terminée par un raid de la police et la mort du preneur d'otages. C'était en tout cas ce qui apparaissait sur le bandeau qui défilait en bas de l'écran, mais celui-ci flottait un peu devant ses yeux et il n'en était pas sûr. Aucune caméra n'avait pu accéder à la scène et les seules images qui tournaient en boucle étaient celles des véhicules de police et des agents en train de demander aux passants de reculer.

Le son était coupé, on n'entendait rien d'autre que le ronronnement et les bips des machines ainsi que le bruit de sa respiration, et plus particulièrement de ses lourdes expirations. Solomon essaya d'atteindre la télécommande de la télévision accrochée au mur derrière son lit, mais ses bras étaient engourdis. Il n'arrivait pas à les bouger aussi bien qu'il l'aurait voulu. Il était plus simple de rester immobile.

Des sirènes hurlèrent à l'extérieur. C'était le cas presque toute la journée, mais celles-ci semblaient plus proches. Il entendit le bruit d'un accident qui sembla faire trembler tout l'immeuble, comme si les fondations avaient été touchées. À moins que tout ceci ne soit dans sa tête.

Maintenant ils diffusaient des images filmées avec un portable depuis un immeuble de l'autre côté de la rue. Deux éclairs que Solomon vit mais n'entendit pas, suivis par l'intrusion des forces spéciales. Tout était flou à cause de la distance entre le propriétaire du téléphone et la banque… ou peut-être à cause de la vision de Solomon.

Bon sang. Il était fatigué de cette attente. Il ne quitterait plus le lit maintenant. Se tenir à nouveau à la verticale n'était plus une option. Quelle triste pensée. Pourquoi attendre ? Quel était l'intérêt d'être un homme couché dans un lit dont il ne se lèverait plus jamais ? Peut-être que ce n'était pas sa vision qui déclinait, peut-être que c'était son esprit.

Tout ce qu'il avait vu dans sa vie, toutes les choses que Hugo Blackwood lui avait montrées. Elles avaient défié tous ses présupposés, modifié sa vision du monde et de l'au-delà. Mais malgré tout, comme tout un chacun, il n'avait jamais vraiment concentré son attention sur ce qu'il y avait à la fin. Il savait qu'il y avait d'autres choses, là dehors. Il les avait vues. Et ce qu'il avait vu, en grande partie, était sombre et malveillant. Mais peut-être y avait-il autre chose. Un endroit paisible.

Il repensa à Blackwood et à la façon dont il s'était occupé d'un petit garçon possédé, dans un cimetière, tant d'années plus tôt. Le jeune Vernon Jamus. À la façon dont Blackwood était resté auprès de lui et avait purifié son âme. Il l'avait libéré. Mais pour aller où ? Voilà ce que Solomon voulait savoir. C'était une question à laquelle Hugo Blackwood ne pouvait pas répondre, un mystère que le détective de l'occulte ne pouvait pas résoudre.

Hugo Blackwood ne trouverait jamais la paix dans ce monde, mais peut-être, pourquoi pas, qu'Earl Solomon la trouverait dans le prochain.

Blackwood.

Solomon entendit une voix familière.

Hugo Blackwood.

Solomon ferma les yeux pour faire disparaître cette voix de sa tête. Mais elle n'était pas dans sa tête, elle était dans la chambre, avec lui. Solomon serra fortement les paupières, refusant la vérité. Il tourna la tête, roulant sur l'oreiller jusqu'à ce que, les paupières toujours closes, il se trouve face à la porte de la chambre. Et il ouvrit les yeux.

Sa vision était trouble, il voyait double. Cela lui prit un moment pour faire le point sur le petit garçon qui se tenait dans l'encadrement de la porte. Le petit Vernon Jamus. Solomon fut effrayé à l'idée que l'enfant qui se trouvait devant lui soit le Vernon démoniaque, possédé par cet esprit malfaisant qui s'était servi de lui comme d'un instrument pour invoquer les fantômes des esclaves du Delta du Mississippi.

Mais c'est le Vernon pur qui s'avança vers lui. Torse nu, portant le même pantalon que soixante ans plus tôt.

Les souvenirs de Solomon avaient fait apparaître le garçon. Invoqué son esprit. L'attente de Solomon allait prendre fin.

Vernon était venu le chercher.

Mais si c'était le cas…

Pourquoi prononcer le nom de Hugo Blackwood ?

Tandis que Solomon le fixait, un homme massif entra dans la chambre. Il portait une chemise d'un bleu vif avec un écusson médical sur la manche et une casquette arborant le nom d'une société d'ambulances. Un épais filet de sang s'écoulait de sous la casquette jusqu'à sa joue et son menton. Ses yeux étaient vides.

Le corps de Solomon se figea de terreur.

Sans aucun mot, sans que son expression change, Vernon Jamus disparut, simplement, et l'ambulancier prit sa place.

La Rolls se gara devant l'hôpital New York Presbyterian au milieu d'une scène de chaos. Une ambulance s'était encastrée dans l'un des piliers qui soutenaient l'immeuble au niveau de l'entrée des urgences. L'ambulance était renversée sur le trottoir, l'avant défoncé, le capot complètement tordu.

Le personnel soignant s'activait sur les lieux. Odessa et Blackwood sortirent de la voiture et se frayèrent un passage au milieu des badauds. Les portes arrière étaient ouvertes. L'un des ambulanciers, inconscient, était en train d'être sanglé sur une planche dorsale, le cou protégé par une minerve. Un brancard attendait juste à côté, vide. À l'avant du véhicule, un corps était recouvert d'un drap. Mort.

Pour gagner du temps, Odessa montra son insigne à l'un des urgentistes présents sur les lieux.

— Où est le patient qui était dans l'ambulance ?

— C'est elle, répondit le médecin en pointant son doigt vers l'avant. La violence de l'impact l'a projetée à l'avant.

— Elle est morte ? demanda Odessa.

— Juste avant qu'on arrive, oui, répondit le médecin. Ils ont dit que l'ambulance roulait à quatre-vingts kilomètres à l'heure et qu'elle continuait à prendre de la vitesse quand elle s'est engagée dans le parking pour venir heurter le poteau. Le conducteur avait dû perdre la boule.

L'image de la cliente de la banque blessée attaquant l'ambulancier et s'emparant du volant s'insinua dans l'esprit d'Odessa.

— Mais s'il s'agit de la patiente… demanda Odessa en regardant à nouveau l'ambulance. Où est le conducteur ?

Ils montèrent jusqu'à l'étage de Solomon, Odessa implorant l'ascenseur d'aller plus vite. Les portes s'ouvrirent et elle se mit à courir pour franchir la courte distance qui les séparait de sa chambre. Une ampoule rouge clignotait au-dessus de la porte.

À l'intérieur, deux infirmières étaient agenouillées autour de l'ambulancier qui reposait face contre terre. Le lit de Solomon était vide.

— Où est-il ? demanda Odessa.

Les infirmières étaient encore sous le choc de ce qu'elles avaient trouvé. L'une des deux se leva.

— Il est mort, dit-elle en parlant de l'ambulancier.

Odessa agrippa l'épaule de l'infirmière.

— Le patient qui était dans cette chambre, précisa-t-elle. Earl Solomon. Son lit est là. Mais lui, non.

L'infirmière regarda le lit vide sans comprendre.

Un infirmier se présenta à la porte, alerté par l'ampoule rouge, et s'arrêta net en voyant le corps de l'ambulancier.

L'infirmière se tourna vers lui.

— Earl Solomon. Le patient qui était dans cette chambre. Où est-il ?

L'homme ressortit de la chambre et regarda à droite et à gauche dans le couloir.

— L'homme qui a fait une attaque, c'est ça ?

— Il ne peut pas être parti bien loin…, commenta l'infirmière.

Odessa fixait Blackwood. Elle était soudain terrifiée, désespérément inquiète pour Solomon, et commençait à paniquer.

— Est-ce qu'il est venu pour lui ? demanda-t-elle.

— Nous devons trouver Solomon, répondit Blackwood.

— Est-ce que cette chose est venue ici spécialement pour lui ? insista-t-elle.

Les infirmières la regardèrent avec méfiance. Blackwood la saisit par le poignet et l'entraîna hors de la chambre. Ils firent quelques pas dans le couloir avant qu'elle ne l'oblige à la lâcher.

— Répondez-moi.

— Il faut qu'on le retrouve.

— *Il n'y a pas de coïncidence,* dit-elle sur un ton cassant, sentant l'hystérie poindre dans sa voix.

— Oui, il est venu pour lui, admit Blackwood. (Il semblait un peu secoué, lui aussi.) Nous devons le retrouver, et vite.

— Et *ensuite* quoi ? demanda-t-elle, mais Blackwood l'entraîna vers l'escalier sans répondre.

— Il pourrait être n'importe où, dit Odessa en descendant les dernières marches qui les ramenaient au rez-de-chaussée.

C'était toujours la pagaille devant l'entrée des urgences. La police était arrivée sur les lieux et discutait avec les administrateurs de l'hôpital qui essayaient de ramener un semblant d'ordre. Blackwood suivit les panneaux en direction du service des urgences qui continuait d'accueillir des patients malgré la présence des médias.

Odessa s'arrêta au milieu du couloir pour interroger un des policiers.

— Est-ce que vous auriez vu un homme noir plutôt âgé, vêtu d'une blouse d'hôpital, passer par ici ?

Le policier hocha la tête.

— Oui, madame, j'en ai vu au moins sept.

Sa radio se mit à crachoter et il pencha la tête pour rapprocher l'appareil fixé à son épaule de son oreille afin de couvrir le brouhaha du hall.

— Oh putain ! s'exclama-t-il en réponse à ce qu'il venait d'entendre avant de se mettre à courir vers la porte.

Blackwood regarda Odessa. Ils suivirent le policier à l'extérieur, contournèrent l'ambulance accidentée pour atteindre le parking puis la rue. Ils arrivèrent juste à temps pour voir une voiture de police foncer hors du parking et faire une embardée pour venir percuter violemment un SUV qui passait, l'envoyant rebondir sur un camion de la Poste garé à proximité avant de repartir en arrière dans la rue où il fut embouti par une autre voiture incapable de freiner à temps.

La voiture de police, gyrophare allumé et sirène hurlante, évita le carambolage en zigzaguant entre les véhicules. Quelques policiers se précipitèrent dans la rue pour porter assistance aux victimes. D'autres, dont celui du couloir, sautèrent dans leurs véhicules pour prendre en chasse la voiture de patrouille qui avait de toute évidence été volée, mais l'accident bloquait les deux côtés de l'avenue, les empêchant de passer.

Blackwood et Odessa s'avancèrent dans la rue, les yeux rivés sur la voiture de patrouille qui s'éloignait en faisant des embardées dans tous les sens.

— Il faut qu'on le suive ! s'écria Blackwood.

À ce moment précis, une Rolls-Royce noire avec de fines lignes gris anthracite déboucha d'une rue transversale juste au-delà de l'endroit où avait eu lieu l'accident.

— Bien joué, Lusk ! dit Blackwood.

Odessa le suivit en courant, longeant les voitures accidentées en direction de la Rolls qui les attendait en laissant tourner le moteur. Ils sautèrent à l'arrière et M. Lusk démarra avant même que leurs portières se soient refermées.

Celui-ci voulut les prévenir.

— Le conducteur de cette voiture de police...

— Oui, l'interrompit Blackwood, c'est l'agent Solomon.

— Ses yeux... il y avait quelque chose qui n'allait pas, ajouta M. Lusk.

— Suivez-le, répondit Blackwood. Ne le laissez surtout pas s'échapper.

Le moteur ronronnant de la Rolls rugit lorsque celle-ci bondit en avant. La voiture de patrouille avançait à vive allure mais le gyrophare et la sirène la rendaient facile à suivre, tout comme la trace des voitures accidentées qu'elle laissait dans son sillage, qu'elles aient voulu éviter le véhicule ou qu'elles aient été projetées hors de la route.

Ils la poursuivirent jusqu'à Jackson Heights, slalomant entre les collisions et petits accrochages provoqués par la voiture en fuite. Par moment, ils voyaient les lumières bleues tourner au loin ; la Rolls ne gagnait pas de terrain, mais n'en perdait pas non plus.

Blackwood regardait par la vitre, de façon intense mais calme. Odessa était folle d'inquiétude pour Solomon et l'attitude impassible de Blackwood la mettait hors d'elle. La colère lui fit prendre conscience d'un point essentiel.

— L'Avide n'est pas venu pour Solomon, dit-elle. Il est venu pour vous. Il l'utilise pour vous atteindre, vous. Et vous le saviez.

— Vraiment ? répondit-il sans la regarder.

— Vous saviez qu'il était vulnérable.

Blackwood se tourna vers elle, toujours sans croiser son regard.

— Je m'en doutais, admit-il. Rien de tel ne m'est jamais arrivé… jusqu'à ce que je le voie dans ce lit d'hôpital.

— C'est ce qui vous a attiré ici. Tout ça… la tuerie chez Peters, le massacre de Long Island… il n'y avait pas de schéma. C'était juste fait pour vous invoquer… pour vous faire sortir au grand jour. Grâce à moi. Grâce à ma lettre.

Blackwood la regarda finalement dans les yeux. Il ne prononça pas un mot, mais elle comprit qu'elle avait raison.

— Et depuis le début, vous aviez compris. Vous saviez qu'il cherchait la confrontation… et vous n'avez pas tenu compte de ceux qui risquaient de se trouver sur son chemin. Même pas de Solomon, un homme mourant, qui vous mène à présent à votre *rendez-vous*. Vous vouliez qu'il le prenne.

— Ne soyez pas ridicule.

— Vous ne le vouliez peut-être pas, mais vous étiez d'accord. Tant que ça vous menait là où vous vouliez aller. Tant que ça vous permettait d'attraper le quatrième Avide et de l'exhiber dans votre salle des trophées.

— Votre simplification excessive de cette affaire est absolument stupéfiante, répondit Blackwood. Vous n'avez donc rien appris ? Ou s'agit-il seulement d'une tentative délibérée de me culpabiliser ?

— J'ai beaucoup appris, croyez-moi, répliqua Odessa. Solomon a essayé de m'avertir à votre sujet. Il disait que vous ne laisseriez rien ni personne se mettre en travers de votre chemin. Il avait compris ce qui allait se passer, mais il était trop fragile pour s'y opposer. Eh bien, je ne vais pas le laisser devenir la victime d'une sorte d'horrible diablotin surnaturel. Vous devez le sauver. Vous ne pouvez pas le laisser mourir comme ça.

Le ton de Blackwood se fit sévère.

— Vous partez du principe que j'ai le choix.

La lueur de colère dans ses yeux était surprenante. Odessa se tut, les yeux rivés sur lui, se demandant à quelle sorte de monstre elle s'était acoquinée.

La Rolls fit une nouvelle grosse embardée sur la gauche pour éviter une voiture dont le moteur avait pris feu.

— Il se dirige vers le pont de Queensboro, annonça M. Lusk.

La voiture de patrouille les devançait d'au moins un bloc. Ils suivirent sa trace jusqu'au niveau supérieur du pont et s'engagèrent à sa suite sur la double voie. Les lumières bleues slalomaient au loin tandis que la Rolls se faufilait entre les véhicules accidentés pour traverser l'East River en direction de Manhattan.

Odessa s'agrippa à son siège et pressa son épaule contre l'habitacle de la voiture tandis que celle-ci se ruait hors du pont et continuait vers l'ouest sur environ un bloc avant de prendre un virage serré à gauche et de se diriger vers le sud en roulant du mauvais côté de la Troisième Avenue.

À contre-courant, ils suivirent la ligne de destruction laissée par la voiture en fuite sur les cinq voies de cette large artère. Environ dix blocs plus loin, la voiture de patrouille coupa la route à un semi-remorque avant de s'engager brusquement dans la 46e ou la 45e rue.

M. Lusk braqua à fond le volant poli de la Rolls afin d'éviter le camion qui glissait avant de s'arrêter en diagonale au milieu du croisement.

La manœuvre leur fit perdre de précieuses minutes. Quand la Rolls put finalement s'engager dans la rue, le gyrophare était hors de vue, même si son chemin était toujours facile à suivre.

La Rolls prit à gauche et stoppa brusquement. Odessa, habituée à chercher les lumières vives bleues clignotantes, ne comprit pas pourquoi ils s'étaient arrêtés. Puis elle vit la voiture de police, les portières et le pare-chocs arrière complètement défoncés par les multiples impacts, la calandre écrasée, de la fumée s'élevant du moteur surmené au-dessus du capot plié. Elle pensa tout d'abord que le véhicule était tombé en panne, mais elle réalisa ensuite que les lumières, comme la sirène, avaient été éteints.

L'Avide avait atteint sa destination.

Blackwood sortit immédiatement du véhicule. Odessa le suivit, cherchant à se repérer en tendant le cou vers le ciel. Elle reconnut une portion de la gare de Grand Central Station à la façon dont le bâtiment bouleversait le plan régulier des rues, un phénomène rare dans le centre de Manhattan. Le bâtiment le plus proche, en pleine rénovation, était séparé de la rue par une barricade, une grande partie de ses vingt étages recouverte d'échafaudages et de filets de sécurité. À ce moment précis, pourtant, il semblait totalement abandonné : aucune lumière derrière les fenêtres sans vitre, pas d'ouvrier en train de travailler. Un panneau de la ville sur la barricade interdisait l'accès du site aux intrus et précisait que celui-ci était actuellement fermé sur ordre de la ville de New York.

— Qu'est-ce que c'est que cet endroit ? demanda Blackwood.

— Ils ont peut-être manqué d'argent, répondit Odessa en regardant la façade en grès. (La proximité avec Grand Central Station fit soudain remonter un souvenir.) Attendez, dit-elle, c'est un de ces clubs universitaires. Ils étaient en train de le transformer en un énorme hôtel, mais ils ont dû arrêter les travaux. C'était dans les journaux il y a environ un mois – ils ont d'abord fait une grosse découverte, qui s'est ensuite transformée en scandale. En creusant dans le sous-sol du club, à environ dix mètres de profondeur, ils ont découvert des restes vieux de plusieurs centaines d'années. Après recherches, il s'est avéré qu'il s'agissait des restes d'une fosse commune dans laquelle étaient enterrés des esclaves.

Hugo Blackwood se retourna et regarda Odessa d'un air surpris.

— Des esclaves ?

— Ils ont dû stopper la rénovation. Maintenant, les actions en justice se multiplient. Les autorités doivent décider s'ils peuvent les réenterrer, s'ils peuvent se contenter d'apposer une plaque, ou si ça tue définitivement le projet.

Blackwood la fixait toujours. Elle réalisa qu'il voyait dans tout ceci quelque chose qui lui échappait.

— Quoi ? demanda-t-elle.

Blackwood retrouva sa contenance habituelle, dans la mesure où il s'en était légèrement départi.

— Magie noire, siffla-t-il en sortant sa trousse en cuir de sa veste et en en dénouant les liens avec une soudaine urgence. Monsieur Lusk ?

Odessa se tourna vers M. Lusk qui se tenait toujours derrière le volant de la Rolls. Celui-ci pianota sur le clavier de son téléphone et le plaça devant son oreille.

— Je vais lui donner l'adresse.

— À qui ? demanda Odessa, confuse. Donner l'adresse à qui ? Et pourquoi ?

Mais quand elle se retourna vers lui, espérant une réponse, Hugo Blackwood avait déjà disparu.

Odessa entendit la barrière de sécurité trembler et réalisa que Blackwood l'avait escaladée pour entrer. Furieuse d'avoir été laissée en plan, elle trouva un poteau et s'appuya dessus pour grimper à son tour. Deux rangées de barbelés, orientées vers l'intérieur du chantier, surmontaient la clôture. Elle s'assura que son téléphone était bien en sécurité dans sa poche avant de sauter par-dessus pour atteindre l'autre côté, arrachant au passage un petit morceau de tissu de la manche de sa veste mais, heureusement, pas de peau.

Une fois à l'intérieur, elle traversa rapidement un passage recouvert d'asphalte brisé qui la mena jusqu'à l'entrée du bâtiment et se baissa pour passer sous une bâche en plastique qui flottait dans le vent. Un autre panneau d'avertissement était accroché sur la porte, mais la fenêtre qui se trouvait juste à côté était dépourvue de vitre : Odessa s'engouffra à l'intérieur.

Blackwood n'était visible nulle part et elle préféra ne pas crier son nom. Elle commença à descendre un large escalier en pierre qui se divisait en deux volées de marches. Une fois en bas, elle sortit son téléphone et alluma la lampe-torche, à la recherche d'autres escaliers. Le Manhattan moderne était construit sur les épaules des siècles précédents. Elle savait que, dans cette ville, les sous-sols racontaient le passé : à trois mètres de profondeur, vous reveniez au début du XXe siècle, le tournant avec les années 1900 étant généralement symbolisé par l'apparition du béton ; encore un mètre cinquante et vous vous retrouviez au XIXe siècle, une époque où les murs étaient faits de briques et de mortier, et vous pouviez alors tomber sur des fragments d'objets en céramique et autres artefacts ménagers ; à six ou sept mètres au-dessous du niveau de la rue, vous étiez dans les années 1700.

Elle s'éloigna des escaliers, toujours à la recherche de Blackwood. Soudain, la lampe de son téléphone éclaira un trou dans le plancher provisoire et une échelle qui s'enfonçait plus bas. Elle descendit quelques barreaux et se servit de sa lampe pour voir ce qu'il y avait en dessous.

— Écartez cette chose.

C'était Blackwood. Il se tenait juste en dessous d'elle. Elle descendit les derniers barreaux de l'échelle jusqu'à un passage dont le sol était fait de pierres mal taillées.

Il se protégeait les yeux.

— J'ai besoin de discrétion. Et vous êtes en train de ruiner ma vision nocturne.

Elle éteignit sa lampe-torche et rangea son téléphone dans sa poche. Elle n'y voyait plus rien. Elle fit confiance à Blackwood et le suivit de près en attendant que sa vue s'ajuste. Apparemment, Blackwood suivait une piste.

— Ça a quelque chose à voir avec le pillage de tombes ? chuchota Odessa.

— Les tombes des esclaves sont une terre sacrée, répondit Blackwood, comme le sont toujours les lieux marqués par d'atroces souffrances. Leurs esprits innocents, piégés dans les limbes depuis des siècles, sont un réceptacle pour toutes les peines. Exploités et relâchés dans la ville, ils pourraient constituer une force malveillante extrêmement puissante.

Après être passés devant tout un tas d'outils de forage, Blackwood ralentit devant une structure en pierre qui avait apparemment été mise au jour durant les travaux. La vision d'Odessa s'était suffisamment améliorée pour qu'elle puisse discerner le motif géométrique gravé dans la pierre. Ce n'était pas un simple symbole pour indiquer une direction. C'était un sigil.

Blackwood s'arrêta, le regard fixé devant lui. Il marmonnait des mots en latin et Odessa réalisa qu'il s'agissait d'un autre sort de protection. Quand il eut terminé, il se tourna vers elle.

— Vous devez partir.

— Quoi ?

— Vous ne devriez pas aller plus loin.

— Vous m'avez laissée faire tout le chemin jusqu'ici pour me dire ça ?

— Il n'y a rien que vous puissiez faire ici. À part être utilisée contre moi.

— *Contre* vous… ? (Blackwood regardait à nouveau vers l'obscurité.) Vous allez avoir besoin d'aide avec Solomon. (Puis elle réalisa.) Est-ce que vous me renvoyez à cause de ce qui lui est arrivé ?

Blackwood ne répondit pas.

— Écoutez, reprit-elle, je ne sais pas quoi faire ici. Tout ce que je sais, c'est qu'on ne peut pas laisser cet Avide s'en prendre à vous. S'il saute dans un être immortel… ou en tout cas dans une personne qui ne peut pas être blessée, tuée, détruite… ça pourrait sérieusement mal tourner. Sans compter que ça lui permettrait en plus de pouvoir libérer les trois autres. Vous seriez la proie idéale pour cette chose.

— C'est pour ça que je ne peux pas laisser une telle chose se produire.

— Mais vous savez qu'il s'agit d'un piège.

— Oui.

— Alors pourquoi sauter dedans ? demanda-t-elle. Pourquoi y aller seul ?

— Il y a une autre présence ici, répondit Blackwood. Un autre démon que je dois affronter. Un adversaire contre lequel je me suis déjà battu à de nombreuses reprises.

Odessa resta perplexe. Deux entités ?

— Qui ? demanda-t-elle.

Blackwood arrangea un peu sa veste.

— Ma femme, répondit-il.

Blackwood s'avança vers l'obscurité. Odessa resta derrière, désarçonnée par sa réponse et hésitante. Il avait raison, elle avait peu de choses à offrir face à un être intangible, mais le laisser affronter ça seul lui semblait très imprudent. Elle ne savait pas quoi faire.

Tandis qu'elle hésitait, elle entendit une voix familière l'appeler.

— Odessa, dit la voix.

Hugo Blackwood traversa la caverne en pierre au plafond bas jusqu'à un virage qui menait à une antichambre laissant présager une pièce avec une voûte plus large, plus aérée. Il entendit la voix d'une femme qui psalmodiait des incantations dans un espagnol teinté d'un fort accent caribéen. Le son était amplifié par l'acoustique de la pièce jusqu'à devenir un ronronnement puissant, presque hypnotisant. Une faible mais brillante lueur violette apparaissait entre les grains de poussière et de suie vieux de plusieurs siècles.

Il entendit également un grognement et le claquement de mâchoires. Le bruit des pattes d'un animal en train de courir, même s'il était incapable de dire de quelle direction il provenait. Il imagina une bête massive, le son exagéré indiquant un monstre faisant plusieurs fois la taille de la pièce dans laquelle il se trouvait. Impossible.

Les pattes ralentirent en approchant. Deux pitbulls, la face tordue par un air féroce. Des êtres habités, des limiers malveillants. Blackwood se souvint de la maison de la propriétaire de la boutique de magie et du pilleur de tombes qui leur avait raconté que leurs deux pitbulls s'étaient échappés.

Voilà où ils étaient. Leur maîtresse n'était pas loin.

Ils avancèrent vers lui en grognant, tout en épaules et en muscles nerveux, de la bave coulant de leurs crocs serrés.

Blackwood étendit sa main vide, paume vers le bas et doigts écartés, et se mit à murmurer un sort de contrainte. Ses yeux rencontrèrent les leurs et alors qu'il faisait pivoter doucement sa main, comme s'il tournait un gros bouton, la face des deux molosses s'adoucit, leurs babines retombèrent sur leurs gencives brunes et leurs muscles se détendirent.

Tandis que les chiens restaient là, contraints par son charme, Blackwood sortit une fiole de sa trousse en cuir et tamponna un peu d'huile sur le bout de son majeur droit. Il s'approcha des deux chiens, la main toujours tendue, et déposa doucement un peu d'huile sur leur philtrum, cette fente qui sépare la truffe en deux, descendant verticalement jusqu'à la babine supérieure.

Deux ou trois respirations plus tard, les animaux se laissaient tomber sur leur arrière-train puis sur le côté, profondément endormis.

Blackwood s'avança entre les deux chiens de garde assoupis et suivit la voix dont les incantations se faisaient plus fortes. Il finit par découvrir une femme portant une robe blanche drapée ainsi qu'un bandeau blanc sur la tête, officiant au-dessus d'une crypte en calcaire dont s'élevait une sorte de brume éthérée de couleur violette. Cette vapeur froide avait pris la forme des esclaves morts et enterrés ici depuis longtemps : au moins quarante hommes, femmes et enfants aux silhouettes ondulantes, de fines volutes de fumée pourpre s'élevant de leurs cheveux et de leurs épaules, comme la vapeur au-dessus d'une viande qu'on vient de cuire, avant de se dissiper dans l'air vicié.

Poussés par les lamentations de Juanita la magicienne, les esprits violets se tournèrent vers Hugo Blackwood et lui firent face depuis le sol glaiseux de la crypte exhumée.

Odessa chercha la source de cette voix familière, craignant qu'il ne s'agisse de Solomon.

— Odessa ? Chérie, c'est moi.

Elle regarda son père sortir de l'ombre, le visage éclairé par un grand sourire. Il portait un de ses vieux cardigans sur une chemise oxford, comme toujours.

— Papa ? demanda-t-elle. (Odessa était stupéfaite de voir son père, et pourtant, sa présence ici, dans ces catacombes souterraines en plein cœur de New York, lui semblait parfaitement normale. En fait, sa présence la mettait à l'aise.) D'où est-ce que tu viens ?

Il s'arrêta à quelques pas d'elle, un sourire hésitant aux lèvres.

— Pourquoi est-ce que tu as arrêté de me rendre visite, chérie ?

Odessa était submergée par les regrets, mais en même temps, elle était reconnaissante d'avoir l'opportunité de s'expliquer et d'assainir les choses entre eux.

— Je n'y arrivais plus, papa, répondit-elle. Tu avais trahi tes clients. Tu avais trahi ta famille. Tu m'avais trahie, moi.

Sa voix se brisa sur le dernier mot. Mais elle continua.

— *Moi*, répéta-t-elle. Moi qui t'avais toujours soutenu. Au tribunal, j'étais à tes côtés à la table de la défense. Je m'étais portée garante de toi auprès de tout le monde. Tu nous as tous bernés. Tu m'as bernée, moi. Tu m'as brisé le cœur.

— Je sais, acquiesça son père, esquissant un pas pour s'approcher un peu plus. Je sais que je t'ai fait du mal. Mais tu ne... tu ne peux pas savoir comme je me suis senti seul en prison.

— Je suis désolée, papa. Je t'aime, mais...

— Est-ce que tu peux me pardonner, Odessa ? demanda-t-il en s'approchant encore un peu plus, les bras tendus vers elle. S'il te plaît ?

Blackwood déroula sa trousse en cuir, sélectionna une ampoule au toucher, les yeux rivés sur les silhouettes de brume. Elles avançaient vers lui, les jambes immobiles, semblant dériver ensemble dans la même direction, comme un buisson de sauge pris dans le vent. Juanita la magicienne les avait envoyés afin qu'il s'épuise à résister à leur assaut, à tenter de les repousser.

Mais Blackwood ne préparait pas un contre-sort. Il déboucha l'ampoule vert bouteille et s'enduisit les mains d'une généreuse couche de teinture de pétale de rose blanche, puis remit la fiole en place et glissa la trousse dans la poche de sa veste.

Tout en frottant ses doigts à l'intérieur de ses paumes et en entonnant le sort dans sa langue originelle, l'énochien, Blackwood tendit les bras et ouvrit ses mains face aux esprits des esclaves. Une fine vapeur dorée s'échappa de ses paumes. Il écarta les bras et la vapeur se transforma en une aura couleur de miel qui se répandit tout autour de son corps. Les esprits des esclaves accélérèrent en arrivant près de lui, leurs têtes penchées en avant, prêts à l'attaque.

Le corps de Blackwood fut ébranlé lorsqu'il accueillit ces esprits tourmentés et les laissa entrer en lui. Au lieu de leur offrir la lutte qu'ils étaient venus chercher, il absorba le déferlement de leur souffrance, de leur peur, de leur colère amère, de leur angoisse. Il assimila leur énergie, laissant leur agonie pénétrer jusqu'à son propre cœur.

Il sentit que la magicienne essayait de les rappeler à elle. De les remplir de noirceur. De les guider vers le mal.

Blackwood ne pouvait pas guérir ces esprits. Il ne pouvait que communier avec eux. Que parler à leur âme.

On s'est servi de vous quand vous étiez encore en vie. Vous ne devez pas laisser le mal se servir de vous encore une fois.

Les yeux d'Odessa se remplirent de larmes. Elle voulait accorder son pardon à son père. C'est ce qu'elle avait toujours voulu.

Mais elle ne le pouvait pas. Certains crimes – notamment ceux qui nous touchent personnellement, émotionnellement – ne pourront jamais être pardonnés.

— Papa, dit-elle, je… je ne peux pas.

L'expression sur le visage de son père passa de la confusion à la déception… puis à la colère.

Et soudain, ce n'était plus son père qui se tenait devant elle. C'était Earl Solomon. Son bras se détendit aussi vite que violemment et l'atteignit en plein visage, une gifle à revers qui la fit trébucher et tomber lourdement en arrière sur le sol de pierre.

Odessa le fixait, stupéfaite, la mâchoire douloureuse, des sifflements dans les oreilles. Elle regarda autour d'elle, à la recherche de son père, jusqu'à ce qu'elle comprenne ce qui venait de se passer. C'était comme si un voile avait été levé.

Earl Solomon, toujours vêtu de sa blouse d'hôpital et de ses chaussettes antidérapantes, se rua vers elle avec une vigueur incroyable, le visage déformé par un rictus. Il lui sauta dessus, chaussettes en avant, dans le but évident de lui broyer la gorge.

Odessa roula sur elle-même au tout dernier moment. Solomon s'écrasa sur elle, les poings frappant dans tous les sens, atteignant ses reins, son torse, ses flancs. Elle se plaça tout d'abord en position défensive avant de réaliser que le corps possédé de Solomon, débordant d'énergie, allait la battre jusqu'à ce que mort s'ensuive si elle ne faisait rien.

Elle se jeta sur le côté, se débarrassant du corps qui pesait sur le sien, et recula vivement. À nouveau séparée de lui, elle ne put s'empêcher de réagir en voyant le visage d'Earl Solomon, cet homme qu'elle respectait, qu'elle appréciait.

— Non ! l'implora-t-elle.

Mais ce n'était pas lui. Ce n'était pas Earl Solomon.

L'Avide bondit sur ses pieds, un mouvement extraordinairement agile pour un corps aussi âgé, et se jeta sauvagement sur elle, les bras levés au-dessus de la tête. Odessa se releva mais resta courbée vers l'avant, utilisant le poids de son corps pour esquiver l'attaque et le repousser d'un coup de hanche. L'Avide s'étala par terre avec un horrible grincement.

Odessa pleurait, des larmes de colère, des larmes de désespoir.

— S'il vous plaît, supplia-t-elle en le voyant se relever et foncer à nouveau sur elle. Ne m'obligez pas à faire ça !

Mais ses mots n'eurent aucun effet. L'Avide se jeta sur elle et cette fois-ci, elle ne put l'éviter. Le corps de Solomon percuta le sien et tous deux tombèrent en arrière.

— *Stop !* hurla-t-elle.

Ça ne suffirait pas. C'était évident. Elle était face à un chien enragé, un psychopathe et Terminator rassemblés dans un seul corps. Il se remit immédiatement sur ses pieds – et Odessa vit la pile de planches et les outils posés derrière.

L'Avide se jeta sur elle et attrapa son visage d'une main, ses doigts griffant profondément sa joue et sa tempe tandis qu'il tentait de l'aveugler. Odessa se laissa retourner puis lui assena un violent coup de pied dans le genou. Libérée de son emprise, elle tituba vers l'arrière et atterrit sur les planches.

Incapable de quitter l'Avide des yeux, sa main tâtonna pour trouver une arme. Elle agrippa le manche d'un marteau. Elle était en train de s'agenouiller lorsque l'Avide se rua sur elle et, d'un coup de pied, fit voler l'arme de fortune. Odessa se pencha en arrière et plongea à nouveau la main dans la caisse à outils. Au moment où l'Avide chargeait une nouvelle fois, elle sentit entre ses doigts un manche en bois avec une forme bombée familière.

L'Avide la retourna et montra les dents, essayant d'atteindre les tissus mous de son visage. Comme un chien enragé, il cherchait à la mordre. Odessa tenta de le repousser en glissant son avant-bras gauche sous son menton, au niveau de sa gorge, mais en vain. Il pesait sur elle de tout son poids.

À travers ses dents serrées, Odessa dit :

— Dieu, pardonne-moi. Solomon... pardonnez-moi...

Sa main droite appuya la pointe en acier du poinçon à la base du crâne de l'Avide et l'enfonça vers le bas. De toutes ses forces, elle transperça le muscle de la nuque pour atteindre le cerveau.

Les yeux de l'Avide s'ouvrirent d'un coup. Sa langue se mit à pendre hors de sa bouche et à gonfler, à quelques centimètres à peine de son visage. Avec un cri et un haut-le-cœur, elle le repoussa et s'éloigna vivement du corps agité de convulsions.

À la fois triste et soulagée, elle ne put qu'assister au reste de la scène. Son visage, sa hanche, ses reins, ses genoux, tout la faisait souffrir. Prise de vertige à cause de sa respiration saccadée, elle s'écroula sur le sol de pierre un moment et reprit son souffle.

Elle repassa en position assise, puis se leva. Dans l'étrange obscurité de la pièce, elle vit la forme qui gisait devant elle, enfin immobile.

Pendant qu'elle regardait, une émanation ondulante monta du corps, comme un jeu d'ombres. Une odeur de soudure s'insinua dans ses narines avant qu'elle ne se rappelle l'Avide. Elle leva les deux bras devant son visage pour se protéger et recula, mais elle fut arrêtée dans son élan par un spasme, son corps tout entier se tendit, sa colonne vertébrale se creusa, sa tête fut projetée vers l'arrière. Une décharge de douleur insoutenable... puis ses muscles cessèrent de trembler et ses membres et son esprit se détendirent.

Le corps et l'âme de Blackwood était remplis par l'atroce souffrance des esprits des esclaves. En ne leur opposant aucune résistance et en embrassant leur détresse, il avait neutralisé les intentions hostiles de la magicienne.

L'échec fit enrager Juanita, la prêtresse, la *mayombero*. Tandis qu'elle essayait de reprendre le contrôle sur ses fantômes, l'être sombre qui la possédait apparut. Au-dessus d'elle s'éleva une projection spectrale d'Orleanna Blackwood, silhouette vêtue de blanc aux cheveux noirs. Hugo Blackwood se retrouva face à son amour corrompu, ses yeux sombres et cruels creusant en lui depuis le plafond de la chambre funéraire. Une lutte acharnée pour les âmes des fantômes des esclaves.

Blackwood leur avait permis de l'envelopper et, à présent, la force de son esprit grandissait tandis que son corps, lui, s'affaiblissait.

Partez, implorait-il. *Partez.*

Son corps se mit à trembler lorsque les êtres de brume violette commencèrent à refluer vers le caveau.

L'épouvantable image de la femme qu'il avait perdue depuis si longtemps émit un hurlement atroce.

Laisse-les dormir, ordonna Blackwood. *Laisse-les en paix.*

Elle ne les relâcherait pas si facilement. Elle se battit contre leurs esprits, dans une dernière tentative pour exciter leur nature vengeresse afin de pouvoir s'approprier la puissante énergie de leur éternelle souffrance.

La brume violette flotta vers elle, la submergea, colorant de pourpre sa chemise de nuit vaporeuse, puis s'assombrissant jusqu'à devenir complètement noire. La brume devint plus dense, suffocante, et l'entraîna vers le sol puis sous la surface.

Les genoux de Blackwood le lâchèrent et il s'effondra sur une de ses hanches. Il leva faiblement la tête pour voir le dernier des esprits s'enfoncer dans la terre.

Blackwood retrouva son équilibre et se força à se relever. Son corps était comme une ruche qui viendrait d'être évacuée par des milliers d'abeilles en colère. Mais la voûte souterraine était à nouveau calme.

— *Mon amour.*

La voix glaça Hugo Blackwood. Au cours de ces quatre cent cinquante années, très peu de choses avaient réussi à lui faire dresser les cheveux sur la nuque, mais cette voix y parvint instantanément. Tremblant, Blackwood se tourna de la crypte vers les catacombes derrière lui.

Orleanna Blackwood sortit de l'ombre. Pas comme un démon. Pas comme un esprit malfaisant. Mais telle qu'elle était le jour de leur mariage, la peau claire, les yeux brillants de vie, le tissu léger de sa chemise de nuit flottant autour d'elle.

— Orleanna, murmura Blackwood.

— *Tu m'as sauvée*, répondit-elle. (Un sourire béat aux lèvres, elle ouvrit les bras, attendant qu'il l'accepte.) *Enfin, mon amour. Nous pouvons à nouveau être ensemble.*

— Mon cher amour, répondit Blackwood, les mots s'étranglant dans un sanglot.

— Prends-moi, dit-elle. Prends-moi dans tes bras. Et à nouveau, nous ne serons plus qu'un.

— Oui, ma chérie, dit Blackwood. Oui. Mais laisse-moi… permets-moi de te regarder. (Sa jeune épouse, en parfaite santé. Si ravissante.) Offre-moi ce moment, mon amour.

Elle essaya. Elle pencha très légèrement ses épaules, sourit, illustration parfaite de la beauté, de la jeunesse, de la santé et du bonheur.

— *Oh, Hugo*, reprit-elle, incapable de se retenir, *nous devons être ensemble. Prends-moi. Je ne peux plus attendre.*

Orleanna se précipita vers lui, les bras tendus. Blackwood ouvrit les siens pour recevoir son seul véritable amour, mais au dernier moment, juste avant qu'elle ne l'atteigne, il saisit sa gorge si fine.

Il serra fermement, écrasant les muscles de son cou, empêchant l'air de passer. Le visage d'Orleanna se tordit de douleur et de confusion.

Les yeux de Blackwood passèrent du désespoir à une colère froide.

Et soudain, l'illusion s'estompa, le visage d'Orleanna disparut derrière les traits de l'agent Odessa Hardwicke.

Durant un instant, Blackwood fut choqué, effaré. Il s'attendait à voir Earl Solomon.

Profitant de cette fraction de seconde, l'Avide se dégagea de la poigne de Blackwood, utilisant le bras de celui-ci pour le retourner contre le mur de pierre.

Blackwood était abasourdi. Odessa s'approcha de lui, les yeux emplis de fureur. Un démon. Un Avide.

Celui-ci fondit sur lui à une vitesse incroyable, le saisit et le poussa avec la force d'une banshee[1].

1. Créature féminine surnaturelle de la mythologie celtique irlandaise.

Blackwood atterrit durement contre une saillie en pierre près des tombes. L'Avide se jeta sur lui en agitant les bras, la bouche ouverte mais silencieuse. Il l'arrêta d'un violent coup de chaussure dans le ventre. De son autre jambe, il le repoussa en arrière.

Blackwood se releva et sortit rapidement sa trousse en cuir. Il la déroula et sélectionna un des instruments qui s'y trouvaient, une dague avec une étroite lame d'acier. Il allait éjecter l'Avide et le bloquer ici avec un sort d'immobilisation jusqu'à ce que des renforts arrivent.

L'Avide se jeta à nouveau sur lui, les envoyant tous les deux valser dans les airs, la trousse et tout son contenu tombant des mains de Blackwood. Celui-ci s'effondra sur le sol de pierre, la tête la première, et se retourna juste à temps pour recevoir l'Avide qui s'abattait sur lui.

D'une main, il agrippa la gorge du démon, le maintenant à distance. De l'autre, il raffermit sa prise sur la poignée de la dague.

L'Avide le frappa violemment au visage et à la poitrine, ne ralentissant que lorsque la pression de Blackwood sur sa gorge s'accentua. Ses yeux virent la lame d'acier quand celui-ci leva la main pour la passer derrière sa tête, la dague pointée vers le bas.

— Je suis désolé, agent Hardwicke.

Il appuya la pointe d'acier à la base de son crâne, prêt à tuer la malheureuse victime. Mais sa main s'arrêta. Il hésita, pris d'une vision. Le visage d'Odessa avait à nouveau disparu derrière les traits d'Orleanna. Mais, réalisa-t-il, cela n'avait rien à voir avec l'Avide.

Cette vision avait du sens pour Blackwood.

Mais à nouveau, son hésitation lui coûta cher. L'Avide lui cogna la tête contre le sol de pierre, se dégageant de son emprise. Il lui cogna la tête encore une fois, étourdissant Blackwood tout en se débattant dans tous les sens. Tout à coup, il arracha la dague de la main de Blackwood. Il fit tourner la lame, la pointa vers sa propre gorge et avec un sourire dément frappa vers le haut.

Blackwood eut tout juste le temps de saisir son poignet. La force de l'Avide était prodigieuse, et l'Anglais avait été affaibli lors de son duel avec la magicienne. Sa main se mit à trembler tandis que la pointe de la lame s'approchait du cou d'Odessa Hardwicke.

Il allait la perdre.

Puis une bourrasque s'engouffra dans la crypte depuis les catacombes, comme un mouvement d'air créé par le battement d'ailes immenses. Deux énormes mains s'abattirent sur l'Avide, le tirant d'un coup sec loin de Blackwood et lui arrachant la dague.

Joachim, le tatoueur et geôlier des Avides, regarda le démon filer loin de lui, le regard toujours fou, prêt à lui foncer dessus.

Joachim contracta immédiatement sa poitrine, et les coutures du dos de sa chemise se déchirèrent. Une paire d'ailes apparut, deux fois plus larges que hautes et recouvertes d'écailles aux motifs géométriques colorés qui auraient pu rivaliser avec ceux des papillons les plus rares. Cette démonstration de force furieuse éblouit l'Avide, le figeant sur place. Joachim se jeta sur lui et l'attrapa par le cou tout en rétractant ses ailes.

En un clin d'œil, il fit tourner l'Avide sur lui-même, un bras sous son menton, l'autre au sommet de son crâne. Encore quelques secondes et il lui briserait la nuque.

— Non ! hurla Blackwood.

Joachim leva les yeux, surpris. Blackwood récupéra sa trousse en cuir, s'approcha de l'Avide qui se tortillait pour essayer de se libérer, et passa outre son rictus féroce pour se concentrer sur les yeux d'Odessa Hardwicke.

Joachim tenait fermement le démon, son bras appuyant sur le haut de sa tête. Blackwood commença son incantation, les mains posées de chaque côté du visage de la jeune femme. Ses bras tremblaient sous l'effort, tandis que l'Avide luttait contre l'emprise de Joachim.

Son corps se mit à convulser. Blackwood recula ses mains. À ce moment précis, la tête de l'Avide apparut entre eux, comme si Blackwood le tirait hors du corps d'Odessa. L'immense bouche du démon hurlait à la fois de douleur et de réticence, mais Blackwood n'arrivait pas à le libérer. Il perdait sa prise sur lui, jusqu'à ce que... comme s'il avait été fortement poussé de l'intérieur du corps d'Odessa Hardwicke, l'Avide fut éjecté et Blackwood recula en titubant, l'esprit fétide et hurlant toujours coincé entre ses mains.

Joachim relâcha Odessa et laissa son corps s'effondrer sur le sol. Il attrapa l'Avide, soulageant Blackwood, et empoigna par le cou l'esprit malveillant qui couinait et pleurnichait.

Blackwood s'agenouilla à côté d'Odessa et écarta les cheveux de son visage. Sa peau était froide comme la mort, mais ses paupières se mirent à battre et ses lèvres à remuer.

Elle revenait. Blackwood l'aida à s'asseoir. Elle le regarda sans un mot, se demandant pourquoi il semblait si heureux de la voir.

— Qu'est-ce qui s'est passé ? articula-t-elle, la langue pâteuse, un goût de cendres dans la bouche.

— Vous... Vous vous êtes évanouie, répondit Blackwood.

Elle découvrit le tatoueur mexicain à moustache, Joachim, la chemise déchirée, tenant entre ses mains un vieil Avide ridé, la bouche grande ouverte, grognant.

Et soudain, elle se souvint. Elle tendit le bras vers l'épaule de Blackwood, agrippant le tissu de sa veste.

— Solomon, dit-elle.

Blackwood l'aida à sortir des catacombes pour rejoindre la petite antichambre. Solomon était étendu sur le sol, le manche en bois bombé du poinçon dépassant de sa nuque.

Odessa se couvrit la bouche, saisie par l'horreur de ce qu'elle avait fait. Blackwood mit un genou à terre près de Solomon, le regard fixé sur le corps en position fœtale.

— Détournez le regard un moment. S'il vous plaît, demanda Blackwood.

Elle tourna la tête et il retira le poinçon qu'il jeta sur le côté. Il allongea le corps de Solomon sur le dos, arrangea la blouse d'hôpital avec soin et positionna ses bras le long de son torse – exactement comme il l'avait fait avec Vernon Jamus, autrefois, dans un autre cimetière d'esclaves.

Odessa regardait à nouveau vers eux, les larmes coulant sur ses joues.

Blackwood ouvrit sa trousse.

— Je vais rendre la paix à son âme, dit-il.

Il entreprit une sorte de rite funéraire, purifiant et libérant Solomon pour l'éternité. Odessa, en pleurs, prêta peu d'attention à ses prières. À la fin, Blackwood chancela, épuisé.

Odessa s'approcha de lui et l'aida à se tenir debout. Blackwood lui adressa un signe de la tête tout en rangeant son matériel dans sa trousse avant de la glisser dans la poche de sa veste.

Odessa ne parvenait pas à comprendre comment ils avaient pu en arriver là. Mais tout en se lamentant sur la mort de l'homme qu'elle avait tué, elle revit l'Avide au moment où le corps de Solomon s'était mis à convulser, juste avant de mourir.

L'émanation. Quelque chose avait flotté hors de lui, exactement comme ce qu'elle avait vu s'échapper de Walt Leppo quand celui-ci était mort.

— Attendez, dit-elle en regardant autour d'elle. Comment est-ce que je suis allée d'ici à la crypte ?

Blackwood ne répondit pas. Quelque chose ne tournait pas rond.

Joachim les rejoignit, l'Avide toujours fermement maintenu entre ses mains. Il s'arrêta un moment près d'eux, les yeux rivés sur le corps d'Earl Solomon.

— Je dois ramener celui-ci à Providence avant que quelque chose ne tourne mal, dit-il. Il va rejoindre les trois autres. Tu as réussi, Hugo.

Blackwood acquiesça sans joie.

— Ton timing était parfait.

— Bah, ça fait une longue trotte depuis Providence. Beau travail à vous aussi, agent Hardwicke.

— Oh, je n'ai pas…

Odessa ne finit pas sa phrase. Quand Joachim passa devant elle, elle crut voir, avant qu'il ne disparaisse dans l'ombre, un magnifique tatouage représentant une paire d'ailes d'ange repliées sur son large dos.

Odessa retourna dans la crypte, essayant de se rappeler comment elle était arrivée là. Elle regarda les tombes vieilles de plusieurs siècles. Blackwood la rejoignit.

— Cette île portuaire était l'une des plus grandes communautés esclavagistes au début du XVIIe siècle, dit Blackwood. À New York, un quart de la main-d'œuvre était constitué d'esclaves africains et caribéens.

— Incroyable, commenta Odessa.

— Si les torts du passé ne sont pas réparés avec honnêteté, le mal s'échappera par les cicatrices mal refermées. Pour les villes comme pour les gens.

Odessa se rappela tout à coup l'image de son père. Et quelque chose d'autre lui revint.

— Pendant que j'étais dans les pommes, dit-elle en fouillant sa mémoire, j'ai fait un rêve. J'ai vu une femme.

Blackwood se tourna vers elle, captivé.

— Racontez-moi.

Odessa se plongea dans ses souvenirs.

— Les cheveux noirs. Les yeux noirs. Elle portait une chemise de nuit blanche...

— Oui ? l'encouragea Blackwood.

— Elle voulait m'aider. À me réveiller. Je crois que... qu'elle m'a fait revenir. Est-ce que ça semble fou ?

Blackwood ne répondit pas. Il était perdu dans ses pensées.

— Vous avez mentionné votre femme, continua Odessa.

Blackwood sortit de sa rêverie.

— C'est sous cette forme que m'est apparu l'esprit qui habitait la magicienne. Elle est piégée dans un monde parallèle, elle attend que je la délivre. Si je réussis à accomplir toutes les tâches qui m'incombent, si je parviens à sauver le monde de ces forces obscures suffisamment de fois, je crois que je réussirai à la libérer des limbes dans lesquelles elle se trouve.

Soudain, Odessa comprit. Pendant quatre siècles et demi, Hugo Blackwood avait tué des projections de sa bien-aimée dans une quête pour la sauver. Voilà ce qui avait fait de lui la créature froide qu'il était aujourd'hui.

Odessa se sentait toujours inexplicablement endolorie. En plus des coupures, des bleus et de la douleur dans sa mâchoire, elle avait l'impression qu'il y avait autre chose.

Elle passa la main dans son cou pour frotter sa nuque douloureuse et sentit quelque chose d'étrange, à la naissance des cheveux.

Une veine gonflée. En train de s'atténuer, mais toujours palpable sous le bout des doigts. Et tout lui revint en mémoire…

Un sigil. La marque des Avides.

Elle regarda Blackwood et vit qu'il savait qu'elle savait. Odessa fit un bond en arrière et se mit à se griffer les bras, malade à l'idée que cet être dégoûtant ait pu s'emparer de son corps.

— Oh mon Dieu ! Cette chose était en moi ?

Blackwood ne dit pas oui, mais ne dit pas non.

— Qu'est-ce que j'ai… Qu'est-ce qu'il m'a obligée à faire ? demanda-t-elle. (Elle vit la terre sur le costume de Blackwood, un bouton arraché.) Est-ce que je m'en suis prise à vous ?

— Oui, admit-il.

— Mais attendez. Je croyais que vous aviez dit que la seule façon de faire sortir ces choses d'un corps… c'était de tuer. Vous m'avez sauvée. (Elle était complètement déboussolée.) Pourquoi ?

Blackwood la regarda bizarrement, comme si lui-même n'était pas sûr de la réponse.

— Oui, répondit-il. Pourquoi, effectivement.

Finalement, l'enquête du FBI n'alla pas plus loin.

Le bureau des affaires internes, sur la base quasi exclusive du témoignage de la fille de Peters sur ce qui s'était produit cette nuit-là, décida de ne pas porter l'affaire en justice.

Walter Leppo fut déclaré mort dans l'exercice de ses fonctions et sa famille reçut la totalité de sa pension ainsi que plusieurs primes en récompense de sa bravoure.

Bien que le témoignage de la petite l'absolve de tout mauvais comportement, Odessa, en l'absence d'audience disciplinaire, ne fut jamais formellement blanchie et par conséquent sa bonne réputation ne put jamais être complètement rétablie. Son arme de service lui fut rendue, mais elle ne fut pas réaffectée à un vrai travail d'enquête. On lui offrit à la place un statut spécial dont les détails restaient à déterminer.

Cela rappela à Odessa l'arrangement unique et inhabituel d'Earl Solomon avec le Bureau tout au long de sa carrière. Cette idée ne lui plaisait pas et elle envisageait donc sérieusement de démissionner du FBI.

Linus l'encouragea à ne pas prendre de décision précipitée.

— Prends le temps de réfléchir quelques jours, dit-il. Tu décideras ensuite de ce qui est bon pour toi.

Odessa apprécia son soutien durant toute cette période. Mais elle ne pouvait s'empêcher de repenser à ce que la vieille femme lui avait dit dans la boutique de magie.

C'est un homme bon, dévoué. Ses sentiments pour vous sont sincères. Vous êtes l'amour de sa vie. Mais il n'est pas le vôtre.

Quelques jours plus tard, alors qu'elle était seule chez elle à réfléchir à la prochaine étape de sa vie, M. Lusk se présenta à sa porte. Elle fut surprise par la montée d'excitation soudaine que provoqua cette visite.

— Blackwood ? présuma-t-elle. Il veut me voir ?

— Oh non, madame Hardwicke, répondit M. Lusk avec son habituelle attitude théâtrale. Je suis ici pour régler un problème légal.

Elle haussa les épaules.

— De quoi s'agit-il ?

— Précisément, de l'héritage d'Earl Solomon. (M. Lusk lui tendit une liasse de feuilles retenues par une grosse pince noire.) Vous avez été nommée exécutrice.

— Je n'ai jamais… ? (Elle feuilleta les premières pages.) Je n'ai jamais accepté ça.

— Eh bien, ce serait plus pratique, pourtant. Étant donné que vous êtes la seule héritière de ses biens.

Il lui tendit une autre liasse de feuilles. Elle était sous le choc.

— Ses biens ? (Elle feuilleta les documents jusqu'à la dernière page du testament, signé d'une main tremblante par Solomon à peine quelques jours plus tôt. L'homme à qui elle avait ôté la vie.) Ça ne me semble pas correct.

— Je vous assure que ça l'est.

— Alors sa maison... Je suis propriétaire d'une maison, maintenant ?

— Une fois que le testament aura été authentifié. Mais c'est juste une question de temps. Bonne chance, madame Hardwicke !

M. Lusk commença à reculer dans le couloir.

— Attendez, dit-elle en se penchant à l'extérieur tout en maintenant la porte ouverte avec son pied. Et pour Hugo Blackwood ?

— Oui ? (M. Lusk semblait confus.) Que voulez-vous savoir sur lui ?

— Euh... Non, rien. Passez-lui mon bonjour.

— Je n'y manquerai pas. Si je le vois.

Et il partit, un sourire aux lèvres.

Odessa se rendit dans la maison d'Earl Solomon à Camden, dans le New Jersey. Elle resta quelques minutes sur le pas de la porte, pensant à Solomon, cet homme qu'elle avait à peine mais pourtant si bien connu. Il y avait tellement de choses qu'elle ne comprenait pas.

Après un tour rapide de la maison, elle récupéra le courrier. Des publicités, des prospectus et quelques factures dont il faudrait qu'elle s'occupe. Et un petit paquet carré enveloppé dans du papier et attaché avec de la ficelle, adressé à Earl Solomon, sans mention d'expéditeur.

Elle rentra rapidement et déchira l'emballage. À l'intérieur, elle trouva quatre boîtes contenant des bandes d'enregistrement Mylar étiquetées « New Jersey 2020 / Avides ».

Odessa ouvrit le mur du fond à l'intérieur de l'étroit placard et pénétra dans la pièce secrète.

Elle transporta les boîtes jusqu'aux rayonnages et, après avoir trouvé les enregistrements les plus récents, les déposa au tout début d'une nouvelle étagère.

Elle retourna ensuite vers la toute première bibliothèque et en sortit le tout premier enregistrement. #1001 / MISSISSIPPI 1962 / VERNON JAMUS.

Odessa inséra la bande dans le lecteur qui attendait sur le bureau et enfila le vieux et confortable casque tout en s'installant dans le large fauteuil en cuir.

Elle appuya sur le bouton PLAY. Il y eut quelques sifflements, quelques crachotements, puis la voix à l'accent britannique ronronnant de Hugo Blackwood s'éleva.

13379

Composition
PCA

Achevé d'imprimer en Slovaquie
par NOVOPRINT SLK
le 12 décembre 2021

Dépôt légal : janvier 2022
EAN 9782290358481
L21EPNN000518N001

ÉDITIONS J'AI LU
87, quai Panhard-et-Levassor, 75013 Paris

Diffusion France et étranger : Flammarion